NOITE ETERNA

GUILLERMO DEL TORO
E
CHUCK HOGAN

Tradução:
PAULO REIS
SERGIO MORAES REGO

NOITE ETERNA

Livro III da
Trilogia da Escuridão

Título original
THE NIGHT ETERNAL
Book III
Of
The Strain Trilogy

Este livro é uma obra de ficção. Personagens, incidentes e diálogos são produtos da imaginação dos autores e não devem ser interpretados como reais. Qualquer semelhança com acontecimentos reais ou pessoas, vivas ou não, é mera coincidência.

Copyright © 2011 *by* Guillermo del Toro e Chuck Hogan

Todos os direitos reservados.
Nenhuma parte deste livro pode ser reproduzida sob qualquer forma sem autorização do editor.

Edição brasileira publicada mediante acordo com HarperCollins Publishers.

Direitos para a língua portuguesa reservados
com exclusividade para o Brasil à
EDITORA ROCCO LTDA.
Av. Presidente Wilson, 231 – 8º andar
20030-021 – Rio de Janeiro – RJ
Tel.: (21) 3525-2000 – Fax: (21) 3525-2001
rocco@rocco.com.br
www.rocco.com.br

Printed in Brazil/Impresso no Brasil

preparação de originais
FÁTIMA FADEL

CIP-Brasil. Catalogação na fonte.
Sindicato Nacional dos Editores de Livros, RJ.

D439n	Del Toro, Guillermo, 1964-
	Noite eterna / Guillermo del Toro e Chuck Hogan; tradução de Sergio Moraes Rego e Paulo Reis. – Rio de Janeiro: Rocco, 2012.
	(Trilogia da Escuridão, v. 3)
	Tradução de: The night eternal
	ISBN 978-85-325-2748-6
	1. Ficção norte-americana. I. Hogan, Chuck. II. Rego, Sergio Moraes. III. Reis, Paulo. IV. Título. V. Série.
12-0838	CDD–813
	CDU–821.111(73)-3

Para meus pais.
Agora sei a trabalheira que vocês tiveram...

— GDT

Para Charlotte, eternamente.

— CH

CHUVA DE CINZAS

Trecho do diário de Ephraim Goodweather

No segundo dia de escuridão eles foram reunidos. Os melhores e mais inteligentes: todos que detinham algum poder, os ricos, os influentes.

Legisladores e diretores-executivos, magnatas e intelectuais, rebeldes e figuras muito queridas do público. Nenhum foi convertido em vampiro; todos foram mortos, destruídos. A execução foi rápida, pública e brutal.

Excetuando alguns especialistas em cada disciplina, todos os líderes foram eliminados. Amaldiçoados, iam saindo dos edifícios River House, Dakota, Beresford e outros. Depois de presos, eram levados para os principais locais de reunião no mundo, como o National Mall em Washington, a rua Nanjing em Xangai, a praça Vermelha em Moscou, o estádio em Cape Town e o Central Park em Nova York. Lá, numa carnificina pavorosa, foram eliminados.

Dizia-se que mais de mil strigoi *saquearam Lexington, e pilharam todos os prédios ao redor do Gramercy Park. Ofertas de dinheiro e favores caíam em ouvidos surdos. Mãos macias e bem-tratadas imploravam e pediam. Seus corpos se contorciam, pendurados nos postes ao longo da avenida Madison. Na Times Square, piras funerárias de seis metros de altura queimavam carne bronzeada e bem-nutrida. Com um cheiro muito semelhante a churrasco, a elite de Manhattan iluminava as ruas desertas,* as lojas fechadas – TUDO PRECISA SUMIR – e as silenciosas megatelas de cristal líquido.

Aparentemente o Mestre calculara o número certo, o equilíbrio exato, de vampiros necessários para estabelecer o domínio sem sobrecarregar o suprimento de sangue; sua abordagem era metodológica e realmente matemática. Os velhos e enfermos também foram reunidos e eliminados. Era um expurgo, um putsch. Aproximadamente um terço da população humana foi exterminada naquele período de setenta e duas horas, que desde então passou a ser conhecido, coletivamente, como "Noite Zero".

As hordas assumiram o controle das ruas. Os batalhões de choque, a SWAT, o Exército americano – todos foram sobrepujados pelos monstros. Aqueles que se submeteram, aqueles que se renderam permaneceram como guardas e vigias.

O plano do Mestre foi um sucesso retumbante. De modo brutalmente darwinista, ele selecionara os sobreviventes segundo anuência e maleabilidade. Sua força crescente era simplesmente aterrorizante. Com os Antigos destruídos, seu controle sobre as hordas – e, por meio delas, do mundo – se ampliara e ficara até mais sofisticado. Os strigoi já não perambulavam pelas ruas feito zumbis delirantes, atacando e se alimentando à vontade. Os movimentos das hordas eram coordenados. Como abelhas numa colmeia e formigas num cupinzeiro, elas aparentemente tinham papéis e deveres claramente definidos. Eram os olhos do Mestre na rua.

No início a luz do dia desaparecera imediatamente. Uns poucos segundos de fraca luz solar podiam ser observados quando o sol estava no zênite, mas fora isso a escuridão era interminável. Agora, dois anos depois, o sol penetrava na atmosfera envenenada apenas duas horas por dia, mas a claridade pálida que fornecia em nada se parecia com a luz solar que aquecera a Terra outrora.

Os strigoi estavam por toda parte, como aranhas ou formigas, certificando-se de que aqueles cuja vida fora poupada estavam realmente entrando numa rotina...

Todavia, o mais chocante de tudo era... como a vida mudara tão pouco. O Mestre se aproveitara do caos social dos primeiros meses. A privação – de alimentos, água limpa, saneamento, cumprimento das leis – horrorizara de tal modo a população que, assim que a infraestrutura básica fora restaurada, um programa de tíquetes de alimentação fora implementado, e a reconstrução da rede elétrica afastara a escuridão das longas noites, as pessoas haviam reagido com gratidão e obediência. O gado precisa ser recompensado com ordem e rotina – a estrutura indubitável do poder – para se render.

Em menos de duas semanas, a maioria dos sistemas foi restaurada. Água, energia... a televisão a cabo foi reintroduzida, só com reprises, sem comerciais. Esportes, noticiários, tudo repetido. Nada de novo era produzido. E... as pessoas gostaram.

O trânsito rápido era uma prioridade no mundo novo, porque os automóveis de uso pessoal eram extremamente raros. Carros eram bombas em potencial, e como tal não tinham lugar no novo Estado policial. Eles eram recolhidos e esmagados. Todos os veículos na rua pertenciam aos serviços públicos: polícia, bombeiros ou saneamento. Todos funcionavam bem, dirigidos por humanos obedientes.

Os aviões haviam sofrido o mesmo destino. A única frota ativa era controlada pela Stoneheart, a corporação multinacional cujo controle sobre a distribuição de alimentos, energia e indústrias militares o Mestre explorara ao se apossar do planeta, e consistia em aproximadamente sete por cento dos aviões que antes cruzavam os céus.

A prata foi declarada ilegal e tornou-se uma moeda de comércio altamente desejável, que podia ser trocada por cupons ou pontos de alimentação. Certa quantidade podia até mesmo garantir a você, ou a uma pessoa amada, um jeito de sair das fazendas.

As fazendas eram a única coisa totalmente diferente naquele mundo novo. Isso e o fato de não haver mais sistema educacional. Ninguém mais aprendia, lia ou pensava.

Os currais e abatedouros eram guarnecidos vinte e quatro horas por dia, sete dias por semana. Guardas treinados e *vaqueiros forneciam aos* strigoi *os nutrientes necessários. O novo sistema de classes foi estabelecido rapidamente. Um sistema de castas biológicas: os* strigoi *preferiam B positivo. Qualquer tipo de sangue servia, mas o B positivo ou tinha benefícios extras – como os diferentes tipos de leite – ou mantinha mais o gosto e a qualidade fora do corpo, e era melhor para empacotar e armazenar. As pessoas que não tinham B positivo viravam lavradores, verdadeiros roceiros. Os que tinham viravam cortes de primeira. Eram paparicados, recebiam benefícios e nutrientes. Ganhavam até mesmo o dobro de exposição nos campos de UV, para garantir que sua vitamina D se enraizasse. Sua rotina diária, seu equilíbrio hormonal e até mesmo sua reprodução eram sistematicamente reguladas para acompanhar a demanda.*

E era isso. As pessoas iam trabalhar, assistiam à TV, faziam suas refeições e iam dormir. Mas na escuridão e no silêncio choravam e se agitavam, sabendo muito bem que todos os seus conhecidos, todos que lhes eram íntimos – até mesmo quem compartilhava a cama onde elas estavam deitadas –, podiam desaparecer, devorados pela estrutura de concreto da fazenda mais próxima. Então mordiam os lábios e choravam, pois a única opção era se submeter. Sempre havia alguém (pais, parentes, filhos) que dependia delas. Sempre havia alguém que lhes dava licença para ficarem amedrontadas, a bênção da covardia.

Quem acreditaria que lembraríamos com grande nostalgia das tumultuadas décadas de 1900 e 2000? Aquela época de confusão, mesquinhez política e fraude financeira que precedeu o colapso da ordem mundial foi, por comparação, uma idade de ouro. Tudo que éramos se perdeu... toda a forma e a ordem da nossa sociedade, tais como compreendidas por nossos pais e antepassados. Nós viramos um rebanho. Viramos gado.

Aqueles de nós que ainda estão vivos e não se juntaram ao sistema... nós nos tornamos a anomalia... Nós somos os vermes. Abutres. Caçados.

Sem ter como reagir e lutar...

Rua Kelton, Woodside, Queens

Um uivo soou a distância. O dr. Ephraim Goodweather acordou sobressaltado e se agitou no sofá, virando-se de costas e sentando-se. Num movimento fluido e violento, agarrou o desgastado cabo de couro da espada que se projetava da mochila no chão a seu lado e cortou o ar com a lâmina de prata sibilante.

Seu grito de batalha, rouco e confuso, um fugitivo de seus pesadelos, parou no meio. Sua lâmina tremeu, no vazio.

Ele estava sozinho.

Na casa de Kelly. O sofá dela. Coisas familiares.

A sala de estar de sua ex-esposa. O uivo era uma sirene ao longe, convertida num grito humano por sua mente adormecida.

Ele estivera sonhando de novo. Com fogo e formas indefiníveis, mas vagamente humanoides, feitas de uma luz cegante. Um relâmpago instantâneo. Ele estava no sonho, e aquelas formas lutavam com ele logo antes de a luz consumir tudo. Ele sempre acordava agitado e exausto, como se tivesse lutado fisicamente contra um adversário. O sonho vinha de lugar nenhum. Ele podia estar tendo o tipo mais doméstico de devaneio – como um piquenique, um engarrafamento de tráfego ou um dia no escritório –, mas então a luz aumentava e consumia tudo, e surgiam as figuras prateadas.

Ele tateou cegamente em busca da bolsa de armas – uma antiga bolsa para equipamentos de beisebol, pilhada muitos meses antes na estante alta de uma loja Modell's saqueada na avenida Flatbush.

Ele estava no Queens. Tá legal. *Tá legal.* Tudo já estava voltando, junto com as primeiras pontadas de uma ressaca fenomenal. Ele apagara outra vez. Mais um porre perigoso. Ele recolocou a espada na bolsa de armas e depois recuou, segurando a cabeça nas mãos como uma esfera de cristal rachada que delicadamente apanhara do chão. Sentia o cabelo endurecido e estranho na cabeça que latejava.

O inferno na Terra. Certo. Terra dos amaldiçoados.

A realidade era uma puta ordinária. Ele acordara dentro de um pesadelo. Ainda estava vivo, e ainda era humano, o que não era muito, mas era o melhor que poderia esperar.

Apenas mais um dia no inferno.

A última coisa de que ele se lembrava do sono, o fragmento de sonho que ficara grudado na sua consciência como um pós-parto pegajoso, era a imagem de Zack banhada em fulgurante luz prateada. Fora da forma dele que o relâmpago surgira dessa vez.

– Papai... – dissera Zack, encarando Eph fixamente. Depois a luz consumira tudo.

A lembrança deu-lhe calafrios. Por que ele não conseguia se refugiar daquele inferno em seus sonhos? Não era assim que a coisa deveria funcionar, equilibrando uma existência horrível com sonhos de fuga e escape? O que ele não daria por um devaneio de sentimentalismo puro, uma colher de açúcar para sua mente.

Eph e Kelly recém-saídos da faculdade, perambulando de mãos dadas pelo mercado das pulgas, procurando móveis baratos e bugigangas para seu primeiro apartamento...

Zack ainda criancinha, marchando desajeitado pela casa, um pequeno patrão de fralda...

Eph, Kelly e Zack à mesa de jantar, sentados com as mãos cruzadas diante das travessas cheias, esperando que Z terminasse de recitar obsessivamente sua prece...

Em vez disso, os sonhos de Eph pareciam filmes *snuff* de má qualidade. Rostos familiares do passado, inimigos, conhecidos e amigos, igualmente, sendo perseguidos e levados enquanto ele observava, incapaz de alcançá-los ou ajudá-los, e até mesmo de virar o rosto.

Ele ergueu o corpo, firmando-se e levantando-se, com uma das mãos no encosto do sofá. Deixou a sala de estar e foi até a janela que dava para o quintal. O aeroporto LaGuardia não ficava longe. A visão de um avião, com o som distante de um motor a jato, era agora causa de espanto. Nenhuma luz circulava no céu. Eph se lembrava do 11 de setembro de 2001, como o vazio do céu parecera surreal na época, e que estranho alívio fora quando os aviões retornaram uma semana mais tarde. Agora não havia alívio. Não havia volta à normalidade.

Ele não sabia que horas eram. Qualquer hora pela manhã, pensou, a julgar por seu claudicante ritmo circadiano. Era verão, ao menos segundo o antigo calendário, e o sol deveria estar alto e quente no céu.

Em vez disso, a escuridão prevalecia. A ordem natural de noite e dia se estilhaçara, presumivelmente para sempre. O sol estava obliterado por um espesso véu de cinzas que flutuavam no céu. A nova atmosfera era composta de detritos de explosões nucleares e erupções vulcânicas distribuídas pelo globo terrestre, uma doce bola azul-verde envolvida por uma crosta de chocolate venenoso. A coisa formara um casulo espesso e isolante, que por dentro selava a escuridão e o frio, e por fora, o sol.

Um anoitecer perene. O planeta transformado num pálido mundo dos mortos putrefato, feito de geada e tormento.

Uma ecologia perfeita para vampiros.

De acordo com os últimos noticiários ao vivo, havia muito censurados, mas comercializados como filmes pornôs via internet, aquelas condições pós-cataclismo eram muito semelhantes em todo o mundo. Havia relatos de testemunhas oculares acerca do céu que escurecia, da chuva negra, das nuvens ameaçadoras que se juntavam e nunca se apartavam. Devido à rotação do planeta e aos padrões dos ventos, os polos congelados ao norte e ao sul eram teoricamente os únicos lugares da Terra que ainda recebiam luz solar sazonal regular... embora ninguém tivesse certeza disso.

O perigo da radiação residual das explosões nucleares e do derretimento dos núcleos das usinas fora intenso a princípio, até mesmo catastrófico em vários marcos zero. Como Eph e os outros tinham passado quase dois meses no subsolo, num túnel ferroviário debaixo do rio Hudson, haviam sido poupados da precipitação radioativa a curto prazo. Condições meteorológicas extremas e ventos atmosféricos espalharam esse perigo sobre grandes áreas, o que pode ter ajudado a dispersar a radioatividade; a precipitação radioativa foi expelida por fortes chuvaradas criadas pelas violentas mudanças no ecossistema, espalhando ainda mais a radiação. A precipitação diminuiu exponencialmente, e, a curto prazo, áreas sem exposição ao impacto direto tornaram-se seguras para viagens e descontaminação em aproximadamente seis semanas.

Os efeitos a longo prazo ainda estavam por vir. Questões quanto à fertilidade humana, mutações genéticas e aumento dos casos de câncer não teriam respostas durante algum tempo. Embora muito reais, essas preocupações diminuíam de vulto diante da situação presente: dois anos depois dos desastres nucleares e da tomada do poder no mundo pelos vampiros, todos os temores eram imediatos.

A sirene estridente silenciou. Esses sistemas de alarme, instalados para repelir intrusos humanos e convocar ajuda, ainda disparavam de tempos em tempos, embora com muito menos frequência do que nos primeiros meses, quando soavam constantemente, com persistência, feito gritos de agonia de uma raça moribunda. Era mais um vestígio de civilização que se extinguia.

Na ausência do alarme, Eph tentou escutar sinais de intrusos. Pelas janelas, subindo de porões úmidos ou descendo de sótãos poeirentos, os vampiros entravam por qualquer abertura, e lugar algum era seguro. Até mesmo as poucas horas de luz solar por dia – uma luz fraca e nevoenta que dava uma feia coloração amarelada ao céu – ainda ofereciam muitos perigos. A luz do dia era o toque de recolher para humanos. A melhor hora para Eph e os outros se movimentarem, a salvo de confronto direto com os *strigoi*, era também uma das mais perigosas, devido à vigilância e aos olhos bisbilhoteiros dos simpatizantes humanos, em busca de melhorar sua sorte.

Eph encostou a testa na janela. A frialdade do vidro era uma sensação agradável junto à pele quente e ao crânio latejante.

Saber era a pior parte. Ter consciência de insanidade não torna uma pessoa menos insana. Ter consciência de estar se afogando não torna a pessoa menos propensa a se afogar, só acrescenta a isso o fardo do pânico. O medo do futuro e a lembrança de um passado melhor, mais alegre, contribuíam tanto para o sofrimento de Eph quanto a própria praga vampiresca.

Ele precisava de alimento, precisava de proteína. Nada naquela casa; ele esgotara a comida e o álcool ali existentes muitos meses antes. Chegara mesmo a encontrar um estoque secreto de Butterfingers no armário de Matt.

Recuou da janela, virando-se para a sala e a área da cozinha mais adiante. Tentou se lembrar de como chegara ali, e por quê. Viu marcas de golpes na parede onde, usando uma faca de cozinha, ele libertara o namorado de sua ex-esposa, decapitando a criatura recentemente convertida em vampiro. Isso fora nos primeiros dias de mortandade, quando matar vampiros era quase tão assustador quanto a ideia de ser transformado num deles. Mesmo quando o vampiro em questão fora o namorado da ex-esposa de Eph, um homem prestes a assumir o lugar dele como a mais importante figura masculina na vida de Zack.

Mas esse reflexo condicionado de moralidade humana já desaparecera havia muito tempo. O mundo mudara, e o dr. Ephraim Goodweather, antes um proeminente epidemiologista dos Centros de Controle e Prevenção de Doenças, era um homem mudado. O vírus do vampirismo colonizara a raça humana. A praga extirpara a civilização num golpe de estado de espantosa virulência e violência. A maioria dos insurgentes, que eram os obstinados, os poderosos e os fortes, havia sido destruída ou transformada em vampiros, deixando os dóceis, os derrotados e os medrosos à mercê do Mestre.

Eph voltou-se para a bolsa de armas. De um compartimento com zíper destinado a luvas de batedor e faixas contra o suor ele tirou seu amarrotado caderno de notas. Atualmente anotava naquele diário surrado qualquer coisa de que se lembrava. Tudo ia para lá, desde o transcendente até o banal. Tudo precisava ser registrado. Aquilo era sua compulsão. O diário era essencialmente uma longa carta para seu filho, Zack. Registrando sua busca pelo filho único. Anotando suas observações e teorias envolvendo a ameaça vampiresca. E, como cientista, simplesmente registrando dados e fenômenos.

E, ao mesmo tempo, era também um exercício útil para reter alguma semelhança de sanidade.

Sua caligrafia ficara tão comprimida nos últimos dois anos que ele mal conseguia ler as próprias anotações. Registrava a data de cada dia, porque esse era o único método confiável para saber o tempo decorrido sem um calendário propriamente dito. Não que isso importasse muito, com exceção do dia de hoje.

Ele escreveu a data, e seu coração acelerou. Claro. Era isso. O motivo pelo qual ele voltara àquele lugar.

Hoje era o décimo terceiro aniversário de Zack.

Você talvez não viva além desse ponto alertava o cartaz afixado na porta do andar de cima, escrito com caneta-mágica e ilustrado com pedras lapidares, esqueletos e cruzes. Fora desenhado por uma mão mais jovem, feito quando Zack tinha sete ou oito anos. O quarto de Zack fora deixado essencialmente intocado desde a última vez que ele o ocupara, o mesmo acontecendo com os quartos das crianças desaparecidas por toda parte, um símbolo de que o tempo parara no coração dos pais.

Eph vivia voltando àquele quarto, como um mergulhador que volta a um navio afundado. Um museu secreto; um mundo preservado exatamente como era antes. Uma janela diretamente para o passado.

Eph sentou-se na cama, sentindo a elasticidade familiar do colchão, ouvindo o rangido reconfortante. Já examinara meticulosamente tudo naquele quarto, tudo que seu garoto costumava tocar na vida que levava. Agora virara curador do aposento; conhecia cada brinquedo, cada estatueta, cada moeda e cada cordão de sapato, cada camiseta e livro. Rejeitava a ideia de que estava se autoflagelando. As pessoas não vão à igreja, à sinagoga ou à mesquita para se autoflagelar; vão regularmente como um gesto de fé. Agora o quarto de Zack era um templo. Ali, e somente ali, Eph gozava uma sensação de paz, e uma afirmação de determinação interna.

Zack ainda estava vivo.

Isso não era uma especulação. Não era uma esperança cega.

Eph sabia que Zack ainda estava vivo e que ainda não fora convertido em vampiro.

Antigamente, do jeito que o mundo funcionava, o pai ou a mãe de uma criança desaparecida tinha alguns recursos. Havia o reconforto do processo policial investigativo, e a consciência de que centenas, se não milhares de pessoas, se identificavam e tinham compaixão por sua sina, e estavam ativamente ajudando na busca.

Mas aquele sequestro ocorrera num mundo sem polícia, sem lei humana. E Eph conhecia a identidade do ser que sequestrara Zack. A criatura que já fora a mãe dele... sim. Ela realizara o sequestro. Mas seu ato fora uma exigência de uma entidade maior.

O vampiro-rei, o Mestre.

Mas Eph não sabia por que Zack fora levado. Para magoá-lo, é claro. E para satisfazer o ímpeto da mãe morta-viva de rever seus Entes Queridos, os seres que ela amara em vida. A insidiosa epidemiologia do vírus se espalhava numa perversão vampiresca do amor humano. Transformá-los em companheiros *strigoi* prendia-os a você para sempre, a uma existência além das provações e tribulações de ser humano, girando apenas em torno de necessidades primevas, como alimentar-se, propagar-se, sobreviver.

Era por isso que Kelly (a coisa que antes fora Kelly) ficara tão fisicamente fixada no filho deles e, a despeito dos melhores esforços de Eph, fora capaz de sequestrá-lo.

E era precisamente essa mesma síndrome, a mesma paixão obsessiva por converter os entes mais chegados, que dava a Eph a certeza de que Zack não fora transformado. Pois se o Mestre ou Kelly tivessem bebido o sangue dele, o menino seguramente teria voltado para procurar Eph como um vampiro. O medo de que isso acontecesse, de ele ter de enfrentar seu filho morto-vivo, perseguia Eph havia dois anos, às vezes atirando-o numa espiral descendente de desespero.

Mas por quê? Por que o Mestre não transformara Zack? Para que estava conservando o menino? Como um trunfo potencial a ser jogado contra Eph e o esforço de resistência do qual ele participava? Ou por algum outro motivo mais sinistro que Eph não conseguia, ou ousava, vislumbrar?

Eph estremeceu ao pensar no dilema que isso representava. No que dizia respeito a seu filho, ele ficava vulnerável. Sua fraqueza era igual à sua força: ele não podia desistir de seu garoto.

Onde estaria Zack naquele exato momento? Preso em algum lugar? Sendo atormentado como representante do pai? Pensamentos assim cravavam-se na mente de Eph.

Não saber era o que mais o inquietava. Os outros – Vasiliy, Nora e Gus – eram capazes de dedicar integralmente à resistência toda a sua energia e atenção, precisamente porque não tinham reféns nessa guerra.

Visitar aquele quarto geralmente ajudava Eph a se sentir menos solitário naquele mundo amaldiçoado. Mas dessa vez o ato tivera o efeito oposto. Ele nunca se sentira tão pungentemente sozinho quanto se sentia naquele exato momento.

Ele pensou de novo em Matt, o namorado de sua ex-esposa, aquele que ele trucidara no andar de baixo, e lembrou como costumava ficar obcecado pela influência crescente do homem na criação do filho. Agora precisava pensar diariamente, a cada hora, no tipo de inferno que o garoto estaria vivendo, sob o domínio daquele verdadeiro monstro...

Assoberbado pelos pensamentos, sentindo-se nauseado e suarento, Eph pegou seu diário e rabiscou a mesma pergunta que aparecia por todo o caderno, como um *koan*, uma pergunta enigmática japonesa:

Onde está Zack?

Como era seu hábito, ele folheou algumas páginas, lendo as anotações mais recentes. Viu uma sobre Nora e tentou decifrar a própria caligrafia.

"Necrotério." "Encontro." "Vá com a luz do sol."

Eph espremeu os olhos, tentando se lembrar e sendo tomado por uma sensação de ansiedade.

Ele deveria encontrar-se com Nora e a mãe dela no antigo departamento do Instituto Médico-Legal. Em Manhattan. Hoje.

Merda.

Eph agarrou a bolsa com um tinido das lâminas de prata e lançou as alças sobre os ombros. Os cabos das espadas pendiam atrás das suas costas como antenas revestidas de couro. Ele olhou em torno rapidamente ao sair, vendo um antigo brinquedo dos Transformers perto do

CD player na escrivaninha de Zack. Era o Sideswipe, se sua lembrança estava correta. Um presente de aniversário que ele dera ao filho alguns anos antes. Uma das pernas do Sideswipe estava meio solta, arrancada de tanto uso. Eph movimentou os braços, lembrando-se do modo como Zack costumava, sem esforço, "transformar" o brinquedo de carro para robô, e vice-versa, feito um grão-mestre.

– Feliz aniversário, Z – sussurrou ele, antes de colocar o brinquedo quebrado na bolsa de armas e se dirigir à porta.

Woodside

A outrora Kelly Goodweather chegou à sua antiga residência na rua Kelton apenas alguns minutos depois da partida de Eph. Ela vinha seguindo a pista do humano, seu Ente Querido, desde que captara a pulsação sanguínea dele umas quinze horas antes. Mas, quando o céu se iluminara no meio do dia, durante as duas ou três horas de luz solar baça, mas perigosa, que se filtrava pela espessa cobertura de nuvens a cada rotação do planeta, ela precisara se retirar para o subsolo, perdendo tempo.

Agora ela estava perto, e vinha acompanhada por dois tateadores de olhos negros, crianças cegadas pela oclusão solar que coincidira com a chegada do Mestre a Nova York. Subsequentemente haviam sido transformadas pelo próprio Mestre, e aquinhoadas com a percepção ampliada de uma segunda visão. Eram pequenas e rápidas, deslizavam pela calçada e por cima dos carros abandonados como aranhas famintas, nada vendo e tudo percebendo.

Normalmente a atração inata de Kelly por seu Ente Querido teria sido suficiente para que ela seguisse a pista e localizasse o ex-marido. Mas o sinal de Eph fora enfraquecido e distorcido pelos efeitos do álcool, dos estimulantes e dos sedativos nos sistemas nervoso e circulatório. A intoxicação confundia as sinapses no cérebro humano, retardando a taxa de transferência e servindo para encobrir o sinal, como a interferência num canal radiofônico.

O Mestre tomara um interesse particular por Ephraim Goodweather, especificamente no monitoramento de sua movimentação pela cidade. Era por isso que os tateadores – que antes eram irmão e irmã, mas agora pareciam praticamente idênticos, por terem perdido cabelos, genitálias e outros sinais de gênero humano – haviam sido mandados pelo Mestre para ajudar Kelly na sua perseguição. Eles começaram a correr de um lado para outro ao longo da curta cerca defronte da casa, esperando que Kelly os alcançasse.

Ela abriu o portão e entrou na propriedade, dando uma volta na casa à procura de armadilhas. Uma vez satisfeita, socou a vidraça dupla da janela com a base da mão, estilhaçando o vidro. Depois introduziu a mão e soltou o fecho, levantando o caixilho.

Os tateadores pularam para dentro, e Kelly foi atrás, enfiando uma perna desnuda e suja pela janela e depois contorcendo facilmente o corpo para penetrar na abertura de meio metro quadrado. Os tateadores subiram no sofá, mostrando o móvel como cães policiais treinados. Kelly ficou paralisada por um longo momento, abrindo seus sentidos para o interior da casa. Confirmou que estavam sozinhos, e portanto haviam chegado tarde demais. Mas sentiu a presença recente de Eph. Talvez houvesse mais coisas a apreender.

Os tateadores deslizaram pelo chão até uma janela que dava para o norte, tocando o vidro, como que absorvendo uma tênue sensação recente. Então, de repente se lançaram escada acima. Kelly os seguiu, deixando que eles farejassem e indicassem o caminho. Quando se aproximou, eles pulavam em frente a um quarto, com os sentidos psíquicos agitados pela urgência da recente presença de Eph ali. Pareciam animais enlouquecidos por algum impulso avassalador, mas pouco compreendido.

Kelly parou no centro do quarto, com os braços inertes. O calor do corpo vampiresco, com seu metabolismo escaldante, imediatamente elevou em alguns graus a temperatura do aposento fresco. Diferentemente de Eph, Kelly não sofria de qualquer forma de nostalgia humana. Não sentia afinidade com sua antiga residência, nem arrependimento ou sensação de perda, parada ali no quarto do filho. Não sentia mais qualquer ligação com aquele lugar, assim como não sentia mais qualquer ligação com seu lamentável passado humano. A borboleta não olha de volta para a lagarta, nem com ternura nem com tristeza; simplesmente sai voando.

Um zumbido entrou em seu ser, uma presença em sua cabeça e uma aceleração no seu corpo. Era o Mestre, olhando através dela. Vendo com os olhos dela. Observando a fuga da presa por pouco.

Um momento de grande honra e privilégio...

Então, também subitamente, o zumbido desapareceu. Kelly não percebeu qualquer recriminação da parte do Mestre por não ter conseguido capturar Eph. Simplesmente se sentia útil. Entre todos que o serviam em todo o mundo, Kelly tinha duas coisas que o Mestre valorizava grandemente. A primeira era uma ligação direta com Ephraim Goodweather.

A segunda era Zachary.

Ainda assim, Kelly sentia a dor de desejar, e precisar, transformar o filho. A ânsia diminuíra, mas nunca desaparecera inteiramente. Ela a sentia todo o tempo, como uma parte incompleta de si mesma, um vazio. Aquilo ia contra sua natureza de vampira. Mas ela aguentava essa agonia por uma única razão: porque o Mestre o exigia. Apenas sua imaculada vontade mantinha Kelly a distância. E assim o garoto permanecia humano. Permanecia abandonado, inacabado. Havia realmente um propósito na exigência do Mestre. Nisso, ela confiava sem incerteza alguma. O motivo não lhe fora revelado, porque ainda não cabia a ela saber.

Por enquanto bastava ver o garoto sentado ao lado do Mestre.

Os tateadores foram pulando a seu lado enquanto ela descia a escada. Kelly foi até a janela levantada e saiu por ali, tal como entrara, quase sem diminuir o passo. As chuvas haviam recomeçado: fortes gotas negras batiam em sua cabeça e seus ombros quentes, desaparecendo com laivos de vapor. Parada na faixa amarela central da rua, ela sentiu de novo a pista de Eph, com a pulsação sanguínea ficando mais forte à medida que ele ficava mais sóbrio.

Com os tateadores correndo de um lado para outro, ela foi caminhando debaixo da chuva, deixando um leve traço de vapor à sua passagem. Aproximou-se de uma estação de trânsito rápido e sentiu seu elo psíquico com ele começar a desvanecer. Isso era devido à distância crescente entre os dois. Eph embarcara no metrô.

Nenhum desapontamento toldou os pensamentos de Kelly. Ela continuaria a perseguir Eph até que eles se reunissem de uma vez para sempre. Transmitiu seu relatório ao Mestre antes de seguir os tateadores estação adentro.

Eph estava voltando a Manhattan.

O *Farrell*

O CAVALO AVANÇOU, DEIXANDO um rastro de espessa fumaça negra e chamas alaranjadas.

O cavalo pegava fogo.

Totalmente consumido, o orgulhoso animal galopava com uma pressa nascida não da dor, mas do desejo. À noite, visível a quase dois quilômetros, o cavalo, sem cavaleiro ou sela, avançava pelo árido terreno plano na direção do vilarejo. Na direção do observador.

Vasiliy estava transfixado pela visão. Sabendo que o animal vinha pegá-lo. Ele adivinhava isso. Esperava isso.

Entrando nos arredores do vilarejo, voando na sua direção com a velocidade de uma flecha em chamas, o galopante cavalo disse – naturalmente, num sonho, o animal falava: – *Eu vivo*.

Vasiliy gritou quando o cavalo flamejante o alcançou, e então acordou.

Ele estava deitado de lado, numa cama dobrável no dormitório da tripulação, debaixo do tombadilho dianteiro de um barco que balançava. A embarcação subia e descia, e ele também subia e descia, com seus pertences bem arrumados e presos em torno. As outras camas estavam dobradas junto da parede. No momento ele era o único que dormia ali.

O sonho, essencialmente sempre o mesmo, vinha-o perseguindo desde a juventude. O cavalo flamejante com cascos ardentes avançava sobre ele, saindo da noite escura, acordando-o exatamente antes do impacto. O medo que ele sentia ao acordar era profundo e grande, um medo infantil.

Ele estendeu a mão para a bolsa debaixo da cama. A bolsa estava úmida, assim como tudo no navio, mas o nó de cima continuava apertado, com o conteúdo intacto.

O navio era o *Farrell*, uma grande traineira de pesca usada para contrabandear maconha, que continuava tendo um mercado negro extremamente rentável. Aquela era a etapa final de uma viagem de volta da Islândia. Vasiliy fretara a embarcação em troca de uma dúzia de armas de fogo portáteis e muita munição, capazes de abastecer os contrabandistas de maconha por anos a fio. O mar era uma das poucas áreas do planeta que haviam ficado essencialmente fora do alcance dos vampiros. As drogas ilícitas haviam se tornado incrivelmente escassas sob a nova proibição, sendo o comércio restringido a narcóticos cultivados ou preparados em casa, tais como maconha e metanfetamina. O pessoal do barco também administrava um negócio secundário menor, contrabandeando bebidas alcoólicas, e, naquela viagem, algumas caixas de boas vodcas islandesas e russas.

A missão de Vasiliy na Islândia era dupla. Sua primeira prioridade era viajar até a Universidade de Reykjavik. Nas semanas e meses que se seguiram ao cataclismo vampiresco, enquanto ainda se protegia dentro do túnel ferroviário debaixo do rio Hudson, esperando que o ar da superfície se tornasse de novo respirável, ele consultara constantemente o livro pelo qual o professor Abraham Setrakian dera sua vida, o livro que o sobrevivente do Holocausto que se tornara caçador de vampiros confiara explícita e exclusivamente à posse dele, Vasiliy.

Tratava-se do *Occido Lumen*, traduzido livremente como "A luz caída". Quatrocentas e oitenta e nove páginas, manuscritas em pergaminho, com vinte páginas de iluminuras, encadernado em couro e coberto de placas de prata pura para repelir vampiros. O *Lumen* era um relato do surgimento dos *strigoi*, com base numa coleção de antigas tábuas de argila da Mesopotâmia, descobertas dentro de uma caverna nas montanhas Zagros, em 1508. Escritas em linguagem sumeriana e extremamente frágeis, as tábuas sobreviveram mais de um século, até caírem nas mãos de um rabino francês, que se dedicou a decifrá-las em segredo, mais de dois séculos antes que o sumério fosse amplamente traduzido. O rabino acabou presenteando o rei Luís XIV com o manuscrito ilustrado, e foi imediatamente encarcerado por seu esforço.

As tábuas originais foram pulverizadas por ordem real, e o manuscrito, ao que se acredita, foi destruído ou se perdeu. A amante do rei, versada em matérias ocultas, retirou o *Lumen* de um cofre no palácio, em 1671; depois disso o livro mudou de mãos muitas vezes, sempre na obscuridade, e foi adquirindo a reputação de um texto amaldiçoado. Só reapareceu em 1823, e de novo em 1911, cada vez coincidindo com misteriosos surtos de doenças, antes de desaparecer de novo. Foi colocado em leilão na Sotheby's, em Manhattan, apenas dez dias depois da chegada do Mestre, no início da praga vampiresca, e em consequência de um grande esforço foi obtido por Setrakian, com a ajuda dos Antigos e da fortuna que estes haviam acumulado.

Setrakian, o professor universitário que dera as costas para a sociedade normal depois da transformação de sua amada esposa, tornando-se então obcecado pela caça e destruição dos *strigoi* gerados por vírus, considerava o *Lumen* o texto oficial sobre a conspiração de vampiros que assolara a Terra durante a maior parte da história da humanidade. Publicamente seu padrão de vida decaíra para o de um penhorista modesto, num bairro economicamente degradado de Manhattan, ainda que nas entranhas da loja ele mantivesse um arsenal de armas contra vampiros, e uma biblioteca de antigos relatos e manuais sobre a temível raça, acumulada por todos os cantos do globo durante décadas de perseguição. Tamanho era seu desejo de revelar os segredos contidos no *Occido Lumen*, porém, que ele acabara dando a própria vida para que o manuscrito caísse nas mãos de Vasiliy.

Durante aquelas longas e escuras noites no túnel debaixo do rio Hudson, ocorrera a Vasiliy que o *Lumen* fora colocado em leilão por alguém. Alguém possuíra o livro amaldiçoado... mas quem? Vasiliy achava que talvez o vendedor tivesse mais conhecimentos sobre o poder e o conteúdo do livro. Depois que voltara a viver na superfície, ele examinara o volume detidamente com um dicionário de latim, realizando o trabalho maçante de traduzir as palavras o melhor que podia. Numa excursão dentro do prédio da Sotheby's, agora vazio, no Upper East

Side, ele descobrira que a Universidade de Reykjavik fora nomeada beneficiária anônima do lucro pela venda daquele livro extraordinariamente raro. Com Nora, pesara os prós e contras de empreender aquela jornada, e juntos os dois haviam decidido que a longa viagem à Islândia era a única oportunidade de descobrir quem na verdade colocara o livro em leilão.

Entretanto, a universidade, como Vasiliy percebera ao chegar, era um viveiro de vampiros. Ele nutrira a esperança de que a Islândia pudesse ter seguido o caminho do Reino Unido, que reagira rapidamente à praga, explodindo o Canal da Mancha e caçando os *strigoi* depois do surto inicial. As ilhas britânicas permaneciam quase livres de vampiros, e seus habitantes, embora completamente isolados do resto do globo infectado, continuavam humanos.

Vasiliy esperara até o dia raiar para dar uma busca nos escritórios administrativos saqueados, na esperança de seguir a pista até a origem do livro. Descobriu que o livro fora colocado em leilão pelos próprios curadores da universidade, e não um acadêmico empregado pela instituição, ou um benfeitor específico, como ele esperava. Como o campus universitário propriamente dito estava deserto, a longa viagem ameaçava terminar num beco sem saída. Mas não foi um desperdício total. Pois numa prateleira do Departamento de Egiptologia ele encontrou um texto extremamente curioso: um velho livro encadernado em couro, e impresso em francês em 1920. Na capa, as palavras: *Sadum et Amurah*. Exatamente as mesmas palavras que Setrakian pedira que Vasiliy não esquecesse.

Ele levou o texto, mesmo sem saber falar uma única palavra de francês.

A segunda parte da missão se revelou muito mais produtiva. Numa etapa inicial de sua associação com os contrabandistas de maconha, depois de saber até onde eles iam, Vasiliy desafiou-os a conectá-lo com uma arma nuclear. Esse pedido não era tão absurdo quanto parecia. Especialmente na União Soviética, onde os *strigoi* tinham controle total, muitas das chamadas "bombas de maleta" haviam sido surrupiadas por ex-agentes da KGB, e dizia-se que estavam disponíveis, embora com alguns defeitos, no mercado negro da Europa Oriental. O esforço do Mestre para purgar o mundo daquelas armas, a fim de que não pudessem ser usadas para destruir seu sítio de origem, tal como ele próprio destruíra os seis Antigos, mostrara a Vasiliy e aos outros que na verdade ele era vulnerável. Muito à semelhança dos Antigos, o sítio de origem do Mestre, chave de sua própria destruição, estava codificado nas páginas do *Lumen*. Vasiliy ofereceu o valor certo, e tinha a prata para garantir sua oferta.

A tripulação de contrabandistas fez contatos entre seus compatriotas marítimos, com a promessa de uma recompensa em prata. Vasiliy adotou uma postura cética quando os contrabandistas disseram que tinham uma surpresa para ele, mas os desesperados acreditam em quase tudo. Eles se reuniram em uma pequena ilha vulcânica da Islândia com uma tripulação ucraniana de sete indivíduos, a bordo de um velho iate degradado com seis motores de popa diferentes. O capitão do grupo tinha entre vinte e trinta anos de idade, e era essencialmente maneta, com um braço esquerdo murcho, sem vida, que terminava numa garra feia.

O dispositivo não era, absolutamente, uma bomba de maleta. Parecia uma barrica ou lata de lixo embrulhada numa lona preta e numa rede, presa por alças verdes com fechos nos lados e na tampa. Tinha aproximadamente um metro de altura por um metro e meio de circunferência. Vasiliy tentou levantar aquilo suavemente. Pesava mais de cinquenta quilos.

— Tem certeza de que isso funciona? — perguntou ele.

O capitão coçou a barba vermelha com a mão boa. Falava um inglês capenga, com sotaque russo:

— Falaram que funciona. Só tem um meio de descobrir. Está faltando aí uma peça.

— Uma peça faltando? — disse Vasiliy. — Vamos adivinhar. Plutônio. U-233.

— Não. O combustível está no núcleo. Capacidade de um quiloton. Falta o detonador. — Ele apontou para um emaranhado de fios no topo e deu de ombros. — O resto está perfeito.

A força explosiva de uma bomba nuclear de um quiloton era de mil toneladas de TNT. Uma onda de choque de oitocentos metros de destruição, capaz de entortar aço.

— Eu adoraria saber como você encontrou isso — disse Vasiliy.

– Eu gostaria de saber para que você quer isso – disse o capitão. – É melhor todos nós guardarmos nossos segredos.

– Está certo.

O capitão fez outro tripulante ajudar Vasiliy a colocar a bomba no barco dos contrabandistas. Vasiliy abriu o porão debaixo do soalho de aço onde se encontrava o arsenal de prata. Os *strigoi* estavam engajados em reunir todas as peças de prata, assim como reuniam e desarmavam armas nucleares. Como consequência, o valor dessa substância que matava vampiros elevara-se exponencialmente.

Uma vez fechada a negociação, inclusive uma transação secundária entre as duas tripulações, que trocaram garrafas de vodca por bolsas de fumo de rolo, doses de bebida foram distribuídas.

– Você é ucraniano? – perguntou o capitão a Vasiliy, depois de entornar a bebida ardente.

Vasiliy assentiu.

– Dá para ver?

– Você parece com pessoas do meu vilarejo, antes de ele sumir.

– Sumir? – estranhou Vasiliy.

O jovem capitão assentiu.

– Chernobyl – explicou ele, levantando o braço murcho.

Vasiliy olhou para a bomba, amarrada à parede com cordas fortes. O dispositivo não brilhava, nem fazia tique-taque. Uma arma adormecida esperando ser ativada. Será que ele negociara um barril cheio de sucata? Não achava isso. Confiava que o contrabandista ucraniano selecionasse bem seus fornecedores, e também que ele precisava continuar fazendo negócio com os contrabandistas de maconha.

Vasiliy estava excitado, até mesmo confiante. Aquilo era como ficar segurando uma arma carregada, apenas sem o gatilho. Ele só precisava de um detonador.

Ele vira, com seus próprios olhos, um grupo de vampiros escavando locais em torno de uma área de fontes termais geologicamente ativa nos arredores de Reykjavik, conhecida como Poço Negro. Isso provava que o Mestre não conhecia a localização exata do seu próprio sítio de origem: não o local de nascimento do Mestre, mas o sítio terrestre onde pela primeira vez ele surgira em forma de vampiro.

O segredo dessa localização estava no *Occido Lumen*. Tudo que Vasiliy precisava fazer era o que até então ele não conseguira: decifrar a obra e descobrir a localização do sítio de origem. Se o *Lumen* fosse um simples manual para exterminar vampiros, Vasiliy teria conseguido seguir as instruções; em vez disso, porém, o livro era cheio de imagens delirantes, alegorias estranhas e declarações duvidosas. Traçava uma rota para trás ao longo de toda a história humana, guiada não pela mão do destino, mas pelo domínio sobrenatural dos Antigos. O texto o confundia, como fizera com os outros. Vasiliy não confiava no seu preparo acadêmico. Nesse ponto ele sentia muita falta da reconfortante riqueza de conhecimentos do velho professor. Sem Setrakian, o *Lumen* era tão útil a eles quanto a arma nuclear sem detonador.

Ainda assim, aquilo significava progresso. O entusiasmo incansável de Vasiliy levou-o a subir ao tombadilho. Ele agarrou a balaustrada e lançou um olhar para o oceano turbulento. Havia um nevoeiro desagradável e salgado naquela noite, mas não chovia. A atmosfera modificada tornara a navegação mais perigosa, com condições marítimas mais imprevisíveis. A embarcação deles estava atravessando um cardume de águas-vivas, espécie que dominava grande parte do mar aberto, alimentando-se de ovos de peixes e bloqueando o pouco da luz solar que alcançava o oceano. Às vezes aquilo criava manchas flutuantes com muitos quilômetros de largura, cobrindo a superfície da água feito a crosta de um pudim.

Eles cruzavam o mar a pouco menos de vinte quilômetros da costa de New Bedford, Massachusetts, o que fez Vasiliy se lembrar de um dos mais interessantes relatos contidos nos documentos de Setrakian, que ele compilara para deixar junto com o *Lumen*. Ali, o velho professor relatava um evento acontecido em 1630 com a frota Winthrop, que cruzara o Atlântico dez anos depois do *Mayflower*, transportando uma segunda leva de peregrinos para o Novo Mundo. Um dos barcos da frota, o *Hopewell*, transportava três peças de carga não identificadas, contidas em caixotes de madeira lindamente entalhados. Os peregrinos haviam chegado a Salem, Massachusetts, e em seguida se estabelecido em Boston (devido à abundância de água potável), mas depois disso as condições entre eles haviam se tornado terríveis, e duzentos morreram de doença no primeiro ano. Suas mortes foram atribuídas a moléstias, e não à verdadeira causa: eles haviam se tornado presas dos Antigos, depois de inadvertidamente terem transportado os *strigoi* para o Novo Mundo.

A morte de Setrakian deixara um grande vazio em Vasiliy. Ele sentia muito a falta dos conselhos do velho sábio, bem como de sua companhia; acima de tudo, porém, sentia falta do intelecto do companheiro. O desaparecimento do velho não fora apenas uma morte, mas – e isso não era exagero – um golpe crítico no futuro da humanidade. Com grande risco para si próprio, ele entregara nas mãos deles aquele livro sagrado, o *Occido Lumen*, mas não os meios para decifrá-lo. Vasiliy também passara a estudar as páginas e os cadernos encadernados em couro que continham as profundas ruminações herméticas do velho, às vezes lançadas ao lado de pequenas observações domésticas, listas de mercearia ou cálculos financeiros.

Vasiliy abriu o livro francês e, sem surpresa, também não conseguiu entender o que havia ali. Entretanto, algumas lindas ilustrações mostraram-se extremamente esclarecedoras. Numa delas, de página inteira, Vasiliy viu a imagem de um velho e sua esposa, fugindo de uma cidade que ardia num fogo sagrado, e a esposa virava poeira. Até mesmo ele conhecia aquela história...

– Lot – disse Vasiliy. Algumas páginas antes, ele viu outra ilustração, em que o velho protegia duas dolorosamente lindas criaturas aladas: arcanjos enviados pelo Senhor. Rapidamente Vasiliy fechou o livro com força e olhou para a capa: *Sadum et Amurah*.

– Sodoma e Gomorra – disse ele. – Sadum e Amurah são Sodoma e Gomorra...

E, subitamente, ele se sentiu fluente em francês. Lembrou-se de uma ilustração no *Lumen*, quase idêntica à do livro francês. Não em estilo ou sofisticação, mas em conteúdo. Era Lot, protegendo os arcanjos dos homens que procuravam copular com eles.

As pistas estavam ali, mas Vasiliy era incapaz de fazer bom uso delas. Até mesmo suas mãos: grosseiras e grandes como luvas de beisebol, pareciam inteiramente inadequadas para manusear o *Lumen*. Por que Setrakian o escolhera, e não Eph, para guardar o livro? Não havia dúvida de que Eph era mais inteligente, muito mais instruído. Diabo, ele provavelmente falava a porra do francês. Mas Setrakian sabia que o exterminador morreria antes de deixar o livro cair nas mãos do Mestre. Setrakian conhecia Vasiliy bem. E o amava muito, com a paciência e o carinho de um velho pai. Firme mas compassivo, Setrakian nunca fizera Vasiliy se sentir pouco inteligente ou desinformado; bem ao contrário, explicava cada assunto com grande cuidado e paciência, fazendo Vasiliy se sentir incluído. Fazendo com que ele se sentisse integrado.

O vazio emocional na vida de Vasiliy fora preenchido por uma fonte bastante insuspeita. Quando Eph fora ficando cada vez mais errático e obsessivo, começando nos primeiros dias dentro do túnel ferroviário, mas piorando muito quando eles voltaram para a superfície, Nora passara a se apoiar mais em Vasiliy, a confiar nele, a lhe dar reconforto e procurar reconforto nele. Com o passar do tempo, Vasiliy aprendera a corresponder. Começara a admirar a tenacidade daquela mulher diante de um desespero tão gigantesco; tantos outros haviam sucumbido, diante da desesperança ou da insanidade, ou então, como Eph, haviam permitido que o desespero os mudasse. Era evidente que Nora Martinez vira em Vasiliy alguma coisa, talvez a mesma que o velho professor vira... uma nobreza primeva, mais próxima do burro de carga do que de um homem. Era algo que o próprio Vasiliy só percebera recentemente. E, se essa qualidade que ele possuía fosse firmeza ou determinação implacável, tornava-o de certa forma mais atraente para ela, sob aquelas circunstâncias extremas, então ele era melhor ainda.

Por respeito a Eph, ele resistira a esse envolvimento, negando seus próprios sentimentos, bem como os de Nora. Mas a atração mútua entre os dois era mais evidente agora. No último dia antes de partir, Vasiliy encostara sua perna na de Nora. Um gesto casual, sob qualquer ponto de vista, exceto para alguém como Vasiliy. Ele era um homem grande, mas incrivelmente consciente de seu espaço pessoal, não procurava nem permitia qualquer violação desse espaço. Mantinha sua distância, em última análise desconfortável com o contato humano – mas o joelho de Nora estava encostado no seu, e ele sentiu o coração disparar. Disparar com esperança, quando a ideia lhe veio à mente: *Ela está parada, não está se afastando!*

Ela lhe pedira para ser cauteloso, para cuidar de si próprio, e seus olhos estavam cheios de lágrimas. Lágrimas sinceras quando o viu partir.

Antes daquele momento, ninguém jamais chorara por Vasiliy.

Manhattan

EPH TOMOU O EXPRESSO 7 na direção da ilha, pendurado no exterior do metrô. Agarrou-se ao canto esquerdo traseiro do último vagão, colocou a bota direita no degrau de trás, enfiou os dedos no caixilho da janela e foi balançando com o movimento do trem sobre a linha elevada. Como o vento e a chuva negra chicoteavam as abas traseiras de sua capa de chuva cinzenta, ele mantinha o rosto encapuzado virado para as alças da bolsa de armas presa aos ombros.

Antes os vampiros costumavam viajar do lado exterior dos trens, indo e vindo no subsolo de Manhattan para não serem descobertos. Pela janela, sob cujo caixilho amassado ele enfiara os dedos, Eph viu humanos sentados, balançando com o movimento do trem. Os olhares distantes, os rostos sem expressão: uma cena em perfeita ordem. Mas ele não ficou olhando muito: se houvesse algum *strigoi* viajando ali, sua visão noturna que registrava calor detectaria a presença dele, resultando num comitê de recepção extremamente desagradável na parada seguinte. Eph ainda era um foragido, e sua imagem continuava pendurada nas agências de correio e nas delegacias por toda a cidade. As reportagens sobre o seu bem-sucedido assassinato de Eldritch Palmer, e que inteligentemente ignoravam sua tentativa malsucedida, ainda eram reprisadas na televisão quase toda semana, mantendo seu nome e seu rosto bem nítidos na mente dos cidadãos vigilantes.

Viajar nos trens exigia habilidades que Eph desenvolvera com o tempo e a necessidade. Como os túneis estavam invariavelmente úmidos, fedendo a ozônio queimado e graxa velha, as roupas de Eph, rasgadas e sujas, constituíam uma camuflagem perfeita, tanto visual quanto olfativa. Já viajar pendurado na traseira do trem exigia controle do tempo e precisão. Mas isso Eph já tinha. Quando era criança, em San Francisco, ele costumava viajar na traseira dos bondes, pegando carona até a escola. E para isso era necessário pegar o bonde no momento exato. Cedo demais, e você seria descoberto. Tarde demais, e você seria arrastado, levando um tombo de más consequências.

E no metrô ele levara alguns tombos, geralmente por causa da bebida. Uma vez, enquanto o trem fazia uma curva debaixo da avenida Tremont, ele escorregara ao calcular mal o salto para desembarcar, e fora arrastado pela traseira da composição, agitando as pernas freneticamente, quicando sobre os trilhos, até rolar de lado. Quebrara duas costelas e deslocara o ombro direito; o osso estalara suavemente quando ele batera nos trilhos de aço do outro lado da linha. Quase fora colhido pelo trem que vinha em seguida. Depois de se abrigar num recesso de manutenção, saturado de urina humana e velhos jornais, ele recolocara o ombro no lugar, mas o ombro ainda o perturbava noite sim, noite não. Quando girava o corpo durante o sono, ele acordava com muita dor.

Mas agora a prática o ensinara a procurar os apoios para os pés e as ranhuras na estrutura traseira dos vagões. Eph já conhecia cada trem, cada vagão, e fabricara dois curtos ganchos para agarrar-se aos frouxos painéis de aço em poucos segundos. Aqueles ganchos haviam sido fabricados com a boa baixela de prata da residência dos Goodweather, e de vez em quando serviam de arma de curto alcance contra os *strigoi*.

Os ganchos tinham cabos de madeira, fabricados com as pernas da mesa de mogno que a mãe de Kelly lhes dera como presente de casamento. Se ela soubesse... Ela nunca simpatizara com Eph, achando que ele não estava à altura da filha, e agora gostaria dele ainda menos.

Eph sacudiu a cabeça, afastando parte da umidade a fim de olhar através da chuva negra para os prédios em cada lado do viaduto de concreto acima do Queens Boulevard. Alguns prédios permaneciam depredados, haviam sido incendiados durante a tomada do poder por parte dos vampiros, ou então saqueados e há muito esvaziados. Trechos inteiros da cidade pareciam ter sido destruídos numa guerra – e realmente haviam sido.

Outros trechos estavam iluminados por luz artificial. Eram áreas da cidade reconstruídas por humanos supervisionados pela Fundação Stoneheart, sob a direção do Mestre: a luz era fundamental para trabalhar num mundo que passava na escuridão pelo menos vinte e duas horas em cada dia do calendário. Por todo o globo as redes de energia haviam entrado em colapso, depois dos pulsos eletromagnéticos iniciais resultantes das múltiplas explosões nucleares. Sobrecargas de voltagem haviam queimado os condutores elétricos, mergulhando a maior parte do mundo na escuridão tão amada pelos vampiros. Rapidamente as pessoas haviam chegado à conclusão, terrível e brutal no seu impacto, de que uma raça de criaturas de força superior assumira o controle do planeta, e que o homem fora suplantado no topo da cadeia alimentar por seres cujas próprias necessidades biológicas exigiam uma dieta de sangue humano. Então o pânico e o desespero varreram os continentes. Exércitos infectados ficaram silenciosos. No período de consolidação em seguida à Noite Zero, uma nova atmosfera venenosa continuou rolando e cobrindo o mundo, enquanto os vampiros também estabeleciam uma nova ordem.

O trem do metrô diminuiu a marcha quando se aproximou da Queensboro Plaza. Eph levantou o pé do degrau traseiro e ficou pendurado no lado cego do vagão, de modo a não ser visto da plataforma. Aquela constante chuva pesada só era boa para uma coisa: protegê-lo dos vigilantes olhos vermelhos de sangue dos vampiros.

Ele ouviu as portas se abrirem deslizando, enquanto as pessoas entravam e saíam. Dos alto-falantes acima partiram automaticamente os anúncios sobre o tráfego. As portas se fecharam, e o trem começou a se movimentar de novo. Eph agarrou-se novamente ao caixilho da janela com seus dedos doídos e observou a plataforma obscurecida afastar-se de vista, deslizando pelos trilhos como o mundo do passado, encolhendo-se, esvanecendo-se, até ser engolida pela chuva poluída e pela noite.

O trem do metrô logo mergulhou no subsolo, fugindo da chuva persistente. Depois de mais duas paradas, a composição entrou no túnel Steinway, debaixo do East River. As conveniências modernas como essa (a espantosa capacidade de viajar debaixo de uma correnteza forte) é que haviam contribuído para o desastre da raça humana. Proibidos por natureza de cruzar água em movimento com seus próprios meios, os vampiros haviam conseguido superar esses obstáculos com o uso de túneis, aviões de longo alcance e outras alternativas de transporte rápido.

O trem diminuiu a marcha, aproximando-se da estação Grand Central bem a tempo. Eph se reaprumou no exterior do vagão, lutando contra a fadiga, agarrando-se tenazmente a seus ganchos de fabricação doméstica. Ele estava malnutrido, tão magro quanto na época em que começara o ensino médio. Até já se acostumara àquele vazio persistente e corrosivo na boca do estômago; mas sabia que as deficiências em proteínas e vitaminas afetavam não só seus ossos e músculos, como também seu cérebro.

Ele saltou antes que o trem parasse completamente, e caiu cambaleando no leito de pedras entre os trilhos. Rolou sobre o ombro esquerdo, aterrissando como um especialista. Flexionou os dedos, rompendo a paralisia das juntas, semelhante à artrite, e guardou os ganchos. A luz traseira do trem foi diminuindo lá na frente, com o rangido das rodas de aço freando contra os trilhos também de aço, era um guincho metálico a que seus ouvidos nunca se acostumavam.

Ele se virou e foi manquitolando na direção oposta, túnel adentro. Já percorrera aquele itinerário tantas vezes que não precisava de um dispositivo de visão noturna para alcançar a plataforma seguinte. O terceiro trilho não era uma preocupação, pois tinha uma proteção de madeira; na verdade, constituía um degrau conveniente para escalar a plataforma abandonada.

Como a reforma fora interrompida no primeiro estágio, alguns materiais de construção permaneciam jogados no chão de ladrilhos: andaimes, uma pilha de seções de canos, fardos de tubos embrulhados em plástico. Eph abaixou o capuz e meteu a mão na mochila para pegar o dispositivo de visão noturna, fixando-o na parte de cima da cabeça, com a lente defronte do olho direito. Satisfeito de que nada fora remexido desde sua última visita, seguiu na direção de uma porta sem letreiro algum.

No pico da época pré-vampiresca, meio milhão de pessoas cruzava diariamente o polido mármore do grandioso saguão em algum lugar em cima. Eph não podia se arriscar a entrar no terminal principal, pois o saguão de dois mil metros quadrados oferecia poucos esconderijos, mas ele já estivera nas passarelas do telhado. De lá, olhara para os monumentos de uma época perdida: arranha-céus famosos, como o edifício MetLife e o edifício Chrysler, escuros e silenciosos, silhuetados contra a noite. Ele escalara as unidades de ar-condicionado, que tinham dois andares de altura, no telhado do terminal, e parara na beirada que dava para a esquina da rua 42 com a avenida Park, entre as colossais estátuas dos deuses romanos Minerva, Hércules e Mercúrio, sobre o grande relógio de vidro Tiffany. Na parte central do telhado, a mais de trinta metros de altura, baixara o olhar para o grande saguão semelhante a uma catedral. Mas de lá não passara.

Eph abriu a porta com cuidado, o visor noturno permitia que ele enxergasse na total escuridão à frente. Subiu dois longos lances de escadas, depois atravessou outra porta destrancada e entrou num corredor comprido. Grossos canos de vapor corriam ali dentro, gemendo devido ao calor. Ao alcançar a próxima porta, Eph pingava de suor.

Ele tirou da mochila uma pequena faca de prata, pois ali era preciso tomar bastante cuidado. A saída de emergência com paredes de concreto não era um bom lugar para ser encurralado. Uma água enegrecida empoçara no chão, pois a poluição do céu tornara-se parte permanente do ecossistema. Antes aquele trecho do subsolo era patrulhado regularmente pelos homens da manutenção, que dali expulsavam os sem-teto, os curiosos e os vândalos. Depois os *strigoi* haviam assumido, por pouco tempo, o controle do submundo da cidade, ali se escondendo, se alimentando e reproduzindo. Agora que o Mestre reconfigurara a atmosfera do planeta a fim de livrar sua raça da ameaça dos raios ultravioleta do sol, mortais para o vírus, os vampiros haviam emergido daquele labirinto subterrâneo e se apossado da superfície.

A última porta tinha um letreiro em branco e vermelho: SAÍDA DE EMERGÊNCIA APENAS – UM ALARME SOARÁ. Eph pôs de novo na mochila a lâmina e o dispositivo de visão noturna; depois abriu a porta, pois os fios do alarme tinham sido furtados dali havia muito.

A viscosa chuva negra soprou uma brisa fétida no seu rosto. Ele puxou para cima o capuz úmido e saiu caminhando pela rua 45, rumo ao leste. Observava os pés chapinhando na calçada, andando de cabeça baixa. Muitos dos carros acidentados ou abandonados dos dias iniciais permaneciam largados junto ao meio-fio, tornando a maioria das ruas trilhas de mão única para as vans de serviço ou caminhões de suprimentos operados pelos vampiros e humanos da Stoneheart. Eph mantinha o olhar baixo, mas vigiando os dois lados da rua. Aprendera a nunca olhar em torno, de maneira a chamar a atenção; a cidade tinha muitas janelas, muitos pares de olhos de vampiros. Se você parecia suspeito, era suspeito. Ele se esforçava para evitar qualquer encontro com *strigoi*. Nas ruas, como em toda parte, os humanos eram cidadãos inferiores, sujeitos a serem revistados ou a sofrer outros tipos de abuso. Existia certo *apartheid*, e ele não podia se arriscar a ser visto.

Chegou rapidamente ao departamento do Instituto Médico-Legal na Primeira Avenida, descendo a rampa reservada a ambulâncias e carros funerários. Espremeu-se entre macas e um armário rolante colocados ali para tapar a entrada do porão, e atravessou a porta destrancada que dava para o necrotério municipal.

Lá dentro, ficou parado por alguns momentos no silêncio, no escuro, escutando. Fora para aquele aposento, com mesas de autópsia de aço inoxidável e numerosas pias, que o primeiro grupo de passageiros do amaldiçoado voo 753, da Regis Air, fora trazido, dois anos antes. Fora ali que Eph examinara pela primeira vez a incisão semelhante a uma picada de agulha no pescoço dos passageiros, aparentemente mortos, mostrando um ferimento penetrante que se estendia para uma artéria carótida comum, e que eles logo descobriram ter sido causado pelos ferrões dos vampiros. Fora ali também que ele percebera o estranho aumento, *ante mortem*, das dobras vestibulares em torno das cordas vocais, que mais tarde se revelaram como o estágio preliminar de desenvolvimento dos ferrões carnudos das criaturas. E onde ele primeiro testemunhara a transformação do sangue das vítimas de vermelho sadio para branco oleoso.

Também naquela calçada fora onde Eph e Nora haviam conhecido o velho penhorista Abraham Setrakian. Tudo que Eph sabia sobre a raça dos vampiros – desde as propriedades mortíferas da prata e da luz ultravioleta, passando pela existência dos Antigos e a influência deles sobre a civilização humana desde os primeiros tempos, até o renegado Antigo, conhecido como Mestre, cuja jornada para o Novo Mundo a bordo do voo 753 assinalara o início do fim – fora aprendido com aquele velho obstinado.

O prédio permanecera desabitado desde a tomada do poder. O necrotério não fazia parte da infraestrutura de uma cidade administrada por vampiros, porque a morte já não era necessariamente o ponto terminal da existência humana. Assim, os rituais pós-morte de luto, preparação do cadáver e enterro haviam deixado de ser necessários, e raramente eram observados.

Para Eph, aquele prédio era uma base de operações não oficial. Ele foi até os andares superiores, pronto para ouvir Nora se queixar de que seu desespero com a ausência de Zack estava interferindo nos trabalhos de resistência deles. A dra. Nora Martinez fora o número dois de Eph no Projeto Canário, no Centro de Controle de Doenças. Em meio a todo o estresse e caos causado pela ascensão dos vampiros, o relacionamento entre os dois, fervilhante havia muito, passara de profissional a pessoal. Eph tentara colocar Nora e Zack em segurança fora da cidade, na época em que os trens ainda circulavam debaixo da estação Pensilvânia. Mas seus piores temores haviam se concretizado quando Kelly, atraída por seu Ente Querido, levara um enxame de *strigoi* a entrar nos túneis debaixo do rio Hudson, descarrilhando o trem e assassinando o restante dos passageiros. Depois Kelly atacara Nora e sequestrara Zack.

Eph não culpava Nora, em absoluto, pela captura de seu filho, mas aquilo introduzira uma cunha entre os dois, assim como introduzira uma cunha entre Eph e tudo o mais. Ele se sentia desligado de si mesmo. Sentia-se fraturado e fragmentado, e sabia que isso era tudo que tinha a oferecer a Nora agora.

Nora tinha suas próprias preocupações: principalmente a mãe, Mariela Martinez, com a mente deteriorada pelo mal de Alzheimer. Aquele prédio era tão grande que a mãe de Nora podia vagar pelos andares superiores amarrada à cadeira de rodas, percorrendo o corredor com ajuda de grossas meias nos pés e conversando com pessoas que já não estavam presentes ou vivas. Uma existência miserável, mas na realidade não muito distante da do restante da raça humana. Talvez melhor; a mente de Mariela se refugiara no passado, e assim podia evitar o horror do presente.

O primeiro sinal que Eph encontrou de que algo não estava certo foi a cadeira de rodas emborcada perto da porta da escada do quarto andar, com as amarras no chão. Depois ele sentiu cheiro de amônia, aquele odor inconfundível da presença vampiresca. Desembainhou a espada e foi apressando o passo pelo corredor, com um pressentimento ruim. O prédio do necrotério ainda tinha alguma energia elétrica, mas Eph não podia usar lâmpadas ou dispositivos de luz que fossem visíveis da rua. Então seguiu pelo corredor obscurecido numa postura agachada e defensiva, prestando atenção às portas, aos cantos ou outros lugares que fossem esconderijos em potencial. Passou por uma divisória caída. Um cúbiculo saqueado. E uma cadeira virada.

– Nora! – exclamou ele, em um ato sem cautela. Se ali ainda havia algum *strigoi*, porém, seria bom atraí-lo logo para o espaço aberto.

No chão de um escritório de canto, ele achou a mochila de viagem de Nora, que fora rasgada, com seus trajes e pertences pessoais jogados pelo aposento. A lanterna Luma dela estava num canto, plugada ao carregador. As roupas não tinham tanta importância, mas Eph sabia que Nora jamais iria a algum lugar sem a lâmpada ultravioleta; só se não tivesse escolha. E a bolsa de armas dela não estava por ali.

Eph pegou a lanterna de mão e ligou a luz negra. O facho revelou redemoinhos de cores vívidas no tapete e na lateral da escrivaninha: manchas de excremento de vampiros.

Os *strigoi* haviam pilhado o local, isso era óbvio. Eph tentou se manter atento e calmo. Achava que estava sozinho, pelo menos naquele andar; não havia vampiros ali, o que era bom, mas tampouco havia sinal de Nora ou de sua mãe, o que era devastador.

Será que houvera uma luta? Eph tentou ler os sinais na sala, examinando as manchas arredondadas e a cadeira virada. Não parecia. Ele percorreu o corredor procurando mais indícios de violência, além dos danos materiais, mas não encontrou nenhum. Lutar seria o último recurso de Nora, e, se ela tivesse resistido ali, o prédio certamente já estaria sob o controle dos vampiros. Aquilo, aos olhos de Eph, mais parecia ter sido uma pilhagem doméstica.

Examinando a escrivaninha, ele descobriu a bolsa de Nora metida debaixo do móvel, com a espada ainda guardada. Então, era evidente que ela fora surpreendida. Se não houvera uma batalha, e não havia sinal de contato da prata com os vampiros, então as chances de que ela tivera um final violento decresciam exponencialmente. Os *strigoi* não estavam interessados em vítimas. Só queriam aumentar seus campos de coleta de sangue.

Será que ela fora capturada? Era uma possibilidade, mas Eph conhecia Nora, que nunca se entregaria sem lutar, e simplesmente não via qualquer evidência disso. A menos que eles houvessem capturado Mariela primeiro. Então Nora poderia ter se rendido, temendo pela segurança da mãe.

Se isso acontecera, era pouco provável que ela houvesse sido transformada. Os *strigoi*, seguindo a orientação do Mestre, relutavam em aumentar suas fileiras: beber o sangue humano e infectar as vítimas com o vírus vampiresco só criava mais um vampiro a ser alimentado. Não, era mais provável que Nora tivesse sido transportada para um campo de detenção fora da cidade. Lá, ela poderia receber uma tarefa ou ser enquadrada de outra forma. Não se sabia muito sobre os campos, pois a maioria dos que entravam ali jamais reaparecia. A mãe de Nora, que já vivera bem mais do que seus anos produtivos, encontraria um final mais certo.

Eph olhou em torno, ficando nervoso ao tentar imaginar o que fazer. Aquele parecia ter sido um incidente aleatório, mas será que fora mesmo? Às vezes Eph precisava se manter afastado dos outros e controlar cuidadosamente suas idas ao departamento do Instituto Médico-Legal, por causa da incansável perseguição de Kelly. Sua descoberta poderia levar o Mestre direto ao coração da resistência. Será que algo dera errado? Será que Vasiliy também estava comprometido? Será que o Mestre, de alguma forma, atingira toda a célula deles?

Eph foi até o laptop em cima da escrivaninha e abriu a tampa. O dispositivo tinha energia, e ele bateu na barra de espaço para iluminar a tela. Os computadores do departamento estavam conectados a um servidor. A internet fora grandemente danificada em certos locais, e em geral não era confiável. Era mais provável alguém receber uma mensagem de erro do que conseguir baixar uma página. Endereços não reconhecidos e não autorizados pelo protocolo da Web eram particularmente suscetíveis a vermes e vírus, e muitos computadores no prédio haviam sido travados devido a danos nos HDs ou então funcionavam com incrível lentidão por causa dos sistemas corrompidos. A tecnologia dos telefones celulares desaparecera, fosse para telecomunicações ou para acesso à internet. Por que permitir que a subclasse dos humanos tivesse acesso a uma rede de comunicações capaz de cobrir o mundo, coisa que os vampiros possuíam telepaticamente?

Eph e os outros operavam com a premissa de que toda a atividade da internet era monitorada pelos vampiros. A página que ele estava vendo ali, e que Nora aparentemente abandonara de repente, sem tempo para desligar o disco rígido, era uma espécie de troca de mensagens pessoais, uma conversa entre duas pessoas conduzida em linguagem taquigráfica.

"Nmart" era obviamente Nora Martinez. Seu parceiro na conversa, "VFet", era Vasiliy Fet, o antigo exterminador da cidade de Nova York. Vasiliy juntara-se à luta deles logo no início, devido a uma invasão de ratos desencadeada pela chegada dos *strigoi*. Ele mostrara ser de valor incalculável para a causa, tanto por suas técnicas de extermínio de pragas como por seu conhecimento da cidade, e em particular das passagens subterrâneas entre os diversos bairros. Aprendera com o falecido Setrakian tanto quanto Eph, e virara um caçador de vampiros do Novo Mundo. Atualmente se encontrava num cargueiro em alguma parte do oceano Atlântico, voltando da Islândia, aonde fora numa missão muito importante.

Aquela conversa, cheia das idiossincrasias gramaticais de Fet, começara na véspera, e era principalmente sobre Eph. Ele leu palavras que nunca deveriam ter caído sob seus olhos:

> NMart: E não aqui... faltou encontro. Vc tinha razão. Eu não devia ter confiado nele. Agora só me resta esperar...
> VFet: Não espere aí. Continue se movendo. Volte para Roosvlt.
> NMart: Não posso... minha mãe piorou. Vou tentar ficar mais um dia no máximo. DE VERDADE não aguento mais

isso. Ele é perigoso. Está se tornando um risco para todos
nós. É só uma questão de tempo até que ele seja pego
pela puta-vampira Kelly, ou indique o caminho até aqui.
VFet: Sei disso. Mas a gente precisa dele por perto.
NMart: Ele age sozinho. Não liga pra mais nada.
VFet: Ele é importante demais. Pra eles. Pro M. Pra nós.
NMart: Eu sei... mas é que não posso mais
confiar nele. Nem sei quem ele é...
VFet: A gente só precisa evitar que ele vá ao fundo
do poço. Vc principalmente. Mantenha o Eph na
superfície. Ele não sabe onde o livro está. Essa é a nossa
proteção dupla. Ele não pode nos atingir assim.
NMart: Ele está na casa da K agora. Eu sei. Pilhando
lembranças do Z lá. Como que roubando de um sonho.

E depois:

NMart: Vc sabe que eu sinto sua falta. Quanto tempo mais?
VFet: Voltando agora. Sinto sua falta também.

Eph tirou do ombro a bolsa de armas, embainhando de novo a espada, e deixou o corpo cair na cadeira da escrivaninha.

Olhou para a troca de palavras mais recente, lendo-a repetidamente, ouvindo a voz de Nora, e depois o sotaque do Brooklyn de Vasiliy.

Sinto sua falta também.

Ele se sentiu sem peso ao ler aquilo, como se a força da gravidade tivesse sido removida de seu corpo. Mas continuava sentado ali.

Deveria estar sentindo mais raiva. A mais justa das fúrias. Traição. Um frenesi de ciúme.

E realmente sentia todas essas coisas. Mas não com profundidade. Não agudamente. Elas estavam lá, e ele as reconhecia, mas vinham a ser... mais do mesmo. A moléstia dele era tão avassaladora que nenhum outro sabor, por mais amargo que fosse, poderia mudar o paladar emocional.

Como aquilo acontecera? Durante os últimos dois anos, às vezes Eph se mantivera conscientemente afastado de Nora. Fizera isso para protegê-la, para proteger todos eles... ou pelo menos era isso que dizia a si mesmo, justificando aquele abandono puro e simples.

Ainda assim... ele não conseguia compreender. Releu a outra parte. Então ele era um "risco". Era "perigoso". Não confiável. Pareciam achar que o carregavam. Um lado dele sentia alívio. Alívio por Nora... *que bom para ela*, mas a maior parte dele simplesmente latejava com raiva crescente. O que era aquilo? Ele estava com ciúme só porque não podia mais abraçá-la? Deus sabia que ele não andava tomando conta da loja direito; ele estava raivoso porque outra pessoa descobrira seu brinquedo esquecido, e agora queria o brinquedo de volta? Ele se conhecia tão pouco... A mãe de Kelly costumava dizer que ele vivia chegando dez minutos atrasado para todos os eventos importantes de sua vida. Chegara tarde demais ao nascimento de Zack, tarde demais à cerimônia de casamento e tarde demais para salvar o casamento que desmoronava. Deus sabia que ele chegara tarde demais para salvar Zack ou salvar o mundo, e agora aquilo...

Nora? Com Vasiliy?

Ela se fora. Por que ele não fizera algo antes? Estranhamente, entre a dor e a sensação de perda, ele também sentia alívio. Não precisava se preocupar mais, não precisava encontrar uma compensação para suas deficiências, explicar sua ausência, apaziguar Nora. Mas, quando essa tênue onda de alívio estava prestes a engolfá-lo, ele se virou e viu sua imagem em um espelho.

Parecia mais velho. Muito mais velho do que deveria. E sujo, quase um vagabundo de rua. O cabelo emplastrado sobre a testa suarenta, e as roupas cobertas de meses de sujeira. Os olhos encovados e as bochechas saltadas, esticando a pele retesada e fina que as cobria. *Não é de admirar*, pensou. *Não é de admirar*.

Ele se afastou da cadeira numa espécie de torpor. Desceu os quatro andares de escadas e, sob a chuva negra, foi do prédio do departamento do Instituto Médico-Legal até o hospital Bellevue, ali perto. Entrou por uma janela quebrada, percorrendo os corredores escuros e desertos à procura de letreiros que indicassem a sala de emergência. O hospital já fora um centro de excelência no tratamento de traumas, o que significava que abrigara um grupo completo de especialistas com acesso aos melhores equipamentos.

Bem como aos melhores medicamentos.

Eph chegou ao posto de enfermagem e encontrou a porta do armário dos remédios arrancada. A geladeira trancada também fora arrombada e saqueada. Nada de Percs, Vikes ou Demerol. Ele foi metendo no bolso um pouco de oxycodone e uns medicamentos antiansiolíticos, num misto de autodiagnóstico e automedicação, enquanto atirava as caixas de papelão vazias por cima do ombro. Depois enfiou na boca duas pílulas brancas de oxycodone, engoliu-as a seco... e ficou paralisado.

Ele vinha se movendo tão rápido, e fazendo tanto barulho que não ouvira os pés nus se aproximando. Pelo canto dos olhos, viu um movimento do outro lado do posto de enfermagem e parou.

Dois *strigoi* estavam olhando para ele. Vampiros completamente adultos, glabros e pálidos, despidos. Eph viu as grossas artérias salientadas nos pescoços, correndo sobre as clavículas e entrando nos tórax como pulsantes raízes de árvores. Um deles já fora um humano macho (corpo maior) e o outro fora uma fêmea (seios murchos e pálidos).

O outro traço distintivo daqueles vampiros maduros eram as frouxas papadas pendentes. Uma coisa nojenta. A carne solta pendia ali como um pescoço de peru: ficava vermelho-clara quando necessitada de alimento, e escarlate pulsante depois de saciada. As papadas daqueles *strigoi* pendiam feito pálidos sacos escrotais humanos, balançando quando viravam a cabeça. Era um sinal de graduação, denotando um caçador experimentado.

Seriam eles que tinham sequestrado Nora e a mãe dela, ou obrigado as duas a fugir do departamento do Instituto Médico-Legal? Não havia meio de confirmar isso, mas algo dizia a Eph que sim. Se fosse verdade, significava que Nora talvez tivesse conseguido escapar, afinal de contas.

Eph viu o que pensou ser um brilho de reconhecimento naqueles olhos vermelhos, que fora isso não tinham expressão. Normalmente não havia qualquer centelha ou indício de um cérebro em atividade atrás do olhar dos vampiros, mas Eph já vira aquela expressão antes, e sabia que fora reconhecido e identificado. Aqueles olhos controlados tinham comunicado sua descoberta ao Mestre, e a presença dele inundou seus cérebros com uma força possessa. A horda estaria ali em minutos.

– *Doutor Goodweather...* – disseram ambas as criaturas ao mesmo tempo. Suas vozes chilreavam numa sincronia bizarra, e os corpos se levantaram como marionetes gêmeas controladas pelos mesmos cordões invisíveis. O Mestre.

Ao mesmo tempo fascinado e com repulsa, Eph ficou observando o olhar inexpressivo deles dar lugar à inteligência e à postura de uma criatura superior. A coisa oscilava, como uma luva de couro ao ser preenchida por uma mão que lhe dá conteúdo e intenção.

Os pálidos rostos alongados das criaturas assumiam outras formas, enquanto a vontade do Mestre dominava as bocas flácidas e os olhos vazios...

– *Você parece... muito cansado* – disseram as marionetes gêmeas, com os corpos movendo-se em uníssono. – *Acho que você devia descansar... não acha? Junte-se a nós. Ceda. Eu providenciarei para você. Qualquer coisa que queira...*

O monstro tinha razão: ele estava cansado – ah, muito, muito cansado – e, sim, teria gostado de ceder. *Será que posso?*, pensou. *Por favor? Ceder?*

Os olhos de Eph se encheram de lágrimas, e ele sentiu os joelhos cederem um pouco, como os de um homem prestes a se sentar.

– *As pessoas que você ama, e de quem sente falta, vivem no meu abraço* – disseram os mensageiros gêmeos, fraseando a mensagem com cuidado. Aquilo era tão convidativo, tão ambíguo...

As mãos de Eph tremiam quando ele as estendeu sobre os ombros, pegando os punhos de couro das duas espadas compridas. Ele tirou-as em linha reta, para não cortar a mochila. Talvez por efeito do opioide, algo cintilou nas profundezas do seu cérebro, fazendo com que ele associasse aquelas duas monstruosidades, fêmea e macho, com Nora e Vasiliy. Sua amante e seu amigo fiel, agora conspirando contra ele. Era como se eles houvessem descoberto Eph ali, saqueando o armário de medicamentos feito um viciado, e testemunhado o momento mais baixo dele, pelo qual eram diretamente responsáveis.

– *Não* – disse ele, renunciando ao Mestre com um gemido alquebrado e ouvindo sua voz falhar até mesmo com aquela única sílaba. Em vez de empurrar as emoções para o lado, Eph as trouxe para a frente, transformando-as em raiva.

– *Como quiser* – disse o Mestre. – *Eu o verei de novo... em breve...*

E então a vontade deu lugar aos caçadores. Bufando e rosnando, as feras voltaram, abandonando a aprumada postura ereta e caindo de quatro, prontos para circundar a presa. Eph não deu aos vampiros chance de flanqueá-lo. Primeiro correu direto para o macho, com ambas as espadas em riste. O vampiro pulou fora do alcance dele no último momento, pois eles eram ágeis e rápidos, mas não antes que a ponta da espada o alcançasse no lado das costas. O corte foi profundo o bastante para fazer o vampiro perder o equilíbrio e cair, com o ferimento exudando sangue branco. Os *strigoi* raramente sentiam qualquer dor física, mas isso acontecia quando a arma era de prata. A criatura contorceu-se, agarrando o lado do corpo.

Nesse momento de hesitação e desatenção, Eph girou, brandindo a outra espada à altura do ombro. Um só golpe arrancou a cabeça do pescoço e dos ombros, decepando-a logo abaixo da mandíbula. Os braços do vampiro levantaram-se num reflexo de autoproteção, antes de seu tronco e seus membros desabarem.

Eph virou-se de novo no momento exato em que a fêmea estava no ar. Ela pulara o balcão, saltando para ele com as duas garras gêmeas dos dedos médios prontas para cortar-lhe o rosto, mas Eph ainda conseguiu desviar os braços dela com os seus quando a vampira passou voando, fazendo-a bater pesadamente contra a parede e cair no chão. O gesto fez com que ele deixasse cair ambas as espadas. Suas mãos estavam tão fracas. *Ah, sim, sim, por favor... eu quero ceder.*

A *strigoi* apoiou-se rapidamente nos quatro membros, agachando-se para enfrentar Eph. Seus olhos verrumavam os de Eph, controlados pelo Mestre, aquela presença maléfica que tirara tudo dele. Eph teve um novo assomo de raiva. Rapidamente empunhou os ganchos de fixação no trem e retesou-se para o impacto. A vampira atacou e Eph foi ao seu encontro, a papada da fera, balançando debaixo do queixo, constituía um alvo perfeito. Ele já fizera aquilo centenas de vezes, como um operário escamando um atum grande numa processadora de peixes. Um dos ganchos entrou na garganta, abaixo da papada, afundando rapidamente atrás do tubo cartilaginoso que abrigava a laringe e lançava o ferrão. Puxando o gancho com força para baixo, ele bloqueou o ferrão e forçou a criatura a se ajoelhar com um guincho de porco. O outro gancho penetrara na órbita ocular, e o polegar de Eph se encaixou embaixo da mandíbula, trancando a boca da vampira. Em certo verão havia muito tempo, seu pai lhe mostrara aquele golpe pegando cobras num riacho ao norte.

– *Prenda a mandíbula* – dissera ele. – *Tranque a boca, para que elas não possam morder.*

Não existiam muitas cobras venenosas, mas muitas delas tinham uma mordida desagradável, e bactérias suficientes na boca para causar muita dor. Acontece que Eph, o menino urbanoide, ficara perito em pegar cobras. Uma coisa natural. Fora até mesmo capaz de fazer uma boa demonstração, um belo dia, pegando uma cobra na entrada da garagem de casa, quando Zack ainda era criança. Sentira-se superior, um herói. Mas aquilo fora muito tempo atrás. Um zilhão de anos antes de Cristo.

Agora Eph, fraco e doente, prendera nos ganchos uma poderosa criatura morta-viva, tão quente, cheia de energia raivosa e sede. Ele não estava mergulhado até os joelhos num frio riacho da Califórnia, ou saindo de sua minivan para capturar uma cobra da cidade. Corria um perigo real. Já podia sentir seus músculos cederem. Sua força estava se esvaindo. *Sim... sim... eu gostaria de ceder...*

Aquela fraqueza o deixou irritado. E também a lembrança de tudo que perdera – Kelly, Nora, Zack, o mundo. Ele puxou com força, dando um grito primevo, ao cortar a traqueia e seccionar a cartilagem endurecida. Ao mesmo tempo a mandíbula caiu e se deslocou debaixo de seu polegar sujo. Sangue e vermes jorraram para a frente. Eph pulou para trás, evitando-os com a destreza de um boxeador, longe do alcance do oponente.

A vampira levantou-se de um salto e deslizou ao longo da parede, uivando, com a papada e o pescoço cortados esguichando. Eph fingiu dar um golpe, e a vampira recuou alguns passos, guinchando e gemendo. Era um som fraco, canhestro e úmido – quase um grasnado de pato.

Eph deu outra finta, mas dessa vez a vampira não reagiu. Eph já a embalara num ritmo, quando a vampira se empertigou e depois fugiu.

Se um dia ele fosse compilar algumas regras de combate, no início da lista estaria: *Nunca persiga um vampiro em fuga*. Nada de bom poderia advir desse ato. Não havia vantagem estratégica em correr atrás de um *strigoi*. Seu alerta clarividente já fora emitido. Nos dois últimos anos os vampiros haviam desenvolvido estratégias de ataque coordenado. Correr era uma tática evasiva ou então simplesmente um ardil.

A raiva, porém, levou Eph a fazer o que sabia ser errado. Ele pegou as espadas e foi perseguindo a vampira pelo corredor até uma porta com o letreiro ESCADAS. A raiva e o desejo esquisito de uma vingança substituta fizeram com que ele passasse pela porta, subindo dois lances de escada. A fêmea então deixou a escada e saiu pulando pelo corredor. Eph foi atrás, com uma espada comprida em cada mão. A *strigoi* virou à direita, depois à esquerda, pegando outra escada e subindo mais um lance.

Quando o cansaço bateu, o bom-senso de Eph retornou. Ele viu a fêmea na outra ponta do corredor e pressentiu que ela diminuíra a marcha, que estava esperando por ele, certificando-se de que Eph a veria dobrar o canto.

Ele parou. Não podia ser uma cilada. Ele acabara de entrar no hospital, não houvera tempo. Portanto, a única razão pela qual a vampira o atraíra ao que parecia ser uma busca inútil era...

Eph entrou no quarto de paciente mais próximo e foi até as janelas. O vidro estava raiado da negra chuva oleosa, e a cidade lá embaixo parecia obscurecida pelas pequenas ondulações de água suja que escorria na vidraça. Ele forçou a vista para ver as ruas, com a testa encostada no vidro.

Viu formas escuras, identificáveis como corpos, correndo para as calçadas dos prédios fronteiros, enchendo a rua lá embaixo. Mais e mais apareciam, dobrando as esquinas e saindo pelas portas, como bombeiros respondendo a um chamado urgentíssimo, movimentando-se para a entrada do hospital.

Ele recuou. O alarme psíquico fora realmente dado. Um dos arquitetos da resistência humana, o dr. Ephraim Goodweather, estava cercado dentro do hospital Bellevue.

O metrô da rua 28

Nora estava parada na esquina da avenida Park com a rua 28, com a chuva batendo no capuz de seu impermeável. Ela sabia que precisava continuar andando, mas também que precisava ver se não estava sendo seguida. De outra forma, escapar para dentro do sistema do metrô seria como entrar numa ratoeira.

Os olhos dos vampiros estavam por toda a cidade. Ela tinha de parecer como qualquer outro humano, quando a caminho do trabalho ou de casa. O problema era sua mãe.

– Eu mandei você chamar o proprietário! – disse a mãe, abaixando o capuz para sentir a chuva no rosto.

– Mamãe – disse Nora, pondo o capuz de novo sobre a cabeça dela.

– Conserte esse chuveiro quebrado!

– Psiu! Calada!

Nora tinha de continuar andando. Difícil como era para sua mãe, o movimento a fazia se calar. Nora abraçou-a pela cintura e a manteve junto a si enquanto avançavam para o meio-fio, exatamente quando um caminhão do exército se aproximou do cruzamento. Nora recuou outra vez, de cabeça baixa, observando o veículo passar. O caminhão era dirigido por um *strigoi*. Nora apertou a mãe contra si, sem deixar que o andar dela oscilasse.

– Quando aquele proprietário aparecer, vai se arrepender de ter nos contrariado.

Ainda bem que estava chovendo. Pois chuva significava capas, e capas significavam capuzes. Os velhos e inválidos haviam sido arrebanhados havia muito tempo. Os improdutivos não tinham lugar na nova sociedade. Nora nunca assumiria um risco como se aventurar em público com a mãe, se houvesse qualquer outra possibilidade.

– Mamãe, vamos jogar de novo o jogo do silêncio?

– Estou cansada de tudo isso. O diabo do teto pingando.

– Quem consegue ficar calada mais tempo? Eu ou você?

Nora começou a atravessar a rua com a mãe. À frente, pendendo de um poste que sustentava um letreiro com o nome da rua e um sinal de tráfego, havia um cadáver. A exibição de cadáveres era uma coisa comum, especialmente ao longo da avenida Park. Um esquilo, encarapitado no ombro caído do homem morto, disputava com dois pombos o direito às maças do rosto do cadáver.

Nora teria desviado a mãe daquela visão, mas Mariela nem mesmo olhou para cima. Elas viraram e começaram a descer a escorregadia escada da estação de metrô, que tinha os degraus oleosos devido à chuva suja. Uma vez no subsolo, Mariela tentou de novo retirar o capuz, mas Nora rapidamente o colocou de volta, repreendendo-a.

As catracas haviam desaparecido. Só uma das antigas máquinas que emitiam bilhetes continuava lá, sem razão para tal. Mas permaneciam os letreiros de SE VOCÊ VIR ALGO, DIGA ALGO. Nora chegara durante um intervalo: os dois únicos vampiros estavam na outra extremidade da entrada, sem olhar para as duas mulheres. Ela encaminhou a mãe até a plataforma de embarque, na esperança de que um trem 4, 5 ou 6 chegasse rapidamente. Manteve os braços da mãe para baixo, tentando fazer o abraço parecer natural.

Havia passageiros em torno delas, como nos velhos tempos. Alguns liam livros. Outros ouviam música em equipamentos portáteis. Só faltavam os telefones celulares e os jornais.

Numa das colunas nas quais as pessoas se encostavam havia um velho panfleto da polícia com o rosto de Eph: uma cópia da antiga fotografia da carteira de identidade dele. Nora fechou os olhos, xingando-o silenciosamente. Fora por Eph que ela estivera esperando no necrotério. Nora não gostava daquele lugar, não porque fosse sinistro, pois ela não ligava para isso, e sim porque era muito aberto. Gus, o antigo líder de gangue que, depois de um encontro com Setrakian que lhe mudara a vida, tornara-se um fiel companheiro de armas, encontrara espaço para si mesmo no subsolo. E Vasiliy tinha a ilha Roosevelt, para onde ela estava indo agora.

Aquilo era típico de Eph. Um gênio, e um homem bom, mas sempre alguns minutos atrasado. Sempre correndo para chegar a tempo.

Por causa dele, Nora ficara no necrotério mais um dia. Por causa de uma lealdade equivocada – e sim, talvez por culpa – ela queria se comunicar com Eph, verificar como andavam as coisas, ver se ele estava bem.

Os *strigoi* haviam entrado no necrotério ao nível da rua, Nora estava digitando em um dos computadores quando ouviu a vidraça quebrar. Mal teve tempo de achar a mãe, que dormia na cadeira de rodas. Ela poderia ter matado os vampiros, mas, ao fazer isso, teria denunciado sua localização e o esconderijo de Eph, para o Mestre. E, diferentemente de Eph, ela tomava o maior cuidado para não se arriscar a trair a aliança deles.

Trair a aliança para o Mestre, é isso. Ela já traíra Eph com Vasiliy. Traíra Eph dentro da aliança. Coisa sobre a qual se sentia particularmente culpada, mas também naquele aspecto Eph estava alguns minutos atrasado. O que acontecera provara isso. Ela sempre fora muito paciente com ele, paciente até demais, especialmente com a queda dele para a bebida, e agora queria viver plenamente a própria vida.

Além de cuidar da mãe. Ela sentiu Mariela puxando sua mão e abriu os olhos.

– Tem um cabelo no meu rosto – disse a mãe, tentando afastar o fio.

Nora examinou-a rápido. Nada. Mas fingiu ver um único fio, e momentaneamente soltou o braço da mãe para afastar aquilo do rosto dela.

– Pronto – disse Nora. – Tudo bem agora.

Mas logo viu, pela agitação da mãe, que o fingimento não funcionara. Mariela tentou soprar o cabelo.

– Está coçando. Me solta!

Nora percebeu uma ou duas cabeças se virarem e soltou o braço da mãe. A velha passou a mão no rosto e depois tentou retirar o capuz.

Nora a forçou a colocar o capuz de novo, mas não antes que uma mecha grisalha e desgrenhada ficasse visível por um curto espaço de tempo.

Ela ouviu alguém arquejar ali perto. Lutou contra o impulso de olhar, tentando passar tão despercebida quanto possível. Ouviu sussurros, ou então imaginou que ouviu.

Inclinou-se por sobre a linha amarela, na esperança de ver os faróis do trem.

– Lá está ele! – gritou a mãe. – Rodrigo! Eu vi você. Não finja!

Mariela estava gritando o nome do proprietário da residência em que elas moraram quando Nora era criança. Um homem magérrimo, lembrava-se Nora, com uma grande cabeleira negra; tinha quadris tão estreitos que levava o cinturão de ferramentas na mão, e não na cintura. O homem que sua mãe estava chamando agora tinha cabelo preto, mas não era parecido com o Rodrigo de trinta anos atrás, e olhou para elas atentamente.

Nora virou a mãe de costas, tentando calá-la. Mas a velha virou-se de novo, fazendo o capuz escorregar do rosto enquanto tentava chamar o proprietário fantasma.

– Mamãe – implorou Nora. – Por favor. Olha para mim. Silêncio.

– Ele vive flertando comigo, mas quando há serviço para fazer...

Nora queria tapar com a mão a boca da mãe. Ajeitou o capuz e foi levando Mariela pela plataforma, embora só conseguisse chamar mais atenção ainda ao fazer isso.

– Mamãe, *por favor*. Nós vamos ser descobertas.

– Canalha preguiçoso é o que ele é!

Mesmo que tomassem a mãe por uma bêbada, haveria problemas. O álcool era proibido, tanto por causa dos efeitos no sangue como também porque dava origem a comportamentos antissociais.

Nora se virou, pensando em fugir da estação, mas viu faróis brilhando no túnel.

– Mamãe, nosso trem. Shh. Aqui vamos nós.

O trem encostou. Nora ficou esperando na altura do primeiro vagão, até alguns passageiros desembarcarem. Depois ela empurrou a mãe para dentro, encontrando dois assentos juntos. O trem 6 as levaria até a rua 59 em poucos minutos. Ela ajeitou o capuz na cabeça da velha e ficou esperando as portas se fecharem.

Então percebeu que ninguém se sentara junto delas. Lançou o olhar ao longo do vagão, ainda a tempo de ver os outros passageiros que entravam desviarem os olhos rapidamente. Depois olhou para a plataforma lá fora, e viu um casal jovem com dois policiais humanos da Autoridade de Tráfego apontando para o primeiro vagão do metrô. Apontando para ela.

Fechem as portas, implorou Nora silenciosamente.

E isso aconteceu. Com a mesma eficiência aleatória que o sistema de trânsito de Nova York sempre exibira, as portas deslizaram, fechando-se. Nora ficou esperando o tranco familiar, na expectativa de voltar à ilha Roosevelt, livre de vampiros, e lá aguardar o retorno de Vasiliy.

Mas o trem não partiu. Nora continuou esperando, com um olho nos passageiros sentados na outra extremidade do vagão, e o outro nos policiais do trânsito, que caminhavam na sua direção. Agora, atrás deles vinham dois vampiros, com os olhos vermelhos fixos em Nora. E atrás estava o casal preocupado, que apontara para Nora e a mãe.

O casal pensara que estava fazendo a coisa certa, seguindo as novas leis. Ou talvez os dois estivessem despeitados; todo mundo precisara entregar seus parentes mais velhos para a raça dominante.

As portas se abriram, e os policiais de trânsito humanos embarcaram primeiro. Mesmo que Nora conseguisse matar dois de sua própria espécie, se livrar dos dois *strigoi* e escapar da estação do metrô no subsolo, precisaria fazer isso sozinha. Não havia um meio de realizar aquilo sem sacrificar a mãe: ela seria capturada ou morta.

Um dos policiais estendeu a mão e retirou o capuz de Mariela, revelando sua cabeça.

– Vocês precisam vir conosco – disse ele. Quando Nora não se levantou imediatamente, ele colocou a mão no ombro dela e apertou com força. – Agora.

Hospital Bellevue

Eph afastou-se da janela e dos vampiros que convergiam para o prédio nas ruas lá embaixo. Ele fizera uma cagada... O pavor ardia na boca de seu estômago. Estava tudo perdido.

Seu primeiro instinto foi continuar subindo, para ganhar tempo se dirigindo ao telhado, mas obviamente isso era um beco sem saída. A única vantagem de chegar ao telhado era que ele poderia se jogar de lá, se a escolha fosse entre a morte ou a vida após a morte vampiresca.

Descer direto significava abrir caminho lutando entre eles. Isso seria como correr na direção de um enxame de abelhas assassinas: quase certamente ele seria ferroado pelo menos uma vez, e bastava essa única vez.

Portanto, correr não era uma opção. Nem ficar plantado ali, numa resistência final suicida. Mas ele já passara tempo suficiente em hospitais para considerar que ali era a sua praia. A vantagem era sua; ele só precisava descobrir qual era essa vantagem.

Eph saiu correndo pelos elevadores dos pacientes, mas depois deu meia-volta e parou defronte do painel de controle do gás. Era um dispositivo de desligamento de emergência para todo o andar. Ele quebrou a proteção de plástico e certificou-se de que o dispositivo estava aberto, então golpeou os controles até ouvir um silvo pronunciado.

Correu para a escada, subindo um lance, e seguiu rápido para o painel de controle de gás daquele andar, repetindo o mesmo dano. Voltou direto para a escada, já conseguindo ouvir os sugadores de sangue avançarem velozmente pelos andares inferiores. Não havia gritaria, porque os vampiros não tinham voz. Apenas o som daqueles pés mortos, descalços, enquanto subiam.

Eph ainda se arriscou a subir mais um andar, fazendo rapidamente a mesma coisa no painel de controle do gás. Depois apertou o botão de chamada do elevador mais próximo, mas não esperou pelo carro, e em vez disso correu à procura dos elevadores de serviço, que os funcionários usavam para transportar carrinhos de suprimentos e pacientes em macas. Localizou o conjunto de elevadores e apertou o botão, esperando um deles para embarcar.

A adrenalina da sobrevivência e da caçada injetara no sangue de Eph uma carga tão doce quanto a de qualquer estimulante artificial que ele pudesse encontrar. Isso, ele percebeu, era o auge que ele procurava nos fármacos. No decurso de tantas batalhas de vida ou morte, ele prejudicara seus sensores de prazer. "Altos" demais e "baixos" demais.

A porta do elevador se abriu e ele apertou S, de subsolo. Havia letreiros avisando-o da importância da confidencialidade de pacientes e de mãos limpas. Uma criança sorridente sorria para ele em um pôster sujo. Chupando um pirulito e dando uma piscadela com o polegar para cima. TUDO VAI FICAR BEM, dizia o retardado impresso. No pôster havia horários e datas de um congresso de pediatria que acontecera havia milhões de anos. Eph voltou a colocar uma das espadas na mochila às suas costas, observando os números dos andares decrescerem. O elevador deu um solavanco; o carro escureceu e parou entre dois andares, enguiçado. Um cenário de pesadelo, mas alguns momentos depois houve outro solavanco, e o elevador continuou descendo. Como tudo o mais que dependia de manutenção regular, aqueles equipamentos mecânicos não eram confiáveis... isto é, se você tivesse escolha.

A porta fez um ruído agudo e finalmente se abriu. Eph saiu na ala de serviço do porão do hospital. Macas com colchões nus estavam amontoadas junto a uma parede, como carrinhos de supermercado esperando fregueses. Um enorme carro de lavanderia, feito de lona, estava estacionado debaixo da extremidade aberta de uma calha de transporte na parede.

No canto, sobre alguns carrinhos de duas rodas com punhos compridos, havia cerca de uma dúzia de tanques de oxigênio pintados de verde. Trabalhando o mais depressa que seu corpo fatigado permitia, Eph meteu quatro tanques em cada elevador. Arrancou fora as tampas de metal dos cilindros e usou-as para martelar os bocais, até ouvir um silvo garantindo que o gás estava escapando. Apertou os botões dos elevadores rumo ao último andar, e todas as três portas se fecharam.

Da sua mochila, Eph tirou uma lata meio cheia de fluido de isqueiro. Sua caixa de fósforos resistentes a todas as intempéries estava em algum lugar dentro do bolso do casaco. Com mãos trêmulas, ele derrubou o carro da lavanderia, esvaziando a roupa suja diante dos três elevadores, e depois espremeu a lata de fluido de isqueiro com um sorriso maléfico, espargindo o líquido inflamável por toda a pilha de tecido de algodão. Acendeu dois fósforos e deixou-os cair sobre as roupas, que pegaram fogo com um sibilo quente. Depois apertou o botão de chamada para os três elevadores, que eram operados individualmente do porão de serviço, e saiu correndo a toda, tentando encontrar um jeito de escapar.

Perto de uma porta de saída bloqueada, Eph viu um grande painel de controle de canos coloridos. Ele arrancou um machado de incêndio do armário de vidro; a arma parecia tão pesada, tão grande. Repetidamente ele foi martelando as juntas dos três alimentadores, usando mais o peso do machado do que suas forças minguantes, até ouvir o silvo do gás. Então empurrou a porta e viu-se debaixo de chuva forte, parado numa lamacenta área de descanso, com bancos de parque e trilhas em mau estado que dava para a Franklin D. Roosevelt Drive, e para o East River, açoitado pela chuva. E, por alguma razão, só conseguiu pensar em uma fala de um filme antigo, *O jovem Frankenstein*: "Podia ser pior. Podia estar chovendo." Ele deu uma risada contida. Vira aquele filme com Zack. Durante semanas eles haviam repetido, um para o outro, as falas engraçadas do filme. "Aquele lobo... ali... aquele castelo."

Ele estava atrás do hospital. Não havia tempo para correr para a rua. Em vez disso, atravessou rápido o pequeno parque, pois precisava se distanciar o mais possível do prédio.

Quando chegou à extremidade mais afastada do parque, Eph viu mais vampiros transpondo o muro alto, vindo da Roosevelt Drive. Mais assassinos despachados pelo Mestre, com os corpos de metabolismo acelerado soltando vapor debaixo da chuva.

Eph correu para eles, esperando que o prédio às suas costas explodisse e desmoronasse a qualquer momento. Chutou os primeiros, forçando-os a cair do muro para dentro da via expressa lá embaixo. Eles caíram apoiados nas mãos e nos pés, mas ficaram imediatamente eretos, como os "imortais" em um videogame. Eph correu ao longo da borda superior do muro, na direção dos prédios do Centro Médico da Universidade de Nova York, tentando se afastar do hospital Bellevue. Diante dele, uma mão com a longa garra de um vampiro agarrou a borda do muro, e um rosto calvo, de olhos vermelhos, surgiu. Eph se ajoelhou e enfiou a lâmina da espada na boca aberta do vampiro, fazendo a ponta da arma atingir a parte de trás da garganta quente. Mas não continuou a penetração, para não destruir o vampiro. A lâmina de prata só queimava a fera, evitando que a mandíbula se deslocasse e soltasse o ferrão.

O vampiro não conseguia se mover. Seus olhos injetados de vermelho fitavam Eph com confusão e dor.

– Você me vê? – disse Eph.

Os olhos do vampiro não mostraram reação. Eph não se dirigia a ele, mas ao Mestre, que observava a cena através daquela criatura.

– Está vendo isto?

Ele virou a espada, forçando a perspectiva do vampiro na direção do hospital. Outras criaturas escalavam o muro, e algumas já estavam correndo para fora do hospital, alertadas da fuga de Eph. Ele só tinha alguns momentos. Temia que seu plano de sabotagem houvesse falhado, e que o gás que escapava tivesse encontrado uma saída segura para o exterior do prédio.

Eph voltou-se para o rosto do vampiro como se ele fosse o próprio Mestre.

– *Devolva meu filho!*

Assim que ele terminou a última palavra o prédio explodiu atrás dele, lançando-o para a frente. Sua espada cortou a parte de trás da garganta do vampiro e saiu pelo pescoço. Eph cambaleou do muro, mas caiu segurando o punho da espada e tirando a lâmina do rosto do monstro, enquanto os dois se contorciam e caíam juntos.

Eph tombou sobre a capota de um carro abandonado, um dos muitos ao longo da pista interna da via expressa. O vampiro caiu na estrada ao lado dele.

O quadril de Eph recebeu a maior parte do impacto. Por sobre o zumbido nos ouvidos ele escutou um grito sibilante e levantou o olhar para a chuva negra. Observou algo como um míssil ser lançado em arco lá em cima e mergulhar com estrondo no rio. Um dos tanques de oxigênio.

Tijolos pesados, com restos de alvenaria, ribombavam na estrada. Lascas de vidro caíam como joias na chuva, espatifando-se no pavimento. Eph cobriu a cabeça com o casaco enquanto descia da capota amassada do carro, ignorando a dor no lado do corpo.

Somente quando ficou de pé é que notou duas lascas de vidro alojadas firmemente na batata da perna. Retirou-as com força. O sangue jorrou dos ferimentos. Eph ouviu um guincho úmido, excitado...

A alguns metros dali, o vampiro jazia de costas, aturdido, com sangue branco saindo da perfuração na nuca, mas ainda assim excitado e faminto. O sangue de Eph era um chamado para o jantar.

Eph aproximou-se do rosto dele, agarrando o queixo quebrado e deslocado. Viu os olhos vermelhos se focalizarem nele, e depois na ponta de prata da espada.

– *Eu quero meu filho, seu filho da puta!* – gritou Eph.

Depois liberou o *strigoi* com um violento golpe na garganta, cortando a cabeça e a comunicação com o Mestre. Mancando e sangrando, ele se levantou de novo.

– *Zack* – murmurou. – *Onde você está?*
Depois começou a longa jornada de volta para casa.

Central Park

O Castelo Belvedere, situado na extremidade norte do lago no Central Park, ao longo da estrada Transversal da rua 79, era uma "loucura" em estilo gótico e romanesco, construída em 1869 por Jacob Wray Mould e Calvert Vaux, os primeiros projetistas do parque. Tudo que Zachary Goodweather sabia era que o local parecia sinistro e maneiro, e fora isso que sempre o atraíra: um castelo medieval (na sua mente), no centro do parque, no centro da cidade. Quando criança, ele costumava inventar histórias sobre o castelo, que na verdade era uma gigantesca fortaleza construída por pequenos duendes para o primeiro arquiteto da cidade, um lorde sombrio chamado Belvedere, que morava em catacumbas, bem fundo, abaixo do rochedo do castelo, assombrando a escura cidadela à noite, quando cuidava de suas criaturas no parque.

Isso fora antes, quando Zack ainda tinha de recorrer à fantasia em busca de histórias sobrenaturais ou grotescas. Quando ele precisava devanear a fim de escapar do tédio do mundo moderno.

Atualmente seus devaneios eram reais. Suas fantasias estavam à mão. Seus desejos eram exigências e viravam realidade.

Ele estava parado no portão aberto do castelo, agora já um jovem, observando a chuva negra açoitar o parque. A água batia no transbordante Poço da Tartaruga, outrora um lugar rico em algas, de um verde cintilante, hoje um buraco negro e lamacento. O céu lá em cima estava sinistramente nublado, coisa que era normal. A ausência de azul no céu significava ausência de azul na água. Durante duas horas por dia, um pouco de luz ambiente se infiltrava pela agitada cobertura de nuvens, o bastante para melhorar a visibilidade a ponto de se poder ver os telhados da cidade em torno e o pântano que o parque virara, parecido com a superfície do planeta Dagobah, da série *Guerra nas estrelas*. Como as lâmpadas do parque, que usavam energia solar, não conseguiam carga suficiente durante essas duas horas para iluminar as outras vinte e duas horas de escuridão, sua luz se desvanecia logo que os vampiros retornavam de seu retiro no subsolo e nas sombras.

 Zack crescera e ficara forte nos últimos anos. Sua voz começara a mudar poucos meses antes, enquanto o maxilar se definia e o tronco se alongava, aparentemente da noite para o dia. Suas pernas fortes o levaram a galgar uma pequena escada espiralada de ferro ali perto, até o Observatório da Natureza Henry Luce, no segundo andar. Ao longo das paredes e debaixo das vitrines de vidro continuavam expostos exemplares de esqueletos de animais, penas de pássaros e aves de papel machê colocadas em árvores de madeira compensada. Em outras eras, o Central Park já fora uma das áreas dos Estados Unidos mais ricas em aves, mas a mudança climática terminara com aquilo, provavelmente para sempre. Nas primeiras semanas que se seguiram aos terremotos e erupções vulcânicas desencadeados pelo derretimento das usinas nucleares e pela detonação de ogivas atômicas, o céu escuro ficara coalhado de aves, com grasnidos e pios a noite toda. Fora uma mortandade em massa, com cadáveres alados caindo do céu junto com o pesado granizo negro. Algo tão caótico e desesperado no ar quanto era para os humanos no solo. Agora já não existiam céus mais quentes ao sul para onde migrar. Durante dias o chão ficara literalmente coberto de asas escurecidas se debatendo. Os ratos haviam se regalado vorazmente com as aves caídas. Pipilos e arrulhos de agonia marcavam o ritmo do granizo que caía.

 Mas agora o parque ficava parado e silencioso quando não havia chuva, com os lagos sem nenhuma ave aquática. Uns poucos ossos e pedaços de penas sujos misturavam-se com a palha e a lama que cobriam o solo e as partes pavimentadas. Esquilos esqueléticos e sarnentos ainda pulavam ocasionalmente nas árvores, mas sua população no parque já decrescia.

 Zack olhou por um dos telescópios – ele travara a fenda de pagamento com uma pedra do tamanho de uma moeda de vinte e cinco centavos, de modo que o dispositivo operava sem dinheiro –, e seu campo de visão desaparecia no nevoeiro e na chuva suja.

 O castelo abrigara uma estação meteorológica em funcionamento antes da chegada dos vampiros. A maior parte do equipamento permanecia no telhado pontiagudo da torre, bem como dentro do complexo cercado na parte sul do castelo. As estações de rádio da cidade costumavam anunciar o tempo assim: "A temperatura no Central Park é...", e o número que diziam era fornecido pelo observatório da torre. Agora era julho, talvez agosto, um período de verão conhecido como "dias de cão", e a maior temperatura que Zack já observara durante uma noite particularmente calorenta fora dezesseis graus centígrados.

Agosto era o mês do seu aniversário. No escritório dos fundos havia um calendário velho, referente a dois anos antes, e ele gostaria de ter pensado em acompanhar a passagem dos dias com mais cuidado. Será que já completara treze anos? Ele achava que sim. Decidiu que, sim, ele já tinha treze anos. Era oficialmente um adolescente.

Ele ainda conseguia se lembrar, ainda que mal, da ocasião em que o pai o levara ao zoológico do Central Park. Era uma tarde ensolarada, e eles haviam visitado aquela mesma mostra da natureza dentro do castelo, depois tomado sorvete italiano no muro de pedra que dava para o equipamento meteorológico. Zack se lembrava de ter confidenciado ao pai como as crianças na escola às vezes faziam piadas com seu sobrenome, Goodweather, dizendo que Zack ia ser um homem do tempo quando crescesse.

– E o que você vai ser? – perguntara o pai.

– Tratador de animais no zoológico – respondera ele. – E provavelmente corredor de motocross.

– Parece uma boa – dissera o pai. Eles haviam jogado os copos de papel vazios na lata de reciclagem, antes de pegar uma sessão de cinema à tarde. E, ao final do dia, depois de uma tarde perfeita, pai e filho combinaram repetir a excursão. Mas nunca fizeram isso. Como tantas promessas na história Zack-Eph, essa também não foi cumprida.

Lembrar-se daquilo agora era como recordar um sonho, se é que a coisa acontecera mesmo. Havia muito que seu pai desaparecera, morto com o professor Setrakian e os outros. De vez em quando Zack ouvia uma explosão em alguma parte da cidade ou via uma densa coluna de fumaça ou poeira subindo de encontro à chuva, e ficava imaginando o que seria. Deveria haver alguns humanos ainda resistindo ao inevitável. Aquilo fazia Zack pensar nos guaxinins que haviam incomodado sua família numas férias de Natal, atacando as latas de lixo, por mais que o pai tentasse prender as tampas. O que estava acontecendo agora era parecido, achava ele. Um aborrecimento, mas pouco mais que isso.

Zack deixou o observatório poeirento e desceu de novo as escadas. O Mestre criara para ele um quarto, que Zack ajeitara igual ao seu antigo quarto em casa. Só que o quarto antigo não tinha uma parede inteira ocupada por um telão tirado da ESPN Zone na Times Square. Nem uma máquina de Pepsi, ou estoques completos de histórias em quadrinhos. Zack deu um chute num controle remoto de videogame que deixara jogado no chão e desabou numa das luxuosas poltronas de couro do Yankee Stadium, antigos assentos de mil dólares que proporcionavam a melhor visão do campo. Ocasionalmente garotos faziam visitas para jogar com Zack ali ou então ele jogava com eles on-line num servidor exclusivo, mas Zack quase sempre ganhava. Todos os demais estavam sem prática. Dominação pode virar uma coisa aborrecida, especialmente por não haver produção de novos jogos.

A princípio fora aterrorizante ficar no castelo. Zack ouvira todas as histórias sobre o Mestre. Ficara esperando ser transformado em vampiro, como sua mãe, mas isso nunca acontecera. Por quê? Nunca lhe haviam dado uma razão, nem ele pedira qualquer explicação. Ali ele era um hóspede, e, como o único humano, quase uma celebridade. Nos dois anos que passara como hóspede do Mestre, nenhum outro não vampiro fora admitido no Castelo Belvedere, nem em lugar algum perto dali. O que a princípio parecera um sequestro, gradualmente, com o tempo, veio a parecer uma seleção. Um chamado. Como se um lugar especial houvesse sido reservado para ele naquele novo mundo.

Entre todos os outros, Zack fora escolhido. Para que ele não sabia. Só sabia que o ser que o levara até aquele ponto de privilégio era o senhor absoluto do novo domínio. E, por alguma razão, ele queria Zack a seu lado.

As histórias que lhe haviam contado, sobre um gigante apavorante, um assassino desapiedado e a encarnação do Mal, eram obviamente exageradas. Primeiro de tudo, o Mestre tinha altura média para um adulto. Para um ser muito velho, ele parecia quase jovem. Seus olhos negros eram penetrantes, de tal modo que Zack podia certamente ver o potencial de horror se o Mestre não gostasse de alguém. Para alguém como Zack, porém, que tivesse a felicidade de vê-los diretamente, atrás daqueles olhos havia uma profundidade e uma escuridão que transcendiam a humanidade, uma sabedoria que recuava no tempo, uma inteligência conectada a um reino superior. O Mestre era um líder, que comandava um vasto clã de vampiros pela cidade e pelo mundo, um exército de seres respondendo a seu chamado telepático a partir daquele trono no castelo, no centro pantanoso da cidade de Nova York.

O Mestre era um ser que possuía uma mágica real. Mágica diabólica, sim, mas a única mágica verdadeira que Zack já testemunhara. O Bem e o Mal eram agora termos maleáveis. O mundo mudara. Noite era dia. Embaixo era o novo em cima. Ali, no Mestre, estava a prova de um ser superior. Um super-homem. Uma divindade. Seu poder era extraordinário.

Um exemplo era a asma de Zack. A qualidade do ar no novo clima era extremamente ruim, devido à estagnação, aos altos níveis de ozônio e à recirculação de partículas no ar. Com o espesso colchão de nuvens cobrindo tudo feito um cobertor sujo, as condições de tempo sofriam, e as brisas oceânicas não conseguiam refrescar direito o fluxo de ar da cidade. O mofo crescia, e os esporos flutuavam no ar.

Contudo, Zack sentia-se bem. Mais do que bem: seus pulmões estavam limpos, e ele respirava sem ruído ou arquejos. Na realidade, não tivera algo semelhante a um ataque de asma durante todo o tempo que passara com o Mestre. Havia dois anos que não usava um inalador, porque não tinha mais necessidade.

Seu sistema respiratório dependia inteiramente de uma substância ainda mais magicamente eficaz do que albuterol ou prednisona. Administrada oralmente uma vez por semana, do dedo pontiagudo do vampiro para a língua estendida do menino, uma gotícula de sangue branco limpava os pulmões de Zack, permitindo que ele respirasse livremente.

O que parecera estranho e nojento a princípio, agora chegava como um presente: o sangue branco-leitoso, com sua leve carga elétrica e gosto de cobre e cânfora quente. Um remédio amargo, mas de efeito quase milagroso. Um asmático engoliria praticamente qualquer coisa, simplesmente para nunca mais sentir o pânico excruciante de um ataque da doença.

Essa absorção de sangue não transformou Zack num vampiro. O Mestre evitava que qualquer verme sanguíneo chegasse à língua do garoto. Seu único desejo era ver Zack saudável e confortável. Contudo, a verdadeira fonte de afinidade e reverência de Zack pelo Mestre não era o poder que o vampiro exercia, mas sim o poder que ele lhe conferia. O garoto era evidentemente especial, sob algum aspecto. Ele era diferente e exaltado entre os humanos. O Mestre lhe conferia uma atenção sem igual. Tornara-se seu padrinho, à falta de termo melhor.

Exemplo disso era o zoológico. Quando ouviu dizer que o Mestre ia fechar o local para sempre, Zack protestou. O vampiro se ofereceu para poupar e dedicar o lugar inteiramente a ele, mas com uma condição: que Zack cuidasse de tudo. Ele teria de alimentar os animais e limpar as gaiolas, tudo sozinho. Zack aproveitara a oportunidade, e o zoológico do Central Park passara a ser seu. Simplesmente assim. (O carrossel também lhe fora oferecido, mas carrosséis eram para bebês, e ele ajudara a desmontar o troço.) O Mestre realizava os desejos dele feito um gênio.

É claro, Zack não tinha noção do trabalho que teria, mas mantinha o lugar o melhor que podia. A atmosfera modificada logo exterminou alguns dos animais, inclusive o panda-vermelho e a maior parte dos pássaros, facilitando sua tarefa. Contudo, sem ter alguém que lhe cobrasse, ele foi permitindo que os intervalos entre as horas de alimentação dos animais aumentassem cada vez mais. Ficou fascinado ao ver como alguns dos animais avançavam uns nos outros, tanto mamíferos quanto répteis. O grande leopardo-das-neves era o animal favorito de Zack, e o que ele mais temia. De modo que o leopardo era alimentado com a máxima regularidade: a princípio, grossas fatias de carne fresca chegavam de caminhão de dois em dois dias. Depois, um dia, uma cabra viva. Zack levou-a para a jaula e ficou observando atrás de uma árvore o leopardo abater sua presa. Depois um carneiro. Depois o filhote de um veado. Com o tempo, porém, o zoológico foi ficando malcuidado, e as jaulas fediam devido aos dejetos dos animais que Zack cansara de limpar. Depois de muitos meses ele passou a odiar o lugar, e foi ignorando suas responsabilidades cada vez mais. À noite ouvia, às vezes, o animais gritarem, mas nunca o leopardo-das-neves.

Depois de muitos meses, Zack dirigiu-se ao Mestre e queixou-se que o trabalho era demais para ele.

Então o zoológico será abandonado, e os animais, destruídos.

– Eu não quero que sejam destruídos. Só... não quero mais tomar conta deles. Você podia encarregar alguém da sua raça do serviço, e eles nunca se queixariam.

Então quer que eu mantenha o zoológico aberto só para você se divertir.

– Sim. – Zack já pedira coisas mais extravagantes, e sempre conseguira. – Por que não?

Com uma condição.

– Tá legal.

Eu tenho visto você com o leopardo.

– Tem?

Vi você lhe entregar animais para serem abatidos e devorados. A agilidade e beleza dele atraem você. Mas a força dele o amedronta.

– Acho que sim.

Também tenho visto você permitir que outros animais morram de fome.

Zack começou a protestar:

– Há animais demais para cuidar...

Tenho visto você fazer com que eles lutem entre si. É bem natural a sua curiosidade. Observar como as espécies inferiores reagem debaixo de estresse. É fascinante, não é? Observar a luta pela sobrevivência...

Zack não sabia se devia admitir aquilo.

Os animais são seus, para você fazer o que quiser com eles. Isso inclui o leopardo. Você controla o hábitat e o horário de alimentação lá. Não deve ter medo dele.

– Bem... na verdade não tenho.

Então... por que você não o mata?

– O quê?

Nunca pensou como seria matar um animal assim?

– Matar o leopardo?

Você cansou de cuidar do zoológico porque aquilo é uma coisa artificial, não natural. Seus instintos estão certos, mas seu método é errado. Você quer possuir essas criaturas primitivas. Mas elas não foram feitas para ficar presas. Tem poder demais. Orgulho demais. Só existe um meio de realmente possuir um animal selvagem. É torná-lo seu.

– Matando o animal.

Prove que está à altura da tarefa, e eu recompensarei você deixando o zoológico aberto, com os animais alimentados e cuidados, ao mesmo tempo que dispenso você de seus deveres ali.

– Eu... não posso.

Porque o leopardo é lindo, ou porque você tem medo dele?

– Simplesmente... porque não.

Qual é a única coisa que eu recusei a você? A única vez em que deixei de satisfazer seu desejo?

– Uma arma carregada.

Eu mandarei colocar um rifle para seu uso dentro do zoológico. A decisão é sua... e quero que você tome um partido...

De modo que, no dia seguinte, Zack foi até o zoológico, só para segurar a arma carregada. Sobre uma mesa com guarda-sol dentro da entrada, encontrou um pequeno rifle novo em folha, com um cabo de nogueira acetinada e um acolchoado para o recuo, além de uma mira telescópica no topo. Pesava apenas três quilos e pouco. Ele foi levando cuidadosamente a arma pelo local, mirando em diversos alvos. Queria atirar, mas não sabia ao certo quantos cartuchos tinha. Era um rifle de carregar pela culatra, mas ele não estava cem por cento certo de que poderia recarregá-lo, mesmo se conseguisse mais munição. Mirou num letreiro que dizia TOALETES e puxou o gatilho sem tracioná-lo devagar, fazendo a arma saltar nas suas mãos. A culatra bateu violentamente contra o seu ombro, e o coice lançou-o para trás. O barulho foi um grande estrondo. Zack arquejou e viu um filete de fumaça saindo da boca do cano. Olhou para o letreiro e viu um buraco produzido em uma das letras.

Nos vários dias que se seguiram ele praticou a pontaria, utilizando os exóticos animais de bronze do relógio Delacorte, que ainda tocava música a cada meia hora. Vendo as figuras que se moviam ao longo de um trilho circular, Zack mirou num hipopótamo que tocava violino. Seus dois primeiros tiros erraram totalmente o alvo, e o terceiro apenas raspou na cabra que tocava flauta. Frustrado, ele recarregou a arma e esperou pela volta seguinte sentado num banco próximo, cochilando ao som das sirenes distantes. Os sinos o acordaram trinta minutos depois. Dessa vez ele mirou na frente do alvo, em vez de tentar acompanhar seu movimento. Deu três tiros no hipopótamo e ouviu perfeitamente um agudo ricochete na figura de bronze. Dois dias depois, a cabra já perdera a ponta de um de seus dois tubos da flauta, e o pinguim perdera parte da baqueta do tambor. Zack já atingia as figuras com velocidade e precisão. Sentia-se pronto.

O hábitat do leopardo consistia em uma queda-d'água e uma floresta de bétulas e bambus, tudo dentro de uma alta tenda de tela de aço inoxidável. O terreno lá dentro era íngreme, com tubos semelhantes a túneis escavados na elevação, levando a uma área envidraçada.

O leopardo-das-neves estava parado numa rocha e olhou para Zack, associando o aparecimento do garoto com a hora da alimentação. A chuva negra manchara sua pele, mas ele ainda mantinha um ar altivo. De um metro e vinte centímetros de comprimento, conseguia saltar doze ou quinze metros se motivado, tal como na hora de abater uma presa.

O leopardo desceu da rocha, fazendo um círculo. O barulho do rifle o incomodara. Por que o Mestre queria que Zack o matasse? Qual era o propósito daquilo? Parecia um sacrifício, como se tivessem pedido a Zack para executar o mais corajoso dos animais, a fim de que os outros sobrevivessem.

Ele ficou chocado quando o leopardo veio saltando na direção da tela de aço que os separava, com os dentes arreganhados. Ele estava faminto e desapontado por não sentir o cheiro de qualquer alimento, bem como alarmado com o tiro do rifle, mas isso não era, absolutamente, o que parecia a Zack. Ele saltou para trás, antes de se reafirmar, apontando o rifle para o leopardo-das-neves, em resposta ao seu rosnado baixo e intimidador. A fera ficou caminhando num círculo fechado, sem tirar o olhar dele. Estava voraz, e Zack percebeu que ela caçaria refeição após refeição, e que, se alguma vez lhe faltasse alimento, atacaria a mão que a alimentava, sem um momento de hesitação. A fera tomaria, se precisasse tomar. Atacaria.

O Mestre tinha razão. Ele temia o leopardo e tinha razão para isso. Mas quem era o guardador e quem era o guardado? O leopardo não tivera Zack trabalhando para ele, alimentando-o regularmente durante tantos meses? Zack era o bicho de estimação dele, tanto quanto ele era o bicho de estimação de Zack. E subitamente, com o rifle na mão, aquele esquema não lhe pareceu justo.

Ele odiava a arrogância, a vontade do leopardo. Foi andando em torno do recinto, seguido pelo leopardo-das-neves do outro lado da tela. Entrou na área de alimentação, onde havia um letreiro ACESSO APENAS A FUNCIONÁRIOS DO ZOOLÓGICO, e olhou pela pequena janela acima da portinhola por onde enfiava carne ou presas vivas para a pantera. Sua respiração ofegante parecia encher todo o aposento. Ele mergulhou por baixo da portinhola, com dobradiças na sua parte superior, que bateu com força atrás dele.

Nunca antes ele estivera dentro da jaula do leopardo. Olhou para a cobertura alta lá em cima. Muitos ossos de tamanhos diferentes estavam espalhados no chão à sua frente, restos de antigas refeições.

Ele tinha uma fantasia grandiosa: entrar no pequeno bosque, rastrear o leopardo e olhar nos olhos dele antes de decidir se puxava ou não o gatilho. Mas o ruído daquela portinhola se fechando equivalia ao som de uma sineta chamando para o jantar, e logo o leopardo-das-neves se esgueirou em torno de uma rocha, colocada estrategicamente para bloquear a visão dos visitantes do zoológico quando o animal se alimentava.

A fera parou de repente, surpreendida ao ver Zack dentro do recinto. Pela primeira vez não havia uma tela de aço entre os dois, e ela abaixou a cabeça, como que tentando entender aquela estranha reviravolta nos acontecimentos. Zack viu que cometera um erro terrível, levou o rifle ao ombro sem mirar e apertou o gatilho. Nada aconteceu. Ele apertou o gatilho de novo. Nada.

Ele pegou o ferrolho da culatra, puxou-o para trás e deslizou-o de novo para frente. Apertou o gatilho, e o rifle saltou nas suas mãos. Acionou o ferrolho de novo, freneticamente, e apertou o gatilho. O estampido foi a única coisa que penetrou no zumbido em seus ouvidos. Ele acionou o ferrolho de novo, apertou o gatilho, e o rifle saltou. Outra vez, e o rifle negou fogo, vazio. De novo, e ainda nada.

Só então Zack percebeu que o leopardo-das-neves estava caído de lado diante dele. Foi até o animal, vendo as manchas de sangue vermelho se espalhando pela pele. O leopardo tinha os olhos fechados, e os poderosos membros, imóveis.

Zack subiu no rochedo e sentou-se lá com o rifle vazio no colo. Assoberbado pelas emoções, ele tremia e chorava. Sentia-se triunfante e perdido, ao mesmo tempo. Olhou para fora do zoológico, de dentro da jaula. Começara a chover.

Depois disso, as coisas começaram a mudar para Zack. Seu rifle continha apenas quatro cartuchos, e ele passou algum tempo voltando ao zoológico todo dia para treinar tiro ao alvo: mais letreiros, bancos e galhos. Então começou a assumir mais riscos. Andava de bicicleta ao longo das antigas trilhas de corrida do parque, rodeando diversas vezes o grande gramado, seguindo pelas alamedas vazias do Central Park e passando pelos restos engelhados de cadáveres pendentes ou pelas cinzas de piras funerárias. Quando fazia isso em noites de lua cheia, gostava de apagar o farol da bicicleta. O pavimento úmido brilhava debaixo do luar azulado. Aquilo era excitante, mágico – uma aventura. Protegido pelo Mestre, ele não sentia medo.

Mas o que ele sentia mesmo, ainda, era a presença de sua mãe. A ligação entre os dois, que parecera forte mesmo depois da transformação dela, diminuíra com o tempo. A criatura que outrora fora Kelly Goodweather, sua mãe, já mal parecia uma mulher humana. O couro cabeludo estava sujo e calvo, os lábios, finos e sem a menor coloração rosada. As cartilagens macias do nariz e das orelhas eram meras massas informes. Uma carne frouxa e esfarrapada pendia do seu pescoço, bem como uma incipiente papada escarlate, que ondulava quando ela virava a cabeça. Seu tórax era chato, os seios murchos, os braços e pernas cobertos de sujeira tão grossa que a chuva forte não conseguia lavar. Seus olhos eram esferas negras flutuando num vermelho-escuro, essencialmente sem vida... exceto por raras vezes, e talvez agora apenas na imaginação de Zack, quando ele via o que achava que podia ser um clarão de reconhecimento que refletia a mãe que ela já fora. Não era propriamente uma emoção ou expressão, mas o modo como certa sombra caía sobre seu rosto, mais obscurecendo a natureza vampiresca do que revelando a anterior natureza humana. Eram momentos fugazes, que ficavam cada vez mais raros com o tempo, mas que ainda bastavam. Mais psicológica do que fisicamente, a mãe permanecia na periferia de sua nova vida.

Entediado, Zack empurrou a alavanca da máquina automática, e uma barra de caramelo caiu na abertura de baixo. Ele foi comendo enquanto voltava ao primeiro andar e depois saiu do prédio, procurando alguma encrenca em que se meter. Como que seguindo uma deixa, sua mãe apareceu escalando a face do rochedo escarpado onde se erguia o castelo. Ela fazia aquilo com agilidade felina, subindo pelo xisto úmido aparentemente sem esforço, os pés nus e as mãos com garras moviam-se de ponto de apoio a ponto de apoio, como quem houvesse subido por aquela trilha mil vezes antes. No alto, ela passou facilmente para a alameda, seguida por dois tateadores que pareciam aranhas, pulando de cá para lá nos quatro membros.

Quando ela se aproximou de Zack, que parara no umbral da porta para evitar a chuva, ele viu que a papada do pescoço dela estava cheia, inchada e vermelha, apesar da terra e da sujeira acumuladas. Isso significava que ela se alimentara havia pouco tempo.

– Foi jantar fora, mamãe? – perguntou ele, enojado. O espantalho que outrora fora sua mãe encarou-o com olhos vazios. Toda vez que a via, ele sentia exatamente o mesmo impulso contraditório: repulsa e amor. Ela o seguia por toda parte, às vezes por horas, ocasionalmente mantendo distância como um lobo à espreita. Uma vez ele ficara tão emocionado que acariciara o cabelo dela e depois chorara silenciosamente.

Ela entrou no castelo sem nem mesmo lançar um olhar para o rosto de Zack. Suas pegadas úmidas e a gosma trazida pelas mãos e pelos pés dos tateadores somaram-se à camada de sujeira que cobria o piso de pedra. Zack olhou para ela e, por um momento fugaz, embora distorcido pela mutação vampiresca, viu o rosto de sua mãe emergir. Quase que instantaneamente, porém, a ilusão foi quebrada, com a lembrança estragada por aquele monstro onipresente que ele não conseguia deixar de amar. Todas as pessoas que ele já tivera na vida haviam desaparecido. Aquilo era tudo que sobrara para Zack: uma boneca quebrada para lhe fazer companhia.

Zack sentiu um calor encher o castelo varrido pela brisa, como algo deixado por um ser em rápido movimento. O Mestre voltara, e um ligeiro murmúrio penetrou na cabeça de Zack. Ele viu a mãe subir as escadas para os andares superiores e foi atrás, querendo ver o motivo daquela movimentação.

O Mestre

Outrora, o Mestre compreendia a voz de Deus. Ele tivera essa voz em seu íntimo, e, de certo modo, retinha uma pálida imitação daquele estado de graça. Era, afinal de contas, um ser de uma só mente e muitos olhos, vendo tudo simultaneamente, processando tudo, experimentando as muitas vozes de seus súditos. E como a voz de Deus, a do Mestre era um concerto de fluxo e contradição, carregando a brisa e o furacão, a calmaria e o trovão. Levantando-se e esvaindo-se com a noite e a aurora...

Mas a escala da voz de Deus abrangia tudo – não só a Terra, não só os continentes, mas o mundo *todo*. E o Mestre só conseguia observar o mundo todo, mas já não conseguia compreender totalmente o que via, como conseguia antes, na origem de tudo.

Isso, pensou ele pela milionésima vez, *é o que significa cair do estado de graça...*

E, contudo, lá estava o Mestre, monitorando o planeta por meio das observações de sua linhagem. Fontes múltiplas de informação, e uma só inteligência central. A mente do Mestre lançava uma rede de vigilância por sobre o globo. Espremendo o planeta Terra numa mão fechada de mil dedos.

Goodweather acabara de liberar dezessete servos na explosão do prédio do hospital. Dezessete perdidos a serem repostos em breve; a aritmética da infecção era da mais alta importância para o Mestre.

Os tateadores permaneciam procurando o médico fugitivo nos prédios das redondezas, seguindo o rastro psíquico dele. Até agora, nada. A vitória final do Mestre estava assegurada, e o grande jogo de xadrez quase terminado, mas o oponente se recusava obstinadamente a aceitar a derrota, deixando ao Mestre o trabalho enfadonho de caçar pelo tabuleiro a última peça remanescente.

Na verdade a peça final não era Goodweather, mas sim o *Occido Lumen*, a única edição existente do texto amaldiçoado. Além de detalhar a misteriosa origem dos Antigos, o livro também continha indicações para a destruição do Mestre, caso alguém soubesse onde procurar – a localização de seu sítio de origem.

Felizmente os atuais detentores do livro pareciam gado analfabeto. O tomo fora roubado num leilão pelo velho professor Abraham Setrakian, na época o único humano na Terra com o conhecimento necessário para decifrar o conteúdo do livro e seus segredos arcanos. Entretanto, o velho professor tivera pouco tempo para examinar o *Lumen* antes de morrer. E, no breve espaço de tempo em que o Mestre e Setrakian haviam se ligado pela possessão, aqueles preciosos momentos entre a transformação do velho professor e sua destruição, o vampiro conseguira saber, por meio da inteligência compartilhada dos dois, todo o conhecimento que o professor apreendera do volume encadernado em prata.

Tudo, mas mesmo assim não o bastante. A localização da origem do Mestre, o fabuloso Sítio Negro, ainda era desconhecida por Setrakian no momento da transformação. Aquilo era frustrante, mas também provava que seu leal grupo de simpatizantes também não conhecia a localização. O conhecimento que Setrakian tinha do folclore e da história dos clãs obscuros não era igualado entre os humanos, e, como uma chama soprada, morrera com ele.

O Mestre tinha confiança de que, mesmo com o amaldiçoado livro nas mãos, os seguidores de Setrakian não seriam capazes de decodificar o mistério do *Lumen*. Mas ele próprio precisava daquelas coordenadas, para garantir sua segurança por toda a eternidade. Somente um tolo deixa algo de importância entregue ao acaso.

Naquele momento de possessão, de singular intimidade psicológica com Setrakian, o Mestre também descobrira as identidades dos coconspiradores do velho: o ucraniano Vasiliy Fet, Nora Martinez e Augustin Elizalde.

Mas nenhum era mais importante do que aquele que o Mestre já identificara: o dr. Ephraim Goodweather. O que o Mestre não sabia, e o que lhe veio como uma surpresa, era que Setrakian considerava Goodweather o mais forte elo entre todos. Até mesmo diante das óbvias vulnerabilidades dele, como o temperamento instável ou a perda da ex-esposa e do filho, Setrakian considerava o médico absolutamente incorruptível.

O Mestre não era um ser dado a surpresas. Existir por séculos é algo que tende a embotar as revelações, mas essa aí o perturbava. Como aquilo podia ser? Relutantemente, o Mestre admitiu valorizar muito a opinião de Setrakian, mesmo sendo humano. Quanto ao *Lumen*, o interesse do vampiro por Goodweather começara como uma simples distração.

A distração se transformara numa perseguição.

A perseguição já virara uma obsessão. Todos os humanos cediam, no fim. Às vezes levava apenas simples minutos, às vezes dias, às vezes décadas, mas no final o Mestre sempre vencia. Aquilo era um jogo de xadrez em termos de resistência. A moldura de tempo do Mestre era muito mais ampla do que a dos humanos, sua mente, mais treinada... e livre de ilusões e esperanças.

Fora isso que levara o Mestre ao filho de Goodweather. Esse fora o motivo original pelo qual ele não transformara Zack. A razão pela qual toda semana aliviava o desconforto nos pulmões do garoto com uma gota de seu precioso sangue, o que também lhe permitia sondar a mente quente e maleável dele.

O garoto reagira bem ao poder do Mestre. E o Mestre usava isso, engajando-o mentalmente. Subvertendo as ingênuas ideias dele sobre divindade. Depois de um período de medo e aversão, Zack, com a assistência do Mestre, passara a sentir admiração e respeito. Suas remanescentes emoções pelo pai haviam murchado como um tumor sob radiação. A jovem mente do garoto era uma massa agradável que o Mestre continuava a moldar.

Preparando sua elevação.

Normalmente o Mestre encontrava aqueles súditos ao término do processo de corrupção. Ali ele tivera a inusitada oportunidade de participar da corrupção do filho e do substituto de alguém supostamente incorruptível. Podia vivenciar essa decadência diretamente através do garoto, graças à ligação da alimentação sanguínea. Sentira o conflito do garoto quando defrontado com o leopardo-das-neves, sentira o medo e a alegria dele. Nunca antes quisera manter alguém vivo; nunca quisera mantê-los humanos. Mas já decidira: aquele seria o novo corpo que ele habitaria. Com isso em mente, estava essencialmente preparando o jovem Zackary. Aprendera a nunca assumir um corpo com menos de treze anos de idade. Fisicamente, as vantagens incluíam energia ilimitada, juntas maleáveis e músculos elásticos, exigindo pouca manutenção. Mas as desvantagens eram as de ter um corpo mais fraco, estruturalmente frágil e com força limitada. O Mestre já não precisava de dimensão e força extraordinárias como as de Sardu, o hospedeiro de corpo gigantesco dentro do qual viajara para Nova York, e que tivera de descartar depois de envenenado por Setrakian. Também não precisava mais de apelo e poder de sedução físicos extraordinários, como os de Bolivar. Ele esperaria... O que o Mestre buscava no futuro era conveniência.

Ele conseguira se enxergar pelos olhos de Zackary, o que lhe fora muito esclarecedor. O corpo de Bolivar lhe caíra bem, e era interessante notar a reação do garoto à sua aparência atraente. Afinal de contas, o roqueiro era uma presença magnética. Um artista. Um astro. Isso, combinado com os talentos sombrios do Mestre, havia se mostrado irresistível para o jovem.

E o mesmo poderia ser dito do inverso. O Mestre se viu contando coisas a Zackary, não devido a alguma extrema afeição, mas como um eu mais velho para um eu mais jovem. Um diálogo assim era uma raridade na sua longa existência. Afinal de contas, ele convivera por anos com as almas mais endurecidas e cruéis. Confrontado com elas, moldara todas à sua vontade. Num concurso de brutalidade, ele não tinha igual.

Mas a energia de Zack era pura, e sua essência, bem semelhante à do seu pai. Uma piscina perfeita para estudar e manchar. Tudo isso contribuía para a curiosidade do Mestre pelo jovem Goodweather. Ao longo dos séculos, ele aperfeiçoara sua técnica de ler os humanos, não apenas por meio da comunicação não verbal – conhecida como "contar" –, mas até mesmo por suas omissões. Um behaviorista pode antecipar ou detectar uma mentira pelo conjunto de microgestos que a telegrafam. O mestre podia prever uma mentira dois segundos antes da ocorrência. Moralmente ele pouco se importava com isso. Mas era vital detectar a verdade ou a mentira em uma aliança. Significava acessar ou não acessar; cooperação ou perigo. Para o Mestre, os humanos eram insetos, e ele, um entomologista que vivia entre eles. Essa disciplina perdera todo o antigo fascínio para ele havia muitos milhares de anos... até o momento. Quanto mais Zackary Goodweather tentava esconder as coisas, mais o Mestre se via capaz de extraí-las dele, sem que o jovem nem mesmo desconfiasse que estava lhe contando tudo que ele precisava saber. E, por meio do jovem Goodweather, o Mestre estava reunindo informações sobre Ephraim. Um nome curioso. Segundo filho de José e de uma mulher que certa vez recebera a visita de um anjo: Asenath. Ephraim, conhecido por sua progênie, perdida na Bíblia, sem identidade ou propósito. O Mestre sorriu.

Assim, a busca continuava em duas frentes: pelo *Lumen*, contendo o segredo do Sítio Negro nas suas páginas forradas de prata, e por Ephraim Goodweather.

Muitas vezes ocorrera ao Mestre que ele obteria os dois troféus ao mesmo tempo.

Ele estava convencido de que o Sítio Negro estava bem perto. Todas as pistas indicavam isso: as próprias pistas que o haviam levado até ali, e a profecia que o forçara a cruzar o oceano. Contudo, tomando todas as precauções possíveis, seus escravos continuavam as escavações em partes distantes do mundo, para ver se conseguiam encontrar o sítio em outro lugar.

Os penhascos Negros, de Negril. A cordilheira de montanhas Black Hills, na Dakota do Sul. Os campos de petróleo em Pointe-Noire, no litoral ocidental da República do Congo.

Nesse ínterim, o Mestre atingira quase que completamente o desarmamento nuclear completo do mundo inteiro. Assumindo imediato controle das forças militares mundiais por meio da propagação do vampirismo em soldados e oficiais, ele agora tinha acesso a grande parte dos arsenais nucleares mundiais. Confiscar e desmantelar os armamentos das nações renegadas, bem como as chamadas "ogivas soltas", levaria um pouco mais de tempo, mas o final estava próximo.

Ele olhou para cada canto de sua fazenda terrestre e ficou satisfeito.

Pegou o bastão com cabeça de lobo de Setrakian, que o caçador de vampiros costumava portar. A bengala pertencera antes a Sardu, e fora reformada: revelava uma espada de prata, quando se abria o punho. Agora era nada mais do que um troféu, um símbolo da vitória do Mestre. A diminuta parcela de prata no punho não o incomodava, embora ele tomasse extremo cuidado para não tocar a cabeça de lobo que servia de ornamento.

O Mestre levou o objeto para a torre do castelo, o ponto mais alto do parque, e saiu debaixo da chuva oleosa. Além dos pontudos galhos superiores das copas desnudas das árvores, através do espesso manto do nevoeiro e do ar carregado de poluição, assomavam os sujos prédios cinzentos, o East Side e o West Side da cidade. No registro brilhante de sua visão sensível ao calor, milhares e milhares de janelas vazias olhavam para baixo, feito os frios olhos mortos de testemunhas caídas. O céu escuro se agitava lá em cima, despejando sujeira na cidade derrotada.

Abaixo do Mestre, formando um arco em torno da base da elevada formação rochosa, postavam-se os guardiões do castelo, em vinte fileiras. Além deles, em resposta ao chamado psíquico do Mestre, um mar de vampiros se juntara nos vinte e dois hectares do Grande Gramado, todos erguendo os olhos de lua negra.

Nada de aplauso. Nada de saudação. Nada de exultação. Uma reunião parada e muda; um exército silencioso esperando ordens.

Kelly Goodweather apareceu ao lado do Mestre, e, junto dela, Zack. A mãe fora convocada; o garoto aparecera por pura curiosidade.

O comando do Mestre partiu para a mente de cada vampiro:
Goodweather.

Não houve reação à ordem do Mestre. A única resposta seria a ação. No devido tempo, ele mataria Goodweather: primeiro, sua alma e depois, seu corpo. O sofrimento seria insuportável.

O Mestre garantiria isso.

A ilha Roosevelt

Antes de sua reinvenção, no final do século XX, como uma comunidade planejada, a ilha Roosevelt abrigava a penitenciária da cidade, o asilo de loucos, o hospital de portadores de varíola, e fora outrora conhecida como a Ilha do Bem-Estar.

Aquele fora sempre o destino dos párias da cidade de Nova York. Agora Vasiliy era um deles.

Ele decidira que seria melhor viver em isolamento naquela ilha estreita, com três quilômetros de comprimento, no meio do East River, do que residir na cidade arruinada pelos vampiros ou nos bairros limítrofes infestados. Não aguentaria morar em uma Nova York ocupada. Aparentemente, os *strigoi*, com fobia de rio, não tinham conseguido encontrar uso para aquele pequeno satélite de Manhattan; assim, logo depois de assumirem o comando, haviam evacuado todos os residentes e incendiado a ilha. Os cabos para o bonde da rua 59 haviam sido cortados, e o terminal da ponte no Queens, destruído. A linha F do metrô ainda corria debaixo do rio, mas a estação na ilha fora permanentemente emparedada.

Contudo, Vasiliy conhecia um caminho diferente, pelo túnel debaixo d'água, até o centro geográfico da ilha. Era um túnel de acesso construído para a manutenção do inusitado sistema de tubos pneumáticos que recolhia os dejetos da comunidade. A maior parte da ilha, inclusive os imensos prédios residenciais com vistas magníficas para Manhattan, estava em ruínas. Mas Vasiliy encontrara algumas acomodações subterrâneas, intactas na maior parte, no complexo de luxuosos apartamentos construído em torno do Octagon, outrora a principal construção do velho asilo de loucos. Lá, bem escondido na destruição geral, ele isolara os andares superiores incendiados, e unira quatro unidades térreas. Como os dutos de água e eletricidade debaixo do rio não haviam sido danificados, depois que as redes dos bairros foram consertadas passou a haver energia e água potável disponíveis.

Aproveitando a luz do dia, os contrabandistas deixaram Vasiliy e a arma nuclear russa na extremidade norte da ilha. Ele pegou um veículo de armazenagem com rodas que guardava num galpão hospitalar perto do litoral rochoso, e, debaixo de chuva, foi rebocando a arma, a mochila e uma pequena caixa térmica até seu esconderijo.

Estava ansioso para ver Nora, e até mesmo se sentindo um pouco tonto. Viagens de volta produziam esse efeito. Além disso, ela era a única pessoa que sabia que ele ia se encontrar com os russos, de modo que chegou rebocando seu grande troféu como um garoto que volta da escola com um prêmio. Sua sensação de missão cumprida era ampliada pela excitação e pelo entusiasmo que ele sabia que ela lhe mostraria.

Entretanto, quando chegou à porta calcinada que levava ao interior da câmara subterrânea escondida, ele a encontrou entreaberta. Não era um erro que a dra. Nora Martinez cometeria. Vasiliy retirou rapidamente a espada da bolsa. Mas precisava puxar o carrinho para dentro, a fim de tirá-lo da chuva. Deixou-o no corredor danificado pelo fogo, e foi descendo o lance de escadas parcialmente derretido.

Atravessou a porta destrancada. Seu esconderijo não necessitava de muita segurança, porque estava muito bem oculto e porque, tirando os raros contrabandistas marítimos que arriscavam uma viagem ao longo do interior de Manhattan, quase ninguém mais punha os pés na ilha.

A cozinha parcamente equipada estava deserta. Vasiliy vivia à base de petiscos furtados e armazenados depois dos primeiros meses de sítio: biscoitos salgados e barras de granola, além de bolos diversos, que já estavam alcançando, e em alguns casos até ultrapassando, o prazo de validade. Ao contrário da crença popular, aqueles alimentos *realmente* ficavam intragáveis. Vasiliy tentara pescar, mas a água fuliginosa estava tão cheia da pragas que ele temia que nenhuma chama tivesse calor suficiente para extrair a poluição.

Vasiliy atravessou o quarto depois de verificar rapidamente os armários. O colchão lhe servira muito bem até a perspectiva de Nora talvez passar a noite ali fazer com que ele buscasse uma cama propriamente dita. O banheiro, que só tinha os equipamentos essenciais, estava vazio. Era ali dentro que Vasiliy guardava o equipamento de caça aos ratos que salvara de sua velha loja em Flatlands, alguns instrumentos de sua antiga vocação de que não conseguira se separar.

Ele abaixou o corpo e passou pelo buraco que abrira a marretadas para a outra unidade que usava como escritório. O aposento estava atulhado de estantes e caixas retiradas da biblioteca de Setrakian, dispostas em torno de um sofá de couro, debaixo de uma lâmpada de leitura baixa.

Parado em pé na posição de duas horas, dentro daquele aposento arrumado de forma circular, havia um vulto encapuzado, forte e com quase dois metros de altura. Seu rosto estava escondido pelo capuz de algodão preto, mas os olhos apareciam, penetrantes e vermelhos. Nas suas mãos pálidas havia um livro aberto, com a fina caligrafia de Setrakian.

Era um *strigoi*. Mas estava vestido. Usava calça e botas, além do blusão com capuz.

Vasiliy olhou para o restante do aposento, pensando numa emboscada.

Eu estou sozinho.

O *strigoi* pôs sua voz diretamente na cabeça de Vasiliy, que olhou de novo para o caderno nas mãos dele. Aquele local era um santuário para Vasiliy. O vampiro o invadira e poderia tê-lo destruído facilmente. A perda teria sido catastrófica.

– Onde está Nora? – perguntou Vasiliy, avançando para o vampiro e desembainhando a espada com toda a rapidez que seu tamanho lhe permitia. Mas o vampiro simultaneamente se desviou e o derrubou. Vasiliy gritou de raiva e tentou agarrar seu adversário. Por mais que tentasse, porém, o *strigoi* sempre retaliava com um bloqueio e um movimento paralisante, machucando Vasiliy apenas o suficiente.

Eu estou aqui sozinho. Por acaso se lembra de quem eu sou, sr. Fet?

Vasiliy se lembrava vagamente. Lembrava que certa vez aquele ser encostara um espigão no seu pescoço, dentro de um velho apartamento alto junto ao Central Park.

– Você era um daqueles caçadores. Guarda-costas pessoais dos Antigos.

Correto.

– Mas não foi vaporizado com os outros.

Obviamente não.

– Q... alguma coisa.

Quinlan.

Vasiliy conseguiu soltar o braço direito e tentou dar um soco na bochecha da criatura, mas seu pulso foi agarrado e torcido num piscar de olhos. Dessa vez doeu. Muito.

Eu posso deslocar ou quebrar o seu braço. Você escolhe. Mas pense no assunto. Se eu quisesse você morto... você já estaria morto a essa altura. Ao longo dos séculos servi a muitos mestres e travei muitas guerras. Servi a imperadores, rainhas e mercenários. Matei milhares da sua espécie e centenas de vampiros renegados. Só preciso que você me dê um instante. Quero que você escute. Se me atacar de novo, matarei você instantaneamente. Estamos nos entendendo?

Vasiliy assentiu, e foi solto por Quinlan.

– Você não morreu com os Antigos. Deve ser da linhagem do Mestre...

Sim. E não.

– Hum. Isso é conveniente. Você se importa se eu perguntar como entrou aqui?

Seu amigo Gus. Os Antigos fizeram com que eu o recrutasse para caçar vampiros durante o dia.

– Eu me lembro. Mas foi muito pouco, e tarde demais.

Vasiliy continuava desconfiado. Aquilo não fazia sentido. Os métodos ardilosos do Mestre o haviam deixado paranoico, mas fora precisamente essa paranoia que nos últimos dois anos o mantivera vivo, sem ser transformado.

Estou interessado em examinar o Occido Lumen. *Gus me disse que talvez você fosse capaz de me apontar a direção certa.*

– Vá se foder – disse Vasiliy. – Vai ter de passar por cima de mim para pegar o livro.

Quinlan pareceu sorrir.

Nós buscamos o mesmo objetivo. E eu levo vantagem quando se trata de decifrar os livros e as anotações de Setrakian.

O *strigoi* fechara o caderno do judeu, que Vasiliy relera muitas vezes.

– Boa leitura?

Muito boa. E de uma precisão impressionante. O professor Setrakian era tão culto quanto esperto.

– Ele era um cara sério, mesmo.

Ele e eu quase nos encontramos certa vez. Foi cerca de trinta quilômetros ao norte de Kotka, na Finlândia. De alguma forma ele me rastreara até lá. Na época eu desconfiava das intenções dele, como você pode imaginar. Em retrospectiva, vejo que ele teria sido uma interessante companhia para jantar.

– Em vez de ser ele próprio o jantar – disse Vasiliy. Achando que talvez fosse interessante aplicar um pequeno teste, ele apontou para o texto nas mãos de Quinlan e disse: – Ozryel, certo? É esse o nome do Mestre?

Ele levara na viagem, para estudá-las sempre que possível, algumas páginas copiadas do *Lumen*, inclusive uma imagem que Setrakian assinalara ao abrir o livro: o arcanjo que ele chamava de Ozryel. O velho professor marcara a página ilustrada com o símbolo da alquimia de três luas crescentes, combinadas para formar um rudimentar símbolo de perigo biológico, de tal maneira que as imagens entrelaçadas formavam uma espécie de simetria.

– O velho chamava Ozy de "o anjo da morte".

Já virou "Ozy", é?

– Desculpe, é sim. Um apelido. Então... foi o Ozy que se transformou no Mestre?

Parcialmente correto.

– Parcialmente?

Vasiliy já baixara a espada e estava apoiado nela como que em uma bengala, deixando a ponta de prata fazer outra marca no chão.

– Veja só, Setrakian teria mil perguntas para fazer a você. Eu nem sei onde começar.

Já começou.

– Acho que sim. Merda, onde você estava há dois anos?

Eu tinha trabalho a fazer. Preparativos.

– Preparativos para o quê?

Cinzas.

– Certo – disse Vasiliy. – Alguma coisa sobre os Antigos... reunindo os restos mortais deles. Havia três Antigos do Velho Mundo.

Você sabe mais do que acha que sabe.

– Mas ainda não sei o bastante. Veja, eu também acabei de voltar de uma viagem. Estava tentando descobrir a procedência do *Lumen*. Um beco sem saída... mas outra coisa interrompeu meu caminho. Algo que pode ser grande.

Vasiliy pensou na arma nuclear, recordou sua excitação na volta para casa, e isso o fez se lembrar de Nora. Ele foi até um laptop, acordou o aparelho que passara uma semana hibernando e conferiu a caixa de mensagens cifradas. Nora não postava nenhuma mensagem havia dois dias.

– Preciso ir – disse ele a Quinlan. – Tenho muitas perguntas, mas pode haver alguma coisa errada, e eu tenho de me encontrar com alguém. Acho que não há nenhuma chance de você ficar esperando aqui por mim?

Nenhuma. Eu preciso ter acesso ao Lumen. *Como o céu, ele está escrito numa linguagem além da sua compreensão. Se você me entregar o livro... da próxima vez que nos encontrarmos eu posso lhe prometer um plano de ação...*

Vasiliy sentiu uma avassaladora ânsia de se apressar, uma súbita sensação de medo.

– Primeiro eu preciso falar com os outros. Não é uma decisão a tomar sozinho.

Quinlan permaneceu imóvel na meia-luz.

Você pode me encontrar por meio de Gus. Mas saiba que o tempo é curto e precioso. Se alguma situação já exigiu uma ação decisiva, é essa.

INTERLÚDIO I

A HISTÓRIA DE QUINLAN

O ano de 40 d.C., o último ano completo do reinado de Gaio Calígula, imperador de Roma, foi marcado por extraordinárias demonstrações de orgulho, crueldade e insanidade. O imperador começou a aparecer em público vestido como um deus, e diversos documentos públicos da época se referem a ele como "Júpiter". Calígula fez cabeças serem removidas das estátuas de deuses e substituídas por imagens de sua própria cabeça. Forçou os senadores a adorá-lo como um deus físico vivo. Um desses senadores romanos era seu cavalo, Incitatus.

O palácio imperial no Palatino foi ampliado para anexar um templo erigido para a adoração de Calígula. Na corte do imperador havia um antigo escravo, um garoto pálido, com cabelo preto, de quinze anos, convocado pelo novo deus-sol a pedido de um adivinho que nunca mais foi visto. O escravo foi rebatizado de Thrax pelo imperador.

Dizia a lenda que Thrax fora descoberto em um vilarejo abandonado, no interior selvagem do Extremo Oriente: as regiões congeladas, habitadas apenas pelas tribos mais bárbaras. Tinha a reputação de ser extremamente brutal e ardiloso, a despeito da aparência inocente e frágil. Alguns diziam que era dotado do dom da profecia, e que Calígula ficara instantaneamente enfeitiçado por ele. Só era visto à noite, geralmente sentado ao lado do imperador, sobre o qual exercia grande influência para alguém tão jovem, ou então sozinho no templo enluarado, com a pele clara brilhando como alabastro. Falava diversas línguas bárbaras, e rapidamente aprendeu latim e ciência; seu apetite voraz por conhecimento só era suplantado pelo apetite pela crueldade. Logo adquiriu uma reputação sinistra em Roma, numa época em que era considerado uma proeza a pessoa se distinguir pela simples exibição de crueldade. Ele aconselhava Calígula em assuntos políticos e distribuía ou retirava os favores imperiais com a maior facilidade. Não obstante, encorajava a elevação do imperador a divindade. Os dois podiam ser vistos no Circo Máximo, sentados lado a lado, torcendo fervorosamente pelos Estábulos Romanos Verdes nas corridas de cavalos. Corria o boato de que, na realidade, fora Thrax que sugerira que eles envenenassem os animais do estábulo rival, depois de uma derrota da equipe do imperador.

Calígula não sabia nadar, e o mesmo acontecia com Thrax, o que inspirou o imperador a erigir sua maior loucura: uma ponte flutuante temporária, com mais de três quilômetros, usando navios como pontões, ligando a cidade-porto de Baise à cidade-porto de Putéolos. Thrax não estava presente quando Calígula cruzou triunfalmente a baía de Baise montado em seu corcel Incitatus, envergando o peitoril de batalha original de Alexandre, o Grande. No entanto, dizia-se que o antigo escravo mais tarde fez muitas travessias à noite, sempre em uma liteira carregada por quatro escravos núbios vestidos com os mais finos trajes: uma *sedia gestatoria* profana flanqueada por doze guardas.

Habitualmente, uma vez por semana, sete escravas escolhidas a dedo eram trazidas até a câmara de ouro e alabastro de Thrax debaixo do templo. Ele exigia que fossem virgens com saúde perfeita, e que não tivessem mais de dezenove anos. Gotículas do suor delas eram usadas para selecioná-las durante a semana. Ao cair da noite do sétimo dia, a porta de madeira guarnecida de ferro era bloqueada pelo lado de dentro.

A primeira morte acontecia no pedestal de mármore verde no centro da câmara, onde um alto-relevo mostrava uma massa de corpos se contorcendo, implorando e levantando olhos e braços suplicantes na direção dos céus. Dois canais gêmeos na base direcionavam o sangue que escorria das escravas para cálices de ouro incrustados com rubis.

Thrax surgia de uma passagem, trajando apenas seu *subligar*, e silenciosamente ordenava que a escrava subisse no pedestal. Ali ele sugava o sangue da donzela, à plena vista de sete espelhos de bronze pendentes das paredes da câmara, mordendo-a ferozmente ao perfurar sua garganta com o ferrão. A sucção era tão súbita e rápida que se podia ver, realmente, as veias se achatando debaixo da pele da escrava, enquanto a cor se esvaía da carne em questão de segundos. Os musculosos braços de Thrax prendiam o tronco da escrava com grande força e destreza.

Quando cessava a diversão causada pelo pânico que se seguia, uma segunda escrava era rapidamente atacada, sugada e brutalmente assassinada. Seguia-se uma terceira, uma quarta e assim por diante, até que só restava a última, aterrorizada. Thrax saboreava mais do que tudo esse assassinato final. Era saciante.

Certa noite já no fim do inverno, porém, ele se demorou antes de liquidar a última escrava, pois detectara uma pulsação extra no sangue da jovem. Apalpou a barriga dela através da túnica, encontrando-a firme e inchada. Confirmando a gravidez, Thrax a esbofeteou e derrubou-a brutalmente, com o sangue dela escorrendo da sua boca. Procurou uma adaga de ouro, mantida perto de uma cornucópia de frutas frescas. Golpeou a grávida com a arma, procurando o pescoço, mas sua punhalada certeira foi desviada pelo antebraço nu da mulher, cortando os músculos exteriores e errando o tendão por meros milímetros. Thrax avançou de novo, mas foi parado pela moça. A despeito de sua rapidez e habilidade, ele permanecia em desvantagem devido a seu corpo subdesenvolvido e adolescente. Tão *fraco*, a despeito da técnica desenvolvida ao longo do tempo.

Assim, o Mestre resolveu nunca mais ocupar qualquer hospedeiro com menos de treze anos de idade. A escrava chorou e implorou que ele poupasse sua vida, bem como a de seu filho ainda não nascido, durante todo esse tempo ela sangrava deliciosamente. Ela chegou a invocar o nome dos deuses. Mas seus apelos nada significavam para o Mestre, exceto como parte do processo de alimentação: o crepitar do bacon na frigideira.

Nesse momento os guardas do palácio bateram à porta. Tinham ordens para nunca interromper a cerimônia semanal; como conheciam sua queda para a crueldade, porém, o Mestre sabia que devia ser importante o motivo para perturbá-lo. Assim, ele destrancou a porta e admitiu-os na cena sanguinolenta. Meses de serviço no palácio já haviam habituado os guardas à visão de tal profanação e perversão. Eles informaram a Thrax que Calígula sobrevivera a uma tentativa de assassinato, e mandara chamá-lo.

A escrava precisava ser eliminada, e a gravidez, interrompida. As regras ditavam isso. Mas o Mestre não queria ser lesado de seu esporte semanal, de modo que ordenou que as portas fossem guardadas até a sua volta.

Só que o suposto complô de assassinato fora simplesmente um assomo de histeria imperial, resultando na morte de sete inocentes convidados para uma orgia. Pouco tempo depois Thrax voltou à sua câmara, apenas para descobrir que, enquanto ele tranquilizava o deus-sol, os centuriões haviam esvaziado o palácio, inclusive o templo, a fim de abafar o complô inexistente. A escrava grávida, infectada e ferida, desaparecera.

Perto do alvorecer, Thrax persuadiu Calígula a despachar soldados a todas as cidades vizinhas, para encontrar a escrava e trazê-la de volta ao templo. A despeito de terem quase saqueado sua própria terra, os soldados não conseguiram encontrar a mulher. Quando finalmente veio a noite, Thrax saiu à procura da escrava, mas o sinal dela em sua mente era fraco, devido à gravidez. Na época o Mestre tinha apenas algumas centenas de anos de idade e ainda era propenso a cometer erros.

Aquele erro específico iria perturbá-lo durante séculos. Pois no primeiro mês do ano seguinte Calígula foi realmente assassinado, e seu sucessor, Cláudio, depois de um breve período de exílio, ascendeu ao poder aliciando o apoio da guarda pretoriana. O cruel escravo Thrax foi expurgado nesse processo e teve de fugir.

A escrava grávida continuara rumo ao sul, voltando à terra de seus Entes Queridos. Ela deu à luz um menino pálido, quase translúcido, com a pele da cor do mármore ao luar. Ele nasceu numa caverna num bosque de oliveiras perto da Sicília, e naquela terra seca eles caçaram durante anos. A escrava e seu bebê compartilhavam uma fraca ligação psíquica e, embora ambos sobrevivessem com o sangue dos humanos, o menino não tinha a patogenia infecciosa necessária para transformar suas vítimas.

Boatos de um demônio se espalharam por todo o Mediterrâneo enquanto o Nascido se desenvolvia, e ele se desenvolveu rapidamente. O meio-menino podia aguentar uma exposição limitada ao sol sem morrer. Tirando isso, porém, possuía todos os atributos vampirescos, com exceção do elo de escravidão a seu criador.

Se um dia o Mestre fosse destruído, porém, ele também o seria.

Uma década mais tarde, o Nascido estava retornando à caverna pouco antes do nascer do sol, quando sentiu uma presença. Dentro das sombras da caverna, viu uma sombra ainda mais escura mexendo-se e observando-o. Então sentiu a voz da mãe esvaindo-se no seu interior... era o sinal dela se extinguindo. Soube instantaneamente o que acontecera: o ser que estava lá dentro da caverna, fosse o que fosse, dera cabo da mãe dele... e agora esperava por ele. Sem sequer ver o inimigo, o Nascido percebeu a intensidade de sua crueldade. Aquela coisa nas sombras não conhecia misericórdia. Sem qualquer hesitação, o Nascido virou-se e escapou na direção de seu único refúgio: a luz do sol nascente.

O Nascido sobreviveu o melhor que pôde. Vivia de carniça, caçava e, ocasionalmente, assaltava viajantes nas encruzilhadas da Sicília. Logo foi capturado e levado aos tribunais. Tornou-se um gladiador calejado e treinado. Nas exibições, o Nascido derrotava todos os contendores, humanos ou feras; seus talentos sobrenaturais e sua aparência peculiar chamaram a atenção do Senado e dos militares romanos. Na véspera da cerimônia onde seria marcado a ferro, uma emboscada de múltiplos rivais invejosos de seu sucesso e sua atenção resultou em diversos ferimentos de espada, golpes fatais, que, milagrosamente, não ocasionaram sua morte. Ele se curou rapidamente e foi logo retirado da escola de gladiadores, sendo acolhido por um senador, Faustus Sertorius, que tinha uma ligeira familiaridade com as artes ocultas e possuía uma grande coleção de artefatos primitivos. O senador reconheceu o gladiador como o quinto imortal a nascer de carne humana e sangue de vampiro, e assim deu-lhe o nome de Quintus Sertorius.

O estranho *peregrinus* ingressou nas forças auxiliares do exército, a princípio, mas rapidamente subiu de graduação e reuniu-se à Terceira Legião. Sob a bandeira de Pégaso, Quintus cruzou o oceano para guerrear na África contra os ferozes berberes. Tornou-se hábil no manejo da *pilum*, a lança romana alongada, e dizia-se que podia lançar a arma com tal força a ponto de derrubar um cavalo em pleno galope. Carregava uma espada de aço de dois gumes, a *gladius hispaniensis*, forjada especialmente para ele – era livre de qualquer ornamento de prata, e tinha um punho de osso, feito de um fêmur humano.

Ao longo das décadas, Quintus realizou a marcha vitoriosa do templo de Bellona para a Porta Triumphalis muitas vezes, e serviu durante gerações a vários reinados, sempre à disposição de cada imperador. Boatos sobre sua longevidade foram se somando à lenda criada em torno dele, e ele passou a ser cada vez mais temido e admirado. Na Britânia, espalhou o terror no coração e na mente do exército píctio. Entre os germanos, era conhecido como Sombra de Aço, e sua simples presença mantinha a paz ao longo das margens do Eufrates.

Quintus era uma figura imponente. O físico modelado e a pele clara, de aspecto sobrenatural, lhe davam a aparência de uma estátua viva que respirava, esculpida em puro mármore. Tudo nele era marcial e combativo, e ele aparentava grande confiança. Colocava-se à frente de cada carga contra o inimigo, e era o último a deixar o campo de batalha. Nos primeiros anos ainda conservava seus troféus, mas, quando a carnificina tornou-se repetitiva e as relíquias começaram a entupir sua residência, perdeu o interesse. Reduziu as regras de combate a exatamente cinquenta e dois movimentos: técnicas de precisão dignas de um balé, que derrubavam os adversários em menos de vinte segundos.

A cada passo de sua carreira, Quintus sentia a perseguição do Mestre, que havia muito abandonara o corpo do escravo Thrax, de quinze anos, como hospedeiro. Houve emboscadas fracassadas, ataques de vampiros-escravos e, raramente, ataques diretos do Mestre sob vários disfarces. A princípio, Quintus ficava confuso com a natureza desses ataques, mas, com o tempo, foi ficando curioso sobre seu progenitor. O treinamento militar romano ensinara-o a partir para a ofensiva quando ameaçado, e assim ele começou a seguir a pista do Mestre, à procura de respostas.

Ao mesmo tempo, as explorações do Nascido e sua crescente aura de lendas trouxeram-no à atenção dos Antigos, que se aproximaram dele no meio de uma batalha noturna. Por meio do contato com eles, o Nascido descobriu a verdade sobre sua linhagem, e sobre o passado daquele Antigo desgarrado, a quem eles se referiam como "o Jovem". Eles lhe mostraram muitas coisas, na esperança de que, uma vez que os segredos lhe fossem revelados, o Nascido se juntaria a eles, naturalmente.

Mas Quintus recusou. Ele virou as costas para a ordem sombria dos lordes vampiros, nascidos da mesma força cataclísmica que o Mestre. Passara toda a sua vida entre humanos e queria tentar se adaptar à espécie. Queria explorar essa sua metade. E, a despeito da ameaça que o Mestre representava para ele, desejava viver como um imortal entre mortais, e não como um mestiço entre puros-sangues, pois era assim que se via na época.

Tendo nascido por uma omissão, e não uma ação, Quintus não podia procriar de modo algum. Era incapaz de se reproduzir e nunca poderia possuir uma mulher só sua. Faltava-lhe a patogenia que lhe teria permitido propagar a infecção ou subjugar qualquer humano à sua vontade.

Ao final de seus dias de campanha, Quintus arranjou um legado, recebendo um pedaço de terra fértil e até mesmo uma família: uma jovem viúva berbere, com pele azeitonada, olhos negros, e uma filha dela mesma. Nessa mulher ele encontrou afeição, intimidade e, por fim, amor. A jovem morena cantava canções doces para ele na sua língua nativa, e o embalava até dormir nos porões profundos de sua casa. Durante um tempo de paz relativa, eles moraram no litoral sul da Itália. Até que uma noite, quando ele estava fora, o Mestre foi visitar sua esposa.

Quando retornou, Quintus encontrou a família transformada, e à sua espreita junto com o Mestre. Precisou lutar com todos eles ao mesmo tempo, liberando a esposa selvagem e depois a filha dela. Quase não conseguiu sobreviver ao ataque do Mestre. Na época, o hospedeiro escolhido pelo Mestre era um companheiro legionário, um tribuno ambicioso e cruel chamado Tacitus. Embora baixo, o corpo troncudo e musculoso do homem dava ao Mestre ampla vantagem na luta. Quase não havia legionários abaixo de um metro e oitenta, mas Tacitus fora admitido porque era forte como um touro. Os braços e o pescoço eram grossos e curtos, constituídos de feixes de músculos proeminentes. Os ombros imensos e as costas lhe davam um aspecto ligeiramente encurvado, mas agora, assomando sobre o derrotado Quintus, Tacitus estava ereto como uma coluna de mármore. Entretanto, Quintus se preparara para a ocasião, tanto por temor quanto por esperança de que o dia chegasse. Numa dobra escondida do cinto, conservava uma estreita lâmina de prata, afastada de sua própria pele, mas com um cabo de sândalo trabalhado que podia ser sacado rapidamente. Ele a puxou e cortou Tacitus no rosto, dividindo o olho e partindo a face direita em duas. O Mestre uivou e cobriu o olho ferido, de onde jorrava sangue e um humor vítreo. Num único salto, fugiu da casa e mergulhou no jardim escuro além.

Quando se recobrou, Quintus sentiu uma solidão que nunca mais o abandonaria. Jurou vingança contra a criatura que o criara, mesmo que esse ato significasse sua própria destruição.

Muitos anos depois, com o advento da fé cristã, Quintus retornou aos Antigos, revelando quem e o que ele era. Ofereceu-lhes sua fortuna, influência e força, sendo acolhido como se fosse um deles. Preveniu-os sobre a perfídia do Mestre, e eles reconheceram a ameaça, mas nunca perderam a confiança em sua vantagem numérica, e na sabedoria da idade.

Ao longo dos séculos que se seguiram, Quintus continuou com sua busca por vingança.

Nos sete séculos seguintes, porém, Quintus, mais tarde Quinlan, nunca conseguiu se aproximar mais do Mestre do que numa certa noite em Tortosa, na região hoje conhecida como Síria, em que foi chamado de "filho".

Meu filho, guerras longas assim só podem ser vencidas pela desistência. Leve-me aos Antigos. Ajude-me a destruí-los, e você poderá assumir o lugar a que tem direito, a meu lado. Seja o príncipe que você é, verdadeiramente...

O Mestre e Quintus estavam parados na borda de um penhasco rochoso com vista para uma grande necrópole romana. Quinlan sabia que o Mestre não tinha escapatória. Os nascentes raios da aurora já estavam fazendo com que ele soltasse fumaça e queimasse. Aquelas palavras do Mestre eram inesperadas, e sua voz, soando na mente de Quinlan, uma intrusão. Quinlan sentiu uma intimidade que o apavorou. E, por um momento, de que viria a se arrepender pelo restante da vida, ele se sentiu verdadeiramente pertencendo a alguém. Aquela coisa que achara refúgio no corpo alto e pálido de um ferreiro era seu pai. Seu pai verdadeiro. Quilan abaixou a arma por um instante, e o Mestre rapidamente desceu o penhasco rochoso, desaparecendo num sistema de criptas e túneis lá embaixo.

Séculos mais tarde um navio partiu de Plymouth, na Inglaterra, para Cape Cod, no novo território da América, recentemente descoberto. A embarcação levava cento e trinta passageiros na relação oficial, mas dentro dos compartimentos de carga havia diversos caixotes com terra. Os itens relacionados ali no interior eram terra e bulbos de tulipa, presumivelmente para aproveitar o clima do litoral. A realidade era mais sombria. Três dos Antigos e seu leal aliado Quinlan estabeleceram-se bem rapidamente no Novo Mundo, sob os auspícios de um rico comerciante: Kiliaen Van Zanden. As colônias no Novo Mundo eram na verdade pouco mais que uma República das Bananas coletiva, cujos meios mercantis se transformariam no poder econômico e militar mais proeminente do planeta em menos de dois séculos; tudo isso era, essencialmente, uma fachada para o negócio real, conduzido no subsolo e atrás de portas fechadas. Todos os esforços se focalizavam na aquisição do *Occido Lumen*, na esperança de responder o que na época era a única pergunta para Quinlan e os Antigos:

Como destruir o Mestre?

Campo Liberdade

A DRA. NORA MARTINEZ acordou ao som estridente do apito do campo. Ela estava deitada numa rede de lona pendurada no teto, que a envolvia como uma funda. O único modo de sair dali era balançar debaixo do cobertor, escapando pela extremidade, com os pés primeiro.

De pé, ela percebeu imediatamente que alguma coisa estava errada. Virou a cabeça para um lado e para outro. Sentia a cabeça muito leve. A mão livre foi imediatamente na direção do couro cabeludo.

Calva. Inteiramente calva. Aquilo a chocou. Nora não tinha muitas vaidades, mas fora abençoada com um belíssimo cabelo que mantinha comprido, embora para uma epidemiologista isso fosse uma escolha pouco prática em termos profissionais. Ela agarrou o couro cabeludo como que lutando contra uma enxaqueca excruciante, sentindo a pele nua onde nunca sentira antes. Lágrimas rolaram pelo seu rosto, e subitamente ela se sentiu menor, de alguma forma, verdadeiramente enfraquecida. Ao raspar seu cabelo, eles também haviam roubado um pouco de sua força.

Mas aquele nervosismo não se devia apenas a uma cabeça raspada. Ela se sentia tonta, procurando se firmar. Depois do confuso processo de admissão e da consequente ansiedade, Nora estava espantada de ainda ter conseguido dormir. Na realidade, ela se lembrou de que estava determinada a permanecer acordada, a fim de aprender o máximo que pudesse sobre a área de quarentena, antes de ser incorporada à população daquele campo, que tinha o nome absurdo de Liberdade.

Aquele gosto na sua boca, porém, como se tivesse sido amordaçada com uma meia de algodão nova, mostrava que ela fora drogada. Aquela garrafa de água potável que lhe fora oferecida; eles tinham colocado alguma substância narcotizante ali dentro.

Nora teve um assomo de raiva, em parte dirigida a Eph. Mas aquilo era improdutivo. Em vez disso ela focalizou o pensamento em Vasiliy, com saudade dele. Estava quase certa de que nunca mais reveria qualquer dos dois homens. Só se conseguisse achar um meio de escapar daquele lugar.

Os vampiros que dirigiam o campo, ou talvez seus coconspiradores humanos contratados pelo Grupo Stoneheart, muito sabiamente punham todos os recém-chegados em quarentena. Aquele tipo de aglomeração era um verdadeiro criadouro de doenças infecciosas, que tinham o potencial de eliminar os preciosos provedores de sangue que povoavam o campo.

Uma mulher entrou no aposento, abrindo as abas de lona que pendiam da entrada. Ela usava um abrigo cinza-escuro, com a mesma cor e o mesmo estilo leve do de Nora, que reconheceu a outra, lembrando-se dela da véspera. Era terrivelmente magra, com a pele, um pergaminho pálido, enrugada nos cantos dos olhos e da boca. O cabelo preto estava cortado rente, e o couro cabeludo já pedia uma raspagem. Contudo, a mulher parecia animada, por alguma razão que Nora não conseguiu descobrir. Sua função ali no campo era, aparentemente, ser uma espécie de mãe. Seu nome era Sally.

Nora perguntou-lhe, como fizera na véspera:

– Onde está minha mãe?

O sorriso de Sally era muito semelhante ao de uma vendedora, tolerante e conciliatório.

– Como foi o seu sono, sra. Rodriguez?

Nora dera um nome falso ao ser admitida, pois sua associação com Eph provavelmente já colocara seu nome em todas as listas de vigilância.

– Eu dormi bastante bem – disse ela. – Graças ao sedativo misturado na minha água. Eu perguntei onde está minha mãe.

– Suponho que ela tenha sido transferida para Sunset, que é uma espécie de comunidade ativa de aposentados, associada ao campo. Esse é o procedimento normal.

— Onde fica isso? Eu quero ver minha mãe.
— É uma parte separada do campo. Acho que será possível uma visita, em certo momento, mas não agora.
— Quero saber onde é.
— Posso mostrar o portão, mas... eu mesma nunca entrei lá.
— Você está mentindo. Ou então realmente acredita nisso. O que significa que está mentindo para si própria.

Sally era apenas uma funcionária, uma mensageira. Nora compreendeu que a outra não estava intencionalmente tentando enganá-la, mas simplesmente repetindo o que lhe haviam mandado dizer. Talvez ela não tivesse ideia, nem capacidade de suspeitar, de que esse "Sunset" poderia não ser exatamente como anunciado.

— Por favor, escute o que eu estou dizendo — disse Nora, começando a ficar nervosa. — Minha mãe não está bem. Ela está doente, é uma pessoa confusa. Sofre do mal de Alzheimer.
— Tenho certeza que vão cuidar bem dela...
— Ela vai ser morta. Sem um momento de hesitação. Ela já não tem mais utilidade para essas coisas. Mas ela está doente, ela está apavorada, precisa ver um rosto familiar. Você compreende? Eu só quero ver minha mãe. Só uma vez.

Era mentira, claro. Nora queria fugir com a mãe dali. Mas precisava primeiro encontrá-la.

— Você é humana. Como pode fazer isso... como?

Sally estendeu a mão, apertando o braço esquerdo de Nora num gesto tranquilizador, mas mecânico.

— Ela está realmente num lugar melhor, sra. Rodriguez. Os idosos têm rações suficientes para manter a saúde, e ninguém exige que eles produzam qualquer coisa em troca. Eu invejo a situação deles, francamente.
— Você realmente acredita nisso? — perguntou Nora, espantada.
— Meu pai está lá — respondeu Sally.

Nora pegou o braço dela.
— Você não quer ver seu pai? Mostre onde é.

Sally demonstrava total solidariedade, a ponto de Nora ficar com vontade de esbofeteá-la.

– Sei que a separação é difícil. Você agora precisa se concentrar em cuidar de si mesma.

– Foi você que me drogou?

A complacência sumiu do sorriso de Sally, e foi substituída por preocupação, talvez pela sanidade de Nora, por seu futuro potencial como membro produtivo do campo.

– Eu não tenho acesso a medicamentos.

– Eles dão drogas a você?

Sem responder à pergunta de Nora, Sally disse:

– Terminou a quarentena. Agora você vai fazer parte da comunidade geral do campo, e vamos dar uma volta de reconhecimento, para ajudar na sua aclimatação.

Sally passou com Nora por uma pequena zona de triagem ao ar livre, e foi caminhando ao longo de uma trilha protegida da chuva por um toldo de lona. Nora olhou para o céu: outra noite sem estrelas. Sally apresentou documentos a um humano no posto de controle: um cinquentão que usava um jaleco branco de médico sobre o conjunto cinza-escuro. Ele examinou os formulários, deu uma olhada em Nora, com expressão de agente da alfândega, e depois deixou-as passar.

A chuva as castigava a despeito da proteção de lona, molhando suas pernas e seus pés. Nora usava sandálias hospitalares com solas esponjosas. Sally calçava tênis confortáveis, embora úmidos.

A trilha de pedrinhas terminava numa larga passarela circular que cercava um posto de vigilância elevado, semelhante à torre de um salva-vidas. A rotatória formava uma espécie de ponto central, com quatro outras trilhas que partiam dali. Nas cercanias havia prédios semelhantes a galpões, compridos e baixos, com o que parecia ser construções fabris um pouco mais distantes. Não havia letreiros no caminho, apenas setas talhadas em pedra branca e cravadas no solo lamacento. As trilhas eram assinaladas por luzes fracas, necessárias para o deslocamento de humanos.

Um punhado de vampiros estava reunido em torno da rotatória, como sentinelas. Ao vê-los, Nora reprimiu um calafrio. Eles estavam completamente expostos às intempéries: nus, com a pele pálida sem qualquer cobertura ou roupa. Contudo, não mostravam desconforto, enquanto a chuva negra batia em suas cabeças e ombros nus, escorrendo pela carne diáfana. Deixando os braços penderem frouxamente, os *strigoi* observavam os humanos irem e virem com solene indiferença. Eram policiais, cães de guarda e câmeras de vigilância, tudo ao mesmo tempo.

– A segurança assegura a rotina, de modo que tudo funciona na mais precisa ordem – disse Sally, tentando afastar o medo e a tristeza de Nora. – Na realidade, há poucos incidentes.

– De pessoas resistindo?

– De qualquer tipo de perturbação – disse Sally, surpreendida com a suposição de Nora.

Ficar tão perto de vampiros sem qualquer arma afiada de prata para se proteger era arrepiante para Nora. E eles sentiram isso. Seus ferrões estalavam suavemente no palato, enquanto eles farejavam o ar, alertados pelo cheiro da adrenalina nela.

Sally cutucou o braço de Nora para que continuassem andando.

– Não podemos ficar paradas aqui. Não é permitido.

Nora sentiu os olhos negros e vermelhos dos sentinelas sobre elas, enquanto era conduzida por Sally ao longo de uma trilha secundária que passava pelos prédios parecidos com galpões. Ela avaliou as altas cercas que circundavam o perímetro do campo: o alambrado era entrelaçado com as faixas alaranjadas usadas em furacões, bloqueando a visão para fora do campo. No topo as cercas se angulavam para fora em quarenta e cinco graus, fora de vista, embora em alguns pontos fosse possível entrever pedaços de arame farpado se projetando como topetes de cabelo. Ela precisava encontrar outro modo de fugir.

Além, viam-se as copas nuas de árvores distantes. Nora já sabia que estava fora da cidade. Havia boatos sobre um grande campo ao norte de Manhattan, e dois campos menores em Long Island e no norte do estado de Nova Jersey. Ela fora transportada para lá com a cabeça coberta por um capuz, ansiosa e preocupada demais com a mãe para pensar em calcular o tempo de viagem.

Sally conduziu Nora até um portão corrediço de tela, com quatro metros de altura, e no mínimo a mesma largura. Estava trancado e guarnecido por dois guardas parados ao lado de uma guarita. Eles fizeram um movimento de cabeça, reconhecendo Sally, e juntos destrancaram o portão, abrindo-o somente o necessário para elas passarem.

Dentro do recinto havia uma grande construção temporária que parecia uma instalação médica. Atrás viam-se dezenas de pequenos trailers residenciais enfileirados, como se aquilo fosse o estacionamento de um camping bem organizado.

Elas entraram na construção, alcançando uma ampla área interior comum. O espaço parecia o cruzamento de uma moderna sala de espera com um saguão de dormitório universitário. A televisão exibia um antigo episódio do seriado *Frasier*, a trilha de risadas soava falsa, como a caçoada dos despreocupados humanos do passado.

Nas cadeiras estofadas em tons pastel, uma dúzia de mulheres estavam sentadas em círculo, trajando conjuntos brancos e limpos, diferentemente dos cinzentos de Nora e Sally. As barrigas estavam notavelmente protuberantes, com cada mulher no segundo ou terceiro trimestre de gravidez. E algo mais: elas tinham permissão para conservar os cabelos compridos, que estavam abundantes e lustrosos pelos hormônios da gravidez.

E então Nora viu a fruta. Uma das mulheres estava comendo um pêssego macio e sumarento, com o interior marcado por veias vermelhas. A boca de Nora se encheu de saliva. As únicas frutas frescas e não enlatadas que ela provara no ano anterior eram umas maçãs moles, colhidas de uma árvore moribunda num pátio em Greenwich Village. Ela aparara as partes estragadas com um canivete multiuso, até que o restante da fruta ficou parecendo já ter sido comido.

A expressão no rosto de Nora devia estar refletindo seu desejo, pois a mulher grávida, ao cruzar o olhar com ela, desviou os olhos constrangida.

– O que é isso? – indagou Nora.

– O alojamento das grávidas – respondeu Sally. – É aqui que elas se recuperam, e onde os bebês nascem. Os trailers lá fora estão entre os melhores e mais exclusivos ambientes de moradia em todo o complexo.

Nora baixou a voz.

– Onde ela conseguiu essa fruta?

– As mulheres grávidas também recebem os melhores suprimentos alimentares. E não são sangradas durante toda a gravidez e o aleitamento.

Bebês sadios. Os vampiros precisavam reabastecer a raça, e seu suprimento de sangue.

– Você é uma das sortudas – continuou Sally –, os vinte por cento da população com tipo sanguíneo B positivo.

É claro que Nora sabia seu próprio tipo sanguíneo. Os que tinham esse tipo de sangue eram os escravos, que eram mais capazes do que os outros. Por causa disso, eram recompensados com internação no campo, sangrias frequentes e gravidez forçada.

– Como elas conseguem trazer uma criança ao mundo, do jeito que as coisas estão agora? Nessa espécie de campo? Em cativeiro?

Sally pareceu ficar ou envergonhada por Nora, ou com vergonha dela.

– Você vai descobrir que o parto é uma das poucas coisas que faz com que valha a pena viver aqui, sra. Rodriguez. Com poucas semanas da vida no campo, talvez você mude de opinião. Quem sabe? Talvez até mesmo fique esperando por isso aqui. – Sally puxou para trás a manga cinzenta do abrigo, revelando machucados redondos, semelhantes a terríveis picadas de abelhas, arroxeando e amarronzando a pele. – Pouco mais de meio litro a cada cinco dias.

– Olhe aqui, eu não quero ofender você pessoalmente, o problema é que...

– Sabe, eu estou tentando ajudar você – disse ela. – Você ainda é bastante jovem. Tem oportunidades. Pode conceber, dar à luz um bebê. Construir uma vida para você nesse campo. Algumas do resto de nós... não têm tanta sorte.

Por um momento, Nora viu aquilo do ponto de vista de Sally. Percebeu que a perda de sangue e a subnutrição haviam enfraquecido Sally e todos os demais, tirando deles a vontade de lutar. Compreendeu a força do desespero, o ciclo de desesperança, a sensação de estar rodeando um ralo... e viu que a perspectiva de um parto podia ser a única fonte de esperança e orgulho deles.

Sally continuou:

– E alguém como você, que acha isso tão repugnante, talvez aprecie ser segregada da outra espécie por meses a fio.

Nora quis ter certeza de que ouvira corretamente.

– Segregada? Não há vampiros na área das grávidas? – Ela olhou em torno e percebeu que aquilo era verdadeiro. – Por que não?

– Não sei. É uma regra seguida à risca. Eles não são permitidos aqui.

– Uma regra? – Nora se esforçou para entender aquilo. – São as mulheres grávidas que precisam ser segregadas dos vampiros ou os vampiros que precisam ser segregados das mulheres grávidas?

– Eu já disse, não sei.

Ouviu-se um som parecido com uma campainha de porta. Pondo de lado as frutas e o material de leitura, as mulheres se levantaram das cadeiras.

– O que é isso? – indagou Nora.

Sally também se empertigara um pouco.

– O diretor do campo. Eu sugiro veementemente que você se comporte da melhor maneira possível.

Em vez disso, Nora procurou um lugar para correr, uma porta, uma fuga. Mas já era tarde, pois chegou um contingente de funcionários do campo. Eram burocratas humanos vestidos com roupas comuns, e não aqueles conjuntos. Entraram no corredor central, observando as internas com aversão mal disfarçada. A visita parecia a Nora uma inspeção, e inopinada.

Acompanhando-os vinham dois enormes vampiros, que nos braços e pescoços ainda portavam as tatuagens de seus dias como humanos. Antigos condenados, supôs Nora, agora guardas de alto nível naquela fábrica de sangue. Ambos carregavam gotejantes guarda-chuvas pretos. Nora achou estranho que vampiros se incomodassem com a chuva, até que atrás deles entrou o último homem, evidentemente o diretor do campo. Ele usava um terno branco resplandecente, sem uma mancha de lama. Lavada recentemente, aquela era a peça de roupa mais limpa que Nora via em meses. Os vampiros tatuados faziam a segurança pessoal do comandante do campo.

Ele era velho, com um bigode branco bem aparado e uma barba pontuda, que lhe dava um ar de avô satânico. Nora quase engasgou ao ver no peito do terno branco medalhas adequadas a um almirante.

Nora ficou olhando, descrente. Era um olhar tão vazio e espantado que imediatamente chamou a atenção do homem, tarde demais para que ela se virasse.

Ela percebeu um olhar de reconhecimento no rosto dele, e uma sensação de mal-estar se espalhou por seu corpo, como uma febre súbita.

O homem parou, arregalando os olhos, também sem acreditar. Depois girou nos calcanhares e foi caminhando na direção dela, seguido pelos vampiros tatuados. O velho se aproximou dela com as mãos cruzadas nas costas, enquanto sua descrença virava um sorriso malévolo.

Era o dr. Everett Barnes, o antigo diretor dos Centros de Prevenção e Controle de Doenças. Ex-chefe de Nora e que agora, quase dois anos depois da queda do governo, ainda insistia em usar o uniforme simbólico da origem dos centros como um departamento da Marinha norte-americana.

Com aquele sotaque sulista arrastado, ele disse:
– Dra. Martinez, Nora... que ótima surpresa.

O Mestre

ZACK TOSSIU E ARQUEJOU quando o cheiro da cânfora queimou a parte posterior de sua garganta e tomou conta de seu palato. Voltou a respirar, e seus batimentos cardíacos diminuíram. Ele levantou os olhos para o Mestre, parado ali na frente sob a forma do astro roqueiro Gabriel Bolivar, e sorriu.

À noite, os animais do zoológico ficavam muito ativos, o instinto impulsionava-os para uma caça que, atrás daquelas grades, nunca viria. Em consequência, a noite era cheia de barulhos. Os macacos guinchavam e os grandes felinos rugiam. Agora eram humanos que cuidavam das jaulas e limpavam as alamedas, como recompensa pelas habilidades de caçador de Zack.

O garoto se tornara um ótimo atirador, e o Mestre recompensava cada animal abatido com um novo privilégio. Zack estava curioso sobre garotas. Mulheres, na realidade. O Mestre providenciou para que lhe fossem trazidas algumas. Não para conversar. Zack queria observá-las. Na maior parte das vezes, de um lugar onde elas não pudessem vê-lo fazendo isso. Ele não era inusitadamente tímido ou medroso. Acima de tudo era ardiloso, e não desejava ser visto. Não queria tocá-las. Ainda não. Mas olhava para elas, tal como observara o leopardo na jaula.

Em todos os seus anos na Terra, o Mestre raramente experimentara algo assim: a oportunidade de aperfeiçoar com tanto cuidado, com tanta atenção, o corpo que ele habitaria. Durante centenas de anos, até mesmo sob o patrocínio dos poderosos, o Mestre estivera escondido, vivendo e se alimentando nas sombras, evitando seus inimigos, e limitado pela trégua com os Antigos. Mas agora o mundo era novo, e ele tinha um animal de estimação humano.

O garoto era inteligente e sua alma ainda era inteiramente permeável. O Mestre era um perito na manipulação. Sabia apertar os botões da cobiça, do desejo ou da vingança. E no momento seu corpo era magnífico. Bolivar era realmente um astro do rock, e assim, por extensão, agora o Mestre também o era.

Quando ele sugeria que Zack era esperto, o garoto instantaneamente ficava mais esperto: era estimulado a dar ao Mestre o melhor que tinha. Consequentemente, se o Mestre sugeria que ele era cruel e ardiloso, o garoto adotava essas características para agradá-lo. Assim, ao longo de meses e de muitas noites de conversa e interação, o Mestre foi treinando o garoto, aperfeiçoando a escuridão que já havia no coração dele. E o Mestre sentia algo que não sentia havia séculos: se sentia admirado.

Era essa a sensação de ser um pai humano? E ser um pai era sempre um empreendimento tão monstruoso assim? Moldar a alma de seus entes queridos à sua imagem, à sua sombra?

O fim estava próximo. Os tempos decisivos. O Mestre sentia isso no ritmo do universo, nos pequenos sinais e portentos, na cadência da voz de Deus. O Mestre deveria habitar mais um corpo por todos os tempos, e seu reino na Terra perduraria. Afinal de contas, quem poderia deter o Mestre, com seus mil olhos e suas mil bocas? O Mestre que agora presidia os exércitos e os escravos, e que mantinha o mundo dominado pelo medo?

Ele podia manifestar sua vontade instantaneamente, no corpo de um tenente em Dubai ou na França, simplesmente por meio do pensamento. Podia ordenar o extermínio de milhares, e ninguém saberia, porque a mídia não existia mais. Quem tentaria desafiá-lo? Quem conseguiria?

Então o Mestre olhava para os olhos e o rosto do garoto, e neles via os traços do seu inimigo. O inimigo que, por mais insignificante que fosse, nunca desistiria.

Goodweather.

Os ataques que Goodweather e seu grupo perpetravam nas instalações do Mestre significavam muito pouco – no máximo eram ações de vandalismo. Mas suas ações eram comentadas em voz baixa nas fazendas e fábricas, sendo ampliadas a cada repetição. Eles estavam se tornando uma espécie de símbolo. E o Mestre conhecia a importância dos símbolos. Na Noite Zero, ele fizera questão de que muitos prédios fossem incendiados em cada cidade dominada. Queria que as cinzas e o metal derretido permanecessem no solo, pontilhando os mapas das cidades com símbolos de seu poder. Lembretes de sua vontade.

Havia outros dissidentes, como traficantes, contrabandistas ou saqueadores, mas eram vetores anárquicos, que nunca prejudicavam o plano, e assim o Mestre dava pouca importância a essas transgressões. Mas Goodweather era diferente. Ele e seu grupo eram remanescentes da presença de Setrakian na Terra, e, como tal, sua própria existência era uma afronta ao poder do Mestre.

Mas o Mestre tinha como refém a única coisa que atrairia Goodweather para ele.

O Mestre sorriu para o garoto. E o garoto sorriu de volta.

Departamento do Instituto Médico-Legal, Manhattan

Depois da explosão do hospital Bellevue, Eph seguira para o norte ao longo da avenida que costeava o East River, usando os carros e caminhões abandonados como cobertura. Foi trotando o mais depressa que podia, com o quadril machucado e a perna ferida, descendo uma rampa de entrada pela contramão até a rua 30. Sabia que tinha perseguidores, que provavelmente incluíam alguns dos tateadores juvenis, aqueles rastreadores grotescos, cegos e psiquicamente sensíveis que se deslocavam usando os quatro membros. Retirou da bolsa seu dispositivo de visão noturna e seguiu rápido para o departamento do Instituto Médico-Legal, pensando que o último lugar que os vampiros procurariam seria o prédio que eles haviam recentemente invadido e limpado de inimigos.

Seus ouvidos continuavam a zumbir devido à explosão. Alguns alarmes de carros soavam, e estilhaços de vidro recentemente quebrado jaziam pela rua, com as janelas mais altas arrebentadas pela força do estouro. Ao chegar à esquina da rua 30 com a Primeira Avenida, ele notou pedaços de tijolos e alvenaria no meio da rua: parte da fachada de um prédio desabara, fazendo chover detritos. Quando Eph se aproximou, percebeu através da luz verde do visor um par de pernas atrás de dois velhos barris de segurança do tráfego.

Pernas nuas, pés nus. Um vampiro deitado de cara para baixo na calçada.

Eph diminuiu a marcha, rodeando os barris. Viu o vampiro estendido entre pedaços de tijolos e concreto. Havia sangue branco, infestado de vermes, empoçado sob o rosto virado para baixo. O ser não estava liberado; vermes subcutâneos continuavam a se agitar debaixo da pele, o que significava que o sangue ainda circulava. Evidentemente a criatura ferida estava inconsciente, ou o que seria equivalente para um morto-vivo.

Eph procurou o maior pedaço de tijolo e concreto. Levantou-o por sobre a cabeça da criatura para terminar o serviço... mas foi assaltado por uma sensação de curiosidade mórbida. Usou a bota para rolar o *strigoi*, virando-o de frente. A criatura ficou deitada ali, imóvel. Provavelmente ouvira o estrondo dos tijolos se soltando e olhara para cima, porque seu rosto parecia esmagado.

O bloco de tijolos ficou pesado nas mãos de Eph. Ele baixou e jogou o troço para o lado, fazendo com que batesse na calçada a meros trinta centímetros da cabeça da criatura, que não reagiu.

O prédio do departamento ficava bem do outro lado da rua. Um grande risco... mas se o vampiro estava realmente cego, como parecia, não poderia se aproveitar para alimentar o Mestre com sua visão. E se seu cérebro também tivesse sido danificado... ele não poderia se comunicar com o Mestre, e sua localização atual não poderia ser rastreada.

Eph agiu rapidamente, antes que desistisse da ideia. Colocou as mãos debaixo das axilas da criatura, com cuidado para não tocar na pegajosa massa de sangue, e arrastou-a pelo meio-fio, atravessando a rua até a rampa que levava ao necrotério no porão.

Lá dentro, ele puxou um banco com degraus para ajudá-lo a colocar o vampiro sobre uma mesa de autópsia. Trabalhou rapidamente, prendendo os pulsos do vampiro por baixo da mesa com tubos de borracha e depois fixando os tornozelos às pernas da mesa.

Eph olhou para o *strigoi* deitado sobre a mesa de exame. Sim, ele ia realmente fazer aquilo. Pegou um jaleco de patologista em um armário e calçou um par de luvas de borracha. Isolou os punhos com fita adesiva, e também as bainhas da calça no alto das botas, selando seu corpo. No armário sobre as pias, encontrou uma proteção de plástico transparente, e colocou-a no rosto. Depois puxou um carrinho com bandeja e preparou uma dezena de diferentes implementos de aço inoxidável, todos instrumentos de corte.

Quando olhou para a mesa, viu que o vampiro já recobrava a consciência, estremecendo a princípio, virando a cabeça para um lado e para outro. O *strigoi* sentiu que estava preso e começou a lutar contra as ligaduras, movendo a cintura para cima e para baixo sobre a mesa. Eph usou outro pedaço de tubo de borracha em torno da cintura da criatura, passando-o sob a mesa, e depois outro em volta do pescoço, fixando-os firmemente embaixo.

Agindo por trás da cabeça do vampiro, Eph usou uma sonda para atrair o ferrão, aceitando a possibilidade de que o apêndice ainda estivesse funcionando dentro do rosto esmagado. Ele viu a garganta da criatura se mover e ouviu um estalido na mandíbula, enquanto o vampiro tentava ativar o mecanismo de ferroagem. Mas a mandíbula fora danificada internamente. Portanto, a única preocupação eram os vermes sanguíneos, para os quais Eph manteve a lanterna Luma à mão.

Ele passou o bisturi no sentido transversal da garganta do ser, abrindo-a em torno da ligadura de borracha, e puxando as dobras para trás.

Agiu com o máximo de cuidado, observando a coluna da garganta saltar e a mandíbula tentar se desengajar. A protuberância carnuda que era o ferrão permanecia retraída e flácida. Eph segurou sua ponta estreita com um grampo e puxou, fazendo o ferrão se estender consideravelmente. A criatura tentava retomar o controle do apêndice, contorcendo o músculo da base.

Para sua própria segurança, Eph pegou uma pequena lâmina de prata e amputou o ferrão.

O vampiro se retesou como que atingido pela dor e expeliu uma pequena quantidade de fezes; o cheiro de amônia fresca feriu as narinas de Eph. Da incisão na garganta jorrou aquele sangue branco, um fluido cáustico que se espalhou pelo tubo de borracha esticado.

Eph carregou o órgão que se retorcia até a bancada, e lá colocou-o ao longo de uma escala digital. Examinou-o sob a luz de uma lente de aumento e enquanto o ferrão se retorcia como uma cauda de lagartixa cortada notou a minúscula ponta dupla na extremidade. Bisseccionou o órgão no sentido do comprimento e depois retirou a carne rosada, expondo os canais bifurcados dilatados. Já sabia que um canal introduzia, juntamente com o verme parasítico infectado de vírus, um agente narcotizante e uma mistura anticoagulante quando o vampiro ferroava sua vítima. O outro canal aspirava a refeição de sangue. O vampiro não chupava o sangue de sua vítima; em vez disso, baseava-se na física para realizar a extração. O segundo canal do ferrão formava uma conexão a vácuo, através da qual o sangue arterial era sugado, tão facilmente como a água sobe pelo caule de uma planta. O vampiro podia acelerar a ação capilar, se necessário fazendo funcionar a base do ferrão como um pistão. Era espantoso que aquele complexo sistema biológico surgisse de um crescimento radical endógeno.

Mais de noventa e cinco por cento do sangue humano é água. O restante é constituído de proteínas, açúcares e minerais, mas não gordura. Minúsculas sanguessugas, tais como mosquitos, piolhos e outros artrópodes, podem sobreviver muito bem só com sangue. Por mais eficientes que os transmutados corpos dos vampiros fossem, como sanguívoros grandes eles precisavam consumir uma dieta de sangue constante, a fim de evitar a inanição. E como a maior parte do sangue humano era água, eles eliminavam dejetos frequentemente, inclusive enquanto se alimentavam.

Eph deixou o ferrão cortado sobre o balcão, voltando à criatura. O sangue branco ácido do vampiro derretera o tubo que o prendia pelo pescoço, mas suas contorções haviam cessado. Eph abriu o tórax da criatura, cortando do externo até a cintura, no Y clássico. Através do osso calcificado da caixa de costelas viu que o interior do tórax sofrera uma mutação e se dividira em quadrantes, ou câmaras. Havia muito que ele intuíra que todo o trato digestivo era transformado pela síndrome da doença vampiresca, mas nunca antes vira a cavidade torácica em sua forma madura.

O cientista nele achava aquilo realmente extraordinário.

O sobrevivente humano nele achava aquilo absolutamente repelente.

Ele parou de cortar quando ouviu passos no soalho lá em cima. Eram passadas duras, feitas com sapatos, mas alguns vampiros ocasionalmente ainda usavam calçados, pois esses artigos, quando de boa qualidade, duravam mais do que a maior parte das outras peças de roupa. Eph olhou para o rosto esmagado e a cabeça amassada do vampiro, na esperança de não ter subestimado o poder de alcance do Mestre e atraído uma luta involuntariamente.

Eph pegou a espada comprida e a lâmpada. Recuou para um recesso perto da porta da pequena câmara refrigerada, o que lhe dava uma boa visão da escada. Não adiantava se esconder; os vampiros podiam ouvir os batimentos cardíacos dos humanos, fazendo circular o sangue vermelho pelo qual ansiavam.

Os passos foram descendo vagarosamente até os últimos degraus, quando passaram a correr e chutaram a porta, abrindo-a. Eph viu um clarão de prata e uma lâmina longa como a sua. Percebeu imediatamente quem era e relaxou.

Vasiliy viu Eph parado junto da parede e estreitou os olhos do modo como fazia. O exterminador usava calça de lã e um abrigo impermeável azul bem escuro, com a alça de couro da bolsa passada pelo peito. Ele abaixou o capuz, mostrando mais do rosto grisalho, e embainhou a lâmina.

– Vasiliy? – disse Eph. – Que porra você está fazendo aqui?

Vasiliy viu o jaleco de patologista e as mãos enluvadas de Eph. Depois virou-se para o *strigoi* imóvel, eviscerado sobre a mesa.

– Que diabo você está fazendo aqui? – perguntou ele, abaixando a espada. – Eu acabei de chegar hoje...

Eph afastou-se da parede e recolocou a espada na mochila no chão.

– Eu estava examinando esse vampiro.

Vasiliy avançou até a mesa, olhando para o rosto esmagado da criatura.

– Foi você que fez isso?

– Não. Não diretamente. Ele foi atingido por um bloco de concreto que caiu por causa de um hospital que eu explodi.

Vasiliy olhou para Eph.

– Eu ouvi falar. Foi você?

– Eles tinham me cercado. Quase.

Eph sentiu alívio logo que viu Vasiliy, mas também sentiu um assomo de raiva trazer tensão a seu corpo. Ficou paralisado ali. Não sabia o que fazer. Deveria abraçar o caçador de ratos? Ou dar uma porrada nele?

Vasiliy voltou-se para o *strigoi* na mesa, fazendo uma careta à vista daquilo.

– E então você decidiu trazer o cara aqui. Para brincar com ele.

– Eu vi a oportunidade de responder a algumas questões importantes sobre o sistema biológico dos nossos atormentadores.

– Para mim isso parece mais tortura – disse Vasiliy.

– Bem, essa é a diferença entre um exterminador de pragas e um cientista.

– Talvez – respondeu Vasiliy, andando em torno da mesa de modo a ficar de frente para Eph, do outro lado. – Ou talvez não se possa dizer a diferença. Talvez, como não pode ferir o Mestre, você tenha trazido essa coisa no lugar dele. Espero que saiba que essa criatura não vai lhe contar onde está o garoto.

Eph não gostava quando lhe lançavam Zack na cara daquela forma. Ele tinha uma posição naquela batalha que nenhum dos outros entendia.

– Estou estudando a biologia deles, procurando uma fraqueza na estrutura. Alguma coisa que possamos explorar.

Parado do outro lado do corpo aberto do vampiro, Vasiliy disse:

— Nós sabemos o que eles são. Forças da natureza que nos invadem e exploram nosso corpo. Que se alimentam de nós. Já não são um mistério para nós.

A criatura deu um gemido baixo e estremeceu na mesa. Seus quadris se lançaram para a frente e o peito elevou-se, como que se arqueando para um parceiro invisível.

— Meu Deus, Eph. Destrua a porra dessa coisa! — Vasiliy afastou-se da mesa. — Onde está Nora?

Ele ainda tentou tornar a pergunta casual, mas não conseguiu. Eph respirou fundo.

— Acho que aconteceu alguma coisa com ela.

— O que você quer dizer com "alguma coisa"? Fale.

— Quando eu voltei para cá, ela tinha sumido. A mãe também.

— Foram para onde?

— Acho que foram levadas daqui, e sumiram. Não tive notícias delas desde então. Se você também não teve, então alguma coisa aconteceu.

Vasiliy ficou olhando, estupefato.

— E você achou que a melhor coisa a fazer era ficar aqui dissecando a porra de um vampiro?

— Ficar aqui e esperar que um de vocês dois entrasse em contato comigo, sim, é isso.

Vasiliy olhou com desprezo para Eph. Queria esbofeteá-lo e dizer que ele era uma perda de tempo. Eph tinha tudo e Vasiliy não tinha nada; mas Eph repetidamente desperdiçava ou deixava de notar sua boa sorte. Ele bem que gostaria de dar um bom par de sopapos no cara, mesmo. Mas, em vez disso, suspirou pesadamente e disse:

— Conte tudo para mim.

Eph levou-o para cima, mostrando-lhe a cadeira revirada e a lâmpada e as roupas abandonadas por Nora. Ficou observando os olhos de Vasiliy, que pareciam em brasa. Devido à traição dos dois, ele pensara que se sentiria bem ao ver Vasiliy sofrer, mas isso não aconteceu. Nada daquilo o fazia sentir-se bem.

— É ruim — disse Eph.

— Ruim — disse Vasiliy, virando-se para as janelas e olhando para a cidade lá fora. — Isso é tudo que você tem?

– O que você quer fazer?
– Você fala como se tivéssemos escolha. Precisamos buscar a Nora.
– Ah. Simples, não?
– É! Simples! Você não gostaria que fôssemos atrás de você?
– Eu não esperaria isso.
– Sério? – disse Vasiliy, virando-se para ele. – Acho que nós dois temos ideias fundamentalmente diferentes sobre lealdade.
– É, acho que temos – respondeu Eph, com bastante tensão nas palavras para fazê-las penetrar.

Vasiliy não respondeu, mas também não deu para trás.
– Então você acha que ela foi apanhada. Mas não transformada.
– Aqui, não. Mas como podemos ter certeza? Diferentemente de Zack, ela não tem um Ente Querido para ir atrás. Certo?

Outra alfinetada. Eph não conseguia evitar. O computador com a correspondência íntima deles estava bem ali, em cima da mesa.

Vasiliy percebeu que Eph pelo menos suspeitava de algo. Talvez estivesse desafiando Eph para que ele se abrisse e fizesse uma acusação, mas Eph não lhe daria essa satisfação. Então, em vez de responder às insinuações de Eph, Vasiliy contra-atacou como de costume, indo ao ponto vulnerável do outro:

– Eu suponho que você estava na casa de Kelly, em vez de estar aqui, para encontrar Nora na hora combinada? A obsessão com seu filho distorceu você, Eph. É, ele precisa de você. Mas nós também precisamos. *Ela* precisa de você. Isso não é apenas entre você e seu filho. Outros estão dependendo de você.

– E você?! – exclamou Eph. – Que tal a sua obsessão com Setrakian? A viagem à Islândia foi por causa disso. Fazendo o que você acha que ele teria feito. Você já descobriu todos os segredos no *Lumen*? Não? Acho que não. Você também poderia estar aqui, mas preferiu assumir o papel do velho como discípulo autonomeado dele.

– Eu arrisquei. Temos que ter sorte, às vezes. – Vasiliy parou de falar e levantou as mãos. – Mas esqueça tudo. Vamos nos concentrar em Nora. Nesse momento ela é o nosso único problema.

– No cenário mais otimista – disse Eph –, ela está num campo de coleta de sangue fortemente guardado. Se adivinharmos qual, só precisamos penetrar lá, achar Nora e sair de novo com ela. Eu consigo pensar em modos mais fáceis de cometer suicídio.

Vasiliy começou a empacotar as coisas de Nora.

– Nós precisamos dela. Não podemos nos dar ao luxo de perder ninguém. Precisamos de todos do nosso grupo disponíveis, para termos alguma chance de sair dessa encrenca.

– Vasiliy. Nós já estamos nisso há dois anos. O sistema do Mestre já está enraizado. Estamos perdidos.

– Errado. Eu não consegui desvendar o *Lumen*, mas isso não significa que voltei de mãos vazias.

Eph tentou imaginar o que seria.

– Comida?

– Isso também – disse Vasiliy.

Eph não estava a fim de brincar de charadas. Além disso, à menção de alimento real, sua boca começou a salivar, com o estômago dando voltas.

– Onde?

– Numa caixa térmica, escondida perto daqui. Você pode me ajudar a carregar tudo.

– Carregar para onde?

– Para a parte de cima da cidade – respondeu Vasiliy. – Precisamos buscar o Gus.

Staatsburg, Nova York

NORA SEGUIA NO BANCO traseiro de uma limusine, atravessando velozmente a chuvosa zona rural de Nova York. O estofamento era escuro e limpo, mas os tapetes estavam sujos de lama. Ela estava sentada bem à direita, encolhida no canto, sem saber o que aconteceria.

Não sabia para onde estava sendo levada. Depois daquele encontro chocante com Everett Barnes, seu antigo chefe, ela fora conduzida por dois enormes vampiros para um prédio com uma sala cheia de chuveiros sem cortinas. Os vampiros pararam juntos perto da única porta.

Nora poderia ter batido o pé e se recusado, mas sentiu que era melhor ceder e ver o que aconteceria, talvez uma chance melhor de escapar.

De modo que ela se despiu e tomou uma chuveirada. Ficara constrangida a princípio, mas, quando voltou o olhar para os grandes vampiros, viu que os olhos deles estavam focalizados na parede da outra extremidade, com aquela marca registrada de distanciamento que carecia de qualquer interesse na forma humana.

A ducha fria, pois ela não conseguiu ligar a água quente, parecia estranha em contato com o couro cabeludo raspado. A pele pinicava com as agulhadas da água fria, que corria desimpedida por sua nuca e as costas nuas. A água lhe fez bem. Nora agarrou meia barra de sabonete colocada num recesso do azulejo. Ensaboou as mãos, a cabeça e o estômago nus, e sentiu alívio no ritual. Lavou os ombros e o pescoço, parando para sentir o cheiro do sabonete junto ao nariz – rosas e lilases –, uma relíquia do passado. Alguém, em algum lugar, fizera aquele sabonete junto com milhares de outros, e depois empacotara-o e despachara-o num dia normal, com engarrafamentos de tráfego, crianças sendo deixadas na escola e almoços apressados. Alguém achara que o sabonete com perfume de rosas e lilases venderia bem, e projetara a forma, o perfume e a cor para atrair a atenção de donas de casa e mães nas prateleiras atulhadas de um Kmart ou Walmart. E agora o sabonete estava ali, numa planta de processamento. Um artefato arqueológico que recendia a rosas e lilases, e a tempos distantes.

Um novo conjunto cinzento de blusão e calça estava dobrado num banco no meio da sala, com uma calcinha branca de algodão em cima. Nora se vestiu e foi conduzida de volta através da estação de quarentena para os portões da frente. Acima dela, num arco de ferro enferrujado, pendia a palavra LIBERDADE. A limusine chegou, com mais uma atrás. Nora se sentou no banco traseiro do primeiro carro; ninguém entrou no segundo.

Uma divisória transparente de plástico duro separava a motorista da passageira. Era uma jovem humana com pouco mais de vinte anos, envergando um uniforme e boné de motorista masculinos. Seu cabelo estava raspado rente debaixo da aba do boné, levando Nora a achar que ela estava careca e também, talvez, fosse uma residente do campo. Contudo, o rosado da carne na nuca e a cor sadia das mãos fizeram Nora duvidar que ela fosse uma fornecedora regular de sangue.

Nora se virou de novo, obcecada com o carro que seguia atrás, enquanto os dois veículos se afastavam do campo. Ela não podia ter certeza, pois sua visão estava ofuscada pelo brilho dos faróis na chuva escura, mas algo na postura do motorista dava a impressão de que ele era um vampiro. Um veículo de apoio, talvez, caso ela tentasse escapar. As portas do seu carro estavam inteiramente desguarnecidas de painéis internos e descansos para os braços, com trincos e controles das janelas retirados.

Ela esperava um trajeto longo, mas pouco depois de três ou quatro quilômetros a limusine saiu da estrada, entrando num portão aberto. Assomando na escuridão enevoada no final de uma longa alameda serpenteante, havia uma casa maior e mais imponente do que a maioria das que ela já vira. Parecia estar fora dos arredores de Nova York, como uma mansão europeia, e a maior parte das janelas emitia uma luz amarela aconchegante, como se ali ocorresse uma festa.

O veículo parou. A motorista permaneceu atrás do volante, enquanto um mordomo saía da casa portando dois guarda-chuvas, um aberto sobre sua cabeça. Ele abriu a porta de Nora e protegeu-a da chuva suja quando ela saiu do veículo, subindo com ele degraus de mármore escorregadios. Dentro, ele largou os guarda-chuvas e pegou uma toalha branca em um cabide próximo, abaixando-se sobre um joelho para cuidar dos pés dela, sujos de lama.

– Por aqui, dra. Martinez – disse ele. Nora o seguiu, com as solas nuas sobre o chão frio, por um corredor largo. Aposentos profusamente iluminados, aberturas no soalho sopravam ar quente, o cheiro agradável de produtos desinfetantes. Era tudo muito civilizado, muito humano. O que equivale a dizer: muito semelhante a um sonho. A diferença entre o campo de sangue e aquela mansão era a diferença entre cinza e cetim.

O mordomo puxou as portas duplas, abrindo-as e revelando uma opulenta sala de jantar, que tinha uma mesa comprida com apenas dois lugares arrumados junto a um dos cantos. Os pratos tinham uma fímbria de ouro, com bordas acaneladas, e um pequeno brasão gravado no centro. Os copos eram de cristal, mas a baixela era de aço inoxidável, e não prata. Aparentemente era a única concessão, em toda a mansão, para a realidade do mundo dominado pelos vampiros.

Disposta numa travessa de cobre talhada em diagonal, entre os jogos de talheres, havia uma travessa com lindas ameixas, uma cestinha de porcelana com doces diversos e dois pratos com trufas de chocolate, além de outras guloseimas. As ameixas atraíram Nora. Ela chegou a estender a mão para a tigela antes de recolhê-la, lembrando-se da água narcotizada que recebera no campo. Precisava resistir à tentação e, a despeito da fome, fazer escolhas inteligentes.

Não se sentou, permanecendo de pé sobre os pés descalços. De alguma parte do interior da casa vinha uma música suave. Havia uma segunda porta na sala, e ela pensou em experimentar a maçaneta. Mas sentiu-se vigiada. Procurou câmeras e não viu nenhuma.

A segunda porta se abriu. Barnes entrou, de novo usando aquele uniforme formal de almirante, completamente branco. Sua pele tinha uma aparência saudável e rosada em torno da barba em estilo Van Dyke, bem aparada. Nora já quase esquecera como um ser humano bem-nutrido tinha uma aparência saudável.

– Muito bem – disse ele, caminhando pela sala na direção dela, com uma das mãos metida no bolso, feito um cavalheiro nobre. – Esse é um ambiente muito mais agradável para sermos reapresentados, não é? A vida no campo é tão horrível. Este lugar é meu grande refúgio. – Barnes indicou com a mão a sala e o restante da casa. – Grande demais apenas para mim, é claro. Mas com o domínio eminente, tudo no menu tem o mesmo preço. Portanto, por que não ter o que há de melhor? O dono antigo era um pornógrafo, pelo que sei. Sacanagem comprou tudo isso. De modo que eu não me sinto tão mal assim.

Ele sorriu, com os cantos da boca puxando para cima as bordas aparadas da barba pontuda, enquanto chegava à extremidade da mesa.

– Você ainda não comeu? – perguntou ele, olhando para a bandeja de comida e pegando um doce salpicado de açúcar cristalizado. – Imaginei que estaria faminta.

Ele olhou para o doce com orgulho.

— Mando fazer esses para mim. Todo dia, numa padaria no Queens, só para mim. Quando criança eu sempre quis ter isso, mas não tinha dinheiro, e agora...

Barnes deu uma mordida no doce. Sentou-se à cabeceira da mesa e desdobrou o guardanapo, alisando-o sobre os joelhos.

Nora, vendo que o alimento não estava contaminado, agarrou uma ameixa, que rapidamente devorou. Pegou seu próprio guardanapo para enxugar o queixo cheio do sumo da fruta e depois estendeu a mão para apanhar outra.

— Seu canalha — disse ela de boca cheia.

Barnes deu um sorriso seco, parecendo decepcionado com ela.

— Uau, Nora, você foi direto ao ponto... mas "realista" é um termo melhor. Você prefere "oportunista"? Isso eu poderia aceitar. Talvez. Mas agora vivemos num mundo novo. Quem aceita esse fato e se adapta fica em situação muito melhor.

— Quanta nobreza. Um simpatizante desses... desses monstros.

— Pelo contrário, eu diria que simpatia é uma qualidade que não tenho.

— Um aproveitador, então.

Barnes pensou na palavra, brincando de conversar educadamente, enquanto terminava o doce e lambia as pontas dos dedos.

— Talvez.

— Que tal "traidor"? Ou... "filho da puta"?

Barnes bateu a mão com força na mesa.

— Basta — disse ele, afastando a palavra como se faz com uma mosca irritante. — Você está se prendendo a essa falsa virtude porque é tudo que lhe restou! Mas olhe para mim! Olhe para o que consegui...

Nora não tirou os olhos dele.

— Eles mataram todos os líderes verdadeiros nas primeiras semanas. Os formadores de opinião, os poderosos. Abrindo caminho para gente como *você* chegar ao topo. Isso também não deve fazer você se sentir tão bem assim. Flutuar no topo da merda.

Barnes sorriu, demonstrando que a opinião dela não interessava.

— Estou tentando ser civilizado. Estou tentando ajudar você. De modo que sente... Coma... Converse...

Nora puxou a outra cadeira, afastando-a da mesa, a fim de ficar a certa distância dele.

– Posso? – disse Barnes. Pegando uma faca cega, ele começou a preparar para ela um croissant com manteiga e geleia de amora. – Você está usando termos do tempo de guerra, como "traidor" e "aproveitador". A guerra, se é que chegou a haver uma, terminou. Alguns humanos como você ainda não aceitaram a nova realidade, mas isso é delírio seu. Significa que temos todos de ser escravos? É a única escolha? Acho que não. Há espaço no meio, até mesmo espaço perto do topo. Para os poucos com habilidades excepcionais e a perspicácia para aplicá-las.

Ele colocou o croissant no prato de Nora.

– Eu já tinha me esquecido de como você é escorregadio – disse ela. – E como é ambicioso.

Barnes sorriu, como se Nora lhe tivesse feito um cumprimento.

– Bom... a vida no campo pode ser uma existência realizada. Não apenas vivendo para si próprio, mas para outros. Essa função biológica humana básica, a criação de sangue, é um enorme recurso para a espécie deles. Você acha que isso nos deixa sem vantagem? Basta fazer as coisas direito. E provar a eles que tem valor real.

– Como carcereiro?

– De novo uma visão reducionista. A sua linguagem é a linguagem dos fracassados, Nora. Acho que o campo não existe para punir nem para oprimir. É simplesmente uma instalação, erigida para produção em massa e máxima eficiência. Minha opinião, embora eu a considere um simples fato, é que as pessoas logo passam a apreciar uma vida que tem expectativas claramente definidas. Com regras de sobrevivência simples e compreensíveis. Se você me sustenta, eu sustento você. Há reconforto real nisso. A população humana decresceu em quase um terço, no mundo todo. Muito disso se deve ao Mestre, mas as pessoas se matam umas às outras em busca de coisas simples... como o alimento que você tem aí à sua frente. De modo que eu lhe asseguro que a vida no campo, uma vez que você se entregue a ela por inteiro, é notavelmente livre de estresse.

Nora ignorou o croissant preparado pelas mãos dele, e em vez disso verteu um pouco de limonada de uma jarra no seu copo.

– Eu acho que a coisa mais horripilante é que, na realidade, você acredita nisso.

– A ideia de que nós, humanos, somos de alguma forma mais do que meros animais, meros seres colocados nesta Terra... que fomos, em vez disso, escolhidos para estar aqui... é isso que nos traz problemas. Isso nos deixa acomodados e complacentes. Privilegiados. Quando eu penso nos contos de fadas que costumávamos contar a nós mesmos e uns aos outros sobre Deus...

Um criado abriu as portas duplas e entrou com uma garrafa folheada a ouro, equilibrada numa bandeja de cobre.

– Ah – disse Barnes, deslizando o copo vazio na direção dele. – O vinho.

Nora observou o criado pôr um pouco de vinho no copo de Barnes, e perguntou:

– Por que tudo isso?

– Priorat. Espanhol. Palacios, L´Ermita, safra 2004. Você vai gostar. Junto com esta linda casa, eu herdei uma adega finíssima.

– Estou me referindo a tudo isso. A ter sido trazida aqui. Por quê? O que é que você quer?

– Para oferecer uma coisa a você. Uma grande oportunidade. Uma oportunidade que poderia melhorar consideravelmente sua situação nessa nova vida, e talvez para sempre.

Nora ficou observando Barnes provar e aprovar o vinho, permitindo que o criado enchesse a taça. Então disse:

– Você precisa de outro motorista? Alguém para lavar os pratos? Para servir o vinho?

Barnes sorriu, com certa timidez atrás do sorriso. Olhava para as mãos de Nora como se as desejasse tomar nas suas.

– Você sabe, Nora, eu sempre admirei sua beleza. E... para ser bem franco, sempre achei que Ephraim não merecia uma mulher como você...

Nora abriu a boca para falar. Mas não saiu som algum, apenas ar, que esvaziou seus pulmões num arquejo silencioso.

– É claro que, naquela época, num ambiente de escritório, uma repartição governamental, teria sido... pouco profissional tentar qualquer tipo de aproximação com uma subordinada. Chamava-se assédio ou coisa assim. Lembra-se daquelas regras ridículas e pouco naturais? Como a civilização ficou cheia de frescuras no final? Agora nós temos uma ordem de coisas muito mais natural. Quem quer e pode... conquista e toma posse.

Nora finalmente engoliu e encontrou a voz:

– Você está dizendo o que eu acho que está dizendo, Everett?

Ele ficou um pouco ruborizado, como se sua grosseria carecesse de convicção.

– Não há muita gente que tenha restado da minha vida anterior. Ou da sua. Não seria bom, de vez em quando, recordar? Seria muito agradável, acho eu, compartilhar experiências que tivemos juntos. Lembrar histórias... datas e lugares do trabalho. E lembrar como as coisas costumavam ser? Nós temos tanto em comum... nosso treinamento profissional, nossa experiência de trabalho. Você poderia até mesmo trabalhar como médica lá no campo, se desejar. Parece que me lembro de que você tem experiência em assistência social. Poderia cuidar dos doentes, preparando-os para voltar à produtividade. Ou até mesmo realizar um trabalho mais sério, se desejar. Você sabe, eu tenho muita influência.

Nora manteve a voz num tom calmo:

– E em troca?

– Em troca? Luxo. Conforto. Você moraria aqui, comigo... a princípio, numa base de experiência. Nenhum de nós dois quereria se comprometer com uma situação ruim. Com o tempo, acho que o arranjo funcionaria muito bem. Lamento não ter encontrado você antes que raspassem seu lindo cabelo. Mas temos perucas...

Ele estendeu a mão para a cabeça raspada dela, mas Nora se empertigou rapidamente, recuando.

– Foi assim que a sua motorista conseguiu o emprego? – disse ela.

Barnes retirou a mão vagarosamente, mostrando um lamento no rosto. Não por si mesmo, mas por Nora, como se ela houvesse, de maneira rude, cruzado uma linha que não podia ser cruzada.

– Bom, você pareceu se entrosar com o Goodweather, que era seu chefe na ocasião, muito facilmente – disse ele.

Nora ficou menos ofendida do que incrédula.

– Então, é isso. Você não gostou daquilo. Você era o chefe do meu chefe. E achava que era você que deveria... Rituais de primeira noite, é isso?

– Só estou lembrando que aparentemente essa não é a primeira vez que você faz isso. – Barnes recostou-se na cadeira, cruzando as pernas e os braços, à maneira de um debatedor com suprema confiança nos seus argumentos. – Esta não é uma situação inusitada para você.

– Meu Deus – disse Nora. – Você é realmente o imbecil preconceituoso que eu sempre achei que era.

Barnes sorriu, imperturbável.

– Acho que sua escolha é fácil. Vida no campo ou, em potencial, se jogar suas cartas direitinho, vida aqui. É uma escolha que qualquer pessoa sensata faria bem depressa.

Nora se sentiu sorrindo apesar da descrença, com o rosto contorcido desconfortavelmente.

– Seu porra imundo – disse ela. – Você é pior do que um vampiro, sabia? Para você não é a necessidade que conta, só a oportunidade. Uma viagem de poder. Um estupro real seria bagunçado demais para você. Você prefere me amarrar com "luxos". Quer me ver agradecida e dócil. Apreciando sua exploração da minha pessoa. Você é um monstro. Dá para ver por que se encaixou tão bem nos planos deles. Mas não há ameixas suficientes nesta casa, ou neste planeta arruinado, que me façam...

– Talvez alguns dias num ambiente mais agressivo façam você mudar de ideia. – O olhar de Barnes endurecera durante a acusação de Nora. Subitamente, ele parecia estar ainda mais interessado nela, como se se alimentasse da disparidade de poder entre os dois. – E, se você realmente escolher permanecer lá, isolada e no escuro, coisa que, é claro, é seu direito, quero lhe lembrar do que a espera. Acontece que seu tipo de sangue é B positivo, e por alguma razão, seja gosto ou benefício de alguma vitamina, esse é o mais desejável para os vampiros. Isso significa que você será obrigada a parir. Como entrou no campo sem parceiro, um qualquer será selecionado para você. Ele também será B positivo, a fim de ampliar as chances de virem à luz mais descendentes B positivo. Alguém como eu. Isso pode ser facilmente arranjado. Então passará o restante do seu ciclo de vida fértil engravidando ou aleitando. Coisa que tem suas vantagens, como você talvez já tenha visto. Melhor alojamento, melhor alimentação, duas frutas ou hortaliças por dia. É claro, se você tiver algum problema em conceber, então, depois de um razoável período de tempo e de numerosas tentativas usando uma variedade de drogas de fertilização, será relegada ao trabalho forçado no campo, e a ser sangrada a cada cinco dias. Passado algum tempo, se posso ser inteiramente franco, você morrerá.

Barnes tinha um sorriso tenso no rosto.

– Além disso, tomei a liberdade de rever seu formulário de admissão, "sra. Rodriguez", e acho que você deu entrada no campo com sua mãe.

Nora sentiu a pele da nuca, onde antes havia cabelo, formigar.

– Você foi capturada no metrô quando tentava escondê-la. Fico imaginando aonde as duas estavam indo.

– Onde ela está? – indagou Nora.

– Na verdade, ainda viva. Mas, como você deve saber, devido à idade e à óbvia enfermidade, ela está programada para ser sangrada e depois aposentada permanentemente.

As palavras anuviaram a visão de Nora.

Barnes descruzou os braços a fim de pegar uma trufa de chocolate branco.

– Bom, é inteiramente possível que ela seja poupada. Talvez... isso está me ocorrendo agora... mas talvez até mesmo trazida para cá, numa espécie de semiaposentadoria. Com direito a um quarto individual e possivelmente uma enfermeira. Ela poderia ser muito bem tratada.

As mãos de Nora tremiam.

– Então... você quer me foder *e* brincar de casinha?

Barnes mordeu a guloseima, deliciado por encontrar creme doce dentro.

– Você sabe, isso poderia ter sido uma conversa muito mais agradável. Tentei apresentar a coisa de maneira suave. Sou um cavalheiro, Nora.

– Você é um filho da puta. É isso que você é.

– Ah. – Ele assentiu com ar divertido. – Seu temperamento espanhol, não é? Rebelde. Bom.

– Seu monstro maldito.

– Você disse isso, sim. Bom, tem mais uma coisa em que eu quero que você pense. Provavelmente sabe que, quando nos vimos na casa de detenção, eu deveria tê-la identificado e entregue você ao Mestre. Ele ficaria extremamente contente de saber mais sobre o dr. Goodweather e o resto do bando de rebeldes. Coisas como o atual paradeiro deles, e que recursos têm. Até mesmo, simplesmente, para onde você e sua mãe estavam se dirigindo naquele vagão do metrô de Manhattan, ou de onde estavam vindo. – Barnes sorriu, balançando a cabeça. – O Mestre ficaria extremamente motivado ao conseguir essa informação. Posso dizer, de forma totalmente confidencial, que acho que o Mestre apreciaria sua companhia até mais do que eu. E ele usaria sua mãe para manipular você. Não há dúvida disso. Se você voltar para o campo sem mim, acabará sendo descoberta. Posso assegurar isso também.

Barnes se levantou, alisando as dobras do uniforme de almirante e limpando as migalhas.

– Portanto... agora você percebe que também tem uma terceira opção. Um encontro com o Mestre, e a eternidade como vampira.

O olhar de Nora ficou nublado, à meia distância. Ela se sentia letárgica, quase tonta. Acreditou que era assim que a pessoa devia se sentir ao ser sangrada.

– Mas você tem uma decisão a ruminar – disse Barnes. – Não quero mais prender você aqui. Sei que quer voltar imediatamente para o campo... e para a sua mãe, enquanto ela ainda está viva. – Ele foi até as portas duplas, abrindo-as para o grande corredor. – Pense nisso bastante e avise o que decidiu. O tempo está se esgotando...

Sem ser vista por ele, Nora embolsou uma das facas de manteiga da mesa.

Debaixo da Universidade de Colúmbia

A Universidade de Colúmbia fora, como Gus sabia, uma universidade de gente rica. Um monte de prédios antigos, uma anuidade nas nuvens, muita segurança e câmeras. Gus sempre via uns estudantes tentando se misturar com a vizinhança, alguns por motivos comunitários, coisa que ele jamais compreendeu, e outros por motivos mais ilícitos, que ele compreendia muito bem. Mas a universidade propriamente dita, o campus de Morningside Heights e todas as suas instalações, não tinha muito a lhe oferecer.

Agora aquilo virara a base de operações de Gus, seu quartel-general e sua casa. O líder de gangue mexicano jamais seria forçado a abandonar seu território; na verdade, ele explodiria tudo antes de permitir que isso acontecesse. Conforme suas atividades de sabotagem e caça aos vampiros minguavam em número, e ficavam mais organizadas, Gus começara a procurar uma base permanente. Realmente precisava disso. Era difícil ser eficiente naquele novo mundo louco. Resistir passou a ser algo feito vinte e quatro horas por dia, sete dias por semana, e cada vez era menos compensador. Os departamentos da polícia e dos bombeiros, os serviços médicos, a vigilância do tráfego – tudo fora cooptado. Quando examinara seus antigos pontos no Harlem à procura de um cafofo, ele reencontrara dois integrantes da gangue La Mugre, colegas de sabotagem, Bruno Ramos e Joaquin Soto.

Bruno era gordo, não há outro modo de dizer isso. Alimentava-se principalmente de batatas fritas e cerveja. Joaquin era tenso e magro. Bem-arrumado, tatuado e cheio de pose. Os dois eram amigos íntimos de Gus e morreriam por ele. Haviam nascido prontos para isso.

Joaquin passara algum tempo na cadeia com Gus. Eles haviam sido companheiros de cela por um período. Dezesseis meses para Gus. Eles cuidavam um do outro, e Joaquin passara um bom tempo na solitária depois de arrancar com uma cotovelada os dentes de um guarda, um negro grandalhão chamado Raoul. Que nome fodido para alguém sem dentes: Raoul. Depois da chegada dos vampiros, que alguns chamavam de a Queda, Gus reencontrara Joaquin enquanto saqueava uma loja de artigos eletrônicos. Joaquin e Bruno o ajudaram a carregar uma grande TV de plasma e uma caixa de videogames.

Juntos eles haviam tomado a universidade, encontrando o local apenas ligeiramente infectado de vampiros. Janelas e portas haviam sido tapadas com tábuas e seladas com placas de aço, os interiores, depredados e infestados com dejetos de amônia. Os estudantes haviam todos fugido cedo, tentando sair da cidade e voltar para casa. Joaquin achava que não haviam ido muito longe.

Percorrendo os prédios desertos, eles também haviam descoberto um sistema de túneis debaixo dos alicerces. Um livro numa vitrine do Departamento de Admissão deu a dica para Joaquin, na realidade o campus fora originalmente erigido no terreno de um asilo para loucos, datado do século XIX. Os arquitetos da universidade haviam derrubado todos os prédios do antigo hospital, exceto um, e depois construído a nova universidade sobre as fundações existentes. Muitos dos túneis de ligação eram usados para equipamentos, como canos de vapor, que geravam uma condensação escaldante, ou quilômetros de fiação elétrica. Com o passar do tempo, algumas dessas passagens haviam sido tapadas com tábuas ou bloqueadas por outros meios, a fim de evitar ferimentos em estudantes aventureiros ou espeleologistas urbanos.

Juntos eles haviam explorado e se apoderado de grande parte daquela rede de túneis, que ligava quase todos os setenta e um prédios da Universidade de Colúmbia, localizados entre a Broadway e a avenida Amsterdã, no Upper West Side de Nova York. Algumas seções remotas permaneciam inexploradas, simplesmente por não haver tempo suficiente de dia ou de noite para caçar vampiros, espalhar o caos por toda Manhattan e limpar os túneis mofados.

Gus delimitara seus domínios, concentrados num quadrante da plaza principal do campus. O território começava debaixo do único prédio original que restava do asilo, o Buell Hall; corria por baixo da biblioteca Low Memorial e Kent Hall; e terminava no Philosophy Hall, o prédio diante do qual havia uma estátua em bronze de um sujeito nu, simplesmente sentado ali, pensando.

Os túneis constituíam uma estrutura maneira, uma verdadeira toca de vilão. A quebra do sistema de vapor significava que Gus podia acessar áreas raramente visitadas em pelo menos um século – as grosseiras fibras negras que saíam das rachaduras nas paredes subterrâneas eram, na verdade, crinas de cavalos usadas para reforçar a mistura da alvenaria, e isso o levara a um úmido subporão de celas com barras de ferro.

O depósito de loucos. Onde eles enjaulavam os mais loucos dos loucos. Não havia esqueletos presos a correntes ou qualquer coisa assim, embora eles houvessem encontrado arranhões nas paredes de pedra que podiam ter sido feitos por unhas desesperadas, e não era preciso muita imaginação para ouvir os ecos fantasmagóricos dos pavorosos gritos pungentes dados séculos atrás.

Era ali que ele a mantinha. Sua *madre*. Numa jaula de dois metros por dois metros e meio, feita de barras de ferro que corriam do teto ao chão, formando um semicírculo e criando uma cela num canto. As mãos da velha estavam manietadas nas costas com um par de fortes algemas que ele encontrara debaixo de uma mesa em um aposento próximo, e que não tinham chave. Um capacete de motociclista preto, de rosto inteiro, cobria a cabeça dela, com grande parte do acabamento lascado pelas repetidas cabeçadas dela nas barras durante os primeiros meses do cativeiro. Gus prendera com uma supercola a proteção de pescoço do capacete à carne da velha. Era o único modo de conter inteiramente o ferrão da vampira, para a segurança dele próprio. A proteção também cobria a crescente papada de peru, cuja vista o deixava enjoado. Ele removera o visor de plástico transparente e o substituíra por uma chapa de aço com cadeado, pintada de preto, e com dobradiças dos lados. Enchera os espaços para os ouvidos dentro do capacete com grossos maços de algodão.

Portanto, ela não podia ver nem ouvir coisa alguma, e, contudo, sempre que Gus entrava na câmara, o capacete virava e o acompanhava. A cabeça se voltava, estranhamente concatenada com a caminhada dele pelo aposento. A mãe gorgolejava e guinchava, parada nua ali no centro da cela arredondada, com o corpo gasto de vampira coberto por séculos de poeira do asilo. Certa vez Gus tentara vesti-la através das barras, usando mantos, casacos e depois cobertores, mas todos caíam. Ela não tinha necessidade de roupas e nenhuma ideia de vergonha. As solas dos pés haviam se transformado em almofadas de calos, grossas como os amortecedores de um par de tênis. Insetos e piolhos passeavam livremente sobre o corpo dela, e as pernas estavam manchadas, escurecidas pela defecação repetida. Lascas de pele marrom se projetavam das pálidas coxas e panturrilhas venosas.

Meses antes, após a luta dentro do túnel do rio Hudson, depois que o ar clareara, Gus se separara dos outros. Em parte por sua índole, em parte por causa da mãe. Como sabia que ela logo encontraria seu Ente

Querido, ele se preparara para a chegada dela. Quando isso acontecera, caíra sobre ela, golpeando-lhe a cabeça e amarrando-a firmemente. Ela lutou contra ele com ridícula força vampiresca, mas Gus conseguira enfiar o capacete nela, aprisionando a cabeça e prendendo o ferrão. Depois manietara-lhe os pulsos e arrastara-a pelo pescoço do capacete para a masmorra. O novo lar dela.

Gus estendeu a mão através das barras, suspendendo a placa do rosto dela. As negras pupilas mortas, orladas de escarlate, olhavam fixamente para ele, com uma expressão louca e sem alma, mas cheia de fome. Toda vez que levantava a defesa de ferro, ele sentia o desejo dela de lançar o ferrão. Às vezes, se ela tentava repetidamente, grossas cortinas de lubrificante vazavam de qualquer fissura na selagem.

No decurso de sua vida doméstica, Bruno, Joaquin e Gus haviam formado uma família grande e imperfeita. Bruno vivia em atividade e, por alguma razão, tinha o dom de sempre caçoar dos outros dois. Eles dividiam todas as tarefas domésticas, mas só Gus podia ter contato direto com sua mãe. Ele a lavava, da cabeça aos pés, toda semana, e mantinha sua cela o mais limpa e seca quanto humanamente possível.

O capacete cheio de mossas dava a ela uma aparência de máquina, como um robô avariado ou um android. Bruno se lembrava de um antigo filme ruim que vira na TV, tarde da noite, *Monstro robótico*. A criatura que dava o título ao filme tinha um capacete de aço atarraxado no topo de um grosseiro corpo simiesco. Era assim que ele via a família Elizalde: Augustin *versus* o monstro robótico.

Gus puxou um pequeno canivete do casaco e abriu a lâmina de prata. Os olhos da mãe o observavam cuidadosamente, feito um animal enjaulado. Ele levantou a manga esquerda, depois estendeu ambos os braços pelas barras de ferro, mantendo-os acima do capacete da mãe, que seguia com os olhos mortos a lâmina de prata. Depois comprimiu a ponta afiada sobre o seu antebraço esquerdo, fazendo uma fina incisão de um centímetro de comprimento. Sangue vermelho vivo espirrou do ferimento. Ele posicionou o braço de modo que o sangue corresse até o pulso e pingasse no capacete aberto.

Gus ficou observando os olhos da mãe, enquanto dentro do capacete a boca e o ferrão se mexiam, invisíveis, ingerindo a refeição de sangue.

Ela sorveu o conteúdo de um copo de sangue, talvez, antes que Gus puxasse os braços para fora da jaula e recuasse até uma pequena mesa do outro lado do aposento. Ele cortou um quadrado de papel-toalha de um grosso rolo marrom, aplicou pressão direta no corte e depois isolou-o com atadura líquida espremida de um tubo quase vazio. Puxou um lenço de limpar bebês de um dispensador e limpou a mancha de sangue no braço. O antebraço esquerdo estava todo marcado por cortes de canivete semelhantes, acrescentados ao já impressionante conjunto de tatuagens. Ao alimentar a mãe, ele mantinha sempre o mesmo padrão, abrindo e reabrindo os mesmos velhos cortes, entalhando a palavra "MADRE" na carne.

– Eu encontrei uma música para você, Mama – disse ele, mostrando um punhado de CDs danificados e queimados. – Alguns dos seus favoritos: Los Panchos, Los Tres Ases, Javier Solis...

Gus olhou para a mãe parada dentro da jaula, saboreando o sangue do próprio filho, e tentou se lembrar da mulher que o criara. A mãe solteira, com um marido que aparecia de vez em quando, e namorados ocasionais. Ela fazia o melhor que podia por ele, o que era diferente de sempre fazer a coisa certa. Mas era o melhor que sabia fazer. Ela perdera a batalha da custódia, ela *versus* a rua. Ele fora criado pelo *barrio*. Era o comportamento da rua que ele imitava, e não o comportamento da sua *madre*. Agora ele se arrependia de tantas coisas, mas não podia mudar. Preferia se lembrar dos dias em que eles eram mais jovens. Ela o acariciava, ao tratar os ferimentos dele depois de uma luta nas vizinhanças. E, mesmo nos momentos mais raivosos, havia bondade e amor nos olhos dela.

Tudo isso já se fora. Tudo desaparecera.

Gus a desrespeitara durante a vida. Então, por que a reverenciava agora? Ele não sabia a resposta. Não entendia as forças que o impulsionavam. Só sabia que visitar a mãe naquele estado, e alimentá-la, carregava-o como se fosse uma bateria. Deixava-o louco por vingança.

Ele colocou um dos CDs num luxuoso sistema de som estéreo que saqueara de um carro cheio de cadáveres. Conectara alguns alto-falantes de marcas diferentes e conseguira obter um bom som do conjunto. Javier Solis começou a cantar. "No te doy la libertad" (Eu não lhe darei a liberdade), um bolero raivoso e melancólico que se mostrou estranhamente apropriado para a ocasião.

– Você gostou, *madre*? – disse ele, sabendo muito bem que aquele era apenas mais um monólogo entre eles. – Lembra dessa música?

Gus voltou para a parede da jaula e estendeu a mão para fechar a placa do rosto, selando-a na escuridão, quando viu algo mudar nos olhos da vampira. Algo chegara a eles.

Ele já vira aquilo antes. Sabia o que significava.

A voz, não a da mãe, ribombou profunda na sua mente.

Eu consigo saborear você, garoto, disse o Mestre. *Saboreio seu sangue e sua ânsia. Sinto sua fraqueza. Sei com quem você fez aliança. Meu filho bastardo.* Os olhos permaneciam focalizados nele, com uma fagulha apenas insinuada por trás, feito aquela diminuta luz vermelha que nos diz que a câmara está gravando passivamente.

Gus tentou clarear sua mente. Tentou não pensar em nada. Berrar com a criatura através de sua mãe de nada adiantaria. Isso ele já aprendera. Resistir. Como o velho Setrakian lhe teria aconselhado. Gus estava se treinando para resistir à inteligência sombria do Mestre.

Sim, o velho professor. Ele tinha planos para você. Se ele pelo menos pudesse ver você aqui. Alimentando sua mãe tal como ele costumava alimentar o coração infestado da sua esposa morta há tanto tempo. Ele fracassou, Gus. Como você fracassará.

Gus focalizou a dor em sua cabeça na imagem de sua mãe, como ela era outrora. Seu olho mental ficou olhando fixamente para essa imagem numa tentativa de bloquear tudo o mais.

Traga-me os outros, Augustin Elizalde. Sua recompensa será grande. Sua sobrevivência ficará assegurada. Viva como um rei, não como um rato. Ou então... não haverá misericórdia. Por mais que você peça uma segunda chance, não ouvirei mais seus rogos. Seu tempo está se esgotando...

– Aqui é a minha casa – disse Gus, em voz alta, mas calma. – Minha mente, demônio. Você não é bem-vindo aqui.

E se eu devolver sua mãe? A vontade dela está armazenada em mim com milhões de outras vozes. Mas eu posso achá-la para você, invocá-la para você. Eu posso devolver sua mãe...

E então os olhos da mãe de Gus tornaram-se quase humanos. Suavizaram-se, enchendo-se de lágrimas e de dor.

– *Hijito* – disse ela. – Meu filho. Por que eu estou aqui? Por que estou desse jeito? O que você está fazendo comigo?

Tudo abateu-se sobre Gus de repente, a nudez dela, a loucura, a culpa, o horror.

– Não! – berrou ele, estendendo o braço por entre as barras, e com a mão trêmula fazendo deslizar imediatamente para baixo a placa de aço.

Assim que isso aconteceu, Gus se sentiu livre, como se uma mão invisível o tivesse soltado. E, no capacete, explodiu o riso do Mestre. Ele cobriu os ouvidos, mas a voz continuou ressoando na sua cabeça até que, como um eco, foi se desvanecendo.

O Mestre tentara engajá-lo por tempo suficiente para conseguir uma pista sobre seu paradeiro, a fim de poder enviar um exército de vampiros para exterminá-lo.

Era somente um truque. *Não era minha mãe. Apenas um truque.* Nunca faça tratos com o demônio, isso ele sabia. *Viva como um rei.* Certo. O rei de um mundo arruinado. O rei de nada. Mas ali embaixo ele estava vivo. Um agente do caos. *Caca grande.* A merda na sopa do Mestre.

O devaneio de Gus foi interrompido pelo ruído de passos nos túneis. Ele foi até a porta e viu uma luz artificial se aproximando do canto.

Vasiliy chegou primeiro, seguido por Goodweather. Gus vira Vasiliy um mês ou dois atrás, mas não via o médico havia bastante tempo. Goodweather tinha o pior aspecto que ele já vira.

Eles nunca haviam visto a mãe de Gus, nem mesmo sabiam que ela estava ali. Vasiliy a viu primeiro e se aproximou das barras, rastreado pelo capacete da vampira. Gus explicou a situação a eles – como ele tinha a mãe completamente sobre controle, e como ela não constituía uma ameaça para ele, seus companheiros de moradia ou sua missão.

– Jesus Cristo – disse o exterminador grandalhão. – Desde quando?

– Já faz muito tempo – respondeu Gus. – Eu só não gosto de conversar sobre isso.

Vasiliy moveu-se lateralmente, observando o capacete da vampira segui-lo.

– Mas ela não consegue enxergar?
– Não.
– O capacete funciona? Bloqueando o Mestre?
Gus assentiu.
– Acho que sim. Além do mais, ela não sabe onde está... É uma coisa de triangulação. Eles precisam de visão, som e algo dentro do cérebro para localizar você. Eu mantenho um dos sentidos dela, a audição, bloqueado todo o tempo. A placa do rosto bloqueia a visão. É o cérebro de vampira e o olfato dela que estão detectando você agora.
– O que você lhe dá como alimento? – perguntou Vasiliy.
Gus deu de ombros. A resposta era óbvia.
Goodweather se intrometeu nesse momento:
– Por quê? Por que manter sua mãe aqui?
Gus olhou para ele.
– Acho que isso não é da porra da sua conta, doutor...
– Ela já se foi. Essa coisa aí... isso não é a sua mãe.
– Você acha mesmo que eu não sei disso?
Goodweather disse:
– Então não há razão para fazer isso. Ela precisa ser liberada por você. Agora.
– Eu não preciso fazer nada. Essa é uma decisão minha. Minha *madre*.
– Não mais, ela não é mais sua. Meu filho, se eu descobrir que foi transformado, será liberado por mim. Eu mesmo farei isso, sem um momento de hesitação.
– Bom, mas seu filho não está aqui. E nem isso é da sua conta.
Gus não podia ver claramente os olhos de Goodweather no aposento mal-iluminado. Da última vez que haviam se encontrado, Gus percebera que ele estava sob efeito de estimulantes. O bom doutor andava se automedicando na época, e Gus achava que agora também.
Gus deu as costas a ele, dirigindo-se de volta para Vasiliy, cortando Goodweather da conversa.
– Como foram as suas férias, *hombre*?
– Ah. Divertidas. Muito relaxantes. Não, foi uma busca infrutífera, mas com um final interessante. Como anda a batalha na rua?

– Vou levando o melhor que posso. Mantendo a pressão. Programa Anarquia, sabe? Agente Sabotagem dando plantão, toda porra de noite. Semana passada incendiei inteiramente quatro ninhos de vampiros. Na semana anterior explodi um prédio. Nem chegaram a saber o que foi. Guerra de guerrilha e truques sujos da porra. Combater o poder, *manito*.

– Precisamos disso. Toda vez que algo explode na cidade, ou que uma espessa nuvem de fumaça ou poeira sobe na chuva, o pessoal percebe que ainda há gente na cidade que está lutando. E é mais uma coisa que os vampiros precisam explicar. – Vasiliy acenou para Goodweather. – O Eph demoliu um hospital inteiro há um dia. Detonou os tanques de oxigênio.

Gus virou-se para Eph.

– O que você estava procurando no hospital? – indagou ele, mostrando ao doutor que conhecia o pequeno segredo sujo dele. Vasiliy era um guerreiro, um matador, como Gus. Goodweather era algo mais complicado, e agora eles precisavam de simplicidade. Gus não confiava nele. Voltando-se de novo para Vasiliy, ele disse: – Você se lembra do *El Ángel de Plata*?

– É claro – disse Vasiliy. – O velho lutador.

– O Anjo de Prata. – Gus beijou seu próprio polegar e saudou a memória do lutador fechando o punho. – Então pode me chamar de Ninja de Prata. Tenho movimentos tão rápidos, e que fariam sua cabeça rodopiar tão depressa, que todo o seu cabelo cairia. Há dois outros garotos comigo, nós estamos numa campanha que é difícil de acreditar.

– Ninja de Prata. Gostei.

– Assassino de vampiros. Sou uma lenda. E não vou descansar enquanto não botar todas as cabeças deles em estacas ao longo da Broadway inteira.

– Ainda há cadáveres pendentes dos sinais de trânsito. Eles iriam ficar contentes de ter os seus lá.

– E os seus. Eles pensam que são malvados, mas eu sou dez vezes mais perigoso do que qualquer sugador de sangue. *Viva las ratas!* Viva os ratos!

Vasiliy sorriu e apertou a mão de Gus.

– Eu gostaria de ter uns dez como você.

Gus fez pouco caso da ideia com um gesto de mão.

– Se você tivesse uns dez como eu, nós terminaríamos nos matando.

Gus levou Vasiliy e Goodweather de volta pelos túneis até o porão do Buell Hall, onde os dois haviam deixado a caixa térmica. Depois os levou de volta pelo subsolo para a biblioteca Low Memorial, e dali para o telhado, atravessando os escritórios da administração. O crepúsculo estava fresco e escuro, mas sem chuva: apenas uma sinistra nuvem negra avançava a partir do rio Hudson.

Vasiliy abriu a tampa da caixa térmica, mostrando dois magníficos atuns sem cabeça, boiando no que sobrara do gelo do porão do navio, e perguntou:

– Com fome?

Comer aquilo cru era a coisa óbvia a fazer, mas Goodweather recorreu à ciência médica, insistindo que eles deveriam cozinhar os peixes, porque as mudanças climáticas haviam alterado o ecossistema dos oceanos; ninguém sabia que tipo de bactérias letais os espreitava dentro de um peixe cru.

Gus sabia que o Departamento de Alimentação tinha uma cozinha portátil de bom tamanho, e Vasiliy ajudou-o a carregar o equipamento para o terraço. Goodweather recebeu a tarefa de quebrar antenas de carros velhos para servir de espetos. Eles acenderam o fogo na margem do Hudson, entre dois grandes ventiladores do terraço, ocultando a luz do fogo da rua e da maioria dos telhados.

O peixe cozinhou bem. Pele crocante e carne rosada. Depois de poucas mordidas, Gus começou a se sentir melhor. Ele vivia com tanta fome que não conseguia ver como a subnutrição o prejudicava, mental e fisicamente. A carga de proteína recarregou suas baterias. Já estava até imaginando sair para outro ataque diurno. E com o prazer do alimento quente ainda na língua, perguntou:

– Então... por que estamos festejando?

– Precisamos da sua ajuda – disse Vasiliy. Depois contou a Gus o que eles sabiam sobre Nora. Suas palavras ficaram graves e intensas. –

Ela deve estar no campo de sangue mais próximo, aquele ao norte da cidade. Nós queremos tirar a Nora de lá.

Gus olhou para Goodweather, que supostamente era o namorado de Nora. Goodweather olhou de volta para ele, mas estranhamente sem o mesmo fervor de Vasiliy.

– Não querem pouco – disse Gus.

– Queremos muito. Temos de agir tão logo seja possível. Se eles descobrirem quem ela é, que ela nos conhece... será ruim para ela e pior para nós.

– Estou pronto para o combate, não duvidem. Mas hoje em dia eu também tento ter uma estratégia. Minha tarefa é não só sobreviver, mas morrer como humano. Nós todos sabemos dos riscos. Vale a pena ir buscar a Nora? E eu só estou perguntando, pessoal.

Vasiliy assentiu, olhando para as chamas que lambiam o peixe nos espetos, e disse:

– Eu entendo seu ponto de vista. A esta altura, é tipo... para que estamos fazendo isso? Estamos tentando salvar o mundo? O mundo já era. Se os vampiros desaparecessem amanhã, o que nós faríamos? Reconstruir? Como? Para quem?

Ele deu de ombros, olhando para Goodweather à procura de apoio, e continuou:

– Talvez algum dia. Até que esse céu clareie, será uma luta pela sobrevivência, pouco importa quem domine o planeta.

Vasiliy fez uma pausa para tirar pedacinhos de atum do bigode em torno dos lábios.

– Eu poderia dar a vocês um monte de motivos. Mas o resumo é que estou simplesmente cansado de perder gente. Nós vamos fazer isso com ou sem você.

Gus fez um gesto com a mão.

– Eu nunca falei para vocês fazerem isso sem a minha ajuda. Só queria que pensassem no assunto. Gosto da doutora. Meus garotos estarão de volta logo, e então poderemos nos armar. – Ele pegou outro pedaço quente de atum. – Sempre tive vontade de foder com uma fazenda. Só precisava de um bom motivo.

Vasiliy se encheu de gratidão.

– Guarde um pouco desse peixe para os seus garotos, que precisam de energia.
– É melhor do que carne de esquilo. Vamos apagar esse fogo. Eu tenho uma coisa para mostrar a vocês.

Gus passou um papel em volta do resto do peixe, para guardar para os seus *hombres*, e depois apagou as chamas com o gelo derretido. Atravessou com eles o prédio e o campus abandonado, até o porão do Buell Hall. Num pequeno aposento lateral, ele conectara uma bicicleta estacionária a diversos carregadores de baterias. Uma escrivaninha tinha uma variedade de equipamentos tirados do departamento audiovisual da universidade, inclusive câmeras digitais de último tipo, com lentes compridas, um drive de mídia e alguns pequenos monitores portáteis de alta definição. Nenhum daqueles dispositivos era mais fabricado.

– Alguns de meus garotos têm gravado nossos ataques. Isso tem grande valor como propaganda, se conseguirmos alguma forma de transmissão. Também temos feito algumas excursões de reconhecimento. Vocês conhecem o castelo no Central Park?

– É claro – respondeu Vasiliy. – O ninho do Mestre. Cercado por um exército de vampiros.

Goodweather ficou intrigado e chegou perto do monitor de sete polegadas, enquanto Gus conectava um conjunto de baterias e ligava a câmera.

A tela se iluminou, num verde e preto pastoso.

– Lentes de visão noturna. Encontrei umas duas dúzias delas em caixas de colecionadores de videogames. Elas são colocadas na ponta de uma teleobjetiva. Não é um ajuste perfeito, e a qualidade é basicamente uma merda, eu sei. Mas fiquem olhando.

Vasiliy e Goodweather se inclinaram à frente para ter uma visão melhor da pequena tela. Depois de alguns momentos de profunda concentração, as fantasmagóricas figuras sombrias da imagem começaram a tomar forma para eles.

– É o castelo, certo? – disse Gus, delineando a construção com o dedo. – Fundações de pedra, o lago. Ali adiante, nosso exército de vampiros.

Vasiliy perguntou:
– De onde isso foi tirado?

– Do terraço do Museu de História Natural. Foi o mais perto que consegui chegar. Montei a câmera num tripé, feito um franco-atirador.

A imagem do parapeito do castelo tremia muito, com máxima ampliação.

– Lá vamos nós – disse Gus. – Estão vendo?

Quando a imagem se estabilizou de novo, uma figura surgiu na laje mais alta do parapeito. Lá embaixo, todos os rostos do exército se viraram para o vulto, num gesto maciço de completa submissão.

– Que merda – disse Vasiliy. – Aquele é o Mestre?

– Ele está menor – disse Goodweather. – Ou é defeito da perspectiva?

– É o Mestre – disse Vasiliy. – Veja os zumbis lá embaixo, como viraram a cabeça na direção dele de uma só vez. Como flores inclinando-se na direção do sol.

– Ele mudou. Trocou de corpo – disse Eph.

Com o orgulho explodindo claramente na voz, Vasiliy disse:

– Só pode ter trocado. O professor feriu o Mestre, afinal de contas. Tinha de ter ferido. Eu sabia. Feriu tanto que ele *precisou* tomar uma forma nova. – Ele empertigou o corpo. – Só não sei como ele fez isso.

Gus viu Goodweather concentrar firmemente o olhar na imagem nublada e trêmula do novo Mestre, que se movimentava.

– É Bolivar – disse Goodweather.

– O que é isso? – perguntou Gus.

– Não o quê. Quem. Gabriel Bolivar.

– Bolivar?! – exclamou Gus, rebuscando a memória. – O cantor?

– É ele – disse Goodweather.

– Tem certeza? – perguntou Vasiliy, sabendo exatamente a quem Goodweather se referia. – Está tão escuro, como você sabe?

– Pelo jeito de se movimentar. Algo dele. Estou falando a vocês... ele é o Mestre.

Vasiliy olhou bem de perto.

– Tem razão. Mas por que ele? Talvez o Mestre não tenha tido tempo de escolher. Talvez o velho o tenha golpeado com tanta força que ele precisou mudar imediatamente.

Enquanto Goodweather olhava fixamente para a imagem, outra forma vaga se reuniu ao Mestre, vinda do parapeito alto. Goodweather pareceu ficar paralisado, depois começou a tremer como se sentisse calafrios.

– É a Kelly – disse ele.

Falou isso com autoridade, sem qualquer sombra de dúvida.

Vasiliy recuou um pouco, tendo mais problema com a imagem do que Goodweather. Mas Gus percebeu que ele também estava convencido.

– Meu Deus! – disse Vasiliy.

Goodweather firmou o corpo, com uma das mãos apoiada na mesa. Sua esposa vampira estava do lado do Mestre.

E então surgiu uma terceira figura. Menor e mais magra do que as outras duas. Parecendo mais escura na escala da visão noturna.

– Estão vendo aquele ali? – disse Gus. – Temos um ser humano vivendo entre os vampiros. Não apenas entre os vampiros... junto ao Mestre. Querem adivinhar quem é?

Vasiliy se tensionou. Aquele era o primeiro sinal de Gus de que algo estava errado. Então ele se virou e olhou para Goodweather.

Goodweather largou a mesa. Suas pernas cederam, e ele caiu sentado no chão. Seus olhos continuaram transfixados na imagem pastosa, enquanto o estômago ardia, subitamente afogado em ácido. Seu lábio inferior tremeu, e lágrimas encheram seus olhos.

– Aquele é o meu filho.

Estação Espacial Internacional

Traga a estação de volta.

A astronauta Thalia Charles já nem virava mais a cabeça. Quando a voz chegava, ela simplesmente a aceitava. Sim, ela podia admitir isso, quase a recebia de bom grado. Solitária como estava, na verdade, ela era um dos seres humanos mais solitários de toda a história dos seres humanos, ela não estava sozinha com seus pensamentos.

Estava isolada a bordo da Estação Espacial Internacional, a enorme instalação de pesquisa inutilizada que rodopiava desgovernada na órbita da Terra. Com seus foguetes, impulsionados por energia solar, disparando esporadicamente, o satélite artificial continuava a seguir uma trajetória elíptica cerca de trezentos e cinquenta quilômetros acima do planeta-mãe, passando do dia para a noite a cada três horas, aproximadamente.

Por quase dois anos do calendário, calculando oito dias orbitais para cada dia do calendário, ela existira nesse estado de suspensão em quarentena. Gravidade zero e exercício zero haviam maltratado muito o seu corpo exaurido. A maior parte dos músculos desaparecera, com os tendões atrofiados. A coluna vertebral, os braços e as pernas haviam se dobrado em ângulos esquisitos, até perturbadores, e a maior parte dos dedos eram agora ganchos inúteis, curvados sobre si mesmos. As rações alimentares, em sua maior parte sopas congeladas trazidas pelo último transporte russo antes do cataclisma, estavam quase reduzidas a zero; por outro lado, seu corpo exigia pouca nutrição. A pele parecia quebradiça, com flocos flutuando na cabine feito sementes de dentes-de-leão. A maior parte do cabelo desaparecera, o que era até bom, pois na gravidade zero cabelo só atrapalhava.

Ela estava quase inteiramente desintegrada, tanto de corpo quanto de mente.

O comandante russo morrera apenas três semanas depois que a EEI começara a enguiçar. Enormes explosões nucleares na Terra excitaram a atmosfera, levando a estação a múltiplos impactos com lixo espacial em órbita. Eles haviam se refugiado na cápsula de escape de emergência, a espaçonave *Soyuz*, seguindo os procedimentos na ausência de qualquer comunicado vindo de Houston. O comandante Demidov se oferecera para envergar um traje espacial e aventurar-se corajosamente fora da instalação principal, numa tentativa de reparar os vazamentos dos tanques de oxigênio, e conseguira restaurar e trazer um deles para a *Soyuz*, antes de aparentemente sofrer um infarto fulminante. Seu sucesso permitira que Thalia e o engenheiro francês sobrevivessem muito mais do que esperado, bem como redistribuíssem um terço das rações de alimento e água.

Mas o resultado fora tanto uma maldição quanto uma bênção.

Poucos meses depois, Maigny, o engenheiro, começou a mostrar sinais de demência. Enquanto eles viam o planeta desaparecer atrás de uma nuvem negra de atmosfera poluída que parecia tinta de polvo, Maigny foi rapidamente perdendo a fé e começou a falar em vozes estranhas. Thalia lutou para manter a própria sanidade, em parte tentando restaurar a do companheiro, e acreditava estar fazendo um real progresso, até pegar um reflexo dele fazendo caretas bizarras, quando pensava que ela não podia vê-lo. À noite ela fingia dormir, rolando o corpo vagarosamente dentro do apertado espaço da cabine, com os olhos semicerrados, e no horror da falta de gravidade viu Maigny abrir silenciosamente o kit de sobrevivência localizado entre dois dos três assentos. Ele retirou do pacote a pistola de três canos, mais uma carabina do que uma simples pistola. Alguns anos antes, uma cápsula espacial russa fizera, na hora da reentrada e descida, uma aterrissagem desastrada no deserto siberiano. Horas se passaram antes que os cosmonautas sobreviventes fossem localizados, e enquanto isso eles tiveram de afugentar lobos com pouco mais que pedras e galhos de árvore. Desde esse episódio, aquela arma, especialmente fabricada com tamanho exagerado, e que tinha um facão embutido dentro da coronha destacável, fora incluída como equipamento padrão da missão, dentro do "kit portátil de sobrevivência da *Soyuz*".

Ela viu o engenheiro apalpar o cano da arma, explorando o gatilho com o dedo. Maigny retirou o facão e rodopiou-o no ar, vendo a lâmina girar e girar, refletindo o brilho do sol distante. Thalia sentiu a lâmina passar perto dela e viu, como o brilho do sol, uma ponta de prazer nos olhos dele.

Nesse momento ela percebeu o que precisaria fazer a fim de se salvar. Continuou a seguir sua terapia amadora, para não alertar Maigny da sua preocupação, todo o tempo se preparando para o inevitável. Ela não gostava de pensar naquilo, mesmo agora.

Ocasionalmente, dependendo da rotação da EEI, o cadáver dele passava flutuando perto da porta da estação, como uma macabra testemunha de Jeová fazendo uma visita domiciliar.

Novamente, menos uma ração de comida. Um par de pulmões a menos.

E mais tempo passado presa ali sozinha, dentro daquela cápsula espacial incapacitada.

Traga a estação de volta.

– Não me tente – murmurou ela. A voz era masculina, pouco clara. Familiar, mas ela não conseguia localizar a procedência.

Não era de seu marido. Não de seu falecido pai. Mas de alguém que ela conhecia...

Ela realmente sentia uma presença ali dentro da *Soyuz*. Será que sentia? Ou era apenas a ânsia por companhia? Um desejo, uma necessidade? Estava usando a voz de qual pessoa para preencher aquele espaço vazio na sua vida?

Thalia lançou o olhar pelas janelas quando a EEI reentrou na faixa ensolarada.

Enquanto olhava para o sol nascente, ela viu cores subirem ao céu. Chamava aquilo de "céu", mas não era o céu ali em cima, nem era "noite". Era o universo, que também não era "negro"; não tinha luz alguma. Era o vazio. O mais puro nada. Exceto...

As cores surgiram de novo. Um jato de vermelho e uma explosão de laranja, exatamente além da visão periférica dela. Algo como aquelas explosões brilhantes que a gente vê quando fecha os olhos com força.

Thalia tentou fazer isso, fechou os olhos e pressionou as pálpebras com os secos polegares rachados. De novo a ausência de luz. O vazio no interior da sua cabeça. Uma fonte de cores e estrelas ondulantes saiu do nada, e então ela abriu os olhos novamente.

O azul brilhou e desapareceu a distância. Depois, em outra área, um jato de verde. E violeta!

Sinais. Mesmo sendo puras ficções criadas na sua mente, eram sinais. De alguma coisa.

Traga a estação de volta, queridinha.

"Queridinha?" Ninguém nunca a chamara assim. Nem seu marido, nem nenhum dos seus professores, nem os administradores do programa de astronautas, nem seus pais e avós.

Ainda assim, ela não questionava muito a identidade daquela voz. Estava contente com a companhia. Contente pelo conselho.

– Por quê? – perguntou.

Nenhuma resposta. A voz nunca respondia a uma pergunta. E, contudo, Thalia mantinha a expectativa de que um dia isso aconteceria.

– Como? – indagou.

De novo nenhuma resposta, mas enquanto Thalia flutuava pela cabine em forma de sino, sua bota bateu no kit de sobrevivência entre os assentos.

– Verdade? – disse ela, dirigindo-se ao próprio kit, como se lá estivesse a fonte da voz.

Ela não tocara no equipamento desde que o usara pela última vez. Puxou a caixa agora, abrindo o fecho com a combinação já destrancada. (Ela deixara aquilo assim?) Levantou a TP-82, a arma de cano longo. O facão desaparecera; ela o descartara junto com o corpo de Maigny. Levantou a arma à altura dos olhos, como que mirando a janela... e depois soltou-a, observando-a girar e flutuar ali feito uma espada ou uma ideia pendente no ar.

Thalia conferiu o restante do conteúdo do kit. Vinte cartuchos de rifle. Vinte cargas de sinalização. Dez cartuchos de carabina.

– Diga por quê? – disse ela, enxugando uma lágrima renegada, e observando o pingo de umidade sair voando. – Depois de todo esse tempo, por que agora?

Ficou parada, com o corpo quase sem girar. Estava certa de que a resposta viria. Um motivo. Uma explicação.

Porque é hora...

A luz flamejante passou pela janela com tanta vivacidade silenciosa que ela engasgou, parando de respirar. Começou a hiperventilar, agarrou o encosto do assento e depois empurrou o corpo para a janela, para observar a cauda do cometa extinguindo-se na atmosfera terrestre, consumindo-se antes de atingir a tumorosa camada de ar inferior.

Thalia virou-se depressa, sentindo novamente uma presença. Alguma coisa não humana. Começou a dizer:

– Aquilo foi...

Mas não conseguiu completar a pergunta.

Porque, obviamente, era.

Um sinal.

Quando Thalia era criança, uma estrela cadente cruzando o céu fizera com que ela quisesse ser astronauta. Era essa a história que ela contava sempre que era convidada a visitar escolas ou dar entrevistas nos meses que antecediam a um lançamento, e, contudo, a história era inteiramente verídica: seu destino fora escrito nos céus da sua juventude.

Traga a estação de volta.

De novo, a respiração de Thalia ficou presa na garganta. Aquela voz... ela a reconheceu imediatamente. Era do cachorro, um Newfoundland chamado Ralphie, que tinha na casa em Connecticut. Era essa a voz que ela ouvia na cabeça sempre que falava com o animal, quando arrepiava a pele do cão e o abraçava, e ele encostava o focinho na perna dela.

Quer passear?

Quero, quero, quero.

Quer uma comidinha gostosa?

Muito! Muito!

Quem é um bom garoto?

Sou eu, sou eu, sou eu.

Vou sentir muito sua falta enquanto estiver no espaço.

Vou sentir sua falta aqui, queridinha.

Aquela era a voz que estava ali agora. A mesma que ela projetara em Ralphie. Ela e não ela, a voz do companheirismo, da confiança e da afeição.

– É mesmo? – perguntou ela de novo.

Thalia pensou sobre como aquilo seria: movimentar-se pelas cabines, estourando os foguetes impulsionadores até arrebentar o casco. Aquela grande instalação científica de cápsulas adjacentes sairia da órbita e cairia, pegando fogo quando entrasse na atmosfera superior, deixando um rastro veloz como uma mancha incandescente e penetrando na crosta venenosa da atmosfera.

E então a certeza a engolfou feito uma emoção. Mesmo que estivesse simplesmente louca, pelo menos agora ela podia se mover sem dúvida, sem questionamentos. E no fim, no final de tudo, ela não acabaria como Maigny, alucinando e espumando pela boca.

Os cartuchos da carabina eram carregados manualmente pelo lado da culatra.

Ela abriria as escotilhas do casco para deixá-lo sem ar, e depois cairia com a nave. De certo modo, sempre suspeitara que esse seria seu destino. Era uma decisão nascida da beleza. Nascida de uma estrela cadente, Thalia Charles estava prestes a se tornar uma estrela cadente ela própria.

Campo Liberdade

NORA OLHOU PARA A haste pontuda.

Passara a noite toda trabalhando naquilo. Estava exausta, mas orgulhosa. A ironia de uma haste pontuda feita com uma faca de manteiga não lhe passara despercebida. Um talher tão sofisticado, agora transformado numa ponta serrilhada e cortante. Ainda havia mais umas horas, e ela poderia afiar o instrumento até a perfeição.

Nora abafara o som do esmerilhamento contra um canto de concreto, cobrindo a coisa com um travesseiro volumoso. Sua mãe dormia a alguns metros dali, e não acordara. Mas o reencontro das duas seria breve. Na tarde da véspera, talvez uma hora depois que ela voltara da casa de Barnes, os administradores do campo haviam recebido uma "ordem de processamento". Nela ordenava-se que a mãe de Nora deixasse o pátio de recreação ao amanhecer.

Hora da alimentação.

Como eles a "processariam"? Nora não sabia. Mas não permitiria aquilo. Telefonaria para Barnes, cederia, chegaria junto dele e depois o mataria. Ou salvaria a mãe ou pegaria o diretor. Se suas mãos iam ficar vazias, que ficassem manchadas pelo sangue dele.

A mãe murmurou qualquer coisa durante o sono e depois voltou a roncar profunda mas suavemente, um som que Nora conhecia tão bem. Quando criança, seu sono fora embalado por aquele som, e depois pelo subir e descer ritmado do peito da velha. Na época ela era uma mulher formidável. Uma força da natureza. Trabalhava infatigavelmente e dera a Nora uma boa criação, sempre vigilante, sempre capaz de prover uma educação e um diploma, e as roupas e outros artigos de luxo que acompanham esse status. Nora ganhara um vestido de formatura e livros escolares caros, e sua mãe nem uma vez se queixara.

Mas houvera aquela noite, logo antes do Natal, quando Nora fora acordada por um soluçar baixo. Ela tinha catorze anos de idade e vinha apoquentando a mãe para ganhar um vestido *quinceañera* para o seu aniversário que se aproximava...

Ela descera silenciosamente a escada e parara na porta da cozinha. A mãe estava sentada ali, sozinha, com meio copo de leite, óculos de leitura e contas a pagar espalhados pela mesa.

Nora ficara paralisada com a visão. Parecia estar espreitando um deus que chorava. Já estava a ponto de entrar e perguntar o que havia de errado, quando os soluços da mãe aumentaram feito rugidos. Ela sufocara o ruído cobrindo a boca grotescamente com ambas as mãos, enquanto os olhos explodiam em lágrimas. Aquilo aterrorizara Nora, fazendo o sangue gelar em suas veias. Elas nunca haviam conversado sobre o incidente, mas Nora ficara marcada por aquela imagem de dor. Ela mudara. Talvez para sempre. Passara a cuidar mais da mãe e de si própria, e sempre dera mais duro do que todos os outros.

Enquanto o processo de demência se instalava, a mãe de Nora começou a reclamar. Sobre tudo e o tempo todo. Os ressentimentos e a raiva, acumulados ao longo dos anos e silenciados pela civilidade, brotaram em torrentes de reclamações incoerentes. Nora aguentou tudo. Ela nunca abandonaria sua mãe.

Três horas antes do amanhecer, a mãe de Nora abriu os olhos. E, por um momento fugaz, ficou lúcida. Isso acontecia de vez em quando, embora cada vez menos. De certo modo, pensou Nora, a mãe, como os *strigoi*, fora suplantada por outra vontade, e era muito estranho sempre que ela saía daquele transe e olhava para Nora. Para Nora como ela era, ali, naquele momento.

– Nora? Onde nós estamos? – perguntou Mariela.

– Shh, mamãe. Nós estamos bem. Volte a dormir.

– Estamos num hospital? Eu estou doente? – indagou ela, agitada.

– Não, mamãe. Está tudo bem.

A mãe de Nora segurou a mão da filha com firmeza e deitou de volta no catre. Acariciou a cabeça raspada de Nora e perguntou em tom mortificado:

– Que aconteceu? Quem fez isso com você?

Nora beijou a mão da mãe.

– Ninguém, mamãe. Vai voltar a crescer. Você vai ver.

A mãe olhou para ela com grande lucidez, e, depois de uma longa pausa, perguntou:

– Nós vamos morrer?

Nora não sabia o que dizer e começou a soluçar. A mãe apressou-se a puxá-la para si e a beijá-la suavemente na testa.

– Não chore, minha querida. Não chore – disse ela. Depois tomou a cabeça da filha e olhou-a diretamente nos olhos. – Quando a gente passa em revista a vida, vê que o amor era a resposta para tudo. Eu amo você, Nora. Sempre amarei. E isso nós teremos para sempre.

As duas adormeceram juntas, e Nora perdeu a noção do tempo. Quando acordou, viu que o céu estava clareando.

E agora? Elas estavam numa armadilha. Longe de Vasiliy, longe de Eph. Sem saída. Exceto pela faca de manteiga.

Ela lançou um olhar final para a lâmina. Iria até Barnes, usaria a faca e depois... talvez usasse a coisa em si mesma.

Subitamente o instrumento não lhe pareceu afiado o bastante. Ela ficou trabalhando no corte e na ponta até o amanhecer.

A Estação de Tratamento de Esgoto

A Estação de Tratamento de Esgoto de Stanford ficava debaixo de um prédio hexagonal de tijolos vermelhos, na rua La Salle, entre a avenida Amsterdã e a Broadway. Construída em 1906, a estação deveria suprir as demandas e o crescimento da área por pelo menos um século. Durante a primeira década, eram processados oito milhões de litros de esgoto bruto por dia. Mas o influxo da população ocasionado por duas guerras mundiais consecutivas logo tornou insuficiente essa capacidade. Os vizinhos também se queixavam de falta de ar, de infecções oculares e de um cheiro de enxofre generalizado que vinha do prédio ininterruptamente. A estação fechou parcialmente em 1947 e completamente cinco anos depois.

O interior da instalação era imenso, até mesmo majestoso. Havia uma nobreza na arquitetura industrial do fim do século XIX, que desde então se perdera. Duas escadas geminadas de ferro batido levavam às passarelas de cima, e as estruturas de ferro fundido, que filtravam e processavam o esgoto bruto, quase não haviam sido vandalizadas no decorrer dos anos. Rabiscos desbotados e um acúmulo de sujeira de quase um metro de altura, composto por folhas secas, cocô de cachorro e pombos mortos, eram os únicos sinais de abandono. Um ano antes, Gus Elizalde entrara ali por acaso e limpara manualmente um dos reservatórios, transformando-o no seu arsenal pessoal.

O único acesso era através de um túnel, e apenas passando por uma enorme válvula de ferro trancada com uma pesada corrente de aço inoxidável.

Gus queria exibir seu esconderijo de armas, para que eles pudessem montar uma incursão ao campo de sangue. Eph ficara para trás – precisava de algum tempo sozinho depois de finalmente ver seu filho, por vídeo e após dois longos anos, parado junto do Mestre e da mãe vampira. Vasiliy tinha uma compreensão renovada do sofrimento único de Eph, do preço que a linhagem dos vampiros cobrara da vida dele, e estava cheio de compaixão. Ainda assim, porém, a caminho do arsenal improvisado ele discretamente se queixara de Eph e da perda de concentração dele. Queixara-se apenas em termos práticos, sem malícia, sem rancor. Talvez com apenas uma pitada de ciúme, já que a presença de Goodweather ainda poderia se intrometer no caminho dele e de Nora.

– Eu não gosto dele – disse Gus. – Nunca gostei. Ele lamenta o que não tem, esquece o que realmente tem e nunca está contente. Ele é o que se chama de um... qual é a palavra?

– Pessimista – disse Vasiliy.

– Babaca – disse Gus.

– Ele passou por muita coisa ruim – disse Vasiliy.

– Ah, realmente. Ah, tenho muita pena, porra. Eu sempre quis que minha mãe ficasse nua numa cela com a porra de um capacete colado à porra da *cabeza*.

Vasiliy quase sorriu. Gus estava com a razão, afinal de contas. Nenhum homem deveria passar por aquilo que Eph estava passando. Mas

Vasiliy precisava dele funcionando e pronto para a batalha. Seus efetivos estavam diminuindo, e era crucial conseguir que cada um desse o máximo de si.

– Ele nunca está contente, porra. A esposa importuna demais? Bum! Ela se foi! Agora, snif-snif, se ao menos eu conseguisse fazer com que ela voltasse... Bum! Ela é uma morta-viva, snif-snif, a pobre da minha mulher é a porra de uma vampira... Bum! Eles levam o filho dele. Snif-snif, porra, se ao menos eu conseguisse fazer com que ele voltasse... Com ele a porra nunca termina. Se minha mãe parece o herói de quadrinhos pornôs mais feio do mundo, eu não me importo, cara. É o que eu tenho. Eu tenho minha *mama*. Vê? Eu não desisto – disse Gus. – E estou cagando para isso. Quando partir, quero partir combatendo aqueles filhos da puta. Talvez porque eu seja de um signo de fogo.

– Você é o quê? – perguntou Vasiliy.

– Gêmeos – disse Gus. – No Zodíaco. Um signo de fogo.

– Gêmeos é um signo de ar, Gus – disse Vasiliy.

– Que seja. Ainda assim estou cagando – disse Gus. Depois de uma longa pausa, ele acrescentou: – Se ainda tivéssemos o velho aqui, estaríamos por cima agora.

– Acredito que sim – disse Vasiliy.

Gus diminuiu a marcha no escurecido túnel no subsolo e começou a abrir o cadeado.

– Então, a respeito de Nora – disse ele. – Você já...?

– Não, não – respondeu Vasiliy, ruborizado. – Eu... não.

Gus sorriu no escuro.

– Ela nem sabe, não é?

– Ela sabe – disse Vasiliy. – Pelo menos... acho que sabe. Mas não progredimos muito nesse campo.

– Vocês vão progredir, grandalhão – disse Gus, abrindo a válvula de acesso para o arsenal. – *Bienvenido a Casa Elizalde!*

Ele abriu os braços e mostrou um grande conjunto de armas automáticas, espadas e munição de todos os calibres.

Vasiliy bateu nas costas dele, balançando a cabeça. Ao ver uma caixa de granadas de mão, disse:

– Onde você conseguiu essa porra?

– Todo garoto precisa de brinquedos, cara. E quanto maiores, melhor.

– Tem algum uso específico em mente? – disse Vasiliy.

– Muitos. Estou guardando isso para algo especial. Por que... você tem alguma ideia?

– Que tal detonar uma bomba nuclear? – disse Vasiliy.

Gus deu uma risada desabrida.

– Isso até parece divertido.

– Fico contente por você pensar assim. Porque eu não voltei da Islândia completamente de mãos vazias.

Vasiliy contou a Gus da bomba russa que comprara com prata.

– *No mames?!* – exclamou Gus. – Você tem uma bomba nuclear?

– Mas sem detonador. É nisso que eu tinha esperança de que você me ajudasse.

– Está falando sério? – indagou Gus, ainda preso à frase anterior. – Uma bomba nuclear?

Vasiliy assentiu, modestamente.

– Grande feito, Vasiliy – disse Gus. – *Grande* feito. Vamos arrebentar a ilha. Agora mesmo!

– Seja o que for que vamos fazer com ela... só temos um tiro. Precisamos ter certeza.

– Eu sei quem pode nos arranjar o detonador, cara. O único babaca que ainda é capaz de conseguir qualquer coisa suja, qualquer coisa ilegal, em toda a Costa Leste. Alfonso Creem.

– Como você conseguiria se comunicar com ele? Cruzar para Nova Jersey é como entrar na Alemanha Oriental.

– Tenho meus meios – disse Gus. – Você só precisa deixar a coisa com Gusto. Como acha que consegui a porra das granadas?

Vasiliy ficou pensando em silêncio e depois olhou de novo para Gus.

– Você confiaria no Quinlan? Em relação ao livro?

– O livro do velho? O *Prata* qualquer coisa?

Vasiliy assentiu.

– Você compartilharia o livro com ele?

– Não sei, cara – disse Gus. – Quer dizer, não tenho certeza... é só um livro.

– Por alguma razão o Mestre quer o livro. Setrakian sacrificou sua vida por aquilo. Seja o que for que haja lá dentro, só pode ser real. Seu amigo Quinlan pensa assim...

– E você? – perguntou Gus.

– Eu?! – exclamou Vasiliy. – Eu tenho o livro, mas não consigo entender muita coisa ali. Você conhece aquele provérbio... "Ele é tão burro que não conseguia encontrar uma prece na Bíblia?" Bom, eu não consigo encontrar muito. Talvez haja algum truque. Nós devemos estar tão perto.

– Eu vi o Quinlan, cara. Merda. Gravei o filho da puta limpando um ninho em Nova York num minuto. Duas, três dúzias de vampiros.

Gus sorriu, encantado com suas lembranças. Vasiliy gostava de Gus ainda mais quando ele sorria.

– Na cadeia você aprende que há dois tipos de caras neste mundo, e pouco me importa se são humanos ou sugadores de sangue... há gente que pega as coisas, e gente que distribui as coisas. E esse sujeito, cara... esse sujeito distribui as coisas como doces, porra... Ele quer caçar, cara. Ele quer caçar. E talvez seja o único outro órfão por aqui que odeia o Mestre tanto quanto nós.

Vasiliy assentiu. No seu coração o assunto estava resolvido.

Quinlan receberia o livro. E Vasiliy receberia algumas respostas.

Trecho do Diário de Ephraim Goodweather

A maioria das crises da meia-idade não é tão ruim assim. No passado, acontecia que as pessoas viam sua juventude ir embora, seus casamentos degringolarem ou suas carreiras ficarem estagnadas. Esses eram os pontos de ruptura, geralmente aliviados por um carro novo, um toque de "Só para Homens" ou uma grande caneta Mont Blanc, dependendo do seu orçamento. Mas o que eu perdi não pode ser compensado. Meu coração dispara toda vez que penso nisso, toda vez que sinto isso. Terminou. Ou terminará em breve. Tudo que eu tinha eu desperdicei, e o que me dava esperança nunca acontecerá. As coisas à minha volta tomaram sua forma final, permanente, horrível. Todas as promessas da minha vida – o mais jovem estudante graduado da turma, a grande mudança para o leste, o encontro com a garota perfeita – já se foram. As noites de pizza fria e um cineminha. De me sentir um gigante aos olhos de meu filho...

Quando eu era criança, havia um cara na TV chamado Rogers, que cantava: "Você nunca pode entrar/nunca pode entrar/nunca pode entrar pelo cano." Que mentira da porra.

Houve uma época em que eu podia ter reunido meu passado a fim de apresentá-lo como um currículo ou uma lista de feitos, mas agora... agora isso parece um inventário de trivialidades, de coisas que poderiam ter acontecido, mas não aconteceram. Quando jovem eu sentia que o mundo e meu lugar nele eram

parte de um plano. Que o sucesso, fosse qual fosse, era algo a ser
conquistado simplesmente me concentrando no meu trabalho, ou
sendo bom "no que eu fazia". Como um pai workaholic, eu sentia
que a rotina dura do dia a dia era um meio de prover nossas
necessidades, de viver enquanto a vida tomava sua forma final.
E agora... agora o mundo em torno de mim se transformou num
lugar insuportável, e tudo que tenho é uma náusea de escolhas
erradas e coisas perdidas. Agora eu sei que este é o meu eu real.
O meu eu permanente. O desapontamento solidificado da vida
daquele jovem, o desaparecimento de todas aquelas conquistas
da juventude, o menos de um mais que nunca se concretizou.
Este sou eu: fraco, doente, definhando. Sem desistir, porque eu
nunca desisto... mas vivendo sem fé em mim mesmo ou na minha
circunstância.

    Meu coração palpita com a ideia de nunca encontrar Zack,
com a ideia de que ele se foi para sempre. Isso eu não posso aceitar,
não irei aceitar.

    Não estou pensando direito. Mas irei encontrá-lo, eu sei
que irei, eu o tenho visto nos meus sonhos. Olhando para mim,
fazendo de mim novamente aquele gigante, chamando-me pelo
mais verdadeiro dos nomes a que um homem pode aspirar:
"Papai."

    Eu já vi uma luz nos cercando e purificando. A luz me absolve
da bebida, das pílulas e das manchas cegas no meu coração. Eu vi
essa luz. E anseio novamente por ela num mundo tão escuro.

Debaixo da Universidade de Colúmbia

EPH FOI PERAMBULANDO PELOS túneis subterrâneos do antigo asilo de loucos, debaixo da Universidade de Colúmbia. Tudo que ele queria fazer era caminhar. Ver Zack no alto do Castelo Belvedere, com Kelly e o Mestre, o deixara abalado até o âmago. De todos os destinos que ele temia para seu filho, como ser assassinado ou morrer de inanição numa jaula em algum lugar, ficar ao lado do Mestre nunca lhe ocorrera.

Será que o demônio da Kelly atraíra o filho deles para o bando? Ou o Mestre queria Zack com ele, e, caso fosse isso, por quê?

Talvez o Mestre houvesse ameaçado Kelly, e Zack não tinha escolha senão fazer o jogo. Eph queria ater-se a essa última hipótese. Porque a ideia de que o garoto pudesse livremente aliar-se ao Mestre era inimaginável. A depravação moral do filho é um dos piores medos dos pais. Eph precisava acreditar em Zack como um garotinho perdido, não um filho desencaminhado.

Mas o medo não permitia que Eph adotasse essa fantasia. Ele se afastara da tela de vídeo sentindo-se um fantasma.

Eph meteu a mão no bolso do casaco, encontrando dois tabletes brancos de Vicodin que luziam na sua mão, abrilhantados pela luz da lanterna de capacete alimentada por baterias. Ele jogou-os na boca, engolindo-os a seco. Um deles se alojou na base do esôfago, e ele teve de ficar pulando algumas vezes para forçá-lo a descer.

Ele é meu.

Eph levantou rápido o olhar. Era a voz de Kelly, abafada e distante, mas indubitavelmente dela. Ele girou o corpo duas vezes, mas viu-se completamente sozinho na passagem subterrânea.

Ele sempre foi meu.

Eph puxou a espada uns poucos centímetros para fora da bainha. Adiantou-se na direção de um curto lance de degraus que desciam. A voz estava na sua cabeça, mas algum sexto sentido lhe mostrava o caminho.

Ele está sentado à mão direita do Pai.

Furioso, Eph saiu correndo, fazendo a luz da lanterna do capacete tremer. Virou em outro corredor pouco iluminado e entrou na...

Sala da masmorra. A mãe de Gus, enjaulada.

Eph varreu o aposento com o olhar. Estava vazio. Vagarosamente ele virou-se para a vampira de capacete, parada no centro da jaula. A vampiresca mãe de Gus estava completamente imóvel, e a lanterna de Eph lançava uma luz quadriculada sobre seu corpo.

A voz de Kelly disse: *Zack acredita que você morreu.*

Eph desembainhou completamente a espada e disse:

– Cale a boca.

Ele está começando a esquecer. O velho mundo e todas as suas coisas. Esse mundo já se foi, feito um sonho da juventude.

– Silêncio! – disse Eph.

Ele é atencioso com o Mestre. É respeitoso. Está aprendendo.

Eph lançou a espada entre as barras. A mãe de Gus se encolheu, repelida pela presença da prata, com os seios caídos balançando à meia-luz.

– Aprendendo o quê? – disse Eph. – Responda!

Kelly não respondeu.

– Vocês **estão fazendo** uma lavagem cerebral nele – disse Eph, pensando no garoto em isolamento, mentalmente vulnerável. – Não estão fazendo uma lavagem cerebral nele?

Nós servimos de pais para ele.

Eph fez uma careta, como que cortado pelas palavras dela.

– Não. Não... o que vocês podem saber sobre isso? O que podem saber sobre o amor... sobre o que é ser um pai ou um filho...?

Nós somos o sangue fértil. Já demos à luz muitos filhos... Junte-se a nós.

– Não.

É o único meio de você se reunir a ele.

O braço de Eph abaixou-se um pouco.

– Vá se foder! Vou matar você...

Junte-se a nós e fique com ele para sempre.

Eph ficou imóvel ali por um momento, paralisado pelo desespero. Ela queria alguma coisa dele. O Mestre queria alguma coisa. Ele se forçou a recuar. Negá-los. Parar de falar. Ir embora.

Cale a merda dessa boca!, pensou ele, com a raiva mais alta do que a voz. Segurou firme a espada de prata a seu lado, saiu correndo do aposento e voltou aos túneis, mas a voz de Kelly permanecia na sua cabeça:

Venha para nós.

Ele dobrou um canto, abrindo com violência uma porta enferrujada.

Venha para Zack.

Ele continuou correndo. A cada passo, ficava com mais raiva, já se enfurecendo.

Você sabe que quer.

E então a risada dela. Não a risada humana, alta, leve e contagiante, mas um riso debochado, com a intenção de provocá-lo. Com a intenção de fazê-lo voltar.

Mas ele continuou correndo. E a risada foi se esvaindo, diminuindo com a distância.

Eph prosseguiu cegamente, com a lâmina de prata batendo ruidosamente nas pernas de cadeiras descartadas e arranhando o chão. O Vicodin começara a fazer efeito, e ele já devaneava um pouco, com o corpo, mas não com a mente, anestesiado. Ao se afastar dali, ele dobrara um canto na própria mente. Agora, mais do que nunca, queria libertar Nora do campo de sangue. Livrá-la das garras dos vampiros. Ele queria mostrar ao Mestre que, mesmo numa época fodida como aquela, aquilo podia ser feito: um humano podia ser salvo. Que Zack não estava perdido para Eph, e que o domínio do Mestre sobre o garoto não era tão firme quanto ele talvez pensasse.

Ele parou para recuperar o fôlego. A lâmpada do capacete estava ficando mais fraca, e ele deu-lhe uns tapinhas, fazendo a luz tremeluzir.

Precisava descobrir onde estava e subir à superfície, ou então se perderia naquele labirinto escuro. Ansiava poder avisar aos outros que estava pronto para invadir o campo e lutar.

Dobrou o canto a seguir e ao final de um longo corredor escuro viu um vulto. Algo na sua postura, de braços abaixados e joelhos ligeiramente flexionados, dizia "vampiro".

Eph desembainhou a espada e avançou alguns passos, na esperança de lançar mais luz sobre a criatura.

O vampiro permaneceu imóvel. As paredes do estreito corredor prejudicavam um pouco a visão de Eph, que oscilava graças ao Vicodin. Talvez ele estivesse vendo coisas, vendo o que queria ver. Estava mesmo querendo lutar.

Já convencido de que aquela visão era produto de sua imaginação, Eph ficou mais ousado, aproximando-se do fantasma.

– Venha – disse ele, ainda fervendo de raiva contra Kelly e o Mestre. – Venha ter o que merece.

A criatura continuou imóvel, permitindo que Eph tivesse uma visão melhor. O capuz de um abrigo de ginástica formava uma ponta de algodão sobre sua cabeça, deixando o rosto na sombra e obscurecendo os olhos. Botas e jeans. Um braço pendia baixo do lado do corpo, e a outra mão simplesmente estava escondida nas costas.

Eph avançou para a figura com determinação raivosa, feito um homem que cruza uma sala para fechar uma porta com violência. A figura nem se moveu. Eph apoiou o corpo na perna de trás e, com as duas mãos, brandiu a espada na direção do pescoço do vampiro.

Para sua surpresa, a espada fez um clangor, e seus braços receberam um coice de volta, com o punho da arma quase saltando da sua mão. Uma explosão de fagulhas iluminou o corredor por um rápido momento.

Eph levou um instante para perceber que o vampiro aparara seu golpe com uma barra de aço.

Ele agarrou de novo a espada, com as palmas das mãos ardendo e os nós dos dedos doendo. Recuou para golpear de novo, mas o vampiro manejou a barra de aço com uma das mãos, desviando o ataque com facilidade. Um súbito pontapé com a bota no peito de Eph mandou-o longe, tropeçando nos próprios pés ao desabar no chão.

Ele olhou para a figura encapuzada. Completamente real, mas... também diferente. Não era um dos zumbis semi-inteligentes que ele costumava enfrentar. Aquele vampiro tinha uma imobilidade e uma autocompostura que o diferenciavam das massas fervilhantes.

Eph levantou-se atabalhoadamente. O desafio atiçou o fogo que o queimava por dentro. Ele não sabia o que aquele vampiro era, mas não se importava com isso.

– Venha! – gritou ele, fazendo sinal para o vampiro.

De novo, a criatura não se moveu. Eph levantou a espada, mostrando ao vampiro a afiada ponta de prata. Fingiu atacar, mas girou rapidamente, recorrendo a um dos seus melhores golpes, e brandiu a arma com força suficiente para cortar a criatura em duas. O vampiro previu o golpe, porém, levantando a barra de aço para apará-lo. Eph contra-atacou de novo, desviando o corpo, rodeando pelo outro lado e indo direto ao pescoço do vampiro.

O vampiro estava pronto para ele. A mão agarrou o antebraço de Eph, apertando-o como uma tenaz quente, e torcendo com tal força que ele precisou se dobrar para trás para evitar o deslocamento do cotovelo e do ombro sob pressão. Eph gritou de dor, incapaz de manter a empunhadura da espada, que saltou da sua mão, fazendo um clangor ao bater no chão. Com a mão livre, Eph procurou a adaga no cinto, tentando atingir o vampiro no rosto.

Surpresa, a criatura jogou Eph no chão e recuou.

Eph se afastou rastejando, com o cotovelo queimando de dor. Duas outras figuras apareceram correndo ao final do corredor, dois humanos. Vasiliy e Gus.

Exatamente a tempo. Eph virou-se para o vampiro, agora em inferioridade numérica, esperando que ele sibilasse e avançasse.

Em vez disso, a criatura estendeu a mão para o chão, levantando a espada de Eph pelo punho forrado de couro. Virou a arma de lâmina de prata para um lado e para outro, como que avaliando o peso e a fabricação.

Eph nunca vira um vampiro chegar voluntariamente tão perto de algo feito de prata, e muito menos tomar uma arma nas mãos.

Vasiliy desembainhara a espada, mas Gus o deteve com um gesto, passando por Eph sem oferecer-lhe ajuda para levantar. Relaxadamente, o vampiro jogou a espada de Eph para Gus, com o punho primeiro. Gus agarrou-a facilmente e abaixou a lâmina.

– De todas as coisas que me ensinou, você omitiu a parte sobre a porra dessas entradas espetaculares – disse Gus.

O vampiro deu uma resposta telepática e exclusiva para Gus. Empurrou para trás o capuz preto, revelando a cabeça inteiramente calva e sem orelhas, sobrenaturalmente lisa, quase igual à de um ladrão com uma meia de náilon cobrindo o rosto.

Só seus olhos brilhavam ferozmente, vermelhos como os de um rato.

Eph levantou-se, esfregando o cotovelo. Aquilo era, obviamente, um *strigoi*, e contudo Gus estava ali, junto dele. *Com* ele.

Vasiliy, com a mão ainda no punho da própria espada, disse:

– Você, de novo.

– Que diabo é isso? – perguntou Eph, aparentemente o último a compreender o que acontecia.

Gus lançou a espada de Eph de volta para ele, com mais força do que necessário:

– Você deve se lembrar do Quinlan. O chefe dos caçadores dos Antigos. E, atualmente, o homem mais malvado na porra da cidade. – Então Gus se voltou para Quinlan. – Uma amiga nossa foi jogada num campo de sangue. Queremos que ela volte para cá.

Quinlan olhou para Eph com olhos cheios de informação acumulada pelos séculos. Sua voz, mesmo entrando direto na mente de Eph, tinha um tom suave, comedido, de barítono.

Dr. Goodweather, eu presumo.

Eph fixou os olhos nele. Mal o cumprimentou com a cabeça. Quinlan olhou para Vasiliy.

Estou aqui na esperança de que possamos chegar a um acordo.

Biblioteca do Low Memorial, Universidade de Colúmbia

Dentro da biblioteca da Universidade de Colúmbia, numa sala de pesquisas ao lado da enorme rotunda, que sempre foi a maior abóbada inteiramente de granito do país, Quinlan estava sentado a uma mesa de leitura, do lado oposto de Vasiliy.

– Você nos ajuda a invadir o campo e tem acesso ao livro – disse Vasiliy. – Não há outra negociação.

Eu farei isso. Mas vocês sabem que estarão grandemente inferiorizados em número, tanto por strigoi *quanto por guardas humanos?*

– Sabemos – disse Vasiliy. – Você nos ajudará a entrar? É esse o preço.

Ajudarei.

O corpulento exterminador abriu o zíper de uma divisória secreta na mochila e tirou uma grande trouxa de trapos.

Estava com você?, perguntou o Nascido, incrédulo.

– Não podia pensar num lugar mais seguro – disse Vasiliy, sorrindo. – Escondido à plena vista. Quem quer o livro precisa passar por mim.

Uma tarefa amedrontadora, com certeza.

– Amedrontadora o bastante – disse Vasiliy, dando de ombros e desembrulhando o volume escondido nos trapos. – O *Lumen*.

Quinlan sentiu uma onda de frio subir pelo seu pescoço. Uma sensação rara para alguém tão velho. Ele examinou o livro quando Vasiliy virou o volume na sua direção. A capa era de couro e tecido rasgados.

– Retirei a cobertura de prata. Estragou um pouco a lombada, mas tudo bem. Assim parece pobre e pouco importante, não é?

Onde está a cobertura de prata?

– Eu guardei. Fácil de ser recuperada.

Quinlan olhou para ele.

Você é cheio de surpresas, não é, exterminador?

Ao ouvir o elogio, Vasiliy deu de ombros.

O velho escolheu bem, sr. Fet. Seu coração é descomplicado. Sabe o que sabe e age coerentemente. Maior sabedoria é difícil de achar.

O Nascido sentou-se e tirou o capuz preto de algodão revelando a cabeça imaculadamente branca e lisa. Diante dele, aberto em uma das páginas ilustradas, estava o *Occido Lumen*. Como a borda de prata era repelente à sua natureza vampiresca, ele virou as páginas cuidadosamente, usando a borracha na ponta de um lápis. E imediatamente tocou o interior da página com a ponta do dedo, quase como um cego procuraria um rosto querido.

Aquele documento era sagrado. Continha a criação e a história da raça vampiresca mundial, e, como tal, incluía diversas referências aos Nascidos. Basta imaginar um humano acessando um livro que contivesse a criação dos homens e as respostas à maioria, se não a todos, os mistérios da vida. Os profundos olhos vermelhos de Quilan esquadrinharam as páginas com intenso interesse.

A leitura é lenta. A linguagem é densa.

Vasiliy disse:

– Não me diga.

Além disso, há muita coisa que está escondida. Em imagens e em marcas-d'água. Elas aparecem muito mais claras a meus olhos do que aos seus, mas isso vai requerer algum tempo.

– E isso é exatamente o que não temos. Quanto tempo vai levar?

Os olhos do Nascido continuaram a esquadrinhar o livro para lá e para cá.

Impossível dizer.

Vasiliy percebeu que sua ansiedade estava perturbando Quinlan.

– Estamos carregando as armas. Você tem mais ou menos uma hora, e então virá conosco. Vamos tirar Nora de lá...

Vasiliy virou-se e afastou-se. Três passos depois, o *Lumen*, o Mestre e o apocalipse evaporaram. Havia apenas Nora na sua mente.

Quinlan voltou sua atenção para as páginas do *Lumen* e começou a ler.

INTERLÚDIO II

OCCIDO LUMEN:
A HISTÓRIA DO MESTRE

Havia um terceiro.

Cada um dos livros sagrados, a Torá, a Bíblia e o Corão, conta a história da destruição de Sodoma e Gomorra. Tal como, de certa forma, o *Lumen*.

Em Gêneses 18, três arcanjos aparecem diante de Abraão em forma humana. Dizem que dois vão de lá para as condenadas cidades da planície, onde se hospedam com Lot, participam de um banquete, e são mais tarde cercados por homens de Sodoma, que eles cegam antes de destruir a cidade.

O terceiro arcanjo é deliberadamente omitido. Escondido. Perdido.

Esta é a sua história.

Cinco cidades dividiam a vasta e luxuriante planície do rio Yarden, perto do que hoje é o mar Morto. E de todas as cinco, Sodoma era a mais orgulhosa, a mais bela. Erguia-se dos férteis arredores como um marco, um monumento à riqueza e prosperidade.

Irrigada por um complexo sistema de canais, a cidade crescera aleatoriamente ao longo dos séculos, irradiando-se para fora dos cursos de água, e terminando numa forma que se assemelhava, vagamente, a uma pomba em voo. Seus quarenta mil metros quadrados cristalizaram-se nesse formato quando as muralhas em torno foram erigidas, por volta de 2024 a.C. As muralhas tinham seis metros de largura e mais de doze de altura, sendo construídas com tijolos de barro cozido e revestidas de gesso, para fazê-las reluzir ao sol. Por dentro foram construídos prédios tão juntos uns dos outros que uns se sobrepunham a outros, sendo o mais alto um templo erigido em honra do deus cananita Moloch. A população de Sodoma oscilava em torno dos dois mil habitantes. Havia abundância de frutas, especiarias e cereais, estimulando a prosperidade da cidade. Os azulejos de vidro e bronze dourado de uma dúzia de palácios eram visíveis de imediato, brilhando ao sol poente.

Tal riqueza era guardada pelos enormes portões de entrada da cidade. Seis pedras irregulares, de grande tamanho e peso, criavam uma arcada monumental acima dos portões feitos de ferro e madeira de lei, resistentes ao fogo e aos aríetes.

Era nesses portões que Lot, filho de Haran e neto de Abraão, estava, quando chegaram os três seres de luz.

Eles eram pálidos, radiantes e remotos. Parte da essência de Deus, e, como tal, isentos de qualquer pecado. De suas costas emergiam quatro longos apêndices, guarnecidos de luz plumosa, facilmente confundidos com asas luminosas. Os quatro membros protuberantes ligavam-se às costas das criaturas e ondulavam suavemente a cada passo dos portadores, tão naturalmente como quando um ser humano compensa seu movimento para a frente balançando os braços. Com cada passo eles adquiriam forma e massa, até que ficaram ali parados, nus e, de certa forma, perdidos. Sua pele era radiante como o mais puro alabastro, e sua beleza era uma dolorosa lembrança de nossa imperfeição mortal.

Eles haviam sido enviados para punir o orgulho, a decadência e a brutalidade que haviam brotado dentro das prósperas muralhas da cidade. Gabriel, Miguel e Ozryel eram emissários de Deus – Suas criações mais confiáveis, mais queridas, e Seus mais empedernidos soldados.

E entre eles era Ozryel que gozava de Seu maior favor. Ele tinha a intenção de pernoitar na praça da cidade, onde os três haviam sido instruídos a ir. Em vez disso, porém, Lot convidou-os a ficar na sua residência. Gabriel e Miguel concordaram, e então Ozryel, que estava extremamente interessado nas atividades pecaminosas das cidades, aquiesceu aos desejos dos irmãos. Dos três, era Ozryel que tinha a voz de Deus dentro de si, o poder de destruição que apagaria as duas cidades pecadoras da face da Terra. Ele era, como é contado em todas as histórias, o favorito de Deus: Sua criação mais protegida, mais bela. Lot fora muito abençoado, com terras, gado e uma esposa piedosa. De modo que o banquete na sua casa foi abundante e variado. Os três arcanjos festejaram como homens, e as duas filhas virgens de Lot lavaram os pés deles. Essas sensações físicas eram novas para todos os três anjos, mas para Ozryel foram avassaladoras, alcançando uma profundidade que escapou aos outros dois. Era a primeira vez que Ozryel experimentava a individualidade, o afastamento da energia da divindade. Deus é uma energia, e não um ser antropomórfico, e a linguagem de Deus é a biologia. Células sanguíneas vermelhas, o princípio da atração magnética e sinapse neurológica: cada coisa dessas é um milagre, e em cada uma delas está a presença e o fluxo de Deus. Quando a mulher de Lot se cortou, ao preparar ervas e óleo para o banho, Ozryel observou o sangue dela com grande curiosidade, excitado com o cheiro. Aquilo era uma tentação. E a cor era preciosa, luxuriante... como rubis líquidos brilhando à luz do candelabro. A mulher, que desde o início protestara contra a presença dos homens, recuou ao descobrir o arcanjo olhando extasiado para seu ferimento.

Ozryel já viera diversas vezes à Terra. Estivera presente quando Adão morrera, com a idade de novecentos e trinta anos, e também quando os homens que riram de Noé se afogaram nas revoltas águas escuras do Dilúvio. Mas sempre atravessara este plano terrestre em forma de espírito, com sua essência ainda conectada com a do Senhor. Nunca se tornara carne.

De modo que Ozryel nunca antes experimentara o que é ter fome. Nunca experimentara a dor. E agora uma onda de sensações o assoberbava. Ele já pisara a crosta da Terra com seus pés... já sentira o ar frio da noite acariciar seus braços... e já provara alimento cultivado na terra e extraído dos mamíferos inferiores. Achava que poderia apreciar isso com reservas, com o distanciamento de um turista, mas agora via-se atraído para mais perto da humanidade, mais perto da terra em si. Mais perto dessa linhagem de animal. Água fria cascateando sobre seus pés. Comida digerida se fracionando na sua boca, na sua garganta. As experiências físicas se tornaram viciantes, e Ozryel se viu dominado pela curiosidade.

Quando os homens da cidade convergiram para a casa de Lot, tendo ouvido falar que ele abrigava desconhecidos misteriosos, Ozryel ficou enfeitiçado pelos gritos. Os homens, brandindo tochas e armas, exigiam que os visitantes lhes fossem mostrados, de modo que pudessem conhecê-los. Tão excitados estavam eles com a propalada beleza dos viajantes que desejavam possuí-los sexualmente. A brutal carnalidade da multidão fascinou Ozryel, fazendo com que ele se lembrasse de sua própria fome. Quando Lot foi negociar com os homens, oferecendo-lhes as filhas virgens e sendo rejeitado, Ozryel usou seu poder para escapulir da casa sem ser visto.

Ele espionou a multidão, brevemente. Ficou a poucos metros, escondido num beco, sentindo a energia delirante do movimento da massa – uma energia tão diferente da de Deus. Contudo, aqueles homens estavam cheios da mesma beleza e glória que eram dons do divino. Aqueles sacos de carne ondulantes, cujos rostos nunca repousavam, vociferavam em uníssono, procurando comunhão com o desconhecido da maneira mais animalesca possível. Sua luxúria era tão pura, e tão intoxicante.

Muito já se falou dos vícios em Sodoma e Gomorra, mas pouco se podia ver enquanto Ozryel caminhava pelas ruas daquela cidade, iluminadas por um complexo sistema de lâmpadas de bronze a óleo e pavimentadas com alabastro bruto. Caixilhos de ouro e prata adornavam os umbrais de cada porta dentro de suas três praças concêntricas.

Um pórtico de ouro anunciava os prazeres da carne, e um de prata anunciava outros, mais sombrios. Aqueles que cruzavam as portas de prata procuravam sensações cruéis e violentas. Era exatamente essa crueldade que Deus não podia perdoar. Não a abundância, nem a entrega, mas o sadismo claro que os cidadãos de Sodoma e Gomorra demonstravam para com viajantes e escravos. Eram cidades pouco hospitaleiras e indiferentes à sorte dos outros. Escravos e inimigos capturados eram trazidos por caravanas para o prazer dos clientes dos pórticos de prata.

E seja de propósito ou por acidente, foi o portal de prata que Ozryel cruzou. Sua anfitriã era uma mulher baixa e corpulenta com a pele levemente azeitonada. Desleixada, desarrumada – a esposa de um condutor de escravos e interessada apenas no comércio. Naquela noite, porém, ao levantar o olhar de seu posto no vestíbulo da casa de prazer, a anfitriã viu a mais linda e benevolente das criaturas com aparência humana parada à sua frente sob a luz dourada da lamparina de óleo. Os arcanjos eram seres perfeitos, assexuados. Não tinham pelos no corpo ou no rosto, e sua pele era imaculadamente opalescente; além disso, tinham os olhos cor de pérola. As gengivas eram pálidas como o marfim de seus dentes, e a graça de seus membros alongados provinha das proporções perfeitas. Eles não tinham qualquer vestígio de órgãos sexuais: um detalhe biológico que seria ecoado obliquamente no horror que surgiria.

Tal era a beleza ou magnificência benigna de Ozryel que a mulher sentiu vontade de chorar e pedir perdão. Mas os anos de ofício lhe deram a fortaleza para oferecer seus serviços. Enquanto observava a violência refinada dentro das paredes do estabelecimento, o arcanjo sentiu sua graça primeva se esvair, abandonando-o e dando lugar ao desejo. Embora ele não soubesse exatamente o que procurava, acabou encontrando.

Num impulso, Ozryel agarrou o pescoço da anfitriã, empurrando-a contra um muro baixo de pedra, observando a expressão da mulher mudar para a de medo. Ele apalpou os fortes, se bem que delicados, tendões em torno da garganta da mulher; depois beijou-os e lambeu-os, provando seu suor azedo. E então, num impulso, mordeu profunda e fortemente, rasgou a carne, tocando as artérias com os dentes... *ping... ping...* como se fossem cordas de harpa. Com selvageria, bebeu a essência do sangue que espirrava. Matou a mulher, não como uma oferenda a seu Deus Todo-Poderoso, mas simplesmente a fim de conhecê-Lo. *Conhecer. Possuir. Dominar e conquistar.*

E o gosto do sangue, a morte da corpulenta mulher e a fluidez da troca de força foram puro êxtase. Consumir o sangue feito da essência e da glória do divino – e, ao fazer isso, perturbar o fluxo que era a presença de Deus – fez Ozryel entrar num frenesi. Ele queria mais. Por que Deus negara *aquilo* a Seu favorito? A ambrosia escondida naquelas criaturas imperfeitas.

Diziam que o vinho fermentado das piores bagas era o mais gostoso.

Mas Ozryel ficou pensando: Que tal o vinho feito das melhores bagas de todas?

Com o corpo inerte ali a seus pés, e o sangue derramado brilhando feito prata sob a lua alta, Ozryel só tinha um pensamento:

Os anjos tem sangue?

Biblioteca do Low Memorial, Universidade de Colúmbia

Quinlan fechou as páginas do *Lumen* e levantou o olhar para Vasiliy e Gus, totalmente armados e prontos para partir. Ainda havia muito a aprender sobre as origens do Mestre, mas sua cabeça já rodopiava com as informações contidas no livro. Ele fez umas anotações, assinalou com um círculo as transcrições e se levantou. Vasiliy pegou o livro, embrulhou-o de novo e colocou-o na mochila, que entregou a Quinlan.

– Não vou levar esse livro conosco – disse ele a Quinlan. – E, se não tivermos êxito, você deve ser o único a saber onde o livro está escondido. Se eles nos pegarem e tentarem extrair a informação de nós... bem, mesmo se nos sangrarem, não poderemos falar sobre o que não sabemos... certo?

Quinlan assentiu calmamente, aceitando a honraria.

– Na verdade, fico até contente por me livrar disso...

Você é que sabe.

– Sei mesmo – disse Vasiliy. – E agora, se nós não conseguirmos... você já tem a ferramenta mais necessária. Termine a luta. Mate o Mestre.

Nova Jersey

Alfonso Creem estava sentado em uma confortável espreguiçadeira branca como casca de ovo, com os tênis Puma desamarrados sobre o apoio para as pernas, segurando um brinquedo para cachorro morder feito de borracha dura. Ambassador e Skill, dois cães-lobos mestiços, estavam deitados no chão da sala de jantar, atados às largas pernas de madeira de uma pesada mesa, com os olhos prateados atentos à bola raiada de vermelho e branco.

Creem apertou o brinquedo e os cães rosnaram. Por alguma razão, aquilo o divertia, e assim ele ficava repetindo o gesto sem parar.

Royal, o lugar-tenente de Creem na calejada gangue dos Safiras de Jersey, estava sentado no último degrau da escada, cuspindo café numa caneca. Nicotina, maconha e coisas assim estavam ficando cada vez mais difíceis de achar, de modo que Royal improvisara um sistema para manter o único vício do novo mundo ainda confiável: cafeína. Ele cortava um pequeno pedaço de filtro de café, e ali colocava uma pequena quantidade de café em grão, que depois comprimia contra a gengiva, feito fumo de mascar. A coisa era amarga, mas o mantinha aceso.

Malvo estava sentado perto da janela da frente, de olho nos comboios de caminhões na rua. Os Safiras haviam recorrido à pirataria, a fim de sobreviver. Os vampiros variavam seus itinerários, mas o próprio Creem observara um carregamento de alimentos passar por ali poucos dias antes, e calculava que já fosse hora de outro passar.

Alimentar sua gangue era a primeira prioridade de Creem. Não era surpresa que a inanição era ruim para o moral. Alimentar Ambassador e Skill era sua segunda prioridade. Mais de uma vez, os aguçados narizes e inatas habilidades de sobrevivência dos cães-lobos haviam alertado os Safiras sobre um iminente ataque por parte dos vampiros. E alimentar suas mulheres vinha em terceiro lugar. As mulheres não eram nada de muito especial, umas poucas desgarradas desesperadas que eles vinham acolhendo ao longo do caminho, mas eram mulheres, quentes e vivas. "Estar vivo" era algo muito sexy naqueles dias. A comida as mantinha calmas, agradecidas e próximas, e isso era bom para a gangue. Além disso, Creem não curtia mulheres magricelas, com aspecto doentio. Gostava das gordinhas.

Fazia meses que ele vinha enfrentando sanguessugas em seu próprio território, simplesmente lutando para se manter vivo e livre. Era impossível para um ser humano conseguir se firmar naquela nova economia de sangue. Dinheiro vivo e propriedades nada significavam, nem ouro tinha qualquer valor. Prata era o único item no mercado negro que valia a pena traficar, além de comida. Os humanos da Stoneheart haviam confiscado toda a prata em que conseguiam colocar as mãos sujas, trancando-a dentro de cofres bancários em desuso. A prata era uma ameaça para os vampiros, embora primeiro fosse preciso transformá-la numa arma, e naqueles dias não havia muitos serralheiros aptos para isso, por aquelas bandas.

De modo que a comida era a nova moeda. (Ainda havia abundância de água, embora fosse preciso fervê-la e filtrá-la.) As Indústrias Stoneheart, depois de transformar suas processadoras de carne em campos de sangue, haviam preservado seu aparato básico de transporte de alimentos. Os sanguessugas assumiram toda a organização e controlavam agora o fluxo. Os alimentos eram cultivados nas fazendas pelos humanos que viviam como escravos nos campos de sangue. Eles suplementavam a breve janela diária, de duas a três horas de pálida luz do sol, com enormes fazendas cobertas iluminadas por luz ultravioleta: estufas brilhantes para frutas e hortaliças, vastos armazéns para galinhas, porcos e bovinos. As lâmpadas UV eram fatais para os sanguessugas, de modo que aquelas eram as únicas áreas dos campos exclusivas dos humanos.

Tudo isso Creem aprendera com os motoristas dos caminhões da Stoneheart que saqueava.

Fora do campo, podia-se obter alimentos com cartões de racionamento conseguidos com trabalho. Você precisava ser um trabalhador registrado para conseguir um cartão de racionamento: precisava ter ordem dos vampiros para comer. Precisava obedecer.

Essencialmente, os vampiros eram policiais psíquicos. Nova Jersey era um estado policial, com todos os ferrões vigiando tudo e comunicando-se automaticamente, de modo que você só sabia se fora detectado quando já era tarde demais. Os sanguessugas simplesmente trabalhavam e se alimentavam; durante aquelas poucas horas de sol, a cada dia, repousavam na terra. Em geral, os zumbis eram disciplinados e, como os escravos humanos, comiam o que e quando lhes era ordenado: geralmente as bolsas de sangue que vinham dos campos. Mesmo assim, Creem já vira uns poucos fugirem da reserva. Você podia caminhar pelas ruas à noite entre os vampiros se parecesse estar trabalhando, mas os humanos sempre deviam dar preferência a eles, como cidadãos de segunda classe que eram. Só que esse simplesmente não era o estilo de Creem. Não em Nova Jersey, não senhor.

Ele ouviu uma campainha e saltou de pé, dobrando a espreguiçadeira. A campainha significava que chegara uma mensagem de Nova York. De Gus.

Acima do esconderijo de Gus, o mexicano montara um abrigo para pombos e galinhas. Com as galinhas, de vez em quando ele conseguia um ovo fresco repleto de proteína, gordura, vitaminas e minerais – tão valiosos quanto a pérola de uma ostra. Com os pombos, tinha um meio de se comunicar com o mundo fora de Manhattan. Seguro, sem ligações e sem ser detectado pelos sanguessugas. Às vezes Gus usava os pombos para combinar uma entrega com Creem: armas, munição, um filme pornô. Creem conseguia obter praticamente qualquer coisa pelo preço justo.

Aquele era um dia assim. O pombo – ou Harry, "o Expresso de Nova Jersey", como era chamado por Gus – pousara num pequeno poleiro perto da janela e bicava a campainha. Sabendo que Creem lhe daria um pouco de comida.

Creem soltou o elástico da perna do pombo e retirou a pequena cápsula de plástico com o fino rolo de papel. Harry arrulhou baixinho.

– Fique frio, seu merdinha – disse Creem, abrindo um pequeno recipiente plástico com uma preciosa ração à base de milho. Colocou um pouco numa xícara como recompensa para a ave e jogou uns grãos na própria boca, antes de fechar o recipiente.

Depois leu o pedido de Gus e zombou:

– Um detonador. Você deve estar querendo me sacanear...

Malvo fez a língua estalar contra os dentes e disse:

– Viatura chegando.

Os cães-lobos se agitaram, mas Creem fez sinal para que ficassem quietos. Soltou as peias da perna da mesa, puxando com força as coleiras estranguladoras para mantê-los silenciosos e a seus pés.

– Avise aos outros.

Royal seguiu na frente para a garagem anexa. Creem ainda era uma presença enorme, a despeito de ter perdido trinta quilos. Seus braços curtos e poderosos ainda eram largos demais para serem cruzados sobre o meio do corpo quase quadrado. Em casa ele gostava de mostrar toda a sua prata, nos nós dos dedos e nos dentes capeados de prata. Já era fissurado em prata quando aquilo ainda era uma bosta brilhante, antes de virar a marca de um guerreiro e de um fora da lei.

Creem ficou observando os outros embarcarem no Tahoe com as armas. Os transportes geralmente viajavam num comboio militar de três veículos, com sanguessugas na frente e na retaguarda, cercando o caminhão de alimentos dirigido por humanos no meio. Creem queria ver grãos dessa vez: cereais, croissants, pães amanteigados. Carboidrato os satisfazia e durava dias, às vezes semanas. Proteína era um presente raro, e carne, uma raridade ainda maior, mas difícil de manter fresca. Manteiga de amendoim, só do tipo orgânico com óleo em cima, porque não havia mais alimentos processados; Creem não conseguia suportar aquilo, mas tanto Royal quanto os cachorros adoravam.

Os vampiros não tinham medo dos animais, mas os motoristas humanos certamente tinham. Viam o brilho prateado nos olhos lupinos-caninos e geralmente se cagavam de medo. Creem treinara os animais do jeito que achava melhor, o que significava que eles sempre obedeciam a ele, que os alimentava. Mas não eram criaturas para serem domesticadas ou domadas, e era por isso que Creem se identificava com eles e os mantinha a seu lado.

Ambassador repuxou a coleira estranguladora, enquanto as garras de Skill arranhavam o chão da garagem. Eles sabiam o que ia acontecer. Estavam prestes a ganhar uma refeição. Nesse particular eram ainda mais motivados que o restante dos Safiras, porque para um cão-lobo a economia não mudara. Comida, comida, comida.

A porta da garagem se levantou. Creem ouviu os caminhões dobrando a esquina; o som era nítido e alto, porque não havia outros ruídos de tráfego competindo. Aquele ali seria um típico engavetamento. Ligado em ponto morto entre duas casas do outro lado daquela rua residencial, eles tinham um caminhão-reboque pronto para arrebentar o veículo da frente. Carros de apoio cortariam a fuga dos sanguessugas na retaguarda, bloqueando o comboio.

Manter seus veículos funcionando bem era outra das prioridades de Creem. Ele tinha gente boa para essa tarefa. Gasolina era coisa valiosa, bem como baterias automotivas. Os Safiras usavam duas garagens em Nova Jersey para o desmanche de caminhões de alimentos, aproveitando as peças e o combustível.

O primeiro caminhão dobrou a esquina velozmente. Creem percebeu um quarto veículo naquele comboio, mas isso não o perturbou muito. Bem na hora, o caminhão-reboque saiu cantando pneus do outro lado da rua. Atravessou o pátio lamacento, saltou do meio-fio e bateu direto na traseira do veículo da frente, fazendo-o rodopiar o bastante para virar no sentido contrário quando os outros chegaram. Os carros de apoio se aproximaram rápido, engatando os para-choques no último veículo. Os carros do meio do comboio frearam forte, desviando para o meio-fio. Como havia dois transportes de laterais moles, talvez aquilo fosse uma carga dupla.

Royal avançou com o Tahoe direto para o caminhão de alimentos, parando a poucos centímetros do radiador. Creem soltou Ambassador e Skill, que partiram voando por sobre a lama na direção da cena. Royal e Malvo saltaram do veículo, cada um com uma comprida espada e uma faca de prata. Foram direto para os sanguessugas que saíam do veículo da frente. Royal foi especialmente violento. Ele tinha esporões de prata soldados na biqueira das botas. O sequestro parecia estar terminado em menos de um minuto.

A primeira coisa que Creem percebeu que estava errada foi o caminhão de alimentos. Os motoristas humanos permaneceram dentro da cabine, em vez de saltar e fugir. Ambassador saltou contra a porta do motorista, batendo com os dentes na janela fechada. Lá dentro, o homem baixou o olhar para a boca raivosa e os dentes arreganhados do cão-lobo.

Então as laterais de lona mole dos dois caminhões militares subiram como cortinas. Em vez de alimento, cerca de vinte ou trinta vampiros saltaram, com fúria, velocidade e intensidade equivalentes às dos cachorros. Malvo cortou três deles antes de ser atingido no rosto e jogado para trás. Malvo se contorceu, caiu e foi encoberto por eles.

Royal recuou, feito uma criança com um balde de areia na mão ao se defrontar com uma onda enorme. Mas bateu de costas em seu próprio veículo, retardando a fuga.

Creem não conseguia ver o que acontecia na retaguarda... mas ouviu os gritos. E, se havia uma coisa que já aprendera, era que... Vampiros não gritam.

Creem correu, tão depressa quanto um homem de seu porte podia correr, na direção de Royal, que encostara na frente do Tahoe cercado por um bando de seis sanguessugas. Royal estava quase acabado, mas Creem não podia deixá-lo morrer assim. Ele levava uma Magnum .44 na cintura, e as balas não eram feitas de prata, mas de qualquer maneira ele gostava da arma. Puxou-a e abateu dois vampiros na cabeça, bum, bum. O sangue vampiresco espirrou feito um ácido na cara de Royal, deixando-o cego.

Atrás do amigo, Creem viu Skill com os caninos cravados no cotovelo de um dos vampiros atacantes. O sanguessuga, insensível à dor, golpeou a garganta peluda de Skill com a unha endurecida do dedo médio, que parecia uma garra, abrindo o pescoço do cachorro numa confusão de pele cinza-prateado e sangue vermelho vivo.

Creem baleou o sanguessuga, abrindo dois buracos na garganta dele. O vampiro desabou bem ao lado do cão que gania, numa carnificina confusa.

Dois outros vampiros haviam atacado Ambassador, dominando o feroz animal com sua força vampiresca. Creem disparou a arma, arrancando grandes pedaços de cabeças, ombros e braços; sem revestimento de prata, porém, as balas não conseguiram evitar que os monstros estraçalhassem o cão-lobo.

O que os tiros conseguiram mesmo foi atrair a atenção dos vampiros para Creem. Royal já fora liquidado, e havia dois vampiros com os ferrões no pescoço dele, alimentando-se bem no meio da rua. Os humanos permaneciam trancados dentro da cabine do caminhão-chamariz, com os olhos esbugalhados não de horror, mas de excitação. Creem disparou dois tiros na direção deles, e ouviu o vidro se quebrar, mas não podia se demorar para saber se acertara.

Ele se espremeu pela porta aberta do motorista do Tahoe, com o corpanzil apertado contra o volante, e engatou a marcha à ré. O motor ainda estava ligado, e o veículo levantou um pouco de lama do pátio quando recuou. Creem freou com força, levantando mais lama, e depois virou o volante para a esquerda. Dois vampiros pularam à sua frente, e Creem acelerou forte, fazendo o Tahoe saltar para a frente e atropelar os dois, esmagando-os com os pneus sobre a calçada. Depois voltou rabeando para a rua e acelerou, mas esquecera que fazia algum tempo que não dirigia um veículo.

Ele derrapou para o lado, raspando o carro no meio-fio oposto e arrancando um dos pneus do aro. Virou para o outro lado, corrigindo demais o rumo. Pisou no acelerador até o fundo, e o veículo saltou para a frente, mas então o motor tossiu e morreu.

Creem conferiu o painel de instrumentos. O marcador de gasolina indicava "Vazio". Seus homens tinham colocado combustível suficiente apenas para a operação. A van de fuga, que tinha meio tanque cheio, estava na retaguarda.

Ele abriu a porta com força. Firmou-se na estrutura e içou o corpo para fora do veículo, vendo os vampiros correrem em sua direção. Pálidos, sujos, descalços, nus e sedentos de sangue. Ele recarregou a .44 com o único carregador extra que tinha na cintura, abrindo buracos nas feras, que, como num pesadelo, continuavam avançando. Quando a arma fez o ruído que indica estar vazia, Creem jogou-a para o lado e foi contra os vampiros com seus punhos cobertos de prata. Seus socos cegos tinham força e dor extra. Ele arrancou uma de suas correntes e começou a estrangular um sanguessuga com ela, balançando o corpo da criatura de cá para lá, para evitar as mãos dos outros, que tentavam agarrá-lo e golpeá-lo.

Mas ele estava fraco devido à subnutrição, e, grande como era, ficava facilmente fatigado. Eles o dominaram, mas em vez de irem direto para a garganta, entrelaçaram seus grandes braços com os seus, e com força sobrenatural arrastaram o líder da gangue, banhado de suor, para fora da rua. Fizeram-no subir dois degraus, entrando numa loja de conveniência saqueada, prendendo-o ali sentado no chão. Asfixiado, Creem soltou uma sequência de palavrões, até que a respiração pesada o fez ficar tonto, e ele começou a desmaiar. Conforme a loja rodopiava, ele começou a pensar por que, diabo, eles estariam esperando. Queria que sufocassem com seu sangue. Não temia ser convertido em vampiro; essa era uma das grandes vantagens de se ter a boca cheia de prata.

Entraram dois humanos, empregados da Stoneheart em elegantes ternos pretos, como agentes funerários que eram. Creem achou que eles tinham chegado para tirar sua prata, e tentou se recompor, lutando com toda a força que lhe restava. Os vampiros se ajoelharam sobre seus braços, torcendo-os e fazendo-o gemer de dor. Mas os Stoneheart simplesmente ficaram observando-o, jogado no chão e arquejando.

Então a atmosfera dentro da loja mudou. O único modo de descrevê-la é a forma como as coisas ficam completamente imóveis, na iminência imediata de uma tempestade. O cabelo de Creem se arrepiou na nuca. Algo estava prestes a acontecer. É como o momento quando duas mãos avançam uma para outra: o momento antes de baterem palmas.

Um zumbido entrou no cérebro de Creem como o ruído de uma broca de dentista, mas sem vibração. Como o ronco de um helicóptero que se aproxima, sem o vento. Como o cantochão de mil monges, mas sem o cântico.

Os sanguessugas se empertigaram como soldados esperando uma inspeção. Os dois Stoneheart deram um passo para o lado, encostando em uma prateleira vazia. Os vampiros de cada lado de Creem afrouxaram o arrocho com que o mantinham e se afastaram, deixando-o sentado sozinho no meio do linóleo sujo...

... enquanto uma figura sombria entrava na loja.

Campo Liberdade

O JIPE DE TRANSPORTE era um veículo militar reformado, com a cabine de carga ampliada e sem capota. Quinlan dirigia o veículo numa velocidade alucinante através da chuva causticante e da escuridão de breu; sua visão de vampiro dispensava os faróis. Eph e os outros seguiam sacolejando na traseira, ensopados enquanto atravessavam cegamente a noite a toda a velocidade. Eph fechou os olhos contra a chuva e o balanço, sentindo-se como num pequeno bote apanhado num tufão, mas determinado a seguir em frente.

Finalmente eles pararam. Eph levantou a cabeça e olhou para o imenso portão, escuro contra o céu negro. Não eram necessárias luzes. Quinlan desligou o motor do jipe. Não se ouviam sons ou vozes, além da chuva, e do ronco mecânico de um gerador distante, em algum lugar lá dentro.

O campo era enorme, e em todo o perímetro estava sendo erguido um muro de concreto, sem características marcantes. Com pelo menos sete metros de altura, a obra tinha operários trabalhando dia e noite, levantando a armação de ferro, despejando concreto sob luzes de quartzo usadas em estádios. Logo estaria tudo pronto, mas no momento um portão de alambrado forrado por tábuas dava acesso ao campo.

Por alguma razão, Eph imaginara que ouviria crianças chorando, adultos gritando ou alguma outra forma audível de angústia, perto de tanto sofrimento humano. O exterior escuro e silencioso do campo demonstrava uma opressiva eficiência que era quase tão chocante quanto gritos, choro e soluços.

Sem dúvida eles estavam sendo observados por *strigoi* ocultos. Para sua visão sensível ao calor, o corpo de Quinlan aparecia como pontos brilhantes e quentes, com os outros cinco seres na traseira do jipe aparecendo como humanos, mais frios.

Quinlan levantou uma bolsa de equipamento de beisebol do assento do carona e colocou-a atravessada no ombro, enquanto saía do veículo. Eph levantou-se obedientemente, com os pulsos, a cintura e os tornozelos atados por cordas de náilon. Os cinco estavam amarrados juntos, com apenas um pequeno espaço de folga, feito membros de uma gangue. Eph estava no meio, com Gus na frente e Vasiliy atrás. Em primeiro e último lugares estavam Bruno e Joaquin. Um por um, pularam da traseira do veículo, caindo na lama.

Eph sentiu o cheiro febril dos *strigoi*, aquele cheiro de terra e dejetos com amônia. Quinlan caminhava ao lado deles, levando seus prisioneiros para o campo.

Eph sentia-se como se estivesse entrando na boca de uma baleia, com medo de ser engolido. Sabia que a chance de sair daquele matadouro não era maior do que cinquenta por cento.

A comunicação foi sendo feita sem palavras. Quinlan não estava exatamente na mesma sintonia, telepaticamente, que os outros vampiros, mas a existência de seu sinal psíquico era o bastante para passar uma primeira inspeção. Fisicamente, ele parecia menos magro que os vampiros comuns; sua pele pálida mais parecia uma lisa pétala de lírio do que morta e plástica, e seus olhos tinham um vermelho mais brilhante, com uma centelha independente. Eles foram arrastando os pés por um estreito túnel de lona, debaixo de um teto construído com tela de galinheiro. Eph ergueu o olhar através da tela para a chuva que caía, e o profundo negrume do céu sem estrelas.

Então chegaram a um posto de quarentena. Umas poucas lâmpadas de trabalho, alimentadas com baterias, iluminavam o aposento, pois aquela área era guarnecida por humanos. Com a luz de baixa voltagem lançando sombras contra as paredes, e a chuva incessante lá fora, além da palpável sensação de estar cercado por centenas de seres malevolentes, o posto de quarentena parecia uma pequena cabana amedrontada no meio de uma vasta selva.

As cabeças dos funcionários eram todas raspadas. Seus olhos eram secos e de expressão cansada. Usavam uns macacões cinza-ardósia de penitenciária e calçavam tamancos de borracha perfurados.

Os cinco foram instados a declarar seus nomes, e todos mentiram. Eph fez um rabisco perto do seu pseudônimo com um lápis rombudo. Quinlan permaneceu na retaguarda, perto de uma parede de lona onde batia a chuva. Havia quatro *strigoi* postados em atitude militar, um par de cada lado, junto à porta de entrada.

Segundo Quinlan, ele capturara os cinco estranhos escondidos num porão debaixo do mercado coreano da rua 129, e um golpe na cabeça, sofrido enquanto dominava os prisioneiros, explicava sua telepatia claudicante. Na verdade, ele estava ativamente impedindo os vampiros de acessarem seus verdadeiros pensamentos. E descarregara a mochila de tamanho inusitado, colocando-a no chão de lona molhada perto de suas botas.

Primeiro os humanos tentaram desatar os nós que prendiam os prisioneiros, na esperança de guardar as cordas para serem usadas mais tarde. Mas o náilon úmido não cedia e teve de ser cortado. Sob o olhar vigilante dos guardas vampiros, Eph permaneceu de pé, com os olhos baixos, esfregando os pulsos esfolados. Não conseguia olhar para um vampiro diretamente nos olhos sem mostrar ódio. Além disso, também temia ser reconhecido pelas mentes-colmeia dos *strigoi*.

Ele percebeu que algo estava prestes a acontecer dentro da barraca. O silêncio era constrangedor, com as sentinelas dirigindo sua atenção direto para Quinlan. Os vampiros haviam detectado algo diferente nele.

Vasiliy também notou isso, porque começou a falar de repente, tentando afastar a atenção dos *strigoi* da figura de Quinlan.

– Quando vamos comer? – perguntou.

O humano com a prancheta levantou os olhos das anotações que fazia.

– Quando chegar a hora de alimentar vocês.

– Espero que a comida não seja muito suculenta – disse ele. – Eu não me dou bem com alimentos suculentos.

Os humanos pararam o que estavam fazendo e olharam fixamente para Vasiliy, como se ele fosse lunático. O líder deles disse:

– Eu não me preocuparia com isso.

– Ótimo – disse Vasiliy.

Um dos *strigoi* percebeu que a mochila de Quinlan permanecia no chão, num canto do recinto, e estendeu a mão para a pesada bolsa comprida.

Vasiliy se tensionou junto a Eph. Um dos humanos agarrou o queixo de Eph, usando uma pequena lanterna para examinar o interior da sua boca. O homem tinha bolsas debaixo dos olhos da cor de chá preto.

– Você era médico? – perguntou Eph.

– Mais ou menos – disse o homem, olhando para os dentes de Eph.

– Como "mais ou menos"?

– Bom, eu era veterinário – respondeu o outro.

Eph fechou a boca. O homem acendeu e apagou o feixe de luz contra os olhos dele, intrigado com o que via, e perguntou:

– Você anda tomando remédios?

Eph não gostou do tom dele e respondeu:

– Mais ou menos.

– Você está em má forma. Como que contaminado – disse o veterinário.

Eph viu o vampiro abrindo o zíper da mochila. A bolsa de náilon estava forrada com as placas de chumbo do aparelho de raios X de um consultório dentário do centro da cidade. Assim que sentiu as propriedades perturbadoras das lâminas de prata, o *strigoi* deixou cair a mochila, como que escaldado.

Quinlan correu para a mochila. Eph empurrou o veterinário, derrubando o homem lá do outro lado da barraca. Quinlan jogou o *strigoi* para o lado e rapidamente puxou uma espada da mochila, virando-se e brandindo-a para a frente. A princípio os vampiros ficaram atordoados demais para se mexerem, e a presença da prata, sob a forma de uma arma, manteve-os a distância. Quinlan avançou vagarosamente a fim de dar a Vasiliy, Gus e aos outros tempo para pegarem suas armas. Eph sentiu-se muito melhor depois que botou uma espada nas mãos. A arma que Quinlan empunhava era, na realidade, a sua lâmina, mas não havia tempo de discutir.

Os vampiros não reagiram como humanos fariam. Nenhum deles correu porta afora, para escapar e avisar os outros. O alarme foi enviado psiquicamente. E o ataque, depois do choque inicial, veio rápido.

Quinlan abateu o primeiro com um golpe no pescoço. Gus avançou com velocidade, encontrando um vampiro atacante e metendo sua lâmina direto através da garganta do inimigo. A decapitação era difícil naquele ambiente apertado, porque o amplo golpe lateral exigido para cortar um pescoço representava um risco para os outros, e o borrifo de sangue era cáustico, carregando os infecciosos parasitas dos vermes. O combate corpo a corpo com *strigoi* sempre era um último recurso, e os cinco trataram de escapar do posto de quarentena o mais rápido possível.

Eph, o último a se armar, foi atacado não por vampiros, mas por humanos. O veterinário e um outro. Ele ficou tão espantado que reagiu ao ataque como se fossem *strigoi*, espetando o veterinário na base do pescoço. Sangue arterial vermelho espirrou, sujando o poste de madeira que suportava o centro da barraca, enquanto Eph e o veterinário ficavam olhando um para o outro, de olhos esbugalhados.

– Que diabo você está fazendo! – gritou Eph. O veterinário caiu ajoelhado, e o segundo homem virou sua atenção para o amigo ferido.

Eph foi se afastando vagarosamente do homem moribundo, puxado pelo ombro por um dos outros. Ele estava abalado: *matara um homem*. Eles saíram da barraca ao ar livre, dentro do campo. A chuva diminuíra, passando a uma garoa nevoenta. Uma trilha com cobertura de lona se abria diante deles, mas a noite não deixava que Eph tivesse uma visão geral do campo. Nenhum *strigoi* aparecera, mas eles sabiam que o alarme já soara. Levaram alguns instantes para ajustar os olhos à escuridão, de onde os vampiros surgiram correndo.

Os cinco se abriram num arco, enfrentando os recém-chegados. Ali havia espaço para manejar as espadas com liberdade, firmar o pé de trás e brandir a lâmina com bastante força para separar a cabeça dos ombros. Eph atacou duramente, cortando e vigiando constantemente a própria retaguarda.

Dessa forma, repeliram a onda inicial. Foram progredindo, embora sem nenhuma informação quanto à organização do campo. Procuravam algo que indicasse onde se localizava a população de humanos, em geral. Mais dois vampiros avançaram contra eles vindos da esquerda. Quinlan, protegendo o flanco, abateu os dois e depois foi conduzindo o grupo naquela direção geral.

À frente, silhuetada contra a escuridão, havia uma estreita estrutura alta: um posto de vigilância no centro de um círculo de pedras. Mais vampiros apareceram, correndo a toda a velocidade, e os cinco homens se agruparam, movimentando-se como uma unidade, cinco lâminas de prata cortando juntas, quase como se fossem uma única lâmina larga.

Eles precisavam matar rápido. Sabiam que os *strigoi* sacrificavam um ou mais de seu efetivo na tentativa de melhorar suas chances de capturar o agressor ou transformá-lo em vampiro. Sua estratégia era que valia a pena sacrificar três, ou até mesmo dez vampiros, para eliminar um único matador humano.

Eph recuou até ficar atrás dos outros e foi andando de costas enquanto formavam um oval em movimento, um anel de prata para manter a distância o enxame de vampiros. Seus olhos ficaram mais acostumados com a escuridão. Ele percebeu que outros *strigoi* diminuíam o avanço, agrupando-se a distância e parando. Acompanhando, sem atacar. Planejando algum ataque coordenado.

– Eles estão se agrupando – disse ele aos outros. – Acho que estamos sendo empurrados nessa direção.

Ele ouviu o som úmido de uma espada cortando algo e depois a voz de Vasiliy:

– Há um prédio ali na frente. Nossa única esperança é ir zona por zona.

Nós invadimos o campo cedo demais, disse Quinlan.

Até então o céu não mostrava sinais de estar clareando. Tudo dependia daquela pouco confiável janela de luz solar. Agora o jeito era permanecer dentro do território inimigo até a aurora incerta.

Gus disse um palavrão e abateu mais uma criatura.

– Aguentem firme – disse Vasiliy.

Eph continuou andando lentamente de costas. Só conseguia distinguir os rostos da primeira fileira de vampiros que os perseguiam, olhando com atenção. Aparentemente para ele.

Será que era só imaginação sua? Ele diminuiu mais o passo, parou completamente, permitindo que os outros avançassem alguns metros sem ele.

Os perseguidores também estancaram.

– Ah, merda – disse Eph.

Eles o haviam reconhecido. O equivalente a um boletim geral distribuído na rede psíquica dos vampiros funcionara. A colmeia fora alertada da presença dele, o que só podia significar uma coisa.

O Mestre sabia que Eph estava ali. Estava observando aquilo através dos seus zumbis.

– Ei! Que porra você está fazendo parado aí? – disse Vasiliy, recuando até Eph. Então viu os *strigoi*, talvez uns vinte, olhando fixamente. – Meu Deus. O que há com eles, foram enfeitiçados?

Esperando ordens.

– Cristo, vamos...

O alarme do campo soou, sobressaltando-os, um silvo de vapor agudo, seguido de mais quatro em rápida sucessão. Depois, silêncio de novo.

Eph entendeu a finalidade do alarme: alertar não só os vampiros, mas também os humanos. Uma chamada para que procurassem abrigo, talvez.

Vasiliy olhou para o prédio mais próximo. Examinou de novo o céu, à procura de luz.

– Se você conseguir afastá-los daqui, de nós... poderemos entrar e sair deste lugar muito mais rápido.

Eph não tinha vontade de virar uma isca de carne vermelha para aquela matilha de sanguessugas, mas viu a lógica do plano de Vasiliy.

– Só me façam um favor – disse ele. – Andem depressa.

Vasiliy chamou de volta:

– Gus! Fique com o Eph.

– De jeito nenhum – disse Gus. – Eu vou entrar. Bruno, fique com ele.

Eph sorriu, vendo a evidente aversão de Gus por ele. Segurou o braço de Quilan, puxando-o para trás e trocando a espada que ele levava pela sua própria.

Eu me encarrego dos guardas humanos, disse Quinlan, desaparecendo instantaneamente.

Eph agarrou de novo a sua familiar espada com o punho guarnecido de couro e esperou que Bruno se postasse a seu lado.

– Você está bem aqui?

– Mais do que bem – disse Bruno sem fôlego, mas com um largo sorriso, como se fosse uma criança. Seus dentes superbrancos reluziam contra a pele, de um marrom-claro.

Eph abaixou a espada e foi trotando para longe do prédio, à esquerda. Os vampiros hesitaram um momento antes de ir atrás dele e de Bruno. Os dois contornaram o canto de uma construção comprida, semelhante a um barracão, completamente às escuras. Atrás daquilo via-se uma janela iluminada.

Luz significava humanos.

– Por aqui! – exclamou Eph, começando a correr. Bruno o acompanhou, arquejando. Eph olhou para trás e viu que os vampiros também contornavam o canto atrás deles. E correu na direção da luz, vendo um vampiro parado perto da porta do prédio.

Era um macho grande, silhuetado pela fraca luz da janela. No peito grande e nos lados do pescoço, que parecia um tronco de árvore, Eph viu tatuagens desbotadas e esverdeadas por causa do sangue branco, e também múltiplas estrias.

Imediatamente, como uma memória traumática abrindo caminho de volta à consciência, a voz do Mestre entrou na cabeça de Eph:

Para que você está aqui, Goodweather?

Eph parou e apontou a espada para o grande vampiro. Bruno girou o corpo junto dele, de olho nos zumbis lá atrás.

— O que você veio buscar aqui?

Bruno rugiu junto a Eph, abatendo dois vampiros. Eph se virou, momentaneamente distraído, vendo os outros se aglomerarem a poucos metros de distância, respeitando a prata. Então, percebendo que se deixara distrair, voltou-se rápido com a espada levantada.

A ponta da arma atingiu o vampiro que avançava bem no peito direito, penetrando na pele e no músculo, mas sem atravessar o corpo. Eph retirou a espada rápido e furou a garganta do vampiro, exatamente quando o maxilar da criatura começava a se deslocar, deixando à vista o ferrão. O vampiro tatuado estremeceu e caiu no solo.

— Filhos da puta! — gritou Bruno.

Então todos avançaram. Eph girou o corpo e aprontou a espada. Mas os inimigos eram em número excessivo e todos se moviam juntos. Ele começou a recuar...

Você está procurando alguém, Goodweather.

... e sentiu pedras debaixo dos pés ao se aproximar do prédio. Bruno continuou a golpear e matar *strigoi*, enquanto Eph subia três degraus de costas, apalpando a maçaneta da porta. Ele abriu o trinco, e a porta cedeu.

Agora você é meu, Goodweather.

A voz tonitruava de forma desorientadora. Eph puxou Bruno pelo ombro, fazendo sinal para que ele o seguisse. Os dois passaram correndo por jaulas improvisadas de cada lado do estreito corredor, com humanos em diversas etapas de sofrimento. Uma espécie de hospício. As pessoas uivaram quando eles passaram correndo.

Fim da linha, Goodweather.

Eph abanou a cabeça com força, tentando expulsar da mente a voz do Mestre. A presença do vampiro o aturdia, como a voz da própria loucura. Com as pessoas raspando as unhas nas jaulas enquanto eles passavam, Eph via-se colhido num ciclone de confusão e terror.

O primeiro dos vampiros que os perseguiam entrou pela outra ponta do aposento. Eph tentou uma porta que levava a uma espécie de escritório, com uma cadeira de dentista; o apoio para a cabeça e o chão estavam cobertos de crostas de sangue humano seco, vermelho. Outra porta levava para fora do prédio, e Eph pulou os três degraus para baixo. Mais vampiros o esperavam, tendo contornado o prédio, em vez de entrar. Eph girou a espada e golpeou, virando-se exatamente a tempo de acertar uma fêmea que pulava do telhado.

Por que você veio aqui, Goodweather?

Eph pulou para trás, afastando-se da vampira morta. Ele e Bruno foram recuando lado a lado, na direção de uma estrutura sem iluminação ou janelas, encostada na alta cerca do perímetro. Talvez o alojamento dos vampiros? O ninho dos *strigoi* ali no campo?

Eph e Bruno se viraram, apenas para descobrir que a cerca fazia um ângulo agudo e terminava em outra construção sem iluminação.

Fim da linha. Eu avisei.

Eph retesou o corpo contra os vampiros que avançavam na escuridão.

– Fim da linhagem – murmurou Eph. – Seu canalha.

Bruno lançou o olhar para ele.

– Canalha? Foi você que nos meteu nessa armadilha!

Quando eu o pegar e transformar você, vou descobrir todos os seus segredos.

Isso fez o sangue de Eph gelar.

– Aí vêm eles – disse ele a Bruno, já se aprontando para o embate.

Nora chegara ao escritório de Barnes no prédio da administração pronta para concordar com qualquer coisa, inclusive se entregar a ele, a fim de salvar sua mãe e chegar perto dele. Desprezava seu antigo chefe ainda mais do que os opressores vampirescos. A imoralidade dele a enojava, mas o fato de que ele acreditava que ela era fraca o bastante para simplesmente se curvar à vontade dele era algo que lhe causava náuseas.

Matá-lo mostraria isso a ele. Se a fantasia dele era a sua submissão, seu plano era enfiar a haste burilada no coração dele. Morto por uma faca de manteiga: que coisa apropriada! Faria isso quando ele deitasse na cama ou no meio da conversa ao jantar, tão chocantemente civilizada. Ele era mais malévolo do que os *strigoi*: sua corrupção não era uma doença, não era algo que fora infligido *sobre* ele. Sua corrupção era oportunística. Uma escolha.

Pior de tudo era a percepção que Barnes tinha de Nora como uma vítima em potencial. Ele fizera uma leitura de Nora completamente errada, e tudo que restara a ela era lhe mostrar o erro que ele cometera. Em aço.

Ele a fez esperar por três horas no corredor, onde não havia nenhuma cadeira ou banheiro. Por duas vezes saiu do escritório levando uns papéis, resplandecente no seu engomado uniforme branco de almirante, e passou por Nora, mas sem tomar conhecimento dela, sem lhe dirigir uma palavra, desaparecendo atrás de outra porta. E assim ela esperou, fervendo de raiva, até mesmo quando uma sirene do campo assinalou a chamada para a ração, cruzou a mão sobre o estômago que roncava e manteve a mente totalmente focalizada na mãe e no assassinato.

Finalmente a assistente de Barnes, uma jovem de cabelo acobreado e limpo até os ombros, com um macacão cinza bem lavado, abriu a porta, admitindo Nora sem uma palavra. A jovem permaneceu no umbral, enquanto Nora entrava. Pele perfumada e hálito de hortelã. Nora retribuiu o olhar de desaprovação da assistente, imaginando como ela conseguira uma posição tão boa no mundo de Barnes.

A assistente se sentou atrás de uma escrivaninha, deixando Nora experimentar a porta seguinte, que estava trancada. Nora se virou e recuou até uma das duas cadeiras dobráveis, sem estofamento, encostadas na parede de frente para a jovem, que fazia ruídos atarefados, num esforço para ignorar Nora e ao mesmo tempo reafirmar sua superioridade. O telefone tocou e ela levantou o receptor, respondendo em voz baixa. Exceto pelas paredes de madeira inacabadas e um laptop, o aposento parecia um escritório *low-tech* dos anos 1940: telefone com fio, conjunto de caneta e papel, mata-borrão. No canto da escrivaninha mais perto de Nora, logo junto do mata-borrão, havia uma grossa fatia de bolo de chocolate numa pequena bandeja de papel. A assistente desligou depois de umas poucas palavras sussurradas e viu Nora olhando para o chocolate. Então estendeu a mão para a bandeja e deu uma mordida minúscula no bolo, fazendo umas migalhas caírem no seu colo.

Nora ouviu um estalido na maçaneta, seguido da voz de Barnes:

– Entre!

A assistente colocou o chocolate na outra extremidade da mesa, fora do alcance de Nora, antes de acenar para que ela entrasse. Nora caminhou de novo até a porta e girou a maçaneta, que dessa vez cedeu.

Barnes estava de pé atrás da escrivaninha, enfiando pastas numa maleta de executivo aberta, preparando-se para deixar o escritório após o trabalho do dia.

– Bom-dia, Carly. O carro está pronto?

– Está, dr. Barnes – cantarolou a assistente. – Acabaram de ligar do portão.

– Ligue para eles e pergunte se a parte traseira está aquecida.

– Sim, senhor.

– Nora? – disse Barnes, ainda arrumando os papéis, sem levantar o olhar. Sua atitude mudara muito em relação ao encontro anterior na residência palaciana. – Você tem alguma coisa para discutir comigo?

– Você venceu.

– Eu venci? Que maravilha. Agora me conte... o que eu ganhei?

– O que você quer. Comigo.

Ele hesitou apenas um instante antes de fechar a maleta, acionando os fechos. Olhou para ela e meneou levemente a cabeça para si mesmo, como se tivesse dificuldade para se lembrar da oferta original.

– Muito bem – disse ele, e começou a remexer uma gaveta como que procurando outra coisa, que ia esquecendo.

Nora esperou e depois perguntou:

– E então?

– Então – disse ele.

– E agora?

– Agora eu estou com muita pressa. Mas aviso você.

– Eu pensei... Não vou voltar para a sua casa agora?

– Logo. Outra vez. Dia pesado, hoje.
– Mas... eu estou pronta agora.
– É. Eu achei que você ficaria um pouco mais disposta. A vida no campo não lhe agrada? Não, acho que não. – Ele segurou a alça da maleta. – Logo mando chamar você.

Nora compreendeu: ele a estava fazendo esperar de propósito. Prolongando a agonia como troco, já que ela não fora imediatamente para a cama com ele naquele dia, na casa dele. Um velho sujo usando seu poder.

– E, por favor, anote, para referência futura, que eu não sou homem para ser deixado esperando. Acho que isso ficou bem claro para você agora. Carly?

A assistente apareceu no vão da porta aberta.

– Sim, dr. Barnes?

– Carly, não consigo achar o livro de registros. Talvez você possa fazer uma busca por aí e levá-lo à minha casa mais tarde.

– Sim, dr. Barnes.

– Digamos por volta de nove e meia.

No rosto da assistente Carly, Nora viu não o sorriso convencido que esperava, mas um ligeiro traço de aversão.

Os dois foram para a antessala sussurrando. Ridículo, como se Nora fosse a esposa de Barnes.

Ela aproveitou a oportunidade para ir correndo até a mesa de Barnes, procurando algo que pudesse ajudar sua causa, qualquer informação que não devesse ver. Mas ele levara quase tudo. Na gaveta central, Nora viu um mapa do campo gerado por computador, com cada zona de uma cor, como em código. Além da área de nascimentos, que ela já visitara, e na mesma direção geral de onde ela achava que ficava a seção "aposentados", havia outra zona, "sangria". Essa área continha uma parte sombreada, com um letreiro: "Luz Solar." Nora tentou rasgar o mapa para levá-lo consigo, mas o papel estava colado ao fundo da gaveta. Ela o esquadrinhou de novo, memorizando rapidamente os detalhes, e fechou a gaveta no momento exato em que Barnes voltava.

Nora se esforçou muito para disfarçar a fúria em seu rosto e encará-lo com um sorriso.

— E quanto a minha mãe? Você me prometeu...
— E, de fato, se você cumprir a sua parte no acordo, é claro que eu cumprirei a minha. Palavra de escoteiro.

Obviamente, ele queria que ela implorasse, coisa que Nora simplesmente não conseguia se forçar a fazer.

— Eu quero saber que ela está em segurança.

Barnes assentiu, dando um ligeiro sorriso.

— Você quer fazer exigências, é isso que você quer. Só eu posso determinar quando isso ou qualquer outra coisa vai acontecer dentro dos muros deste campo.

Nora assentiu, mas sua mente já estava em outro lugar. Seu punho já se torcia nas costas, empurrando a haste afiada para a frente.

— Se sua mãe tiver de ser processada, será. Você não vai ter voz nesse assunto. Provavelmente eles já a escolheram, e ela está a caminho de ser limpa. Mas a sua vida, Nora, ainda é uma ficha no jogo. Espero que você faça bom uso dela.

Nora já tinha a faca improvisada na mão e segurou-a com força.

— Você entendeu? — perguntou ele.

— Entendi — disse ela, entre os dentes.

— Você precisará ter uma atitude muito mais agradável quando for chamada por mim, de modo que, por favor, esteja pronta. E sorria.

Ela queria matar a porra do Barnes ali onde ele estava.

Da antessala, a voz em pânico da assistente interrompeu a atmosfera criada:

— Dr. Barnes?

Barnes se afastou antes que Nora pudesse agir e voltou para a antessala sozinho.

Nora ouviu o som de passos subindo os degraus. Batendo no chão: pés nus.

Pés de vampiros.

Quatro vampiros corpulentos, outrora machos, irromperam no escritório. Aqueles gorilas mortos-vivos tinham tatuagens na pele flácida, ao estilo de gangues de prisioneiros. A assistente arquejou e recuou para o canto, enquanto os quatro *strigoi* iam direto para Barnes.

— O que foi? — perguntou ele.

Eles contaram tudo telepaticamente e com rapidez. Barnes mal teve tempo de reagir antes de ser agarrado pelos braços e praticamente carregado porta afora pelo corredor. Então o alarme do campo começou a silvar.

Havia uma gritaria lá fora. Algo estava acontecendo. Nora ouviu e sentiu a vibração de portas sendo fechadas violentamente no andar de baixo.

A assistente permaneceu no canto atrás da mesa, com o telefone no ouvido. Nora ouviu passos pesados subindo correndo pela escada. Botas significavam humanos. A assistente se encolheu, enquanto Nora se dirigia para a porta, bem a tempo de ver Vasiliy entrar correndo.

Nora ficou muda de espanto. Ele carregava sua espada, mas nenhuma outra arma. Seu rosto tinha uma expressão selvagem, como a de um caçador. Um largo sorriso agradecido apareceu no rosto de Nora.

Vasiliy deu uma olhada nela. Depois olhou para a assistente no canto e virou-se para sair. Já saíra porta afora e estava quase fora de vista, dobrando o canto, quando parou, retesou o corpo e olhou de volta.

– Nora?! – exclamou ele.

A ausência de cabelo. O macacão dela. Ele não a reconhecera à primeira vista.

– V – disse ela.

Ele a agarrou, e Nora lançou os braços em torno das costas dele, enterrando o rosto naquele ombro sujo e fedorento. Vasiliy a afastou para dar uma segunda olhada, exultando pela sorte grande de encontrá-la e tentando entender aquela cabeça raspada.

– É você – disse ele, tocando o couro cabeludo dela. Depois examinou-a por inteiro. – Você...

– E você – disse ela, com lágrimas saltando dos cantos dos olhos. *Não Eph de novo. Não Eph. Você.*

Ele a abraçou outra vez. Mais corpos apareceram atrás deles. Gus e outro mexicano. Gus diminuiu o ritmo do andar ao ver Vasiliy abraçando um membro do campo de cabeça raspada. E foi só depois de um longo momento que disse:

– Dra. Martinez?

– Sou eu, Gus. É você mesmo?
– Um *guevo*! Pode crer que sou eu – disse ele.
– Que prédio é esse aqui? – indagou Vasiliy. – Administração ou coisa assim? O que você está fazendo aqui?
Por um momento ela não conseguiu se lembrar.
– O Barnes! – disse ela. – Do Centro de Controle de Doenças. Ele administra esse campo... administra todos os campos!
– Onde ele está, porra?
– Quatro vampiros grandes acabaram de levá-lo daqui. É a equipe de segurança dele, que foi naquela direção.
Vasiliy foi até o corredor vazio.
– Naquela direção?
– Ele tem um carro ali fora do portão. – Nora foi para o corredor. – O Eph está com vocês?
Uma pontada de ciúme.
– Ele está lá fora segurando os vampiros. Eu até iria atrás desse Barnes por sua causa, mas preciso voltar para o Eph.
– E minha mãe. – Nora agarrou a camisa de Vasiliy. – Minha mãe. Não vou embora sem ela.
– Sua mãe?! – exclamou Vasiliy. – Ela ainda está aqui?
– Acho que sim. – Ela segurou o rosto de Vasiliy. – Não acredito que você veio até aqui. Por mim.
Ele podia ter beijado Nora. Podia. No meio do caos, do tumulto e do perigo... podia. O mundo desvanecera em torno deles. Era ela... só ela na sua frente.
– Por você? Que diabo, nós gostamos dessa porra de matança. Não é, Vasiliy? – disse Gus. Seu sorriso sublinhava as palavras. – Temos de voltar para Bruno, o meu cupincha.
Nora seguiu-os porta afora e de repente parou. Voltou até a assistente Carly, que continuava atrás da escrivaninha, na extremidade mais afastada da antessala, com o telefone na mão ao lado do corpo. Nora correu na direção dela, fazendo os olhos de Carly se arregalarem de medo. Nora estendeu a mão por sobre a mesa, agarrando o restante do bolo de chocolate na bandeja de papel. Deu uma grande mordida e jogou o restante na parede, perto da cabeça da assistente.

Mas, naquele momento de triunfo, Nora sentiu apenas piedade pela jovem. E o bolo de chocolate nem estava tão gostoso quanto ela achara que estaria.

No pátio aberto, Eph golpeava e cortava, livrando em torno de si tanto espaço quanto possível. Um metro e oitenta era o limite externo dos ferrões dos vampiros; o comprimento combinado de braço e espada tinha aproximadamente a mesma medida. De modo que ele continuava a cortar, mantendo em torno de si um raio de um metro e oitenta à base de prata.

Mas Bruno não usava a mesma estratégia de Eph. Em vez disso, enfrentava cada ameaça individual que aparecia, e, como era um matador brutalmente eficiente, conseguira aguentar o ataque até então. Mas também estava cansando. Perseguiu dois vampiros que o ameaçavam pelo lado cego, mas aquilo era um ardil. Ele caiu no estratagema, e os *strigoi* o separaram de Eph, fechando a brecha que havia entre os dois. Eph tentou abrir caminho até Bruno, mas os vampiros mantiveram sua estratégia: separar e destruir.

Eph sentiu o prédio às suas costas. Seu círculo de prata transformou-se num semicírculo, e a espada virou uma tocha flamejante que mantinha a escuridão dos vampiros à distância. Alguns deles caíram de quatro, tentando lançar-se debaixo do alcance da espada de Eph e puxá-lo pelas pernas, mas ele conseguiu golpeá-los com força, fazendo a lama a seus pés embranquecer. Mas, enquanto os corpos se empilhavam, o raio de segurança dele continuava a se contrair.

Eph ouviu Bruno dar um grunhido e depois uivar. Ele estava encurralado na cerca do perímetro. Eph o viu cortar um ferrão com a espada, mas era tarde demais. Bruno fora ferroado. Apenas um momento de contato, de penetração, e o dano estava feito: o verme fora implantado, e a patogenia vampiresca entrara na sua corrente sanguínea. Mas o sangue de Bruno não fora sugado, e ele continuou lutando, na verdade com vigor renovado. Continuou a lutar, sabendo que, mesmo que sobrevivesse ao ataque, estava condenado. Dezenas de vermes se contorciam debaixo da pele de seu rosto e de seu pescoço.

Os outros *strigoi* em torno de Eph, psiquicamente conscientes desse sucesso, pressentiram a vitória e avançaram na direção dele descuidadamente. Uns poucos até largaram Bruno para empurrar os vampiros amontoados por trás, fazendo encolher ainda mais a zona de segurança de Eph. Com os cotovelos colados ao lado do corpo, ele brandia a espada e cortava os rostos selvagens, as papadas oscilantes e a boca aberta. Um ferrão foi lançado, e bateu na parede, perto da sua orelha, com o ruído surdo de uma flecha. Eph cortou-o, mas havia outros. Ele tentava manter uma muralha de prata, com os braços e ombros gritando de dor. Só era preciso que um único ferrão penetrasse em sua pele. Ele sentiu a força da turba de vampiros avançando.

De repente Quinlan apareceu no meio da luta e juntou-se a ele instantaneamente. Fez uma diferença, mas eles sabiam que estavam apenas aguentando a maré. Eph estava a ponto de ser sobrepujado.

Logo tudo estaria acabado.

Um clarão de luz abriu-se no céu lá em cima. Eph pensou que na realidade era um sinalizador ou outro dispositivo pirotécnico lançado pelos vampiros como um sinal de alerta, ou até mesmo um mecanismo de distração deliberada. Um momento de desatenção, e ele estaria acabado.

Mas o clarão continuou brilhando cada vez mais forte e amplo lá em cima. Estava se movendo, mais alto do que Eph imaginara.

Mais importante de tudo, o ataque dos vampiros diminuiu. Os corpos dos monstros se retesaram, enquanto as cabeças, com a boca aberta, se voltavam para o céu escuro.

Eph mal conseguia acreditar na sua boa sorte. Ele aprontou a espada para abrir uma brecha entre os *strigoi*, numa última jogada de risco para abrir caminho até um lugar seguro...

Mas nem mesmo ele conseguiu resistir. Aquele fogo celeste era sedutor demais, e Eph também se arriscou a dar uma espiadela no céu poluído.

Através da negra mortalha de cinzas que sufocavam o planeta, uma chama brilhante caía, cortante como a brasa de um maçarico de acetileno. Ardia pela escuridão feito um cometa, com uma cabeça de chama pura diante de uma cauda que se estreitava. Uma lágrima causticante de fogo vermelho-laranja cortando a falsa noite.

Aquilo só podia ter sido um satélite, ou algo ainda maior, mergulhando da órbita exterior e reentrando na atmosfera terrestre como uma bola de canhão incandescente, lançada de um sol derrotado.

Os vampiros recuaram. Com os olhos vermelhos fixos no rastro de fogo, eles se amontoavam uns sobre os outros, com rara falta de coordenação. Aquilo era medo, pensou Eph, ou algo parecido. O sinal do céu alcançara o âmago elementar deles, que não tinham outro mecanismo para expressar seu terror além de guinchos e uma retirada atabalhoada.

Até mesmo Quinlan recuou um pouco. Assombrado com a luz e o espetáculo.

Enquanto brilhava no céu, o satélite incandescente dividiu a densa nuvem de cinzas, e um brutal feixe de luz solar penetrou no ar como o dedo de Deus, queimando tudo num raio de cinco quilômetros, que incluía as bordas externas do campo.

Enquanto os vampiros ardiam e guinchavam, Vasiliy, Gus e Joaquin apareceram vindo de outra direção. Os três avançaram contra a turba apavorada, abatendo os primeiros antes que o ataque desencadeasse um tumulto total, com os vampiros fugindo em todas as direções.

Por um momento, a majestosa coluna de luz mostrou o campo em torno deles. O muro alto, os prédios sinistros, o solo pegajoso. Era simples, quase feio, e só ameaçava por sua mediocridade. Aquilo parecia o bastidor de uma sala de exposição ou a cozinha suja de um restaurante: um lugar sem ornamentos, onde é realizado o verdadeiro trabalho.

Eph observou a chama ardendo no céu com crescente intensidade, sua cabeça incandescente foi ficando mais espessa e brilhante, até finalmente se consumir, enquanto a feroz cauda de fogo ia se afinando até virar um rastilho. E depois, nada.

Atrás da chama, a tão esperada luz do dia finalmente começou a iluminar o céu, como que anunciada pelo oportuno rastro de fogo. Uma pálida imagem do sol mal era vista atrás da nuvem de cinzas, com alguns raios se infiltrando pelas frestas do casulo de poluição. No mundo anterior aquilo mal seria considerado luz suficiente para um início de aurora, mas era o bastante para manter as criaturas em fuga no subsolo por uma ou duas horas.

Eph viu um prisioneiro do campo seguindo Vasiliy e Gus. A despeito da cabeça raspada e do feio macacão, instantaneamente reconheceu Nora. Uma mistura perturbadora de emoções o assaltou. Parecia que tinham se passado anos, e não semanas, desde que eles haviam se encontrado pela última vez. Mas, naquele momento, havia assuntos mais urgentes.

Quinlan retirou-se para as sombras. Sua tolerância aos raios ultravioleta tinha sido testada até o limite.

Eu encontro vocês... lá na Universidade de Colúmbia... desejo a todos boa sorte.

Com isso ele ultrapassou os muros e fugiu do campo, sem esforço. Num piscar de olhos, desapareceu.

Gus observou que Bruno segurava o próprio pescoço e foi até ele.

– Qué pasó, vato?

– Os filhos da puta me pegaram – disse Bruno. Fez uma careta, molhando os lábios secos e depois cuspindo no chão. Sua postura era franca e estranha, como se ele pudesse sentir os vermes já rastejando lá dentro. – Estou ferrado, gente.

Todos os outros ficaram em silêncio. Gus, em choque, estendeu a mão para o rosto de Bruno, examinando a garganta dele. Depois deu-lhe um abraço apertado, e disse:

– Bruno.

– Putos selvagens – disse Bruno. – Porra de ferroada sortuda.

– Maldição! – gritou Gus, afastando-se dele. Não sabia o que fazer. Ninguém sabia. Depois de se afastar, ele soltou um uivo feroz.

Joaquin foi até Bruno com lágrimas nos olhos e cravou a ponta da espada no solo.

– Esse lugar aqui é a porra do inferno na Terra – disse ele. Depois levantou a espada na direção do céu, berrando: – *Vou matar cada um desses sanguessugas, até o último, em Seu nome!*

Gus voltou rapidamente e apontou para Eph.

– Mas você conseguiu se safar. Hein? Como foi isso? Vocês deveriam ficar juntos. Que aconteceu com o meu garoto?

Vasiliy se meteu entre os dois.

– Não foi culpa dele.

– Como você sabe? Você estava comigo! – disse Gus, com mágoa ardendo nos olhos. Depois girou o corpo de volta para Bruno. – Só fale que foi culpa desse filho da puta, Bruno, e ele morre aqui agora. Fale!

Mas Bruno, mesmo que tivesse ouvido Gus, não respondeu. Estava examinando as mãos e os braços, como que procurando os vermes que o infestavam.

Vasiliy disse:

– São os vampiros que têm culpa, Gus. Mantenha o foco.

– Ah, eu estou focado – disse Gus. Caminhou na direção de Vasiliy com atitude ameaçadora, mas o exterminador deixou-o avançar, sabendo que ele precisava dar vazão ao desespero. – Focado feito um feixe de laser, porra. Sou o Ninja de Prata. Estou focado.

E apontou para Eph, que já ia começar a se defender, mas ficou calado, percebendo que Gus não estava interessado no que realmente acontecera. A raiva era o único modo pelo qual o jovem mexicano podia expressar sua dor.

Vasiliy virou-se para Eph.

– O que era aquela coisa no céu?

Eph deu de ombros.

– Não sei. Eu estava engajado na luta, como o Bruno. Eles estavam em cima de mim, e tudo parecia terminado. Então aquilo cortou o céu. Era alguma coisa caindo na Terra. Assustou os *strigoi*. Uma sorte extraordinária.

– Aquilo não foi sorte – disse Nora. – Foi outra coisa.

Eph ficou olhando, perturbado com a aparência calva de Nora.

– Outra coisa como o quê?

– Você pode até negar ou talvez não queira saber. Talvez nem se importe. Mas aquilo não *aconteceu* simplesmente, Ephraim. Aconteceu com *você*. Com *a gente* – disse Nora. Depois lançou um olhar para Vasiliy, e esclareceu: – Com todos nós...

Eph ficou confuso. Uma coisa ardendo na atmosfera acontecera por causa deles?

– Vamos tirar você daqui – disse ele. – E o Bruno. Antes que alguém se machuque.

– De jeito nenhum – disse Gus. – Vou destruir esse lugar. Quero encontrar o filho da puta que pegou o meu garoto.

– Não – disse Nora, avançando. Era a menor figura entre eles. – Nós vamos buscar minha mãe primeiro.

Eph ficou estupefato.

– Mas, Nora... você não acha mesmo que ela ainda está aqui, acha?

– Ela ainda está viva. E você, acima de todos, não vai acreditar quando souber quem me disse isso.

Nora contou a Eph tudo sobre Everett Barnes. A princípio ele ficou confuso, sem saber por que ela estaria brincando com aquilo. Depois ficou realmente estupefato.

– Everett Barnes, encarregado do campo de sangue?

– Encarregado de todos os campos de sangue – disse Nora.

Eph resistiu um pouco mais, para depois ver que ela tinha razão. A pior coisa sobre aquela notícia era que fazia sentido.

– Aquele filho da puta.

– Ela está aqui – disse Nora. – Ele falou que ela estava. E eu acho que sei onde.

– Está bem – disse Eph exausto, e imaginando até onde podia levar um assunto tão delicado. – Mas você se lembra do que Barnes tentou fazer conosco antes.

– Não importa.

– Nora. – Eph não desejava passar mais tempo do que o necessário dentro daquela armadilha mortal. – Você não acha que o Barnes lhe contaria qualquer coisa...

– Nós precisamos buscar minha mãe – disse Nora, quase virando as costas para ele.

Vasiliy veio em defesa dela:

– Nós temos algum tempo de luz solar. Antes que a nuvem de cinzas se feche de novo. Vamos procurar.

Eph olhou para o grande exterminador e depois de novo para Nora. Os dois estavam tomando decisões juntos. Ele era minoria.

– Muito bem – disse Eph. – Vamos fazer isso depressa.

* * *

Com o brilho do céu deixando entrar um pouquinho de claridade no mundo, como se fosse um controle de luminosidade girado vagarosamente da graduação mais fraca para a segunda mais fraca, o campo parecia uma lúgubre penitenciária militar. A cerca alta no perímetro era encimada por emaranhados de arame farpado. Em sua maior parte, os prédios eram de construção ordinária e encardidos pela chuva poluída. A notável exceção era o prédio da administração, cuja lateral ostentava o antigo símbolo do grupo Stoneheart: um globo negro, lateralmente cortado por um raio azul-aço, como um olho que piscasse se fechando.

Rapidamente Nora os levou por baixo de uma trilha com cobertura de lona que penetrava mais a fundo no campo, passando por outros portões e prédios internos.

– A área dos nascimentos – disse ela aos outros, apontando para o portão alto. – Eles isolam as mulheres grávidas. E as separam dos vampiros.

– Talvez superstição?

Nora disse:

– Para mim parecia mais uma quarentena. Não sei. Que aconteceria com um feto ainda por nascer se a mãe fosse transformada?

Vasiliy disse:

– Não sei. Nunca pensei nisso.

– Eles pensaram – disse Nora. – Parece que tomaram precauções cuidadosas para que isso nunca aconteça.

Passaram pelo portão da frente, ao longo do muro interior. Eph continuava a vigiar a retaguarda e perguntou:

– Onde estão todos os humanos?

– As mulheres grávidas vivem em trailers ali atrás. Os sangradores moram em alojamentos a oeste. É como um campo de concentração. Acho que vão processar minha mãe naquela área ali adiante.

Ela apontou para dois prédios escuros além da zona de nascimentos, nenhum dos dois com aspecto promissor. Eles se apressaram na direção da entrada de um grande armazém. Os postos de vigilância, no momento, estavam desguarnecidos.

– É aqui? – perguntou Vasiliy.

Nora olhou em volta, tentando se orientar.

– Eu vi um mapa... não sei. Não era o que eu esperava.

Vasiliy examinou os postos de vigilância primeiro. Lá dentro havia um painel com monitores de tela pequena, todos desligados. Não havia comutadores para ligar ou desligar, nem cadeiras.

– Esse lugar é guardado por vampiros – disse Vasiliy. – Para manter os humanos fora... ou dentro?

A entrada não estava trancada. A primeira sala interna, que deveria ser um escritório ou área de recepção, estava repleta de ancinhos, pás, enxadas, rolos de mangueiras com rodas, arados mecanizados e carrinhos de mão. O chão era de terra.

Eles ouviram grunhidos e guinchos no interior. Um tremor nauseante percorreu o corpo de Eph, pois inicialmente ele pensou que eram ruídos humanos. Mas não.

– Animais – disse Nora, indo na direção da porta.

O enorme armazém era feericamente iluminado, e as lâmpadas produziam um zumbido. Com três andares de altura, e duas vezes o tamanho de um campo de futebol, o prédio era essencialmente uma granja coberta, e impossível de ter sua extensão avaliada de uma só vez. Suspensas das vigas lá em cima havia grandes lâmpadas, com mais barras de iluminação montadas sobre grandes hortas e pomares. O calor dentro do recinto era extremo, mas mitigado por uma brisa artificial que circulava por meio de grandes ventiladores.

Havia porcos reunidos num cercado lamacento diante de um chiqueiro sem teto. Do lado oposto via-se um galinheiro com uma cerca alta, perto do que parecia ser um estábulo de vacas e um abrigo para ovelhas. O cheiro de estrume era carregado pela brisa de ventilação.

A princípio, Eph teve de proteger os olhos das luzes fortes que jorravam do alto, sem deixar qualquer sombra nas superfícies. Eles foram seguindo pelos corredores, acompanhando um cano de irrigação perfurado montado em hastes de pouco mais de meio metro.

Vasiliy apontou para câmeras montadas nos prédios.

– Fábrica de alimentos. Aqui trabalham pessoas vigiadas por vampiros – disse ele, estreitando os olhos devido à luz forte. – Talvez haja luzes ultravioleta misturadas com iluminação comum lá em cima, imitando a amplitude da radiação solar.

Nora disse:
— Os humanos também precisam de luz.
— Os vampiros não podem entrar aqui. De modo que os humanos são deixados sozinhos para cuidar dos animais e das plantas.
— Eu duvido que sejam deixados sozinhos — disse Eph.
Gus assobiou para chamar a atenção deles, e disse:
— Lá nos caibros do telhado.
Eph levantou os olhos e girou o corpo num círculo completo, até que viu uma figura se movimentando ao longo de uma passarela, talvez a uns dois terços da altura total da comprida parede.
Era um homem com um longo casaco pardacento e um chapéu de abas largas. Movia-se com a maior rapidez possível ao longo da estreita passarela com balaustrada.
— Gente da Stoneheart — disse Vasiliy.
Depois do falecimento de Eldritch Palmer, seus colaboradores haviam transferido sua lealdade para o Mestre, que assumira o controle da vasta infraestrutura industrial de Palmer. Eram simpatizantes dos *strigoi* e visavam ter lucro em termos da nova economia baseada em alimentação e moradia.
— Ei! — gritou Vasiliy. O homem não respondeu, simplesmente baixou a cabeça e prosseguiu mais rápido ainda.
Eph correu os olhos ao longo da passarela até o canto. Montado numa larga plataforma triangular, que tanto podia ser um posto de observação quanto um bom local para um atirador de tocaia, via-se o longo cano de uma metralhadora apontada para o teto, à espera de um operador.
— Abaixem! — gritou Vasiliy.
Eles se dispersaram, Gus e Bruno correram de volta para a entrada; Vasiliy agarrou Nora e correu com ela para o canto do galinheiro; Eph seguiu na direção do abrigo das ovelhas; e Joaquin foi na direção das hortas.
Eph abaixou-se e correu ao longo da cerca; aquele gargalo era exatamente o que ele temera. Mas ele não morreria pelas mãos de um humano. Isso já decidira havia muito tempo. Eles eram alvos fáceis ali no interior daquela granja tranquila e fortemente iluminada, mas Eph podia fazer algo em relação a isso.

Os carneiros estavam agitados, balindo alto demais para que Eph pudesse ouvir qualquer coisa. Ele deu uma olhadela para o canto lá atrás e viu Gus e Bruno correndo na direção da escada na lateral. O homem da Stoneheart já alcançara o local da arma e estava se preparando, girando o cano para baixo na direção do solo. Primeiro disparou contra Gus, estilhaçando o chão atrás dele, até perder o ângulo. Gus e Bruno começaram a subir pela parede à esquerda, mas a escada não corria diretamente por baixo; o atirador talvez tivesse mais uma chance de atingi-los antes que chegassem à passarela.

Eph soltou os laços de arame que prendiam os carneiros dentro do abrigo. O portão se abriu com estrondo e o rebanho entrou balindo no cercado. Eph achou a seção da cerca que tinha dobradiças e saltou sobre ela, fazendo funcionar o fecho interno. Agarrou a cerca e levantou os pés exatamente a tempo, mantendo-a aberta para não ser atropelado pelos animais que fugiam.

Ele ouviu o estampido dos tiros, mas não olhou para trás, correu para o curral das vacas e fez a mesma coisa, levantando a porta corrediça e deixando o gado escapar. Ali não havia vacas gordas. Eram vacas apenas segundo a descrição dos dicionários: magras, com pele frouxa e olhos fundos. Mas eram rápidas. E saíram em todas as direções, com um bom número galopando pelo pomar e batendo nas macieiras de troncos frágeis.

Eph deu a volta no curral, procurando os outros. Viu Joaquin bem longe à direita, atrás de uma das lâmpadas, usando uma ferramenta a fim de dirigir o foco da lâmpada quente para o atirador lá no canto. Uma ideia genial e que funcionou perfeitamente, desviando a atenção do homem da Stoneheart, de modo que Gus e Bruno pudessem subir correndo a parte exposta da escada. Joaquin mergulhou, procurando se abrigar, enquanto o homem atirava na lâmpada, fazendo explodir o bulbo num chuveiro de fagulhas.

Usando um novilho desgarrado como escudo parcial, Vasiliy saiu correndo para uma escada perto da parede mais próxima, à direita do atirador. Eph se espremeu no canto do curral das vacas leiteiras, pensando em correr para a parede também, quando a terra começou a pipocar a seus pés. Ele recuou depressa, no exato momento em que as balas estilhaçaram o canto de madeira onde sua cabeça acabara de estar.

A escada tremia sob o peso de Vasiliy, que subia, pondo uma mão após a outra, na direção da passarela. O homem da Stoneheart girara o corpo na direção oposta, tentando dirigir o fogo contra Gus e Bruno, mas eles caminhavam abaixados na passarela, enquanto as balas ricocheteavam nas placas de ferro da balaustrada. Alguém lá embaixo virou outra lâmpada para o atirador, e Vasiliy pôde ver que o rosto do homem fazia uma careta, como se ele soubesse que iria perder. Quem eram aquelas pessoas, que voluntariamente obedeciam aos vampiros?

Desumanos, pensou Vasiliy.

O pensamento o estimulou a galgar os últimos degraus da escada de mão. O Stoneheart ainda não percebera o avanço dele pelo lado cego, mas podia se virar a qualquer momento. Ao imaginar o comprido cano da arma girando na sua direção, Vasiliy correu ainda mais rápido, enquanto tirava a espada da mochila.

Filhos da puta desumanos!

O Stoneheart ouviu ou sentiu as botas de Vasiliy pisando forte. Ele se virou de olhos arregalados, disparando a metralhadora antes de completar o giro, mas era tarde demais. Vasiliy já estava em cima dele. Enfiou a espada na barriga do homem e depois a retirou.

Espantado, o homem desabou sobre os joelhos, parecendo tão chocado pela traição de Vasiliy contra a nova ordem dos vampiros quanto Vasiliy pela traição dele contra a sua própria espécie. Com uma expressão ofendida, ele vomitou um jorro de bile e sangue sobre o cano fumegante da arma.

A agonia sofrida do homem era inteiramente diferente da de qualquer vampiro. Vasiliy não estava acostumado a matar seus semelhantes. A espada de prata era muito adequada para matar vampiros, mas completamente ineficiente contra seres humanos.

Bruno avançou pela outra passarela e agarrou o homem antes que Vasiliy pudesse reagir. Levantou-o e atirou-o por sobre a borda baixa do poleiro. O Stoneheart contorceu-se no ar, respingando uma gosma sangrenta e batendo de cabeça no chão.

Gus segurou o gatilho da arma quente e girou-a, observando a granja artificial lá embaixo. Levantou o cano, mirando no grande número de lâmpadas que iluminavam a granja feito lâmpadas para cozinhar.

Vasiliy ouviu alguém gritar e reconheceu a voz de Nora, encontrando-a lá embaixo, agitando os braços e apontando para os carneiros que passavam trotando.

Vasiliy agarrou a parte de cima dos braços de Gus, logo abaixo dos ombros. Não para prendê-lo, apenas para chamar sua atenção.

– Não faça isso – disse ele, referindo-se às lâmpadas. – Esse alimento é para humanos.

Gus fez uma careta. Ele queria incendiar o local. Em vez disso, desviou a arma das luzes brilhantes e atirou no vazio do prédio cavernoso. Os tiros foram abrindo buracos na parede oposta, enquanto os cartuchos ejetados choviam no poleiro.

Nora foi a primeira a sair da granja coberta. Sentia os outros querendo partir logo, pois a luz pálida desapareceria do céu dentro em pouco. Ela ficava mais nervosa a cada passo, até que logo passou a correr.

O prédio a seguir era circundado por uma cerca coberta com uma opaca rede negra. Ela conseguiu ver o interior da construção, uma estrutura mais velha, parte original da antiga processadora de alimentos, não tão vasta quanto a granja. Um prédio descaracterizado, com aparência industrial que quase gritava "matadouro".

– É aqui? – perguntou Vasiliy.

Além dali Nora podia ver um ângulo na cerca do perímetro.

– A menos... a menos que eles tenham mudado o lugar em relação ao mapa.

Ela se agarrou à esperança. Obviamente, aquilo não era a entrada de uma comunidade de aposentados ou qualquer tipo de ambiente hospitaleiro.

Vasiliy a deteve:

– Vou entrar na frente. Espere aqui.

Nora viu Vasiliy começar se afastar, e os outros se aproximarem como dúvidas na sua mente.

– Não – disse ela imediatamente, indo atrás dele. Sua respiração era curta, e as palavras saíam baixinho. – Eu vou também.

Vasiliy empurrou o portão apenas o suficiente para que entrassem. Os outros os seguiram até uma entrada lateral afastada da principal, cuja porta estava trancada.

Lá dentro ouvia-se um zumbido de maquinaria. Um odor pesado permeava a atmosfera interior, difícil de identificar a princípio.

O cheiro metálico de moedas velhas aquecidas num punho suado. Sangue humano.

Nora endureceu o espírito um pouco. Sabia o que veria, antes mesmo de chegar aos primeiros currais.

Em cubículos do tamanho de banheiros para deficientes, cadeiras de rodas de espaldar alto estavam reclinadas debaixo de tubos plásticos enrolados, que pendiam de tubos de alimentação mais compridos em cima. Os tubos estavam enxaguados; deviam servir para conduzir sangue humano para recipientes maiores suspensos em trilhos. No momento os currais estavam vazios.

Mais adiante eles passaram por uma sala de refrigeração, onde o produto coletado naquela terrível campanha sanguínea era embalado e armazenado. Quarenta e dois dias era o limite natural de validade, mas como sustento dos vampiros, ou alimento puro, talvez a janela temporal fosse mais curta.

Nora imaginou os idosos sendo levados até ali, derreados em cadeiras de rodas, com tubos extraindo sangue de seus pescoços. Ela os viu com os olhos revirados nas órbitas, talvez guiados até ali pelo controle do Mestre sobre as frágeis mentes mais velhas.

Ela ficou mais nervosa e continuou em frente, já sabendo a verdade, mas incapaz de aceitá-la. Experimentou chamar a mãe, e a resposta silenciosa era terrível, ao deixar sua voz ecoar desesperadamente nos próprios ouvidos.

Eles chegaram a uma sala larga, com as paredes azulejadas até três quartos de altura, e ralos múltiplos no piso manchado de vermelho. Um abatedouro. Corpos enrugados pendiam de ganchos, com pele rasgada empilhada no chão feito couro de animais.

Nora sentiu náuseas, mas não tinha coisa alguma no estômago para vomitar. Ela agarrou o braço de Vasiliy, e ele a ajudou a permanecer de pé.

Barnes, pensou ela. Aquele carniceiro mentiroso metido num uniforme.

— Vou matar o Barnes — disse ela.

Eph apareceu ao lado de Vasiliy.

— Temos de ir embora.

Com a cabeça enterrada no peito de Vasiliy, Nora sentiu que ele assentia.

Eph disse:

— Eles vão mandar helicópteros. Polícia, armas regulares.

Vasiliy enlaçou Nora com o braço e foi levando-a para a porta mais próxima. Nora não queria ver mais nada. Ela queria sair do campo para sempre.

Lá fora, o céu moribundo brilhava com um amarelo doentio. Gus subiu na cabine de uma escavadeira estacionada do outro lado da estrada de terra, perto da cerca. Remexeu no painel e ligou o motor.

Nora sentiu Vasiliy retesar o corpo e olhou para cima. Uma dúzia, mais ou menos, de humanos com aparência fantasmagórica, metidos em macacões, estavam parados ali perto. Haviam saído dos alojamentos, violando o toque de recolher, sem dúvida atraídos pelos tiros de metralhadora e curiosos acerca da causa dos alarmes. Ou talvez aqueles doze simplesmente fossem os mais azarados.

Gus desceu da escavadeira e gritou para eles, xingando-os por serem tão passivos e covardes. Mas Nora mandou que ele parasse com aquilo.

— Eles não são covardes — disse ela. — Estão malnutridos, têm pressão sanguínea baixa, hipotensão... Temos de ajudar essas pessoas a se ajudarem.

Vasiliy deixou Nora e entrou na cabine da escavadeira, experimentando os controles.

— Gus — disse Bruno. — Eu vou ficar aqui.

– O quê?! – exclamou Gus.
– Vou ficar aqui para foder com essa merda doentia. Já é hora de uma pequena vingança. Mostrar que eles ferroaram o filho da puta errado.

Gus percebeu. Imediatamente ele compreendeu.
– Você é um herói malvado pra caralho, *hombre*.
– O mais malvado de todos. Mais malvado que você.

Gus sorriu, com o orgulho que ele sentia pelo amigo sufocando-o. Eles apertaram as mãos com força e deram um abraço de irmãos. Joaquin fez o mesmo.

– Nunca vou me esquecer de você, cara – disse Joaquin.

O rosto de Bruno assumiu uma expressão raivosa, para ocultar emoções mais delicadas. Ele olhou para o prédio de coleta de sangue lá atrás.

– Esses filhos da puta também não. Posso garantir.

Vasiliy virara a escavadeira e já avançava direto para a alta cerca do perímetro, fazendo as largas esteiras do trator derrubarem e passarem por cima do arame.

Agora já se ouviam as sirenes da polícia. Muitas delas, cada vez mais próximas.

Bruno foi até Nora e disse:
– Senhora? Vou incendiar completamente esse lugar. Por você e por mim. Pode ficar certa disso.

Nora assentiu, ainda inconsolável.

Bruno se virou e voltou para o matadouro com a espada na mão.
– Agora vão... todos vocês! – gritou ele para os humanos de macacão, afugentando-os. – Preciso de cada minuto que tiver.

Eph ofereceu a mão a Nora, mas Vasiliy já voltara para ela, que partiu debaixo do braço dele, passando por Eph. Depois de um momento, ele seguiu os dois por cima da cerca de arame farpado derrubada.

Bruno, cheio de raiva e dor, sentia os vermes se movendo dentro dele. O inimigo estava dentro de seu sistema circulatório, espalhando-se por seus órgãos e se contorcendo no interior do seu cérebro. Ele trabalhou depressa, transportando as lâmpadas UV da horta da granja para a fábrica de sangue, instalando-as dentro das portas para retardar a entrada dos vampiros. Depois começou a cortar os tubos e desmantelar o dispositivo de coleta de sangue, como se estivesse rompendo suas próprias artérias infectadas. Golpeou e cortou as embalagens refrigeradas de sangue, deixando o chão e suas próprias roupas manchadas de escarlate. O sangue derramou por toda parte, ensopando-o, mas não antes que ele tivesse certeza de que danificara a última das unidades. Em seguida destruiu o equipamento propriamente dito, as câmaras de vácuo e as bombas.

Os vampiros que tentavam entrar eram carbonizados pela luz ultravioleta. Bruno arrancou as carcaças e as peles humanas, mas não sabia o que mais fazer com aquilo. Queria ter gasolina e uma labareda. Deu a partida na maquinaria e depois arrebentou a fiação, na esperança de provocar um curto-circuito no sistema elétrico.

Quando o primeiro policial irrompeu, encontrou um Bruno de olhos selvagens, encharcado de vermelho, destruindo o lugar. Sem qualquer aviso, o homem disparou contra Bruno. Dois tiros quebraram a omoplata do mexicano e estilhaçaram seu ombro esquerdo.

Ele ouviu mais policiais entrando, e então subiu pela escada de mão ao longo das prateleiras de armazenagem, indo para o ponto mais alto do prédio. Lá, ficou pendurado com apenas uma das mãos sobre os policiais e os vampiros, enlouquecidos tanto pela destruição que Bruno fizera como pelo sangue que encharcava o corpo dele, pingando no chão. Os vampiros subiram rapidamente pela escada, indo na direção dele. Bruno arqueou o pescoço por sobre as famintas criaturas lá embaixo, pressionando a espada contra a sua própria garganta, e – *Vão se foder!* – desperdiçou o último vaso de sangue humano restante no prédio.

Nova Jersey

O Mestre estava deitado, imóvel, dentro do caixão cheio de argila, fabricado artesanalmente muito tempo antes pelo infiel Abraham Setrakian, e colocado no compartimento de carga de uma van toda pintada de preto. O veículo era parte de um comboio de quatro, que cruzava Nova Jersey de volta a Manhattan.

Os muitos olhos do Mestre tinham avistado o traçado brilhante da espaçonave em chamas, cruzando o céu escuro e rasgando a noite como a própria unha do dedo de Deus. Depois houvera a coluna de luz e o infeliz, mas não surpreendente, retorno do Nascido...

Aquela brilhante aparição no céu coincidira exatamente com a crise de Ephraim Goodweather. O raio flamejante poupara-lhe a vida. O Mestre sabia que não havia coincidências, apenas presságios.

O que aquilo significava? O que o incidente prenunciava? O que, em Goodweather, fizera as forças da natureza virem em seu socorro?

Era um desafio. Um desafio verdadeiro e direto que o Mestre recebia de braços abertos. Pois quanto maior o inimigo, maior a vitória.

Ver o cometa artificial ardendo sobre os céus de Nova York só confirmava a intuição do Mestre de que o sítio de sua origem, ainda desconhecido, ficava dentro daquela região geográfica.

Esse conhecimento engajava o Mestre. De certo modo, ecoava o cometa que anunciara o nascimento de outro deus andando sobre a terra dois mil anos antes.

A noite estava prestes a cair, e os vampiros prontos para se levantarem. O rei deles se projetou, aprontando-os para a batalha, mobilizando-os com a sua mente.

Até o último deles.

JACÓ E O ANJO

Capela de São Paulo, Universidade de Colúmbia

A CHUVA ÁCIDA CONTINUARA a cair abundante e constantemente, manchando tudo, conspurcando a cidade.

No alto da abobadada estrutura exterior da capela de São Paulo, Quinlan viu a coluna da luz do dia começar a se fechar e um relâmpago brilhar dentro das nuvens escuras. Já se podiam ouvir as sirenes. Os carros de polícia eram vistos rumando para o campo. A polícia humana logo chegaria lá. Mas Quinlan ainda tinha esperança de que Vasiliy e os outros pudessem escapulir logo.

Ele encontrou o pequeno nicho de manutenção na base da abóbada e ali pegou o livro: o *Lumen*. Foi rastejando nicho adentro e encontrou refúgio numa alcova estrutural, longe da chuva e da incipiente luz do dia. Era um lugar apertado debaixo da estrutura do telhado de granito, onde Quinlan cabia bem. Num notebook ele já lançara observações e anotara algumas pistas. Sentindo-se seguro e seco ali dentro, colocou cuidadosamente o livro no chão.

E começou a ler novamente.

INTERLÚDIO III

OCCIDO LUMEN:
SADUM E AMURAH

O Anjo da Morte cantava com a voz de Deus, enquanto as cidades eram destruídas numa chuva de enxofre e fogo. A face de Deus foi revelada e Sua luz queimou tudo num relâmpago.

Entretanto, a requintada violência da imolação nada significava para Ozryel... não mais. Ele ansiava por mais destruição pessoal. Desejava muito violar a ordem e, fazendo isso, conseguir dominá-la.

Enquanto a família de Lot fugia, sua esposa se virou e olhou para a face de Deus, sempre mutante, impossivelmente radiante. Mais brilhante do que o sol, aquilo queimou tudo em torno da mulher, transformando-a num pilar de cinzas brancas e cristalinas.

A explosão transformou a areia em vidro puro num raio de oito quilômetros do vale. Recebendo ordem de retornar ao éter, os arcanjos foram caminhando sobre esse vidro, com a missão cumprida. Seu tempo como homens na Terra chegava ao fim.

Ozryel sentiu a quente lisura do vidro debaixo dos pés, o sol no rosto, e um impulso maligno assomar em seu íntimo. Com a mais esfarrapada das desculpas, ele atraiu Miguel para longe de Gabriel, e o levou a um penhasco rochoso. Lá, convenceu Miguel a abrir suas asas de prata e sentir o calor do sol sobre elas. Assim excitado, Ozryel não conseguiu controlar mais seus impulsos e caiu sobre o irmão com violência inaudita, abrindo a garganta do arcanjo e bebendo seu luminoso sangue prateado.

A sensação era inacreditável. Perversão transcendente. Gabriel o surpreendeu no meio de um êxtase violento. As asas brilhantes de Ozryel estavam completamente abertas, e o arcanjo ficou estarrecido. A ordem era retornar imediatamente, mas Ozryel, ainda possuído de luxúria alucinada, recusou, tentando afastar Gabriel de Deus.

Podemos ser Ele, aqui na Terra. Vamos nos tornar deuses e caminhar entre esses homens, fazendo com que nos adorem. Você não sentiu o gosto do poder? Ele não o domina?

Mas Gabriel resistiu e convocou Rafael, que chegou em forma humana sobre uma flecha de luz. O raio paralisou Ozryel, fixando-o à Terra que ele tanto amava. Ficou preso entre dois rios. Os mesmos rios que alimentavam os canais de Sadum. A vingança de Deus foi rápida: os arcanjos receberam ordens de despedaçar seu irmão e espalhar os membros dele pelo mundo material.

Ozryel foi retalhado em sete pedaços, suas pernas, braços e asas foram atirados nos cantos distantes da Terra, e enterrados profundamente, até restarem apenas a cabeça e a garganta. Como a mente e a boca de Ozryel eram as coisas mais ofensivas para Deus, esse sétimo pedaço foi jogado no oceano, afundando muitas léguas. Enterrado no mais escuro lodo e na mais negra areia do fundo do mar. Ninguém poderia jamais tocar aqueles restos mortais. Ninguém poderia removê-los. Lá ficariam até o Dia do Julgamento, no fim dos dias, quando toda a vida na Terra compareceria perante o Criador.

Mas, ao longo dos tempos, filamentos de sangue escaparam dos pedaços enterrados e deram nascimento a novos seres. Os Antigos. A prata, a substância mais parecida com o sangue que haviam bebido, teria para sempre um efeito maléfico sobre eles. O sol, a coisa mais próxima de Deus na Terra, sempre os afetaria e calcinaria; tal como aquilo que lhes dera origem, eles permaneceriam presos entre massas de água corrente, e nunca poderiam atravessá-las sem ajuda.

Jamais conheceriam o amor, e só poderiam procriar tirando a vida de outros. Nunca dando vida. E, se a pestilência de seu sangue se espalhasse sem controle, seu fim viria da fome de sua própria espécie.

Universidade de Colúmbia

Quinlan viu diferentes hieróglifos e coordenadas que assinalavam a localização dos locais do enterramento.

Os sítios de origem.

O Nascido tomou nota de todos apressadamente. Correspondiam perfeitamente aos locais que ele visitara, reunindo o pó dos restos mortais dos Antigos. A maior parte tinha uma usina nuclear construída por cima e fora sabotada pelo Grupo Stoneheart. É claro que o Mestre preparara aquele golpe cuidadosamente.

Mas o sétimo sítio, o mais importante de todos, aparecia como um ponto escuro na página. Uma forma negativa na parte noroeste do oceano Atlântico. Ali havia duas palavras em latim: *Oscura. Aeterna.*

Outra forma estranha era visível na marca-d'água.

Uma estrela cadente.

O Mestre enviara helicópteros. Eles os tinham visto pelas janelas dos carros, na lenta viagem de volta a Manhattan. Cruzaram o rio Harlem a partir de Marble Hill, evitando as vias expressas, abandonando os veículos perto do Túmulo de Grant e depois caminhando sob a chuva constante da noite como cidadãos comuns, penetrando no campus abandonado da Universidade de Colúmbia.

Enquanto os outros desciam para se reagruparem, Gus cruzou a Low Plaza na direção do Buell Hall e subiu pelo pequeno elevador de serviço até o telhado. Ele mantinha seus pombos-correios num pombal ali.

O "Expresso Jersey" estava de volta, agachado debaixo do poleiro que Gus construíra.

– Você é um bom garoto, Harry – disse Gus, enquanto desenrolava a mensagem rabiscada em tinta vermelha numa tira de página de caderno. Ele reconheceu imediatamente a caligrafia de Creem, toda em letra de forma, bem como o hábito de seu antigo rival de cruzar os Øs como se fossem zeros.

ØI, MEX.
TÁ RUIM AQUI... SEMPRE FAMINTØ. TALVEZ CØZINHE Ø PØMBØ NA VØLTA DELE.
RECEBI TUA MENSAGEM SØBRE DETØNADØR. TIVE UMA IDEIA PATU.
FALA TUA LØCALIZAÇÃØ E PREPARA UM PØUCØ DE CØMIDA, CACETE. Ø CREEM VAI ATÉ A CIDADE. MARCA UM ENCØNTRØ.

Gus engoliu o bilhete e encontrou o lápis de carpinteiro que guardava com a ração de milho e uns retalhos de papel. Escreveu de volta a Creem, concordando com o encontro, dando um endereço na superfície na margem do campus. Ele não gostava de Creem e não confiava nele, mas o gordo colombiano controlava o mercado negro em Nova Jersey e talvez conseguisse alguma coisa para eles.

Nora estava exausta, mas não conseguia descansar. Passava horas chorando. Estremecia e uivava, com o abdome doendo devido à intensa crise de soluços.

E quando finalmente silenciava, ela continuava passando a mão sobre a cabeça raspada, onde o couro cabeludo pinicava. De certo modo, pensava ela, sua antiga vida, seu antigo eu, que nascera naquela noite na cozinha, parido por lágrimas, já desaparecera. Nascido de lágrimas, morto por lágrimas.

Ela se sentia inquieta, vazia, sozinha... e, contudo, renovada. O pesadelo da existência atual empalidecia comparado à prisão no campo.

Vasiliy vivia sentado ao lado dela, escutando com atenção. Joaquin sentava-se perto da porta, recostado na parede, descansando um joelho machucado. Eph se encostara na parede mais distante, com os braços cruzados, vendo Nora tentar dar sentido ao que vira.

Ela já achava que Eph suspeitava de seus sentimentos por Vasiliy; isso era claro pela postura e localização dele na sala, afastado deles. Ninguém falara do assunto ainda, mas a verdade pairava por sobre o ambiente como uma nuvem de tempestade.

Toda essa energia e as emoções sobrepostas umas às outras faziam com que Nora falasse rápido. Ela ainda estava muito abalada com as prisioneiras do campo na zona de nascimentos. Mais ainda do que por causa da morte da mãe.

– Eles estão cruzando as mulheres lá. Tentando produzir filhos com sangue B positivo. Dando como recompensa alimentos e conforto. E elas... *parecem ter se ajustado ao esquema*. Não sei por que essa parte da coisa me persegue tanto. Talvez eu esteja sendo dura demais com elas. Talvez o instinto de sobrevivência não seja essa coisa puramente nobre que imaginamos. Talvez seja mais complicado do que isso. Às vezes sobreviver significa fazer um acordo. Um *grande* acordo. A rebelião já é bastante difícil quando você só está lutando por si mesma. Mas quando você tem uma outra vida crescendo na sua barriga... ou até mesmo um filho pequeno...

Ela olhou para Eph e arrematou:

– Eu compreendo a coisa melhor agora, é isso que estou tentando dizer. Sei que você está arrasado.

Eph balançou a cabeça uma vez, aceitando a desculpa dela.

– Por falar nisso, eu queria que você tivesse me encontrado no necrotério, conforme combinado – disse Nora. – Minha mãe poderia estar aqui hoje.

– Eu me atrasei – disse Eph. – Admito isso. Fiquei preso...

– Na casa de sua ex-esposa. Não negue isso.

– Eu não ia negar.

– Mas?

– Mas vocês serem descobertas lá não foi culpa minha.
Nora virou-se para ele, surpreendida pelo desafio.
– Por que você acha isso?
– Eu deveria estar lá. As coisas teriam sido diferentes se eu tivesse chegado a tempo. Mas não fui eu que levou os *strigoi* até você.
– Não? Quem foi?
– Você mesma.
– Eu? – Nora não conseguia acreditar no que estava ouvindo.
– Uso do computador. A internet. Você usou a rede para passar mensagens para o Vasiliy.
Pronto. A coisa saíra. Nora retesou o corpo a princípio, com uma onda de culpa, mas logo descartou-a.
– Tem certeza?
Vasiliy levantou seu um metro e noventa para defender Nora.
– Você não devia falar com ela assim.
Eph não recuou.
– Ah, não devia? Eu frequentei aquele prédio por meses quase sem problemas. Eles estão monitorando a rede. Você sabe disso.
– Então foi culpa minha. – Nora enfiou a mão sob a de Vasiliy. – Meu castigo foi justo... na sua opinião.
Vasiliy estremeceu ao contato da mão dela. E, quando os dedos dela envolveram seus dedos grossos, ele sentiu que podia chorar. Eph viu o gesto, que seria pequeno sob quaisquer outras circunstâncias, como uma eloquente expressão pública do fim do relacionamento entre ele e Nora.
– Bobagem – disse Eph. – Não foi isso que eu quis dizer.
– É isso que está dando a entender.
– O que eu estou querendo dizer...
– Sabe de uma coisa, Eph? Isso é bem coisa sua – disse Nora. Vasiliy apertou a mão dela para detê-la, mas ela não ligou. – Você sempre aparece logo depois do fato. E com "aparece" eu quero dizer "saca o troço". Você só percebeu o quanto amava Kelly... *depois* do rompimento. Só compreendeu quão importante era ser um pai dedicado ao filho... *depois* que não estava mais morando com Zack. Tá legal? E agora... eu acho que talvez esteja começando a perceber o quanto precisava de mim. Porque não me tem mais.

Nora ficou chocada ao se ouvir dizendo aquilo em voz alta, diante dos outros... mas era isso mesmo.

– Você está sempre um pouco atrasado. Passou metade da sua vida lutando contra arrependimentos. Tentando consertar o passado, em vez de viver o presente. Acho que a pior coisa que aconteceu com você foi todo esse seu sucesso precoce. A etiqueta do "jovem gênio". Você acha que, se der bastante duro, pode consertar as coisas preciosas que quebrou, em vez de ser cuidadoso com elas, em primeiro lugar.

Nora passou a falar mais devagar, sentindo que Vasiliy queria desacelerá-la, mas as lágrimas já escorriam enquanto sua voz era rouca e cheia de dor:

– Se há alguma coisa que você deveria ter aprendido desde que essa coisa terrível aconteceu, é que nada é garantido. Nada. Especialmente outros seres humanos...

Eph permaneceu imóvel do outro lado da sala. Na realidade, grudado ao chão. Tão imóvel que Nora não tinha certeza se suas palavras o haviam alcançado. Até que, depois de um período apropriado de silêncio, quando o que Nora dissera parecia ser a palavra final, ele desencostou da parede e vagarosamente saiu porta afora.

Eph saiu andando pelo antigo sistema de corredores, sentindo-se anestesiado. Seus pés não produziam impacto no chão.

Dois impulsos o dividiam naquele assunto. Primeiro ele queria lembrar a Nora quantas vezes a mãe dela fizera com que eles por pouco fossem capturados ou transformados. O quanto a demência da sra. Martinez os atrasara nos últimos meses. Evidentemente, agora já não importava mais que Nora tivesse, numerosas vezes, diretamente expressado seu desejo de que a mãe enfim partisse. Não. Tudo que dera errado fora por culpa de Eph.

Segundo, ele se espantara ao ver quão íntimos Vasiliy e Nora já estavam. Claramente, o sequestro e o resgate final dela os haviam unido mais. Tinham reforçado seu novo relacionamento. Isso agoniava Eph, porque ele vira a salvação de Nora como uma espécie de ensaio para a salvação de Zack, mas a coisa só fizera expor seu mais profundo medo:

que ele poderia salvar Zack, e mesmo assim encontrá-lo mudado para sempre. Perdido para Eph... para sempre.

Parte dele dizia que já era tarde demais. Essa parte era a depressiva, a parte que ele tentava afastar constantemente. A parte que ele medicava com pílulas. Eph remexeu na mochila às suas costas e abriu o zíper do pequeno compartimento destinado a chaves e moedas. Seu último Vicodin. Ele colocou a pílula na língua e manteve-a ali enquanto caminhava, esperando produzir bastante saliva para engoli-la.

Eph invocou a imagem do vídeo do Mestre supervisionando sua legião no Central Park, parado no alto do Castelo Belvedere, com Kelly e Zack a seu lado. Aquela imagem esverdeada o perseguia incessantemente enquanto ele continuava andando, apenas meio consciente do rumo que tomara.

Eu sabia que você voltaria.

A voz e as palavras de Kelly foram como uma injeção de adrenalina, direto no coração de Eph. Ele dobrou uma esquina, entrando num corredor que lhe pareceu familiar, e encontrou uma porta, de madeira pesada e dobradiças de ferro, destrancada.

Asilada no centro de uma jaula no canto do aposento, estava a vampira que já fora a mãe de Gus. O amassado capacete de motociclista balançou ligeiramente ao perceber a entrada de Eph. Os braços dela continuavam amarrados às costas.

Eph aproximou-se da porta da jaula. Havia cerca de um palmo de espaço entre cada barra de ferro. Cabos para prender bicicletas, de aço retorcido e recobertos de vinil, prendiam a porta no alto, embaixo e através do velho cadeado no meio.

Eph esperou pela voz de Kelly. A criatura ficou imóvel, mantendo o capacete firme; talvez estivesse esperando a refeição diária de sangue. Eph queria ouvi-la, mas foi ficando frustrado e recuou, olhando a sala em torno.

Na parede dos fundos, pendurada num prego enferrujado, havia uma pequena argola contendo uma única chave, de prata.

Eph pegou a chave, trazendo-a até a porta da cela. Nenhum movimento foi feito pela criatura. Ele introduziu a chave no cadeado mais alto, que se abriu. Depois o cadeado de baixo, e por fim o do meio. Ainda não havia indício de consciência por parte da vampira que fora a mãe de Gus. Eph desenrolou os cabos das barras de ferro e vagarosamente puxou a porta, abrindo-a.

A porta raspou no caixilho, mas as dobradiças estavam lubrificadas. Eph abriu a porta completamente e ficou parado na entrada.

A vampira não se moveu do lugar ocupado no centro da cela.

Você nunca pode descer / nunca pode descer...

Eph desembainhou a espada e entrou no recinto. Já mais perto, viu seu reflexo baço no visor escuro do capacete, com a espada abaixada a seu lado.

O silêncio da criatura o fez aproximar-se do seu próprio reflexo.

Ele esperou, sentindo um leve zumbido vampiresco na cabeça.

Aquela coisa o esquadrinhava.

Você perdeu outra. Agora não tem ninguém. Ninguém além de mim.

Eph viu seu rosto, sem expressão, refletido no visor, e disse:

– Eu sei quem você é.

Quem sou eu?

– Você tem a voz de Kelly. Mas essas palavras são do Mestre.

Você veio até mim. Você veio para ouvir.

– Não sei por que eu vim.

Veio para ouvir a voz de sua esposa de novo. Isso é tão narcótico quanto as pílulas que você toma. Você realmente precisa disso. Realmente sente falta. Não é verdade?

Eph não perguntou como o Mestre sabia disso. Ele só sabia que tinha de manter a guarda todo o tempo, até mentalmente.

Você quer ir para casa. Voltar para casa.

– Casa? Quer dizer, para você? Para a voz desencarnada de minha ex-esposa? Nunca.

Agora é hora de ouvir. Não é hora de ficar obstinado. É hora de abrir a sua mente.

Eph ficou calado.

Eu posso lhe devolver seu garoto. E posso lhe devolver sua esposa. Você pode liberá-la. Para começar uma vida nova, com Zack a seu lado.

Eph prendeu a respiração na boca, antes de expirar, na esperança de diminuir seus batimentos cardíacos. O Mestre sabia que ele estava desesperado pela libertação e pelo retorno de Zack, mas era importante Eph não *parecer* desesperado.

Ele não foi transformado, e permanecerá assim, um ser inferior, como você deseja.

E, então, da boca de Eph saíram as palavras que ele nunca pensara pronunciar:

– O que você deseja em troca?

O livro. O Lumen. E seus parceiros. Incluindo o Nascido.

– Quem?

Quinlan. Acho que é assim que ele é chamado por vocês.

Eph franziu o cenho para seu reflexo no visor do capacete.

– Não posso fazer isso.

É claro que pode.

– Não *quero* fazer isso.

É claro que você fará.

Eph fechou os olhos e tentou clarear a mente, reabrindo-os um momento depois.

– E se eu recusar?

Eu procederei como planejado. A transformação do seu garoto acontecerá imediatamente.

– Transformação? – Eph estremeceu, nauseado, mas lutou para não deixar suas emoções aparecerem. – O que isso significa?

Submeta-se enquanto você ainda tem algo para barganhar. Entregue-se a mim no lugar de seu filho. Pegue o livro e traga-o para mim. Eu pegarei a informação contida no livro... e a informação contida na sua mente. Eu saberei tudo. Você pode até devolver o livro. Ninguém saberá.

– Você me daria o Zack?

Eu lhe darei a liberdade. A liberdade de ser um humano fraco, como o pai dele.

Eph tentou resistir. Ele sabia muito bem que não devia se deixar atrair para aquele tipo de conversa, e ser convencido a fazer uma troca com o monstro. O Mestre continuava a esquadrinhar a mente dele, procurando um meio de penetrar.

– Sua palavra não tem valor.

Você tem razão em dizer que eu não tenho código moral. Nada me obriga a cumprir minha parte no acordo. Mas você deve considerar o fato de que eu mantenho minha palavra mais vezes do que a descumpro.

Eph olhou para seu próprio reflexo e lutou, apoiado no seu próprio código moral. Contudo... ele estava realmente tentado. Uma troca direta, com sua alma pela de Zack, era coisa que ele faria em um minuto. A ideia de Zack cair presa daquele monstro, ou como vampiro ou como um acólito, era algo abominável. Eph concordaria com praticamente qualquer coisa.

Mas o preço era muito maior do que sua própria alma conspurcada. Significava a alma dos outros também. E o destino, mais ou menos, de toda a raça humana, pois a capitulação de Eph daria ao Mestre o comando final e duradouro do planeta.

Ele poderia trocar Zack por tudo? Sua decisão seria a certa? Uma decisão que ele, depois, não reveria com o maior dos arrependimentos?

– Mesmo que eu levasse isso em consideração, há um problema – disse Eph, falando tanto para sua própria imagem refletida quanto para o Mestre. – Eu não conheço a localização do livro.

Você vê? Eles estão escondendo o livro de você. Não confiam em você.

Eph viu que o Mestre tinha razão.

– Eu sei disso. Não confiam mais em mim.

Porque seria mais seguro para você saber onde o livro está, como um mecanismo de segurança.

– Há uma transcrição, com algumas observações que eu vi. São boas. Posso dar a você uma cópia.

Sim. Muito bom. E eu lhe entrego uma cópia do seu garoto. Você gostaria disso? Quero ter a posse do original. Não há substituto. Você deve descobrir a localização do livro com o exterminador.

Eph conseguiu conter seu temor ao ver que o Mestre sabia sobre Vasiliy. Essa informação fora obtida esquadrinhando a mente dele? O Mestre estava saqueando o conhecimento de Eph enquanto os dois falavam?

Não. Setrakian. O Mestre só podia tê-lo transformado antes que ele se destruísse. Captara todo o conhecimento de Setrakian, assim como agora queria fazer com o de Eph: possessão completa.

Você provou ser uma pessoa extremamente habilidosa, Goodweather. Tenho confiança de que achará o Lumen.

— Ainda não concordei com nada.

Ainda não? Eu posso lhe dizer agora que você contará com alguma ajuda nesse empreendimento. Um aliado. Alguém no seu círculo mais íntimo. Não fisicamente transformado, não. Apenas um simpatizante. Um traidor.

Eph não conseguia acreditar naquilo.

— Agora eu sei que você está mentindo.

Sabe? Então diga o seguinte: como eu tiraria vantagem dessa mentira?

— Semeando o descontentamento.

Já há bastante disso.

Eph pensou sobre o caso. Parecia verdade: ele não conseguia ver vantagem alguma na mentira do Mestre.

Há um dentre vocês que trairá todos.

Um vira-casaca? Mais um dentre eles fora cooptado? E então Eph percebeu que, expressando-se dessa maneira, já estava contando a si próprio como também cooptado.

— Quem?

Essa pessoa se apresentará a você no devido tempo.

Se algum outro assumira um compromisso e preferira fazer um acordo com o Mestre sem ele, então Eph poderia perder a última e melhor chance de salvar seu filho.

Ele sentiu-se vacilando. Havia uma enorme pressão na sua mente. Lutando para manter o Mestre fora dela e lutando para manter suas dúvidas dentro dela.

— Eu... precisaria de um pouco de tempo com Zack, antes. Tempo para explicar minhas ações. Para justificar o que vou fazer, e saber se ele está bem, contar a ele...

Não.

Eph esperou por mais.

— Como assim, não? A resposta é sim. Faça disso parte do acordo.

Isso não faz parte de acordo algum.

— Não faz parte...? — Eph viu o desânimo no reflexo de seu rosto no visor. — Você não compreende. Eu até posso ponderar sobre o que você propôs aqui. Mas não há meio no inferno de eu aceitar isso sem que você me garanta a oportunidade de ver meu filho e saber se ele está bem.

E o que você não compreende é que eu não tenho paciência nem simpatia por suas supérfluas emoções humanas.

– Não tem paciência? – Eph direcionou a ponta da espada de prata para o visor do capacete numa atitude de raivosa descrença. – Esqueceu que eu tenho algo que você quer? Algo de que você, aparentemente, precisa desesperadamente?

Você esqueceu que eu tenho seu filho?

Eph recuou como que empurrado.

– Não acredito no que estou ouvindo. Olhe... isso é simples. Estou quase dizendo sim. Só estou pedindo dez minutos...

Eph balançou a cabeça.

– Não. Cinco minutos...

Você esquece seu lugar, humano. Eu não tenho respeito por suas necessidades emocionais e não farei delas parte dos termos do acordo. Você se entregará a mim, Goodweather. E agradecerá pelo privilégio. E toda vez que eu olhar para você pelo resto da eternidade aqui neste planeta, encararei sua capitulação como representativa do caráter de toda a sua raça de animais civilizados.

Eph sorriu, com a boca retorcida feito uma estranha fenda no rosto, estarrecido pela insensibilidade daquela criatura abjeta. Isso o fez lembrar-se contra o que ele lutava, e contra o que todos eles lutavam, naquele novo mundo cruel e implacável. Era espantoso como o Mestre era surdo quando se tratava de seres humanos.

Na verdade, era essa falta de compreensão, essa extrema incapacidade de sentir solidariedade, que fizera com que o Mestre os subestimasse repetidamente. Um humano desesperado é um humano perigoso, e isso era uma verdade que o Mestre não conseguia apreender.

– Você gostaria de ter minha resposta? – perguntou Eph.

Já tenho sua resposta, Goodweather. Tudo que exijo é a sua capitulação.

– Aqui está a minha resposta.

Ele recuou e brandiu a espada contra a vampira parada ali à frente. A lâmina de prata cortou o pescoço, levantando a cabeça com o capacete dos ombros, e livrando Eph de ver seu reflexo como traidor.

Enquanto o corpo desabava, espirrou uma quantidade mínima de sangue, e o cáustico líquido branco formou uma poça no piso antigo. O capacete saltou e bateu com estrondo no canto, rolando várias vezes, antes de parar emborcado.

Eph não golpeara o Mestre tanto quanto a sua própria vergonha, e sua angústia com aquela situação, onde não havia vitória possível. Ele matara a boca da tentação, em lugar de atingir a tentação propriamente dita, num ato que sabia ser totalmente simbólico.

A tentação continuava.

Ouviram-se passos no corredor, e Eph se afastou do corpo decapitado, imediatamente reconhecendo a consequência de suas ações.

Vasiliy foi o primeiro a entrar. Nora veio em seguida, parando de repente.

– Eph! O que você fez?

No isolamento, seu ataque impetuoso parecera justo. Agora as consequências se amontoavam velozmente sobre ele, com novos passos ecoando no corredor: Gus.

A princípio ele não viu Eph, concentrado no interior da cela onde mantinha a mãe vampira. Então soltou um rugido e empurrou os outros dois, vendo o corpo decapitado caído no chão, com as mãos ainda atadas às costas, e o capacete no canto.

Gus deixou escapar um grito. Tirou uma faca da mochila e correu para Eph mais depressa do que Vasiliy pôde reagir. Eph levantou sua própria espada no último momento e aparou o golpe de Gus, enquanto um borrão escuro preenchia o espaço entre eles.

Uma mão extremamente branca agarrou a gola de Gus, mantendo-o afastado. Outra mão foi lançada contra o peito de Eph, enquanto o ser encapuzado separava os dois com força poderosa.

Quinlan. Vestido com seu traje encapuzado, irradiando o calor vampiresco.

Gus praguejou e deu pontapés, tentando se livrar, com as botas a alguns centímetros do chão. Lágrimas de raiva brotavam livremente de seus olhos.

– Quinlan, preciso acabar com esse porra!

Devagar.

A voz profunda de barítono de Quinlan invadiu a cabeça de Eph.

– Quer me *soltar*? – Gus brandiu a faca, mas o gesto era pouco mais que um blefe. Por mais furioso que estivesse, ele ainda tinha presença de espírito para respeitar Quinlan.

Sua mãe foi destruída. Isso acabou. E foi melhor assim. Ela já se fora há muito tempo e o que restava dela... não fazia bem a você aqui.

– Mas a decisão era minha! O que eu faria ou não faria... era escolha minha!

Acertem suas contas como quiserem. Mas... mais tarde. Depois da batalha final.

Quinlan virou para Gus seus penetrantes olhos vermelhos, que brilhavam feito brasas dentro da sombra escura do capuz de algodão. Um vermelho majestoso, mais intenso do que o tom de qualquer objeto natural que Gus já vira, mesmo o sangue humano mais fresco. Mais vermelho do que a mais vermelha folha de outono, e mais brilhante e profundo do que qualquer plumagem de ave.

E contudo, enquanto Quinlan levantava um homem do chão com apenas uma das mãos, aqueles olhos estavam em repouso. Gus não gostaria de vê-los cheios de raiva. Pelo menos naquele momento, ele reprimiu seu impulso para atacar.

Podemos vencer o Mestre. Mas temos pouco tempo. Precisamos fazer isso... juntos.

Gus apontou para Eph atrás de Quinlan.

– Esse viciado não nos merece. Ele deixou que a médica fosse capturada, fez com que eu perdesse um dos meus homens, representa um perigo da porra e... pior ainda... é uma maldição. Esse merda atrai azar. O Mestre tem o filho dele e adotou o garoto, que vive numa coleira como a porra de um bicho de estimação.

Foi a vez de Eph se lançar sobre Gus. A mão de Quinlan rapidamente foi contra o peito de Eph com a força restritiva de um poste de aço.

– Então conte aí – disse Gus, sem dar folga. – Conte o que aquele filho da puta estava sussurrando para você aqui, agora há pouco. Você e o Mestre tiveram um papo particular? Acho que o restante de nós tem o direito de saber.

A mão de Quinlan se elevava e baixava com a respiração profunda de Eph, que fixou o olhar em Gus, sentindo-se alvo dos olhares de Nora e Vasiliy.

– E então? – disse Gus. – Vamos ouvir!

– Era a Kelly – disse Eph. – A voz dela. Debochando de mim.

Gus fez uma cara de desprezo, cuspindo no rosto de Eph.

– Seu merda de cabeça fraca!

De novo começou o empurra-empurra. Vasiliy e Quinlan precisaram evitar que os dois homens se engalfinhassem.

– Ele está tão desesperado para reviver o passado que vem aqui para ser esculachado. Você tem uma merda de uma família desestruturada – disse Gus. Para Quinlan, continuou: – Vou lhe dizer, ele não contribui em nada. Quero matar esse porra. Preciso me livrar desse peso morto.

Como eu já disse, vocês podem ajustar as contas como quiserem. Mas só depois.

Ficou patente para todos, até mesmo para Eph, que Quinlan o estava protegendo por alguma razão. Que ele tratava Eph diferentemente do modo como teria tratado os outros, o que significava que havia algo diferente em Eph.

Preciso da sua ajuda para juntar uma peça final. Todos nós. Juntos. Agora.

Quinlan soltou Gus, que avançou contra Eph uma última vez, mas com a faca para baixo.

– Não me sobrou nada – disse ele, aproximando-se do rosto de Eph como um cachorro rosnando. – Nada. Eu vou matar você quando tudo isso terminar.

O Convento dos Cloisters

Os rotores do helicóptero rebatiam onda após onda da penetrante chuva negra. As nuvens escuras haviam despejado uma torrente de precipitação poluída, e, contudo, apesar da escuridão, o piloto da

Stoneheart usava óculos escuros de aviador. Barnes temia que o homem estivesse voando às cegas, e só podia torcer para que mantivessem uma altitude suficiente sobre a linha de arranha-céus de Manhattan.

Barnes se balançava na cabine de passageiros, segurando-se nas faixas do cinto de segurança cruzado sobre os ombros. O helicóptero, escolhido dentre um certo número de modelos na fábrica Sikorsky, em Bridgeport, Connecticut, oscilava tanto lateral quanto verticalmente. A chuva parecia entrar debaixo do rotor, castigando lateralmente as janelas, como se Barnes estivesse a bordo de um pequeno bote num mar encapelado. Em consonância com isso, seu estômago deu um tranco, e o conteúdo começou a subir. Ele tirou o capacete exatamente a tempo de vomitar ali dentro.

O piloto avançou o manche de comando, e eles começaram a descer. Barnes não tinha ideia de onde estava. Os prédios distantes pareciam indistintos através do para-brisa batido pela chuva, e depois através dos topos das árvores. Ele presumia que estivessem aterrissando no Central Park, perto do Castelo Belvedere. Mas então uma rajada de vento hostil fez girar a cauda do helicóptero como um cata-vento de igreja, enquanto o piloto lutava com o manche para recuperar o controle. Barnes via rapidamente o turbulento rio Hudson à sua direita próxima, logo depois das árvores. Ali não podia ser o parque.

Eles pousaram com certa violência, primeiro um patim, depois o outro. Barnes ficou muito satisfeito por ter voltado ao chão firme, mas precisava sair da aeronave e entrar num verdadeiro furacão. Abriu a porta e foi logo golpeado por uma rajada forte de vento úmido. Abaixando a cabeça debaixo dos rotores ainda em movimento e protegendo os olhos, ele viu, no alto de uma colina, outro castelo de Manhattan.

Ele agarrou a gola do sobretudo e atravessou a chuva correndo, subindo os degraus escorregadios. Estava sem fôlego quando chegou à porta. Havia dois vampiros de sentinela ali, indiferentes à chuva causticante, mas semiobscurecidos pelo vapor que emanava de sua carne aquecida. Não o cumprimentaram nem abriram a porta para ele.

O letreiro dizia "Convento dos Cloisters", e Barnes reconheceu o nome de um museu perto da extremidade norte de Manhattan, administrado pelo Metropolitan Museum of Art. Puxou a porta e entrou, esperando que ela se fechasse, enquanto escutava se havia algum movimento. Se havia, estava coberto pelo barulho da chuva.

O Cloisters fora construído a partir dos restos de cinco abadias medievais francesas e uma capela romanesca. Era uma antiga peça da França meridional transportada para a era moderna, a qual, por sua vez, parecia agora com a Idade das Trevas. Barnes exclamou:

– Olá?

Mas nada ouviu em resposta.

Ele foi perambulando pelo salão principal, ainda sem fôlego, com os sapatos encharcados e a garganta ardendo. Olhou para o jardim lá fora: aquilo fora plantado para representar a horticultura dos tempos medievais, mas agora, devido à negligência e ao opressivo clima vampiresco, decaíra e virara um pântano lamacento. Ele continuou avançando, virando-se para trás duas vezes ao ouvir o som da água que escorria de sua própria roupa; aparentemente, porém, estava sozinho dentro das paredes do monastério.

Ele passou por tapeçarias penduradas nas paredes, janelas com vitrais implorando pela luz do sol e afrescos medievais. Continuou pelas doze Estações da Cruz, talhadas em pedra antiga, parando rapidamente na estranha cena da crucificação: Cristo, pregado na cruz central, flanqueado pelos dois ladrões, com braços e pernas quebrados, amarrados a cruzes menores. A inscrição em baixo-relevo dizia: PER SIGNU SANCTECRUCIS DEINIMICIS NOSTRIS LIBERA NOS DEUS NOSTER. O latim rudimentar de Barnes traduziu aquilo como: "Pelo sinal da Santa Cruz, dos nossos inimigos livrai-nos, nosso Deus."

Fazia muitos anos que ele abandonara a religião em que fora criado, mas havia algo naquela inscrição entalhada que resgatava uma autenticidade que ele acreditava estar faltando na religião organizada. As peças devocionais eram remanescentes de uma época em que a religião era vida e arte.

Ele foi até uma vitrina arrebentada. Dentro havia dois livros com iluminuras: páginas de pergaminho amarrotadas, borda dourada descascada, trabalhos artísticos feitos a mão, cheios de detalhes, que enchiam as bordas luxuosas, manchados de impressões digitais sujas. Ele observou uma mancha oval de tamanho desmesurado que só podia ter sido deixada pelo grande dedo médio, à semelhança de garra, de um vampiro. Eles não precisavam de qualquer coisa produzida por um humano, nem apreciavam isso.

Barnes passou por portas duplas abertas debaixo de um gigantesco arco em estilo romanesco, entrando numa grande capela, com um imenso teto abobadado e paredes pesadamente reforçadas. Um afresco dominava a abside por sobre o altar, na extremidade norte da câmara: a Virgem e seu Filho, juntos, com figuras aladas postadas de cada lado. Escritos acima de suas cabeças havia os nomes dos arcanjos Miguel e Gabriel. Os reis humanos abaixo deles eram apresentados como as menores figuras do conjunto.

Parado diante do altar vazio, Barnes sentiu a mudança de pressão dentro do aposento cavernoso. Um sopro de ar quente aqueceu sua nuca como o suspiro de um grande forno, e ele se virou vagarosamente.

À primeira vista a figura coberta com um manto, parada ali atrás, parecia um monge viajante no tempo, chegando de uma abadia do século XII. Mas apenas à primeira vista. Aquele monge segurava na mão esquerda um cajado comprido, com uma cabeça de lobo no punho, e sua mão tinha a marca registrada dos vampiros: a garra no dedo médio.

O novo rosto do Mestre mal era visível dentro das dobras escuras do capuz do manto. Atrás dele, perto de um dos bancos laterais, havia uma vampira vestida de andrajos. Barnes ficou olhando, reconhecendo-a vagamente, tentando combinar aquele demônio calvo, de olhos vermelhos, com uma mulher mais jovem e atraente, de olhos azuis, que ele conhecera outrora...

— Kelly Goodweather — disse Barnes, tão espantado que pronunciou o nome em voz alta. Ele, que se acreditava imune a qualquer choque naquele novo mundo, sentiu sua respiração parar por um momento. Ela espreitava atrás do Mestre: uma presença esquiva, semelhante a uma pantera.

Seu relatório.

Barnes assentiu rapidamente, pois já esperava aquilo. Ele relatou os detalhes da incursão dos rebeldes exatamente do modo como ensaiara, sem detalhes, visando minimizar o problema.

— Eles atacaram uma hora antes do meio-dia. E tiveram ajuda de alguém que não era humano, e que escapou antes que o sol aparecesse.

O Nascido.

Aquilo surpreendeu Barnes. Ele já ouvira algumas histórias e fora instruído a estruturar os campos com alojamentos segregados para as mulheres grávidas. Mas antes daquele momento jamais tomara ciência de que qualquer ser daquela espécie realmente existia. Sua mente mercenária viu imediatamente que aquilo era bom, pois retirava dele, e de suas medidas de segurança no Campo Liberdade, grande parte da culpa pela invasão.

— Sim, então eles tiveram ajuda para entrar. Uma vez dentro, tomaram de surpresa a guarnição do setor de quarentena. Fizeram grandes estragos nas instalações de coleta de sangue, conforme relatei. Estamos trabalhando duro para retomar a produção, e podemos ter de volta vinte por cento da capacidade anterior dentro de uma semana ou dez dias. Conseguimos pegar um deles, como você sabe. Foi transformado, mas se autodestruiu poucos minutos depois do pôr do sol. Ah, e eu acredito que descobrimos a verdadeira razão do ataque deles.

A dra. Nora Martinez.

Barnes engoliu em seco. O Mestre sabia tanto.

— É, eu descobrira recentemente que ela fora internada no campo.

Recentemente? Percebo... Há quanto tempo?

— Momentos antes da confusão, Mestre. De qualquer maneira, eu tentei ativamente obter dela informações relativas à localização do dr. Goodweather e seus parceiros da resistência. Achei que uma conversa menos formal e mais íntima poderia ter vantagens. Em vez do confronto direto, que acredito apenas lhe daria a oportunidade de provar sua fidelidade aos amigos. Espero que concorde. Infelizmente, foi nessa ocasião que os invasores entraram no campo principal, o alarme soou, e a segurança chegou para me evacuar.

Barnes não conseguia resistir e de vez em quando lançava um olhar para a ex-Kelly Goodweather, parada a certa distância do Mestre, com os braços frouxos pendentes ao lado do corpo. Era tão estranho estar falando do marido de Kelly, e ao mesmo tempo não ver qualquer reação da parte dela.

Você localizou um membro do grupo deles e não me comunicou imediatamente?

– Como eu disse, mal tive tempo de reagir e... eu... fiquei muito surpreendido, você compreende... fui pego de surpresa. Achei que talvez conseguisse mais usando uma abordagem pessoal... ela trabalhava para mim, percebe? Eu esperava que talvez pudesse usar meu relacionamento pessoal com ela para obter alguma informação útil antes de entregá-la a você.

Barnes manteve um sorriso, e até mesmo a falsa confiança atrás do sorriso, enquanto sentia a presença do Mestre dentro de sua mente, como um ladrão revirando um sótão. Barnes tinha certeza de que a prevaricação humana era uma preocupação bem abaixo do lorde dos vampiros.

A cabeça dentro do capuz levantou-se por um momento, e Barnes percebeu que o Mestre estava olhando para o afresco religioso.

Você mente. E mente muito mal. Então... por que não tenta me dizer a verdade, e ver se se sai melhor assim?

Barnes estremeceu e, antes que percebesse, já estava explicando todos os detalhes de suas desastradas tentativas de sedução e de seu relacionamento tanto com Nora quanto com Eph. O Mestre nada disse por um momento e depois se virou.

Você matou a mãe dela. Eles virão atrás de você. Por vingança. E eu vou manter você disponível para eles... isso os trará até mim. Daqui por diante, você pode concentrar sua atenção inteiramente nos deveres que lhe foram impostos. A resistência está quase no fim.

– Está? – disse Barnes, e depois fechou rapidamente a boca. Ele não queria, com certeza, questionar ou duvidar. Se o Mestre dizia que estava, então estava mesmo. – Que bom, então. Nós temos outros campos entrando em produção, e, como eu disse, os reparos na instalação de produção de sangue no Campo Liberdade estão em andamento...

Não diga mais nada. Sua vida está salva, por enquanto. Mas nunca mais minta para mim. Nunca se esconda de mim novamente. Você não é corajoso nem inteligente. Sua missão é extrair e embalar sangue humano de forma eficiente. Eu recomendo que você se saia muito bem nisso.

– Eu tenciono fazer isso. Quer dizer... eu farei, Mestre.

Central Park

ZACHARY GOODWEATHER ESPEROU ATÉ que o Castelo Belvedere ficasse em silêncio e sem movimento. Então saiu de seu quarto para a fraca luz do sol do meio-dia. Caminhou até a borda da praça de pedra no topo da elevação e olhou para o terreno vazio abaixo. Os guardas vampiros haviam se retirado da pálida luz para cavernas especialmente abertas com explosivos no xisto que formava a base do castelo. Zachary voltou para dentro do castelo a fim de pegar sua parca preta, antes de sair apressadamente para o parque, violando o toque de recolher para os humanos.

O Mestre gostava de ver o garoto quebrar regras e testar limites. Ele próprio nunca dormia no castelo, achando o local vulnerável a um ataque durante a abertura de sol de duas horas. Preferia sua cripta escondida no Convento dos Cloisters, enterrada num leito frio de solo antigo. Durante o período de sono diurno, costumava ver o mundo da superfície através dos olhos de Zachary, explorando o forte laço formado pelo tratamento sanguíneo que dispensava à asma do garoto.

Zachary desligou da tomada sua Segway, seu transporte pessoal para todo tipo de terreno, e seguiu silenciosamente ao longo da trilha sul do parque até seu zoológico. Na entrada, fez três círculos antes de abrir o portão da frente, era parte do transtorno obsessivo-compulsivo que vinha desenvolvendo. Lá dentro, seguiu no veículo até o armário trancado onde mantinha seu rifle e tirou do bolso a chave que furtara meses antes. Tocou a chave com os lábios sete vezes; depois, adequadamente tranquilizado, abriu o trinco e tirou o rifle. Conferiu a carga de quatro tiros, conferindo duas e depois três vezes a arma até satisfazer sua compulsão; depois partiu pelo zoológico com a arma ao lado do corpo.

Seu interesse não era mais o zoológico. Zack criara para si mesmo uma saída secreta no muro atrás da Zona Tropical, e depois de saltar da Segway emergiu do parque rumo a oeste. Evitou as trilhas, preferindo a cobertura das árvores, enquanto passava pelo rinque de patinação e os antigos campos de beisebol, já transformados em campos de lama, contando os passos em múltiplos de setenta e sete, até atingir a extremidade mais distante do Central Park Sul.

Ele saiu debaixo da cobertura das árvores, aventurando-se até a velha entrada do Portão dos Mercadores, permanecendo na calçada atrás do monumento ao navio USS *Maine*. Columbus Circle se apresentava defronte dele, apenas com metade dos chafarizes funcionando, estando os restantes entupidos por sedimentos da chuva poluída. Além dali, os enormes arranha-céus se elevavam como chaminés de uma fábrica fechada. Zachary mirou a estátua de Colombo no alto do chafariz, piscando os olhos e estalando os lábios em uníssono, antes de se sentir confortável.

Então viu um movimento do outro lado da larga rotatória. Gente, humanos, andando na calçada oposta. Àquela distância, Zachary só distinguia os casacos compridos e as mochilas. Violadores do toque de recolher. A princípio, ele se agachou atrás do monumento, assoberbado pelo perigo de ser descoberto, e depois trepou na outra borda da base da estátua, olhando em torno.

O grupo de quatro pessoas continuava sem percebê-lo. Zachary mirou neles com a arma, piscando e estalando os lábios, usando o que aprendera sobre tiro para calcular a trajetória e a distância. Eles estavam bem juntos, e Zachary achou que tinha uma boa chance de dar um bom tiro.

Ele queria atirar. Queria abrir fogo contra eles.

E fez isso, mas propositadamente levantou a mira no último segundo antes de puxar o gatilho. Um momento depois o grupo parou, olhando na direção dele. Zack permaneceu agachado e imóvel perto da base do monumento, certo de que sua figura se misturava com o fundo.

Disparou mais três vezes: *Bangue! Bangue! Bangue!* E acertou um! Um já caíra! Rapidamente, Zack recarregou a arma.

Os alvos correram, dobrando na avenida e saindo da visão de Zack. Ele mirou num sinal de trânsito por onde eles haviam acabado de passar, conseguindo apenas distinguir um letreiro que indicava uma das antigas câmeras de segurança policial instalada ali. Depois se virou e correu para debaixo da cobertura das árvores do parque, perseguido apenas pela sensação da emoção secreta.

Aquela cidade, à luz do dia, estava sob o domínio de Zachary Goodweather! Que todos os violadores ficassem prevenidos!

Na rua, sangrando devido ao ferimento causado pelo tiro, e sendo arrastado dali, estava Vasiliy Fet, o exterminador de ratos.

Uma hora mais cedo

ELES HAVIAM DESCIDO PARA o metrô na rua 116 uma hora antes de clarear, a fim de ter bastante tempo. Gus mostrou-lhes onde esperar, perto de uma grade na calçada, de onde poderiam ouvir a aproximação do trem, minimizando o período de tempo que precisariam passar na plataforma lá embaixo.

Eph estava encostado no prédio mais próximo, com os olhos fechados, dormindo de pé na chuva inclemente. Mesmo nesses breves intervalos, ele sonhava com luz e fogo.

Vasiliy e Nora sussurravam ocasionalmente, enquanto Gus andava de cá para lá, calado. Joaquin não quis acompanhá-los, precisava dar vazão à sua frustração pela morte de Bruno, ao continuar o programa de sabotagem deles. Gus tentara dissuadi-lo de entrar na cidade com um joelho machucado, mas a decisão de Joaquin estava tomada.

Eph foi trazido à consciência pelo ranger subterrâneo do trem que se aproximava, e eles desceram apressados as escadas da estação, como os outros passageiros, correndo antes do toque de recolher da luz do sol. Embarcaram num vagão prateado do metrô e sacudiram dos casacos a água de chuva. As portas se fecharam e um rápido olhar para as duas extremidades do vagão mostrou a Eph que não havia vampiros a bordo. Ele relaxou um pouco, fechando os olhos, enquanto o trem os transportava por cinquenta e cinco quarteirões para o sul, debaixo da cidade.

Na esquina da rua 59 e do Columbus Circle eles desembarcaram e subiram os degraus até a rua. Esconderam-se dentro de um dos grandes prédios de apartamentos e encontraram um lugar para esperar atrás do saguão, até que a escura mortalha da noite se levantasse um pouco, o bastante para o céu aparecer, apenas encoberto.

Quando as ruas ficaram vazias, eles saíram sob a esmaecida luz do dia. O disco do sol era visível através da escura cobertura de nuvens, como uma lanterna elétrica encostada em um cobertor cinza-carvão. As vitrinas ao nível da rua de alguns cafés e lojas permaneciam estilhaçadas desde os dias iniciais de pânico e saques, enquanto as vidraças das janelas dos andares mais altos continuavam intactas em grande parte.

Eles foram rodeando a curvatura sul da imensa rotatória de tráfego, havia muito desembaraçada dos carros abandonados, vendo a água negra que espirrava de uma em cada duas ou três fontes do chafariz central. A cidade, durante o toque de recolher, tinha um perpétuo clima de manhã de domingo, como se a maioria dos residentes ainda dormisse e o dia tardasse para começar. Nesse sentido, aquilo dava a Eph um sentimento de esperança que ele tentava saborear, mesmo sabendo que era falso.

Então um ruído sibilante cortou o ar por cima de suas cabeças.

– O que é isso?

Seguiu-se um alto estampido, como o som de um tiro, o som viajava mais devagar do que a bala propriamente dita. O retardo mostrava que o tiro fora disparado a uma boa distância dali, aparentemente de algum lugar debaixo das árvores do Central Park.

– Atirador! – disse Vasiliy. Eles atravessaram correndo a Oitava Avenida, mas sem entrar em pânico. Tiros de arma de fogo durante o dia significavam humanos. Houvera muito mais insanidade nos meses que se seguiram à tomada do poder pelos vampiros. Humanos ensandecidos com a queda de sua espécie e o surgimento de uma nova ordem. Suicídios violentos. Assassinatos em massa. Depois que tudo isso acabara, Eph ainda vira pessoas, principalmente durante o período de luz do sol, falando sozinhas enquanto perambulavam pelas ruas. Agora, ele raramente via gente ao ar livre durante as horas do toque de recolher. Os malucos haviam sido mortos ou de alguma maneira descartados, e o restante se comportava como devia.

Três outros tiros foram disparados: *Bangue, bangue, bangue...*

Duas das balas atingiram uma caixa de correio, mas a terceira pegou Vasiliy Fet bem no ombro esquerdo. O impacto o fez girar, deixando atrás um rastro de sangue. O projétil atravessou direto o corpo, dilacerando músculos e carne, mas milagrosamente não atingiu os pulmões e o coração.

Eph e Nora agarraram Vasiliy quando ele caiu, e com a ajuda de Quinlan o afastaram dali.

Nora tirou a mão de Vasiliy de cima do ombro, examinando rapidamente o ferimento. Não havia muito sangue nem fragmentos de osso.

Vasiliy afastou-a com suavidade.

– Vamos continuar andando. Estamos muito vulneráveis aqui.

Eles desceram a rua 56, seguindo na direção da parada do metrô. Não houve mais tiros, nem ninguém seguiu atrás deles. Entraram na estação sem encontrar ninguém, e a plataforma estava vazia. A linha F passava ali, com os trilhos se curvando para leste debaixo do parque na direção do Queens. Eles pularam nos trilhos, esperando para ver se não eram seguidos.

É apenas um pouco mais adiante. Você vai aguentar? Será um lugar melhor para lhe dar algum tratamento médico.

Vasiliy balançou a cabeça para Quinlan.

– Já passei por coisas muito piores.

E realmente passara. Nos dois últimos anos fora baleado três vezes, duas vezes na Europa e uma enquanto andava no Upper East Side depois do toque de recolher.

Eles foram andando pelos trilhos usando os óculos de visão noturna. Os trens geralmente paravam de circular durante o período da luz do sol, com os vampiros se recolhendo, embora a proteção subterrânea em relação ao sol permitisse que eles movimentassem os trens, se necessário. De modo que Eph permaneceu alerta e atento.

O teto do túnel era angulado para a direita, com a alta parede de cimento servindo de mural para os grafiteiros. A parede mais baixa à esquerda servia de suporte para dutos e uma pequena laje. Uma figura os esperava na curva à frente. Quinlan fora adiante deles, descendo para o subsolo bem antes que a luz do sol aparecesse.

Esperem aqui, disse ele, correndo na direção de onde eles tinham vindo, para ver se não haviam sido seguidos. Voltou aparentemente satisfeito e, sem cerimônia ou prelúdio, abriu um painel dentro da estrutura de uma porta de acesso trancada. Uma alavanca interna liberou a porta, que se abria para dentro.

Interiormente, um corredor curto se fazia notar por sua secura, e com uma curva para a esquerda levava a outra porta. Em vez de abri-la, porém, Quinlan abriu um alçapão perfeitamente invisível no chão, revelando um lance de degraus em ângulo.

Gus desceu primeiro. Eph foi o penúltimo, e Quinlan fechou o alçapão atrás de si. Os degraus terminavam numa passagem estreita, construída por mãos diferentes das que haviam construído os muitos túneis do metrô que Eph já vira durante o último ano de sua existência de fugitivo.

Vocês estão seguros acessando esse complexo na minha companhia, mas eu recomendo muito que não tentem voltar aqui por conta própria. Foram instalados vários dispositivos de segurança ao longo dos séculos, com o propósito de evitar que qualquer pessoa, desde sem-teto curiosos até o esquadrão de choque de vampiros, entrasse aqui. Nesse momento eu desativei as armadilhas, mas, para o futuro, considerem-se alertados.

Eph olhou em torno, procurando evidências de armadilhas individuais, sem ver qualquer uma. Mas também não vira o alçapão que os levara até ali.

No final da passagem, a parede deslizou para o lado sob a mão pálida de Quinlan. O aposento revelado era redondo e grande; à primeira vista, parecia uma garagem de trens circular. Aparentemente, porém, era uma mistura entre um museu e uma câmara de deputados. A espécie de fórum que Sócrates teria apreciado, caso fosse um vampiro condenado a viver no subsolo. Com um tom verde pastoso sob os óculos de visão noturna de Eph, na realidade as paredes eram de um branco alabastro e de uma lisura sobrenatural, espaçadas por generosas colunas que se elevavam até o teto alto. As paredes estavam notavelmente vazias, como se as obras de arte que outrora pendiam ali houvessem sido, havia muito tempo, retiradas e armazenadas em outro local. Eph não conseguia ver a extremidade oposta da sala, de tão grande, o alcance de seus óculos de visão noturna terminava numa nuvem de escuridão.

Rapidamente trataram do ferimento de Vasiliy. Na mochila, ele sempre carregava um pequeno estojo de emergência. O sangramento quase que cessara, pois o projétil não atingira qualquer artéria importante. Nora e Eph conseguiram limpar o ferimento com betadina, aplicando depois uma pomada com antibiótico, compressas Telfa e uma camada absorvente por cima. Vasiliy movimentou os dedos e o braço; mesmo sentindo muita dor, mostrou-se ainda apto.

Ele deu um olhar em torno.

– Que lugar é esse?

Os Antigos construíram essa câmara logo depois de chegar ao Novo Mundo, quando decidiram que Nova York, e não Boston, seria sua sede, servindo como quartel-general para a economia humana. Isto aqui era um retiro seguro, protegido e santificado, no qual podiam meditar durante longos períodos de tempo. Muitas decisões importantes e duradouras sobre a melhor forma de pastorear a raça de vocês foram tomadas aqui.

– Então tudo isso era falso – disse Eph. – A ilusão de liberdade. Eles moldaram o planeta por nosso intermédio, incentivando o desenvolvimento dos combustíveis fósseis ou da energia nuclear. Toda essa coisa de efeito estufa. Qualquer coisa que lhes servisse. Estavam se preparando para a eventualidade da tomada do poder, para a subida à superfície. Isso iria acontecer de qualquer maneira.

Mas não da maneira como ocorreu. Vocês precisam compreender que há bons pastores, que cuidam do rebanho, e há maus pastores. Há meios para preservar a dignidade do gado.

– Mesmo que tudo seja mentira.

Todos os sistemas de crenças são invenções sofisticadas, se a lógica for seguida até o fim.

– Meu Deus – murmurou Eph entre os dentes. Mas a sala era como uma câmara de sussurros. Todos ouviram o que ele disse e olharam na sua direção. – Um ditador é um ditador, benigno ou não. Quer trate você como animal de estimação, quer tire o seu sangue.

Para começar, você acreditava com sinceridade que era absolutamente livre?

– Acreditava – disse Eph. – E mesmo que tudo fosse uma fraude, eu ainda preferiria uma economia baseada em moedas de metal do que uma baseada em sangue humano.

Não se engane, toda moeda de troca é sangue.

– Eu preferiria viver num mundo luminoso de sonho do que num mundo real de escuridão.

A sua perspectiva continua a ser a de quem perdeu alguma coisa. Mas o mundo sempre foi deles.

– Era o mundo deles – disse Vasiliy, corrigindo o Nascido. – Acontece que eles eram até mais trouxas do que nós.

Sob as circunstâncias, Quinlan mostrou paciência com Vasiliy.

Eles foram subvertidos por dentro. Estavam cientes da ameaça, mas acreditaram que poderiam contê-la. É mais fácil deixar de notar a dissensão que ocorre dentro de nossas próprias fileiras.

Quinlan deu um rápido olhar para Eph antes de continuar:

Para o Mestre, é melhor considerar o conjunto da história humana registrada como uma série de testes. Um conjunto de experimentos levados a efeito ao longo do tempo, em preparação para o golpe de mestre final. O Mestre já estava aqui durante a ascensão e a queda do Império Romano. Ele aprendeu com a Revolução Francesa e as guerras napoleônicas. Aninhou-se nos campos de concentração. Viveu entre vocês como um sociólogo dissidente, aprendendo tudo que podia sobre vocês, a fim de engendrar o seu colapso. Os padrões que se repetem ao longo do tempo. Ele aprendeu a se aliar aos detentores de poder influentes, tais como Eldritch Palmer, e a corrompê-los. Projetou uma fórmula para a matemática do poder. O perfeito equilíbrio entre vampiros, gado e guardas.

Os outros digeriram isso. Vasiliy disse:

– Então, sua espécie, a dos Antigos, foi derrotada. A nossa também. A pergunta é: o que podemos fazer a respeito disso?

Quinlan caminhou até uma espécie de altar, uma mesa de granito sobre a qual havia seis recipientes circulares de madeira, cada um pouco maior que uma lata de cerveja. Cada recipiente brilhava fracamente sob a lente dos óculos de visão noturna de Eph, como que contendo uma fonte de luz ou calor.

Isto aqui. Nós precisamos levar isto de volta conosco. Eu passei a maior parte dos últimos dois anos arranjando passagem e viajando para o Velho Mundo a fim de coletar os restos mortais de todos os Antigos. Estão preservados aqui em carvalho branco, de acordo com a tradição.

Nora disse:

– Você viajou pelo mundo? Para a Europa, o Extremo Oriente? Quinlan assentiu.
– A situação... é a mesma, lá? Por toda parte?
Essencialmente, sim. Quanto mais desenvolvida a região, melhor a infraestrutura, e mais eficiente tem sido a transição.
Eph se aproximou das seis urnas crematórias de madeira.
– Para que você está preservando isto?
A lenda me dizia o que fazer. Não dizia para quê.
Eph olhou em torno para ver se mais alguém questionava aquilo.
– Então você viajou por todo o mundo recolhendo as cinzas deles, com grande perigo para si mesmo, e não teve interesse em saber por que ou para quê?
Quinlan fitou Eph com seus olhos vermelhos.
Até agora.
Eph queria pressioná-lo mais a respeito das cinzas, mas ficou calado. Não sabia até onde ia a amplitude dos poderes psíquicos do vampiro e temia ter sua mente esquadrinhada, revelando que ele questionava toda aquela empreitada. Isso porque ele ainda lutava com a tentação da oferta do Mestre. Sentia-se ali como um espião, permitindo que Quinlan lhe revelasse aquele local secreto. Não queria saber mais do que já sabia. Temia ser capaz de traí-los todos. De trocá-los, junto com o mundo, por seu filho, e pagar com a alma pela transação. Começou a suar e a ficar nervoso só de pensar nisso.

Olhou para os outros, parados ali dentro daquela enorme câmara subterrânea. Algum deles já fora subornado, conforme alegava o Mestre? Ou aquilo seria mais uma mentira com o intuito de afrouxar sua resistência? Ele examinou cada um de uma vez, como se os óculos de visão noturna pudessem revelar algum traço identificável de traição, feito uma maligna mancha negra espalhando-se pelo peito do traidor.

Vasiliy disse a Quinlan:
– Então por que você nos trouxe aqui?
Agora que já recuperei as cinzas e li o Lumen, *estou pronto para seguir adiante. Temos pouco tempo para destruir o Mestre, mas esse refúgio nos permite manter vigilância sobre ele. Ficar perto de seu próprio esconderijo.*

– Espere um minuto – disse Vasiliy, em tom de curiosidade. – Destruir o Mestre também não destruirá você?

É o único meio.

– Você quer morrer? Por quê?

A resposta simples e honesta para isso é que eu estou cansado. A imortalidade perdeu seu atrativo para mim há muitos séculos. Na realidade, remove o atrativo de qualquer coisa. Eternidade é tédio. O tempo é um oceano, e eu quero chegar à praia. O único lugar brilhante que sobrou para mim neste mundo... a única esperança... é a potencial destruição do meu criador. É a vingança.

Quinlan relatou o que sabia. O que aprendera no *Lumen*. Falou em termos simples e com a máxima clareza possível. Explicou a origem dos Antigos, o mito de seus sítios de origem, e a ênfase em encontrar o Sítio Negro, o local de nascimento do Mestre.

A parte que Gus mais apreciou foi a que falava dos três arcanjos, Gabriel, Miguel e o esquecido terceiro arcanjo, Ozryel, enviados para realizar a vontade divina de destruir as cidades de Sodoma e Gomorra.

– Os durões de Deus – disse Gus, identificando-se com os anjos vingadores. – Mas o que vocês acham? Anjos? Sério? Conte outra, *hermano*.

Vasiliy deu de ombros.

– Eu acredito no que Setrakian acreditava. Ele acreditava no livro.

Gus concordava com ele, mas não queria abandonar o assunto.

– Se Deus existe, ou alguma coisa que pode enviar anjos assassinos... então que diabo Ele está esperando? E se tudo isso for só conversa?

– Apoiada em ações – disse Vasiliy. – O Mestre localizou cada um dos seis segmentos enterrados do corpo de Ozryel, os sítios de origem dos Antigos, e destruiu todos com a única força que podia realizar a tarefa. Um derretimento nuclear. A única energia na Terra, semelhante à divina, com poder suficiente para obliterar o solo sagrado.

Com isso, o Mestre não apenas eliminou seus competidores, mas se tornou seis vezes mais poderoso. Nós sabemos que ele ainda está procurando seu próprio sítio de origem, não para destruí-lo, mas para protegê-lo.

– Ótimo. Então nós só precisamos encontrar o sítio do sepultamento antes do Mestre, construir um reatorzinho nuclear lá e sabotar o troço – disse Nora. – É isso?

Vasiliy disse:
– Ou então detonar uma bomba nuclear.

Nora deu um riso áspero.
– Isso parece realmente divertido.

Ninguém mais riu.
– Merda – disse Nora. – Vocês têm uma bomba nuclear.
– Mas sem detonador. – Vasiliy disse isso constrangido e olhou para Gus. – Estamos tentando achar uma espécie de solução para isso, certo?

Gus respondeu, sem o entusiasmo de Vasiliy:
– Meu amigo Creem... lembra dele? Grandalhão gordo com os dedos cheios de prata, num caminhão grande? Eu contei do que se tratava, e ele falou que arranjava. O cara sabe tudo sobre mercado negro em Jersey. O problema é que no fundo ele ainda é um traficante. Não se pode confiar num homem sem código de conduta.

– Nada disso adiantará se não tivermos um alvo contra o qual atirar – disse Vasiliy. Ele olhou para Quinlan. – Certo? E é por isso que você queria ver o *Lumen*. Acha que pode aprender alguma coisa nele que não conseguimos?

Creio que vocês todos viram o sinal dos céus.

Quinlan fez uma pausa e, então, fixou os olhos em Eph, que sentiu que o Nascido podia ler todos os segredos em sua alma.

Além dos limites de circunstância e organização, existe um plano. Pouco importa o que caiu do céu. Era um presságio, profetizado há séculos e séculos, que indicava o sítio de nascimento. Nós estamos perto. Pensem nisto: o Mestre veio até aqui por essa mesma razão. Esse é o lugar certo e o tempo certo.

– Com todo o respeito, eu não saquei. Quer dizer, se vocês todos querem ler um livro e acham que ali tem pequenas pistas para matar a porra de um vampiro, então vão fundo. Puxem uma cadeira confortável. Mas eu? Acho que devemos imaginar como confrontar esse rei dos sanguessugas e arrebentar o rabo dele. O velho nos mostrou o caminho, mas, ao mesmo tempo, essa bobajada mística nos botou onde estamos... morrendo de fome, caçados, vivendo como ratos – disse Gus, andando de um lado para outro e ficando um pouco alucinado naquela câmara antiga. – Eu tenho o Mestre em vídeo. Castelo Belvedere. Acho que devemos armar essa bomba e ir direto ao assunto.

– Meu filho está lá – disse Eph. – Não se trata apenas do Mestre.

– Eu não pareço estar cagando para seu fedelho? – perguntou Gus.

– Não quero que você fique com a impressão errada, porque estou cagando.

Vasiliy disse:

– Calma, todo mundo. Se perdermos essa chance, termina tudo. Ninguém vai conseguir chegar perto do Mestre outra vez.

Vasiliy olhou para Quinlan, cujo silêncio e imobilidade mostravam concordância.

Gus franziu a testa, mas não continuou defendendo seu ponto de vista. Ele respeitava Vasiliy, e mais ainda Quinlan.

– Você diz que podemos explodir um buraco no chão, e então o Mestre desaparece. Estou dentro, se funcionar. E se não funcionar? Nós simplesmente desistimos?

Ele conseguiu impressionar os outros. O silêncio confirmava isso.

– Eu, não – disse Gus. – De jeito maneira, porra.

Eph sentiu os cabelos da nuca se arrepiarem. Ele tinha uma ideia. Começou a falar antes de se convencer a desistir.

– Talvez haja um jeito – disse.

– Jeito de quê? – perguntou Vasiliy.

– De chegar perto do Mestre. Sem montar um cerco ao castelo dele. Sem botar Zack em perigo. Que tal atrairmos o Mestre até nós?

– Que merda é essa? De repente você tem um plano, *hombre*? – Gus sorriu para os outros. – Deve ser bom.

Eph engoliu em seco para controlar o tom de voz.

– O Mestre está focado em mim por alguma razão. Ele tem meu filho. E se eu lhe oferecer alguma coisa em troca?

Vasiliy disse:

– O *Lumen*.

— Isso é besteira — disse Gus. — O que você está vendendo?

Eph agitou as mãos no ar, pedindo paciência e consideração pelo que estava prestes a sugerir.

— Ouçam. Primeiro, nós montamos um livro falso no lugar do verdadeiro. Digo que roubei o troço de vocês e quero trocar pelo Zack.

Nora disse:

— Isso não é muito perigoso? E se acontecer alguma coisa ao Zack?

— É um risco enorme, mas não vejo como resgatar o Zack sem fazer algo. E se destruirmos o Mestre... está tudo acabado.

Gus não estava aceitando a ideia. Vasiliy parecia preocupado, e Quinlan não dava indicação de sua opinião.

Mas Nora estava assentindo.

— Acho que a coisa pode funcionar.

Vasiliy olhou para ela.

— O quê? Talvez seja melhor conversarmos a sós sobre isso.

— Deixe sua dama falar — disse Gus, nunca perdendo a oportunidade de torcer a faca contra Eph. — Vamos ouvir o que ela tem a dizer.

Nora disse:

— Acho que o Eph pode atrair o Mestre. Ele tem razão... há algo nele que o Mestre quer ou teme. Não paro de lembrar daquela luz no céu. Há algo acontecendo.

Eph sentiu uma ardência subir das costas até a nuca.

— A coisa pode funcionar. A ideia de Eph nos enganar faz sentido. Podemos atrair o Mestre, usando Eph e o falso *Lumen*, para criar a chance de uma emboscada — disse Nora, olhando para Eph. — Se você tem certeza de que está disposto a fazer uma coisa dessas.

— Se não tivermos outra escolha — disse ele.

— É incrivelmente perigoso — continuou Nora. — Porque, se fracassarmos e o Mestre pegar você... tudo estará acabado. Ele saberá tudo que sabemos... onde estamos, como nos encontrar. Estaremos acabados.

Eph permaneceu imóvel enquanto os outros pensavam. A voz de barítono falou dentro de sua cabeça:

O Mestre é incomensuravelmente mais astucioso do que vocês pensam.

– Não nego que o Mestre é um trapaceiro – disse Nora, virando-se para Quinlan. – Mas esse não é o tipo de oferta que ele não pode recusar?

O silêncio do Nascido assinalava sua aceitação, se não sua completa concordância.

Eph sentiu os olhos de Quinlan pousados nele. Estava dividido. Sentia que aquilo lhe dava flexibilidade: potencialmente, ele podia levar adiante a traição ou se ater ao plano, se na verdade parecesse que teria sucesso. Mas também se via perturbado por outro problema.

Ele examinou o rosto de sua ex-amante, iluminada pela visão noturna. Estava procurando algum sinal de traição. Seria ela a traidora? Fora cooptada durante sua breve estada no campo de sangue?

Bobagem. Eles haviam matado a mãe de Nora. Sua duplicidade não fazia sentido.

No final, ele rezou para que os dois possuíssem a integridade que ele esperava que sempre houvessem tido.

– Quero fazer isso – disse Eph. – Vamos prosseguir em ambas as frentes, simultaneamente.

Todos estavam cientes de que um perigoso primeiro passo acabara de ser tomado. Gus parecia em dúvida, mas até mesmo ele parecia desejar seguir adiante com o plano. Aquilo representava uma ação direta, e, ao mesmo tempo, estava ansioso para dar a Eph corda bastante para ele se enforcar.

O Nascido começou a proteger os receptáculos de madeira com capas plásticas e a colocá-los num saco de couro.

– Esperem – disse Vasiliy. – Estamos esquecendo uma coisa importante.

Gus disse:

– O que é?

– Como diabo vamos fazer essa oferta ao Mestre? Como vamos entrar em contato com ele?

Nora tocou Vasiliy no ombro que não estava ferido, e disse:

– Eu sei exatamente como.

O Harlem espanhol

CAMINHÕES DE SUPRIMENTO QUE entravam em Manhattan vindos do Queens trafegavam na desimpedida pista central da ponte Queensboro que cruzava o East River, dobrando para o sul na Segunda Avenida ou para o norte na Terceira.

Quinlan estava parado na calçada diante das Casas George Washington, entre as ruas 97 e 98, quarenta quarteirões ao norte da ponte. O vampiro Nascido esperava sob a chuva inclemente, com a cabeça coberta pelo capuz, observando a passagem de um ou outro veículo isolado. Ignorava os comboios. Também os caminhões e veículos da Stoneheart. Seu maior temor era alertar o Mestre de alguma maneira.

Vasiliy e Eph estavam parados nas sombras de um portal, no primeiro quarteirão das casas. Nos últimos quarenta e cinco minutos, tinham visto um veículo a cada dez minutos, aproximadamente. Os faróis aumentavam suas esperanças; o desinterese de Quinlan lhes trazia desânimo. De modo que eles permaneciam no portal escurecido, livres da chuva, mas não do recente embaraço em seu relacionamento.

Vasiliy repassava mentalmente o audacioso plano novo deles, tentando se convencer de que talvez funcionasse. O sucesso parecia uma possibilidade incrivelmente remota, mas eles também não tinham dezenas de outros planos à disposição prontos para serem usados.

Matar o Mestre. Eles haviam tentado uma vez, expondo a criatura ao sol, e fracassado. Quando o moribundo Setrakian aparentemente envenenara o sangue do Mestre, usando o veneno anticoagulante para roedores de Vasiliy, o vampiro simplesmente descartara seu hospedeiro humano, assumindo a forma de outro ser humano sadio. A criatura parecia invencível.

Contudo, haviam conseguido feri-lo. Duas vezes. Pouco importava a forma original que o Mestre tivesse, aparentemente ele precisava existir possuindo um ser humano. E humanos podiam ser destruídos.

Vasiliy disse:

– Não podemos falhar dessa vez. Nunca teremos uma chance melhor.

Eph assentiu, olhando para a rua. Esperando o sinal de Quinlan.

Ele parecia reservado. Talvez tivesse dúvidas sobre o plano, ou então era outra coisa. A instabilidade de Eph criara uma fenda no relacionamento deles, mas a situação de Nora enfiara ali uma cunha permanente.

Agora a principal preocupação de Vasiliy era que a irritação de Eph com ele tivesse um impacto negativo nos esforços do grupo.

– Não aconteceu nada entre mim e Nora – disse ele.

– Eu sei – disse Eph. – Mas aconteceu *tudo* entre mim e ela. Está terminado. E eu sei disso. E chegará uma hora em que você e eu falaremos sobre isso, e talvez a gente se engalfinhe por causa disso. Mas agora não é essa hora. O plano requer nossa atenção agora. Nossos sentimentos pessoais à parte... Olhe, Vasiliy, estamos lado a lado. Era você e eu ou Gus e eu. Prefiro você.

– Fico contente de estarmos na mesma página de novo – disse Vasiliy.

Eph estava prestes a responder quando outros faróis apareceram. Dessa vez, Quinlan foi para a rua. O caminhão estava longe demais para que pudessem distinguir quem dirigia, mas Quinlan sabia. Ele parou diretamente no caminho do veículo, iluminado pela luz dos faróis.

Uma das regras de tráfego era que qualquer vampiro podia dar ordens a um veículo dirigido por um humano, tal como um soldado ou policial faria com um civil no regime antigo. Quinlan levantou a mão, mostrando seu alongado dedo médio, assim como os olhos vermelhos. O caminhão parou e seu motorista, um elemento da Stoneheart com um terno escuro debaixo de um guarda-pó quente, abriu a porta do seu lado, deixando o motor ligado.

Quinlan aproximou-se do motorista, oculto da vista de Vasiliy pelo assento do carona. Vasiliy viu o motorista se mexer subitamente dentro da cabine. Quinlan saltou lá para dentro. Através das janelas manchadas de chuva, eles pareciam estar se engalfinhando.

– *Vamos* – disse Vasiliy.

Ele e Eph saíram correndo do esconderijo, enfrentando a chuva. Desceram do meio-fio cheio de água e atravessaram a rua na direção do assento do motorista do caminhão. Vasiliy quase atropelou Quinlan, recuando somente no último momento, ao ver que não era Quinlan quem estava *lutando*. Apenas o motorista lutava.

O ferrão de Quinlan estava inchado, projetado para fora da base da garganta, com a mandíbula deslocada, e a ponta firmemente inserida no pescoço do motorista humano.

Vasiliy recuou imediatamente. Eph apareceu e também viu o que acontecia. Houve um momento de ligação entre os dois homens, de uma aversão compartilhada. Quinlan alimentou-se rapidamente, com os olhos focalizados nos olhos do motorista, cujo rosto parecia uma máscara de paralisia e choque.

Para Vasiliy, o evento serviu como lembrete da facilidade com que Quinlan poderia atacar qualquer um deles, a qualquer instante.

Vasiliy só olhou outra vez quando teve certeza de que a alimentação chegara ao fim. Ele viu Quinlan retrair o ferrão, deixando a ponta estreita fora da boca como a cauda desprovida de pelos de um animal que ele houvesse engolido. Cheio de energia, Quinlan arrancou do veículo o corpo arriado do motorista da Stoneheart e carregou-o facilmente, como se fosse uma trouxa de roupas, para longe da rua. Já meio nas sombras do vão de uma porta, torceu o pescoço do homem com um movimento firme, um gesto tanto de misericórdia como de conveniência.

Quinlan deixou o cadáver destruído na soleira antes de se reunir a eles na rua. Precisavam partir antes que outro veículo aparecesse. Vasiliy e Eph o encontraram na traseira do caminhão, e Vasiliy abriu o fecho destrancado, levantando a porta corrediça do caminhão refrigerado.

– Que baita sorte – disse Vasiliy. Eles tinham uma boa hora de vantagem sobre os outros, talvez duas, e para os dois homens ia ser uma viagem fria, pois não podiam ser vistos sentados na cabine. Entrando no veículo e remexendo os pedaços de papelão, Vasiliy disse: – Nem mesmo alguma comida decente.

Quinlan puxou para baixo a fita de borracha que abaixava a porta, fechando os dois na escuridão. Vasiliy certificou-se de que havia aberturas para ventilação, e realmente havia. Então, ouviram a porta do motorista se fechar, e a marcha do veículo ser engatada, jogando-os para trás ao partir.

Vasiliy encontrou na sua mochila um suéter de flanela extra, que vestiu, abotoando o casaco por cima. Dispôs uns pedaços de papelão no soalho e ajeitou a parte macia da mochila debaixo da cabeça, tentando ficar confortável. Pelos ruídos que fazia, Eph procedia do mesmo modo. O caminhão chacoalhava, tanto de ruído quanto de vibração, impedindo que conversassem, coisa que também vinha a calhar.

Vasiliy cruzou os braços, tentando desanuviar a mente, e focalizou o pensamento em Nora. Sabia que provavelmente jamais atrairia uma mulher daquele calibre sob circunstâncias normais. Tempos de guerra unem homens e mulheres, às vezes por necessidade, às vezes por conveniência, mas ocasionalmente pelo destino. Ele estava confiante de que a atração entre os dois era resultado desse último fator. Tempo de guerra era também quando as pessoas encontram a si próprias. Ele descobrira o melhor de si naquela pior das situações, enquanto Eph, por outro lado, parecia às vezes ter se perdido completamente.

Nora quisera vir com eles, mas Vasiliy a convencera de que ela precisava ficar na retaguarda com Gus, não apenas para poupar energia, mas porque sabia que ela não conseguiria deixar de atacar Barnes, se o visse de novo, ameaçando dessa forma o plano deles. Além disso, Gus precisava de ajuda na sua própria e importante missão.

– O que você acha? – perguntara ela a Vasiliy, esfregando a cabeça raspada num momento mais calmo.

Vasiliy sentia falta do cabelo comprido dela, mas havia algo de lindo e despojado naquele rosto sem adornos. Ele gostava da delicada curva da parte de trás da cabeça, a graciosa linha que seguia pela nuca até o início dos ombros.

– Você parece renascida – disse ele.

Ela cerrara as sobrancelhas.

– Não pareço esquisita?

– Se parece alguma coisa, um pouco mais delicada. Mais vulnerável.

As sobrancelhas dela haviam se levantado, de surpresa.

– Você me quer mais vulnerável?

– Bom, só em relação a mim – disse ele, com franqueza.

Aquilo a fizera sorrir, e a ele também. Coisas raras, sorrisos. Racionados, como comida, naqueles dias sombrios.

— Eu gosto desse plano — disse Vasiliy. — Representa uma possibilidade. Mas também estou preocupado.

— Com o Eph — disse Nora, compreendendo e concordando com ele. — É hora de tudo ou nada. Ou ele se desintegra, e vamos ter que lidar com isso, ou ele se mostra à altura da situação.

— Acho que ele vai se levantar. Tem de fazer isso. Simplesmente precisa.

Nora admirava a fé de Vasiliy em Eph, mesmo que ela não estivesse convencida disso. Apalpara outra vez o couro cabeludo raspado.

— Quando começar a crescer, vou passar um tempo cortando o cabelo à escovinha, em estilo masculino.

Ele dera de ombros, imaginando-a dessa forma.

— Posso aguentar isso.

— Ou talvez eu raspe o cabelo, ficando assim como está. Na maior parte do tempo eu uso chapéu.

— Tudo ou nada — disse Vasiliy. — Essa é você.

Ela encontrara o gorro de tricô, que enterrara fundo na cabeça.

— Você não se importa?

A única coisa com que Vasiliy se importava era que ela quisesse sua opinião. Que ele fizesse parte dos planos dela.

Dentro do caminhão frio e chacoalhante, Vasiliy devaneava de braços cruzados com força, como se estivesse abraçando Nora.

Staatsburg, Nova York

A PORTA TRASEIRA ROLOU para cima e Quinlan ficou parado ali, vendo os dois se levantarem. Vasiliy pulou para o chão, com os joelhos endurecidos e as pernas frias, movimentando os pés para restabelecer a circulação. Eph desceu também e parou ali com a mochila nas costas, feito um excursionista com um longo trajeto ainda por cumprir.

O caminhão estacionara no acostamento de uma estrada de terra, ou talvez na borda de uma comprida alameda particular. Estava longe o bastante da rua para ficar oculto pelos troncos das árvores nuas. A chuva amainara, e o solo estava úmido, mas não lamacento. Abruptamente Quinlan partiu correndo, afastando-se sem explicação. Vasiliy ficou pensando se deveriam segui-lo, mas decidiu se aquecer um pouco.

Junto dele, Eph parecia completamente desperto. Quase ansioso. Por um momento Vasiliy ficou pensando se a aparente energia do outro tinha alguma origem farmacêutica. Mas não, os olhos dele pareciam límpidos.

– Você parece pronto – disse Vasiliy.

– E estou – respondeu Eph.

Momentos depois, Quinlan retornou. Ainda era uma visão bizarra: um vapor espesso saía da calva e do interior do capuz, mas não da sua boca.

Alguns guardas no portão, outros nas portas. Não vejo como evitar que o Mestre seja alertado. Mas talvez, à luz do plano, isso não seja uma coisa ruim.

– O que você acha? – perguntou Vasiliy. – Do plano? Honestamente. Nós pelo menos temos uma chance?

Quinlan levantou o olhar através dos galhos sem folhas para o céu negro.

É um risco que vale a pena correr. Atrair o Mestre é metade da batalha.

– A outra metade é sairmos vitoriosos – disse Vasiliy. Ele olhou o rosto do vampiro Nascido, ainda voltado para cima, impossível de ler. – E você? Que chances tem contra o Mestre?

A História mostra que não tive sucesso. Não consegui destruir o Mestre, e ele não conseguiu me destruir. O Mestre quer me ver morto, *assim como ao dr. Goodweather. Isso nós temos em comum. É claro, qualquer isca que eu pusesse ali em meu benefício seria transparente como ardil.*

– Você não pode ser destruído por um homem. Mas pode ser destruído pelo Mestre. Então talvez o monstro seja vulnerável em relação a você.

Tudo que posso dizer com absoluta certeza é que nunca tentei matá-lo com uma arma nuclear.

Eph colocara seus óculos de visão noturna, ansioso para seguir em frente.

— Eu estou pronto. Vamos fazer a coisa antes que eu me convença a desistir.

Vasiliy assentiu, apertando suas alças e fixando a mochila numa posição bem no alto das costas. Eles acompanharam Quinlan no meio das árvores, deixando o vampiro Nascido seguir seu instintivo senso de direção. O próprio Vasiliy podia discernir a trilha, mas era fácil, fácil até demais, confiar em Quinlan. Ele não acreditava que jamais pudesse baixar a guarda em presença de um vampiro, Nascido ou não.

Ele ouviu o ruído de algo girando um pouco à frente deles. A densidade das árvores começou a diminuir, e eles chegaram à borda de uma clareira. O ruído vinha de um gerador, ou talvez dois, que fornecia energia para a propriedade, aparentemente ocupada por Barnes. A casa era imponente, e o terreno em volta, considerável. Eles estavam exatamente à direita dos fundos da propriedade, diante de uma larga cerca para cavalos que circundava um picadeiro dentro do quintal.

Os geradores abafariam grande parte do barulho que eles pudessem fazer, mas era quase impossível escapar da visão noturna dos vampiros, que registrava qualquer fonte de calor. O sinal da mão espalmada de Quinlan deteve Vasiliy e Eph lá atrás, enquanto o Nascido deslizava pelas árvores, passando rápida e fluidamente de tronco para tronco, em torno do perímetro da propriedade. Vasiliy logo perdeu Quinlan de vista, e então, de modo igualmente súbito, ele saiu das árvores, depois de percorrer quase um quarto do perímetro da vasta clareira. Emergiu caminhando com uma pressa confiante, mas sem correr. Os guardas próximos deixaram seu posto na porta lateral, percebendo Quinlan e indo a seu encontro.

Vasiliy sabia reconhecer uma distração e viu sua chance, sussurrando para Eph:

— Agora ou nunca.

Eles se abaixaram sob os galhos, entrando na escuridão prateada da clareira. Ele ainda não tinha coragem de desembainhar a espada, com medo de que os vampiros pudessem perceber a proximidade da prata. Evidentemente Quinlan estava se comunicando de alguma forma com os guardas, mantendo-os de costas para Vasiliy e Eph, que corriam sobre a relva macia, morta e cinzenta.

Os guardas perceberam a ameaça atrás deles quando Vasiliy já estava a uns sete metros de distância. Eles se viraram, e Vasiliy tirou a espada da mochila, brandindo-a com o braço bom, mas foi Quinlan quem dominou os vampiros, seus braços poderosos pareciam um borrão veloz no ar, enquanto estrangulavam e logo esmagavam os músculos e ossos do pescoço dos guardas.

Vasiliy, sem hesitar, aproximou-se e exterminou ambas as criaturas com a espada. Quinlan sabia que o alarme não fora disparado telecineticamente, mas não havia um momento a perder.

Quinlan partiu à procura de outros guardas, com Vasiliy logo atrás, deixando que Eph seguisse para a porta lateral, já sem nenhuma segurança.

A sala de estar do segundo andar era a preferida de Barnes. Paredes forradas de livros, uma lareira azulejada com um largo console de carvalho, uma cadeira confortável, um abajur de pé com luz âmbar e uma mesa lateral onde um cálice de conhaque repousava como um perfeito balão de vidro.

Ele desabotoou os três botões superiores da túnica do uniforme, tomando o resto do seu terceiro conhaque Alexander. Creme fresco, agora um artigo de luxo, era o segredo do gosto espesso e doce daquela bebida decadente.

Barnes suspirou profundamente antes de se levantar da cadeira. Levou um momento para firmar-se nos pés, com a mão no braço estofado da poltrona. Estava possuído pelo álcool que ingerira. Agora o mundo inteiro era um delicado balão de vidro, e Barnes flutuava em torno num leito de conhaque que girava suavemente.

Aquela casa já pertencera a Bolivar, o astro de rock. Era seu elegante refúgio campestre. A mansão já alcançara um valor de oito algarismos, em dólares. Barnes se recordava vagamente das críticas da mídia quando Bolivar a adquirira de uma família antes endinheirada, que enfrentava dias difíceis. A compra fora considerada uma verdadeira curiosidade, porque a casa não parecia combinar com o caráter do astro "gótico". Mas era isso que o mundo se tornara, antes de tudo virar um inferno: os astros de rock eram golfistas de escol, os rappers jogavam polo, e os comediantes colecionavam arte moderna.

Barnes foi até as prateleiras altas, balançando suavemente diante da coleção erótica de primeira classe de Bolivar. Escolheu uma edição grande, fina e ricamente encadernada de *The Pearl*, abrindo-a em cima de um pequeno estande de leitura. Ah, os vitorianos. Tanto castigo físico. Depois pegou um texto encadernado à mão, mais um álbum de recortes do que um livro realmente publicado, pois consistia em antigas gravuras fotográficas coladas em grossas páginas de papel. As fotos retinham um pouco do emoliente de prata, que Barnes cautelosamente manteve longe dos dedos. Ele era um tradicionalista, partidário das antigas situações e poses nas quais os homens dominavam. Gostava da fêmea subserviente.

E então chegou a hora de seu quarto e último conhaque. Ele estendeu a mão para o telefone interno e discou para a cozinha. Quais das suas atraentes domésticas lhe traria seu notório conhaque Alexander naquela noite? Como senhor da mansão, ele tinha os meios e, quando adequadamente inebriado, a energia para transformar suas fantasias em realidade.

O telefone tocou sem ninguém atender. Que impertinência! Barnes cerrou as sobrancelhas. Depois desligou e ligou de novo, achando que apertara o botão errado. Enquanto o aparelho soava pela segunda vez, ele ouviu um grande baque em algum lugar da casa. Talvez, imaginou, seu pedido houvesse sido previsto, e estivesse a caminho bem naquele momento. Ele deu um sorriso de "conhaque" e recolocou o receptor no seu gancho antiquado, caminhando por cima do espesso tapete na direção da grande porta.

O largo corredor estava vazio. Barnes saiu da sala, com os polidos sapatos brancos rangendo um pouco.

Vozes no andar de baixo. Vagas e abafadas, chegando a seus ouvidos quase como ecos.

Um telefonema não respondido e um barulho no andar inferior eram motivos mais que suficientes para Barnes ir pessoalmente inspecionar a criadagem e selecionar quem lhe traria o conhaque.

Ele foi pondo um sapato na frente do outro ao longo do centro do corredor, impressionado com sua capacidade de seguir em linha reta. Na ponta do patamar que levava para baixo, apertou o botão para chamar o elevador, que subiu vindo do saguão. Era uma gaiola dourada que ele abriu, deslizando a porta para o lado. Barnes entrou, fechou a porta e comprimiu para baixo a maneta. A gaiola desceu, transportando-o para o primeiro andar, como Zeus numa nuvem.

Barnes saiu do elevador, fazendo uma pausa para se olhar num espelho de moldura dourada. A metade superior da túnica de seu uniforme estava solta, escondendo as pesadas medalhas. Ele estalou os lábios e ajeitou o cabelo, para que parecesse mais volumoso em cima da cabeça, alisou o cavanhaque e assumiu, de modo geral, um ar de dignidade inebriada antes de se aventurar na cozinha.

O largo recinto em forma de L estava vazio. Uma assadeira de biscoitos esfriava numa prateleira na comprida ilha central, perto de um par de luvas de forno vermelhas. Diante do armário de bebidas havia uma garrafa de conhaque, e uma jarra de creme destampada se encontrava perto das xícaras de medição e de um vidro aberto de noz-moscada. O receptor do telefone estava sobre o gancho na parede.

– Olá? – exclamou Barnes.

Primeiro veio um barulho chacoalhante, como uma prateleira sendo derrubada.

Depois duas vozes femininas, em uníssono:

– Aqui.

Intrigado, Barnes foi seguindo a ilha central até o canto. Contornando-a, viu cinco de suas serviçais, todas bem-alimentadas, atraentes e com espessas cabeleiras, amarradas aos suportes de um conjunto de prateleiras contendo utensílios de cozinha.

A atitude mental de Barnes era tal que seu primeiro impulso, ao ver os pulsos atados e os olhos esbugalhados das mulheres, implorando, foi sentir prazer. Sua mente, encharcada de conhaque, processou a cena como um quadro erótico.

A realidade custou a clarear o nevoeiro. Foi um momento longo e difícil, até Barnes perceber que, aparentemente, alguém invadira a casa e aprisionara suas serviçais.

Que alguém se achava dentro da casa.

Barnes virou-se e correu, enquanto as mulheres chamavam, mas bateu o quadril contra a ilha central. Com o corpo dobrado pela dor, seguiu aos trambolhões ao longo da bancada até a porta. Foi movendo-se cegamente às pressas pelo patamar do primeiro andar e dobrou outro canto, na direção da entrada da frente da casa, enquanto sua mente aturdida pensava: *Fuja!* Então viu lá fora, pelas vidraças cor de violeta que adornavam as portas duplas, uma luta que terminou com um dos guardas vampiros abatido por um abrutalhado vulto escuro. Um segundo vulto se aproximou, brandindo uma espada de prata. Barnes recuou, tropeçando nos próprios pés ao ver mais guardas, vindos de outros postos no terreno, avançando para enfrentar o grupo invasor.

Ele correu com a maior velocidade possível de volta para o patamar. Entrou em pânico ao pensar em ficar preso na gaiola do elevador, e então subiu a escada curva, içando o corpo, com uma mão após a outra, ao longo da comprida balaustrada. A adrenalina neutralizava um pouco do álcool em seu sangue.

O gabinete. Era lá que as pistolas estavam em exposição. Ele se lançou pelo longo corredor na direção do aposento, mas um par de mãos o puxou para o lado, fazendo-o entrar na porta aberta da sala de estar.

Instintivamente Barnes cobriu a cabeça, esperando ser espancado. Caiu estatelado sobre uma das cadeiras, onde permaneceu, encolhido de medo e espanto. Não queria ver o rosto do agressor. Parte de seu medo histérico vinha de uma voz dentro de sua cabeça, que parecia muito com a de sua querida falecida mãe, dizendo: *Você está recebendo o que merece.*

– Olha para mim.

A voz. A voz raivosa. Barnes afrouxou as próprias mãos em torno da cabeça. Ele conhecia aquela voz, mas não sabia de onde. Algo estava errado. A voz ficara rouca com o passar do tempo, mais grave.

A curiosidade sobrepujou o medo. Barnes afastou os braços trêmulos da cabeça e levantou os olhos.

Ephraim Goodweather. Ou, refletindo melhor sua aparência pessoal, o irmão gêmeo maligno de Ephraim Goodweather. Aquele não era o homem que Barnes conhecera, o renomado epidemiologista. Círculos escuros rodeavam seus olhos fugidios. A fome esvaziara seu semblante de toda a alegria e transformara as maçãs do rosto em rochas ásperas, como se toda a carne houvesse sido cozida até os ossos. Ao lado do rosto, suíças grisalhas se grudavam à pele, mas não conseguiam encher as partes fundas. Ele usava luvas sem dedos, um casaco imundo e botas já gastas debaixo de polainas úmidas, amarradas com fios elétricos em vez de cadarços. O gorro de tricô preto que coroava a cabeça refletia a mente sombria ali embaixo. O punho de uma espada sobressaía da mochila nas costas. Ele parecia um mendigo vingativo.

– Everett – disse Eph com uma voz áspera, possuída.

– Não! – exclamou Barnes, com pavor dele.

Eph pegou o cálice de conhaque, cujo fundo ainda retinha uma crosta achocolatada. Trouxe a boca do cálice ao nariz, sentindo a fragrância, e disse:

– Saideira, hein? Conhaque Alexander? Essa porra é bebida de mocinha, Barnes.

Ele colocou o cálice grande na mão do seu antigo chefe. Depois fez exatamente o que Barnes temia que fizesse: fechou o punho sobre a mão dele, esmagando o vidro entre os dedos do ex-chefe. Fechando-os sobre as múltiplas lascas de vidro, cortando a carne e os tendões até o osso.

Barnes uivou e caiu de joelhos, sangrando e soluçando. Depois se encolheu e disse:

– Por favor.

Eph disse:

– Quero esfaquear você no olho.

– *Por favor*.

– Pisar na sua garganta até você morrer. E depois cremar você naquele buraco de azulejos na parede.

– Eu estava salvando Nora... queria livrá-la do campo.

– Tal como livrou aquelas criadas bonitinhas lá embaixo? Nora tinha razão sobre você. Sabe o que ela faria se estivesse aqui?

Então ela não estava. Graças a Deus.

– Ela seria sensata – disse Barnes. – Examinaria o que eu tivesse a lhes oferecer. Como eu poderia ser útil a vocês.

— Seu canalha — disse Eph. — Maldita seja sua alma negra.
Ele deu uns socos em Barnes. Os golpes eram calculados, brutais.
— Não — gemeu Barnes. — Chega... por favor...
— Então é assim que se apresenta a corrupção absoluta — disse Eph, dando mais alguns golpes em Barnes. — Comandante Barnes! O senhor é a porra de um merda... sabia? Como pode trair sua própria espécie dessa maneira? Você é um médico... era a porra do chefe do Centro de Controle de Doenças, pelo amor de Deus! Não tem compaixão?
— Não, por favor. — Barnes assumiu uma posição meio sentada, sangrando por todo o chão, tentava levar a conversa para algo mais positivo e produtivo. Mas sua habilidade como relações-públicas era prejudicada pelo crescente inchaço da sua boca e pelos dentes perdidos. — Estamos num mundo novo, Ephraim. Veja o que isso fez com você.
— Você deixou esse uniforme de almirante subir direto à porra da sua cabeça — disse Eph, estendendo a mão e agarrando o parco tufo de cabelos de Barnes. Puxou com força o rosto para cima, expondo a garganta do ex-chefe, que sentiu o fedor do corpo de Eph. Depois disse:
— Eu devia matar você aqui mesmo. Nesse exato momento.
Ele desembainhou a espada e mostrou-a a Barnes.
— Você... você não é um assassino — arquejou Barnes.
— Ah, sou sim. Virei assassino. E, ao contrário de você, não faço isso apertando um botão ou assinando uma ordem. Faço assim. Bem de perto. Uma coisa pessoal.
Eph encostou a lâmina de prata na garganta do antigo chefe, pouco acima da laringe. Barnes arqueou o pescoço mais para trás.
Afastando a espada alguns centímetros, Eph disse:
— Por sorte sua, você ainda tem utilidade para mim. Preciso que faça uma coisa, e você vai fazer. Faça que sim com a cabeça.
Eph balançou a cabeça de Barnes para ele.
— Muito bem. Ouça com atenção. Há gente lá fora esperando por mim. Entendeu? Está sóbrio o bastante para se lembrar disso, garoto do conhaque Alexander?
Barnes balançou a cabeça, dessa vez voluntariamente. É claro que naquele momento ele teria concordado com qualquer coisa.

– Minha razão para ter vindo aqui é lhe fazer uma oferta. Na realidade, até melhorará a sua imagem. Vim aqui mandar você ir até o Mestre e dizer que concordei em trocar o *Occido Lumen* pelo meu filho. Prove para mim que entendeu isso.

– Traição é uma coisa que eu entendo, Eph – disse Barnes.

– Você pode até acabar como herói nessa história. Pode dizer a ele que eu vim aqui para matar você, mas agora estou traindo meu próprio povo oferecendo esse acordo. Pode dizer que você me convenceu a aceitar a proposta dele e até se ofereceu para levar minha mensagem até o Mestre.

– Os outros sabem disso?

Eph sentiu uma onda de emoções, e lágrimas brotaram nos seus olhos.

– Eles acreditam que estou do lado deles, e eu estou... mas se trata de meu filho.

As emoções afogaram o coração de Ephraim Goodweather. Ele estava tonto, perdido...

– Você só precisa dizer ao Mestre que eu aceito. Que não estou blefando.

– Você vai entregar aquele livro.

– Em troca do meu filho...

– É, é... é claro. É perfeitamente compreensível...

Eph agarrou Barnes pelo cabelo e socou-o de novo. Duas vezes na boca. Mais um dente quebrado.

– Não quero a porra da sua compaixão, seu monstro. Só que você dê o meu recado. Sacou? Vou dar um jeito de conseguir o verdadeiro *Lumen* e avisar o Mestre, talvez por meio de você de novo, quando estiver pronto para a entrega.

A mão de Eph afrouxara o aperto no cabelo de Barnes, que percebeu que não ia ser morto, nem mesmo espancado além do que já fora.

– Eu... eu ouvi dizer que o Mestre mantinha um garoto com ele... um garoto humano. Mas eu não sabia por quê...

Os olhos de Eph faiscaram.

– O nome dele é Zachary. Foi sequestrado há dois anos.
– Por Kelly, sua esposa? – disse Barnes. – Eu vi essa vampira. Com o Mestre. Ela está... bem, ela não é mais a mesma pessoa. Mas acho que nenhum de nós é.
– Alguns de nós viramos vampiros sem termos sido ferroados por coisa alguma – disse Eph, com os olhos vidrados e úmidos. – Você capitulou, e é um covarde. Para mim, juntar-me às suas fileiras dilacera minhas entranhas como uma doença fatal, mas não vejo outra saída, e preciso salvar meu filho. Tenho de fazer isso.

Eph aumentou de novo o aperto em Barnes e continuou:
– Essa é a decisão certa, é a única decisão. Para um pai. Meu garoto foi sequestrado, e o preço do resgate é minha alma e o destino do mundo, e vou pagar esse preço. Vou pagar esse preço. Maldito seja o Mestre, maldito seja você.

Até mesmo Barnes, cuja lealdade pendia para o lado dos vampiros, ficou pensando se seria bom fazer aquele tipo de acordo com o Mestre, um ser sem qualquer resquício de moralidade ou código. Um vírus, e, além disso, um vírus esfaimado.

Mas é claro que ele não falou coisa alguma desse tipo a Eph. O homem que mantinha uma espada perto da garganta dele era uma criatura gasta até o âmago, como um lápis no qual houvesse sobrado apenas um último pedaço de borracha rosa para fazer uma correção final.

– Você fará isso – disse Eph, sem pedir.
– Pode contar comigo – assentiu Barnes. Ele ainda tentou sorrir, mas a boca e as gengivas estavam inchadas, quase desfiguradas.

Eph ficou olhando para ele durante outro longo momento, com um olhar de pura aversão partindo de seu rosto esquálido. *Esse é o tipo de homem com quem agora você está fazendo acordos.* Depois ele empurrou a cabeça de Barnes de volta, virando-se com a espada e caminhando na direção da porta.

Barnes segurou seu pescoço poupado, mas não conseguiu prender a língua ensanguentada.

– E eu compreendo mesmo, Ephraim, talvez até melhor do que você – disse ele. Eph parou, virando-se debaixo do lindo portal ornamentado. – Todo mundo tem seu preço. Você acha que sua provação é mais nobre do que a minha, porque o seu preço é o bem-estar de seu filho. Mas, para o Mestre, Zack não passa de uma moeda no bolso. Lamento você ter levado tanto tempo para compreender isso. Que tenha suportado tanto sofrimento desnecessariamente.

Eph parou, gritando, com a espada pesada na mão:
– E eu só lamento que você não tenha sofrido mais...

Garagem de serviço, Universidade de Colúmbia

Quando o sol iluminava por trás o filtro de cinzas do céu, aquilo que agora passava por luz do dia, a cidade ficava estranhamente silenciosa. A atividade vampiresca cessava e as ruas e prédios se iluminavam com a luz que sempre estava mudando das telas de televisão. Reprises e chuva, essa era a norma. A chuva negra ácida pingava do céu torturado em gordas gotas oleosas. O ciclo ecológico era "enxague e repita", mas água suja nunca limpou coisa alguma. A limpeza levaria décadas, se é que aconteceria algum dia. Por enquanto, o lusco-fusco da cidade era como uma aurora que nunca chegava.

Gus esperava diante da porta aberta da garagem de serviço. Creem era um aliado de conveniência e sempre se mostrara um filho da puta esquivo. Parecia que ele ia chegar sozinho, o que não fazia muito sentido, de modo que Gus desconfiara e tomara uma série de precauções extras. Uma delas era a Glock reluzente metida na sua cintura atrás das costas, uma pistola que ele pegara num antigo esconderijo de drogas, durante o caos dos primeiros dias. Outra fora marcar o encontro naquele lugar, sem dar a Creem qualquer indicação de que seu refúgio ficava nas proximidades.

Creem chegou dirigindo um Hummer amarelo. Além da cor espaventosa, aquilo realmente mostrava o tipo de desleixo que Gus esperava dele: dirigir um notório veículo bebedor de gasolina, numa época de pequena disponibilidade de combustível. Mas Gus deu de ombros para o detalhe, porque Creem era assim mesmo. E era sempre bom encontrar previsibilidade em um rival.

Creem precisava do veículo grande para acomodar seu corpo atrás do volante. Mesmo diante de todas as privações, ele conseguira manter grande parte do seu tamanho, mas agora não carregava mais gordura frouxa. De alguma forma, continuava comendo. Conseguia se sustentar. Aquilo dizia a Gus que as incursões dos Safiras nos estabelecimentos dos vampiros vinham tendo êxito.

Só que agora não havia outros Safiras com ele. Nenhum que Gus pudesse ver, pelo menos.

Creem entrou com o Hummer na garagem, saindo da chuva. Desligou o motor e levantou-se do assento do motorista. Tinha na boca uma espécie de espeto com um pedaço de carne-seca que mastigava, mordendo o troço como se fosse um grosso palito de carne. Os dentes de prata rebrilhavam quando ele sorria.

– Oi, Mex.

– Você conseguiu chegar.

Creem agitou os braços curtos no ar.

– Essa sua ilha aqui está uma merda.

Gus concordou.

– O porra do senhorio é um pentelho total.

– Sanguessuga de verdade, hein?

Terminada a troca de gentilezas, eles trocaram um simples aperto de mãos, e não o cumprimento usual em membros de gangues, sem jamais perder contato visual. Gus disse:

– Veio sozinho?

– Nessa viagem – disse Creem, suspendendo a calça. – É preciso manter um olho nas coisas em Jersey. Acho que você não está sozinho.

– Nunca estou.

Creem deu um olhar em torno, balançando a cabeça sem ver ninguém, e disse:

– Escondidos, hein? Estou tranquilo.

– E eu sou precavido.

Isso fez Creem sorrir. Depois ele mordeu a ponta da carne-seca.

– Quer um pouco?

– Por enquanto estou legal – disse Gus. Era melhor Creem pensar que ele estava se alimentando bem e regularmente.

Creem retirou o palito da boca.

– Comida de cachorro. Nós encontramos um depósito com uma carga completa de ração para animais, que nunca foi despachada. Não sei do que é feito, mas é alimento, certo? Vai me deixar com a pele lustrosa, dentes limpos e tudo o mais.

Creem deu uns latidos, soltou uma risada curta e continuou:

– As latas de comida de gato duram muito tempo. É alimento portátil. Tem gosto da porra de um patê.

– Comida é comida – disse Gus.

– E respirar é respirar. Olhe para nós aqui. Dois durões das comunidades. Ainda batalhando. Ainda representando. E todos os outros que achavam que a cidade era deles, os cheios de ternura... eles não tinham orgulho de verdade, porra, nem trunfos, nem reivindicações... onde estão agora? Viraram mortos que andam.

– Mortos-vivos.

– Como eu sempre digo: "Creem vai chegar ao topo." – Creem riu de novo, talvez um pouco forte demais. – Gostou do carango?

– Como você arranja combustível?

– Ainda tem umas bombas funcionando em Jersey. Notou a grade do radiador? Exatamente como os meus dentes. Prata.

Gus olhou. A grade da frente do Hummer estava realmente banhada em prata.

– Bom, disso eu gosto – disse Gus.

– Calotas de prata vem a seguir na minha lista de desejos – disse Creem. – Então, quer mandar seu pessoal se apresentar agora, para que eu não sinta que vou ser assaltado? Estou aqui de boa-fé.

Gus assobiou, e Nora saiu de trás de um carrinho de ferramentas portando uma Steyr semiautomática. Ela abaixou a arma e parou a uns seguros dez metros.

Joaquin apareceu de trás de uma porta, com a pistola ao lado do corpo. Não conseguia disfarçar que estava mancando, pois seu joelho ainda lhe trazia problemas.

Creem abriu bem os braços grossos, dando-lhes boas-vindas.

– Vocês querem seguir com o plano? Eu quero passar pela porra daquela ponte antes que os vampiros apareçam.

— Mostre e conte como é — disse Gus.

Creem deu a volta e abriu a porta traseira da viatura. Viam-se ali quatro caixas de papelão abertas e entupidas de prata. Gus puxou uma para inspecionar: a caixa pesava com candelabros, utensílios, urnas decorativas, moedas e até mesmo algumas barras de prata, encardidas e marcadas com o emblema do governo. Creem disse:

— Totalmente pura, mexicano. Sem merda de mistura. Nada de base de cobre. Em algum lugar aí tem um conjunto para teste que eu posso deixar de graça.

— Como você conseguiu tudo isso?

— Recolhendo bagulhos durante meses, feito um negociante de ferro-velho, e guardando tudo. Temos todo o metal de que precisamos. Eu sei que você quer essa merda de mata-vampiro. Já eu prefiro armas. — Ele olhou para a arma de Nora. — Armas grandes.

Gus manuseou as peças de prata. Eles precisariam derretê-las e forjá-las, fazendo o melhor que pudessem. Nenhum deles era serralheiro. Mas as espadas que tinham não durariam a vida toda.

— Posso tirar tudo isso das suas mãos — disse Gus. — Você quer poder de fogo?

— Isso é tudo que vocês estão vendendo?

Creem estava olhando não apenas para a arma de Nora, mas também para a própria Nora. Gus disse:

— Tenho algumas baterias, merda desse tipo. Mas é só.

Creem não tirava os olhos de Nora.

— Ela tem a cabeça lisa feito as trabalhadoras dos campos.

— Por que você fica falando de mim como se eu não estivesse aqui? — disse Nora.

Creem sorriu prata.

— Posso ver a arma?

Nora avançou e entregou a arma a Creem. Ele deu um sorriso interessado, e depois virou a atenção para a Steyr. Soltou o ferrolho e o carregador, conferindo a carga de munição, depois introduziu-o de volta na coronha. Mirou uma lâmpada do teto e fingiu que a explodia.

— Tem mais desse tipo? — perguntou.

– Parecida – confirmou Gus. – Não idênticas. Mas eu precisaria de pelo menos um dia. Tenho algumas malocadas pela cidade.

– E munição. Muita munição. – Creem acionou a trava de segurança, fechando e abrindo. – Vou levar essa aqui como pagamento de entrada.

– A prata é muito mais eficiente – disse Nora.

Creem sorriu para ela, ansioso e condescendente. – Eu não cheguei até aqui por ser eficiente, carequinha. Gosto de fazer um barulho da porra quando ataco esses sanguessugas. Aí é que está a diversão.

Ele estendeu a mão na direção do ombro dela, e Nora afastou a mão dele com um tapa que o fez rir.

Ela olhou para Gus.

– Bote esse porcalhão comedor de comida de cachorro para fora daqui.

– Ainda não – disse Gus, virando para Creem. – E o detonador?

Creem abriu a porta da frente do veículo e colocou a Steyr ao longo do assento, depois fechou-a.

– O que tem?

– Pare de papo furado. Você consegue um para mim?

Creem fez um ar indeciso.

– Talvez. Eu tenho uma pista... mas preciso saber mais sobre essa merda que você está tentando explodir. Você sabe que vivo logo ali na outra margem do rio.

– Você não precisa saber nada. Só dizer o preço.

– Detonador tipo militar – disse Creem. – Há um lugar no norte de Nova Jersey que atraiu minha atenção. Uma instalação militar. Não vou falar muito mais do que isso por enquanto. Mas você precisa abrir o jogo.

Gus olhou para Nora, não para obter sua aprovação, mas franzindo o cenho por ter sido posto naquela posição, e disse:

– Muito simples. É uma bomba nuclear.

Creem deu um sorriso amplo.

– Onde você conseguiu?

– Na loja da esquina. Carnê de crediário.

Creem esquadrinhou Nora.
– De que tamanho?
– Grande o bastante para destruir tudo num raio de oitocentos metros. Onda de choque, curvatura de aço... é só pedir.
Creem estava gostando da coisa.
– Mas você terminou com o modelo do mostruário. Vendido no estado.
– É. Precisamos de um detonador.
– Porque eu não sei se você me acha tão burro assim, mas não tenho o hábito de armar meu vizinho de porta com uma bomba nuclear viva, sem estabelecer certas regras básicas.
– Sério? – disse Gus. – Tais como?
– Simplesmente que eu não quero que você foda o meu prêmio.
– E qual é o seu prêmio?
– Eu ajudo você, e você me ajuda. Primeiro preciso de uma garantia de que o troço vai explodir a alguns quilômetros de mim, pelo menos. Não em Jersey ou Manhattan, e fim de papo.
– Você será avisado com antecedência.
– Isso não basta. Porque eu acho que sei que diabo vocês querem atacar com esse troço. Só existe uma coisa que vale a pena explodir neste mundo. E, quando o Mestre desaparecer, vai haver muitos imóveis disponíveis. Esse é o meu preço.
– Muitos imóveis? – exclamou Gus.
– Essa cidade. Viro dono de Manhattan inteira, depois que tudo terminar. É pegar ou largar, mexicano.
Gus apertou a mão de Creem.
– Posso interessar você numa ponte?

Seção principal da Biblioteca Pública de Nova York

Outra rotação da Terra, e os cinco humanos estavam novamente juntos, Vasiliy, Nora, Gus, Joaquin e Eph. Quinlan se deslocara na frente, sob a proteção da escuridão. Eles emergiram na estação Grand Central e seguiram pela rua 42 até a Quinta Avenida. Não chovia, mas havia um vento excepcional, forte o bastante para espalhar o lixo acumulado nas portas. Invólucros de comida rápida, sacos plásticos e outras peças de lixo voavam pela rua, dançando como espíritos num cemitério.

Os cinco subiram os degraus da frente da seção principal da Biblioteca Pública de Nova York, entre os leões de pedra gêmeos, Paciência e Fortaleza. Aquele exemplar das belas-artes erguia-se ali como um grande mausoléu. Eles passaram pelo pórtico da entrada, cruzando o Astor Hall. O enorme salão de leitura sofrera apenas pequenos danos no breve período de anarquia depois da Queda, pois os saqueadores não davam muito valor a livros. Um dos grandes candelabros viera abaixo, chocando-se com a mesa de leitura embaixo, mas o teto era tão alto que aquilo podia ter sido causado por uma falha estrutural aleatória. Alguns livros permaneciam nas mesas, com algumas mochilas reviradas e seus conteúdos espalhados pelo soalho de ladrilhos. Havia cadeiras tombadas, e alguns abajures estavam quebrados. O silêncio do enorme aposento público era assustador.

As altas janelas arqueadas de cada lado permitiam a entrada de luz, até onde possível. O cheiro de amônia dos dejetos vampirescos, tão onipresente que Eph quase não mais o notava, ali, chegou até as narinas dele. A mensagem a registrar era que o conhecimento e a arte acumulados de uma civilização podiam ser obliterados descuidadamente por uma força predadora da natureza.

– Precisamos descer? – perguntou Gus. – Que tal um desses livros aqui?

As prateleiras nos dois lados, em dois níveis ao longo do comprimento da sala, abaixo e acima de passarelas com balaustradas, estavam cheias de lombadas coloridas.

– Precisamos de um livro antigo e ornamentado, para fingir que é o *Lumen* – disse Vasiliy. – Lembre que precisamos vender o troço. Eu estive aqui muitas vezes. Ratos e camundongos são atraídos por papel em decomposição. Os textos antigos são mantidos lá embaixo.

Eles desceram as escadas, acendendo as lanternas e ligando os óculos de visão noturna. A seção principal da biblioteca fora construída no local do reservatório Croton, um lago artificial que fornecia água para a ilha, tornado obsoleto no início do século XX. Havia sete andares completos abaixo do nível da rua, e uma obra de renovação recente abaixo do vizinho parque Bryant, nos fundos, a oeste da biblioteca, acrescentara mais quilômetros às prateleiras de livros.

Vasiliy foi avançando pela escuridão. O vulto à espera deles no patamar do terceiro andar era Quinlan. A lanterna de Gus iluminou rapidamente o rosto do Nascido, de um branco quase fosforescente, com olhos que pareciam contas vermelhas. Os dois trocaram informações, e Gus sacou a espada.

– Tem sanguessugas lá embaixo – disse ele. – Vamos precisar abrir caminho.

– Se eles souberem da presença do Eph – disse Nora –, informarão ao Mestre, e ficaremos presos aqui no subsolo.

A voz de Quinlan, sem vocalização, entrou na cabeça deles:

Eu e o dr. Goodweather esperaremos aqui dentro. Posso barrar qualquer tentativa de intrusão psíquica.

– Ótimo – disse Nora, aprontando a lanterna Luma.

Gus já estava descendo as escadas para o andar seguinte, de espada na mão, seguido por Joaquin, que mancava.

– Vamos nos divertir um pouco.

Nora e Vasiliy foram atrás deles, enquanto Quinlan empurrava a porta mais próxima, entrando no terceiro andar do subsolo. Relutantemente Eph o seguiu. Lá dentro havia largos armários para armazenar periódicos antigos e pilhas de latas com gravações de áudio obsoletas. Quinlan abriu a porta de uma cabine de audição, e Eph foi obrigado a segui-lo.

Quinlan fechou a porta à prova de som. Eph tirou o dispositivo de visão noturna e ficou encostado num balcão próximo, junto com o Nascido, na escuridão silenciosa. Temia que o Nascido pudesse ler sua mente, de modo que aumentou o ruído branco na cabeça, imaginando ativamente e depois nomeando os itens que o cercavam.

Ele não queria que o caçador detectasse sua traição potencial. Estava caminhando no fio da navalha, jogando o jogo de ambos os lados. Dizendo a cada um que trabalhava para subverter o outro. No final, sua única lealdade era para com Zack. Ele sofria igualmente com o pensamento de acabar precisando trair seus amigos ou ter de passar a eternidade num mundo de horror.

Antigamente eu tinha uma família.

A voz do Nascido aumentou o nervosismo de Eph, mas ele se recuperou rapidamente.

O Mestre converteu todos, deixando para mim a tarefa de destruí-los. É mais uma coisa que temos em comum.

Eph assentiu.

– Mas ele estava atrás de você por uma razão. Um laço. Já eu e o Mestre não temos passado. Nada em comum. Eu caí no caminho dele puramente por um acidente profissional, como epidemiologista.

Há uma razão. Só não sabemos qual é.

Eph já devotara horas a esse mesmo pensamento.

– Meu medo é que tenha alguma coisa a ver com meu filho, Zack.

O Nascido ficou calado por uns momentos.

Você deve estar ciente de uma similaridade entre mim e seu filho. Eu fui transformado no útero da minha mãe. E por meio disso o Mestre se tornou meu pai postiço, suplantando meu próprio pai biológico. Ao corromper a mente do seu filho nos anos de formação dele, o Mestre está procurando suplantar você e sua influência no amadurecimento de seu filho.

Eph poderia ter ficado desanimado, mas, em vez disso, encontrou motivo para se alegrar.

– Você quer dizer que há um padrão no comportamento do Mestre. Então há esperança. Você se voltou contra o Mestre. Você o rejeitou. E ele tinha uma influência muito maior sobre você – disse ele. Depois se afastou do balcão, animado com essa teoria. – Talvez Zack faça isso também. Se pudermos chegar até ele a tempo, tal como os Antigos chegaram até você. Talvez não seja tarde demais. Ele é um bom garoto. Eu sei disso...

Enquanto ele não for transformado biologicamente há uma chance.

– Eu preciso afastar o Zack do Mestre. Ou, melhor, afastar o Mestre dele. Será que podemos realmente destruir esse vampiro? Quer dizer, nem Deus conseguiu isso há muito tempo.

Deus conseguiu. Ozryel foi destruído. Foi o sangue que ressurgiu.

– Então, de certo modo, precisamos consertar o erro de Deus.
Deus não comete erros. No final, todos os rios correm para o mar...
– Sem erros. Você acha que aquele sinal flamejante no céu apareceu de propósito. Enviado para mim?
E para mim também. De modo que eu pudesse saber proteger você. Colocar você a salvo da corrupção. Os elementos estão se encaixando no lugar. As cinzas foram recolhidas. Vasiliy tem a arma. O fogo choveu do céu. Sinais e portentos... a própria linguagem de Deus. Todos se levantarão e cairão com a força da nossa aliança.

Novamente, uma pausa que Eph não conseguiu decifrar. O Nascido já estava dentro da sua cabeça? Amolecera a mente de Eph com conversa, para poder ler suas verdadeiras intenções?

Vasiliy e Nora já dominaram o sexto andar. Gus e Joaquin ainda lutam no quinto.

– Quero ir para o sexto – disse Eph.

Eles desceram a escada, passando por uma grande poça de sangue vampiresco branco. Ao passar pela porta do quinto andar, Eph ouviu Gus praguejando em voz alta, quase alegre.

O sexto andar começava com uma sala de mapas. Eph passou por uma pesada porta de vidro e entrou num recinto comprido, que já tivera a temperatura e a umidade cuidadosamente controladas. Painéis com termostatos e barômetros de umidade enchiam as paredes. No teto, pontilhado de orifícios por onde entrava o ar-condicionado, as fitas indicativas estavam caídas, imóveis.

Naquele recinto as prateleiras eram compridas. Quinlan ficou para trás. Eph sabia que já estava profundamente embaixo do parque Bryant e avançou em silêncio, procurando ouvir Vasiliy e Nora. Não queria surpreendê-los nem ser surpreendido por eles. Ouviu vozes a algumas prateleiras de distância e seguiu por uma brecha nas estantes.

Os dois usavam uma lanterna elétrica, e isso permitiu que Eph desligasse seu dispositivo de visão noturna. Ele chegou bem perto, observando-os através de uma pilha de livros. Os dois estavam parados junto a uma mesa de vidro, de costas para ele. Sobre a mesa, dentro de um armário, estavam o que pareciam ser as aquisições mais preciosas da biblioteca.

Vasiliy forçou os fechos e dispôs os outros textos antigos à sua frente. Focalizou a atenção em um livro: a Bíblia de Gutenberg. Era a obra com maior potencial para o blefe. Cobrir de prata a borda das páginas não seria difícil, e ele poderia facilmente colar ali algumas páginas com iluminuras de outras obras. Desfigurar tesouros literários era um pequeno preço a pagar pela derrubada do Mestre e seu clã.

– Isto... a Bíblia de Gutenberg. Existiam menos do que cinquenta... Agora? Talvez esta seja a última. – Vasiliy examinou mais o livro, virando-o de um lado para outro. – É uma cópia incompleta, impressa em papel, não em pergaminho, e a encadernação não é original.

Nora olhou para ele.

– Você aprendeu muito sobre textos antigos.

Involuntariamente, Vasiliy ficou ruborizado ante o elogio. Virou-se, pegou um cartão de informações encapado em plástico duro e mostrou a Nora que estivera lendo as informações sobre o volume. Ela bateu de leve no braço dele.

– Vou levar esse livro conosco agora, junto com um punhado de outros, para montar o falso *Lumen* – disse Vasiliy, tirando das estantes alguns outros textos com iluminuras e arrumando-os com cuidado na mochila.

– Espere! – disse Nora. – Você está sangrando...

Era verdade. Vasiliy sangrava profusamente. Nora abriu a camisa dele e destampou um frasco de água oxigenada tirado do kit de primeiros socorros. Depois derramou o conteúdo no tecido encharcado de sangue. O sangue borbulhou e fez um chiado quando entrou em contato com o líquido. Aquilo acabaria com o cheiro de sangue que atrairia os *strigoi*.

– Você precisa descansar – disse Nora. – Estou dando essa ordem como sua médica.

– Ah, minha médica – disse Vasiliy. – É isso que você é?

– Sou – respondeu Nora, com um sorriso. – Preciso arranjar uns antibióticos para você. Eu e o Eph podemos achar alguns. Você volta com o Quinlan...

Delicadamente ela limpou o ferimento de Vasiliy e derramou água oxigenada nele outra vez. O líquido escorreu pelo cabelos de seu enorme peito.

– Você quer me deixar louro, é? – brincou Vasiliy. E, por pior que fosse a piada, Nora riu, recompensando a intenção dele, que tirou o boné dela.

– Ei, devolva isso! – exclamou ela, lutando com o braço bom de Vasiliy pela posse do boné. Ele devolveu o boné, mas prendeu-a num abraço. – Você ainda está sangrando.

Vasiliy correu a mão sobre o couro cabeludo raspado dela.

– Estou tão contente de ter você de volta – disse ele. Então, pela primeira vez falou, a seu modo, como se sentia a respeito dela: – Não sei onde estaria agora sem você.

Em outras circunstâncias, a confissão do corpulento exterminador teria sido ambígua e insuficiente. Nora teria esperado um pouco mais. Naquele lugar e momento, porém, era o bastante. Ela o beijou com suavidade nos lábios e sentiu os poderosos braços dele a enlaçarem pelas costas, engolfando-a, puxando-a na direção do seu peito. E ambos sentiram o medo evaporar, e o tempo ficar congelado. Estavam *ali, agora*. Na verdade, era como se sempre houvessem estado ali. Sem lembrança alguma de dor ou perda.

Enquanto se abraçavam, o facho da lanterna de Nora deslizava pelas prateleiras iluminando momentaneamente Eph, escondido ali, antes que ele recuasse entre as estantes de livros.

Castelo Belvedere, Central Park

DESSA VEZ, O DR. Everett Barnes conseguiu esperar até sair do helicóptero antes de vomitar. Depois de descartar o café da manhã, ele enxugou a boca e o queixo com o lenço, olhando em torno muito constrangido. Os vampiros, porém, não demonstraram qualquer reação ao violento enjoo dele. Sua expressão, ou falta de interesse, permaneceu fixa e indiferente. Barnes poderia ter posto um gigantesco ovo ali, na lamacenta passarela perto do jardim Shakespeare, na rua transversal 79, ou ter feito brotar de seu peito um terceiro braço, e não haveria qualquer sinal de perturbação nos olhos dos zumbis. Sua aparência era terrível: o rosto inchado e arroxeado, os lábios engrossados com sangue coagulado e a mão machucada com ataduras e imobilizada. Mas eles não deram qualquer atenção a isso.

Barnes recuperou o fôlego e endireitou o corpo, a poucos metros de distância dos rotores rodopiantes do helicóptero, pronto para seguir adiante. A aeronave alçou voo, castigando de chuva as costas do visitante, que uma vez sozinho abriu um amplo guarda-chuva preto. Os guardas, mortos-vivos assexuados, pouco se importavam tanto com a chuva quanto com a náusea, movimentando-se ao lado dele como pálidos autômatos de plástico.

As copas nuas das árvores mortas se abriram e o Castelo Belvedere surgiu à vista, encarapitado no alto de Vista Rock, silhuetado contra o céu contaminado.

Lá embaixo, num denso anel em torno da base da pedra, estava a legião de vampiros, numa imobilidade enervante. Sua semelhança com estátuas lembrava uma instalação artística bizarra e estupefacientemente ambiciosa. Quando Barnes e seus dois guardas se aproximaram da borda exterior do anel vampiresco, as criaturas se apartaram, sem respirar e sem expressão, para que eles chegassem mais perto. Barnes parou depois de percorrer cerca de dez fileiras, aproximadamente a meio caminho, olhando para aquele respeitoso anel de vampiros. Tremia um pouco, e o guarda-chuva vibrava tanto que a chuva suja saltava das pontas das varetas. Ali ele experimentou mais profundamente uma sensação do sobrenatural: estava no meio daqueles predadores de humanos, que naturalmente poderiam beber o sangue dele e fazê-lo em pedaços, mas, em vez disso, continuavam ali imóveis enquanto ele passava, mostrando, se não respeito, uma forçada indiferença. Era como se ele houvesse entrado no zoológico e estivesse passando entre leões, tigres e ursos, sem qualquer reação ou interesse por parte dos animais. Isso era completamente contra a natureza deles. Tal era a profundidade de sua escravidão ao Mestre.

Barnes encontrou a ex-Kelly Goodweather na porta do castelo. Ela estava parada do lado de fora, e seus olhos o encararam, diferentemente do restante dos zumbis. Ele diminuiu o passo, quase tentado a dizer algo como "Olá", uma cortesia remanescente do mundo antigo. Em vez disso, simplesmente passou por ela, que o seguiu com o olhar até lá dentro.

O senhor do clã apareceu com seu manto negro. Vermes sanguíneos se contorciam debaixo da pele que lhe cobria o rosto, enquanto ele olhava para Barnes.

Goodweather aceitou.

– Sim – disse Barnes, pensando: *Se você já sabia disso, por que eu precisei pegar um helicóptero até esse castelo ventoso para falarmos?*

Depois tentou explicar a traição, mas ficou atrapalhado com os detalhes. O Mestre não parecia particularmente interessado.

– Ele está traindo seus parceiros – disse Barnes, resumindo. – Parece sincero. Mas eu não sei se confiaria nele.

Eu confio na lamentável necessidade que ele tem do filho.

– É. Entendo o seu ponto de vista. E ele confia na necessidade que você tem do livro.

Assim que tiver Goodweather, terei seus parceiros. Assim que tiver o livro, terei todas as respostas.

– Só não compreendo como ele conseguiu passar pela segurança da minha casa. Como os outros do seu clã não foram alertados.

É o Nascido. Ele foi criado por mim, mas não é do meu sangue.

– Então ele não funciona no mesmo comprimento de onda?

Não tenho controle sobre ele como tenho sobre os outros.

– E ele está com Goodweather agora? Como um agente duplo? Um trânsfuga? – perguntou Barnes, sem obter resposta do Mestre. – Um ser assim pode ser muito perigoso.

Para você? Muito. Para mim? Não. Apenas esquivo. O Nascido aliou-se com o membro da gangue que os Antigos recrutaram para a caçada diurna e o resto da corja que o acompanha. Sei onde encontrar informações sobre eles...

– Se Goodweather se render... você terá todas as informações necessárias para encontrar esse Nascido.

Sim. Dois pais reunindo-se com seus dois filhos. Sempre há alguma simetria nos planos de Deus. Se ele se entregar a mim...

Houve um pequeno tumulto atrás de Barnes, e ele se voltou, espantado. Um adolescente, com mechas de cabelo em desalinho caindo sobre os olhos, descia atabalhoadamente a escada. Um humano, com uma das mãos na garganta. O garoto jogou para trás um pouco do cabelo, apenas o bastante para que Barnes reconhecesse Ephraim Goodweather no rosto dele. Aqueles mesmos olhos, aquela mesma expressão séria, mas que agora mostrava medo.

Zachary Goodweather. Era óbvio que ele estava com algum problema respiratório. Ofegava, e sua pele estava ficando azul-esverdeada.

Instintivamente Barnes levantou-se, indo na direção dele. Mais tarde lhe ocorreria que já passara muito tempo desde a última vez que ele agira por instinto médico. Ele interceptou o garoto, segurando-o pelo ombro, e disse:

– Eu sou médico.

O garoto empurrou o braço dele para o lado, indo direto para o Mestre. Barnes afastou-se alguns passos, mais chocado do que qualquer outra coisa. O garoto com o cabelo em desalinho caiu de joelhos diante do Mestre, que baixou o olhar para o seu rosto de sofredor, mas deixou-o lutar mais uns momentos. Depois levantou um braço, com a manga frouxa do manto escorregando para trás. Seu polegar e seu dedo médio alongado estalaram juntos num beliscão rápido na pele. O Mestre levantou o polegar acima do rosto do garoto, com uma única gotícula de sangue na ponta. Lentamente, aquela gotícula alongada se soltou, indo parar no fundo da boca aberta de Zack.

O próprio Barnes engoliu em seco, nauseado. Já vomitara naquela manhã.

O garoto fechou a boca, como se houvesse ingerido uma gota de um remédio. Fez uma careta, ou pelo gosto ou pela dor de engolir, e dentro de instantes sua mão largou a garganta. A cabeça abaixou-se enquanto ele recuperava a respiração normal, com a laringe se abrindo e os pulmões miraculosamente limpos. Quase instantaneamente a cor da pele voltou ao normal: isto é, ao novo normal, mostrando palidez e falta de sol.

O garoto piscou e olhou em torno, vendo o aposento pela primeira vez desde que ali entrara com o tal problema respiratório. Sua mãe, ou o que restava dela, já cruzara a porta, talvez convocada pelo problema de seu Ente Querido, mas sua face impassível não mostrava qualquer preocupação ou alívio. Barnes ficou imaginando quantas vezes aquele ritual de cura era realizado. Uma vez por semana? Uma vez por dia?

Zack olhou para Barnes, como se visse pela primeira vez aquele homem de cavanhaque branco que repelira poucos instantes antes, e perguntou:

– Por que há outro humano aqui?

O jeito arrogante do garoto surpreendeu Barnes, que se lembrava do filho de Goodweather como uma criança sensata, curiosa e bem-educada. Ele correu os dedos pelo próprio cabelo, procurando assumir um ar de dignidade.

– Zachary, você se lembra de mim?

Os lábios do garoto se curvaram, como se ele se ressentisse de ser obrigado a examinar o rosto de Barnes.

– Vagamente – disse ele, o tom de voz áspero, a atitude orgulhosa.

Barnes continuou paciente, sem se dar por vencido.

– Eu era chefe do seu pai. No mundo antigo.

Novamente Barnes viu o pai no filho, mas agora menos. Assim como o Eph que o visitara mudara, o mesmo acontecera com o filho. Os olhos jovens pareciam distantes e desconfiados. Ele tinha a atitude de um jovem príncipe. Zachary Goodweather disse:

– Meu pai morreu.

Barnes ia começar a falar e depois, sabiamente, conteve as palavras. Deu uma olhadela para o Mestre, sem ver mudança de expressão no rosto ondeante da criatura; de alguma maneira, sabia que não deveria contradizer o garoto. Por um instante, enquanto analisava o panorama geral, vendo o jogo e a posição de todos naquele drama particular, ele sentiu pena de Eph. O próprio filho dele... Como Barnes era Barnes, porém, esse sentimento não durou muito, e ele começou a pensar num modo de lucrar com aquilo.

Biblioteca Low, Universidade de Colúmbia

Considere o seguinte acerca do *Lumen*.

Os olhos de Quinlan estavam inusitadamente vibrantes ao dizer isso.

Há na página duas palavras indicando o Sítio Negro do Mestre: "obscura" e "aeterna". "Escura" e "eterna". Não há coordenadas exatas.

– Todos os sítios tinham coordenadas exatas. Exceto esse aqui – disse Vasiliy.

Ele estava trabalhando ativamente na Bíblia, tentando lhe dar a aparência mais próxima do *Lumen* que fosse possível. Reunira uma pilha de livros que examinava e canibalizava, retirando pedaços e ilustrações.

Por quê? E por que apenas essas duas palavras?

– Você acha que essa é a chave?

Acredito que sim. Sempre achei que a chave para encontrar o sítio estava na informação contida no livro... mas acontece que a chave é a informação que falta aqui. O Mestre foi o último a nascer. O mais jovem de todos. Ele levou centenas de anos para se reconectar ao Velho Mundo e ainda mais tempo para adquirir a influência para destruir os sítios de origem dos Antigos. Mas agora voltou ao Novo Mundo, voltou a Manhattan. Por quê?

– Porque ele queria proteger seu próprio sítio de origem.

O sinal flamejante no céu confirmou isso. Mas onde está esse sítio?

Apesar daquela informação emocionante, Vasiliy parecia distante e distraído.

O que é?

– Desculpe. Estou pensando no Eph – disse Vasiliy. – Ele saiu. Com Nora.

Saiu para onde?

– Foi arranjar um remédio. Para mim.

O dr. Goodweather precisa ser protegido. Ele é vulnerável.

Surpreso, Vasiliy disse:

– Tenho certeza de que eles estão bem.

Mas agora era sua vez de se preocupar.

Macy's Herald Square

EPH E NORA DESEMBARCARAM do metrô na esquina da rua 34 com a estação Pensilvânia. Fora ali, quase dois anos antes, que Eph deixara Nora, Zack e a mãe de Nora, numa última tentativa para fazê-las sair da cidade antes que Nova York caísse sob o domínio da praga dos vampiros. Uma horda de criaturas descarrilhara o trem dentro do túnel debaixo do North River, fazendo a fuga fracassar, e Kelly fugira com Zack, levando-o para o Mestre.

Eles procuravam uma pequena farmácia fechada que ocupava a esquina da loja da Macy's. Nora observava os passageiros do metrô passarem por eles, humanos acabrunhados, indo ou voltando do trabalho, ou então a caminho do posto de racionamento no Empire State Building, para trocar comprovantes de trabalho por roupas ou comida.

– E agora? – perguntou Eph.

Nora olhou em diagonal pela Sétima Avenida, vendo o prédio da Macy's a um quarteirão de distância, com a entrada principal fechada por tábuas.

– Vamos atravessar a loja e entrar na farmácia. Venha atrás de mim.

As portas giratórias haviam sido trancadas havia muito tempo, e os vidros quebrados, completamente tapados por tábuas. Fazer compras, fosse por necessidade ou como passatempo, não existia mais. Tudo era com cartões de racionamento e comprovantes.

Eph arrancou fora uma placa de compensado da entrada da loja na rua 34. Dentro, a "Maior Loja de Departamentos do Mundo" virara uma bagunça. Prateleiras derrubadas, roupas rasgadas. Aquilo parecia mais a cena de uma luta, ou de uma série de lutas, do que um local saqueado. Uma violência vampiresca e humana.

Eles chegaram à farmácia pelo balcão da loja. As prateleiras estavam quase vazias. Nora pegou uns poucos artigos, inclusive um antibiótico suave e algumas seringas de injeção. Eph agarrou um frasco de Vicodin quando Nora não estava olhando e meteu-o numa pequena bolsa.

Em questão de cinco minutos eles acharam o que tinham vindo procurar. Nora olhou para Eph.

– Preciso de roupas quentes e sapatos resistentes. Esses chinelos do campo de sangue estão gastos.

Eph pensou em dizer uma piada sobre mulheres e compras, mas ficou calado e assentiu. Mais lá para dentro, a coisa não estava tão ruim. Eles subiram as famosas escadas rolantes de madeira, as primeiras a serem instaladas dentro de um prédio.

A luz das suas lanternas varria o chão vazio, imutável desde o fim do sistema de compras que o mundo conhecia. Os manequins assustaram Eph, com suas cabeças nuas e expressões fixas – no primeiro momento em que eram iluminados ficavam superficialmente parecidos com os *strigoi*.

– Mesmo corte de cabelo – disse Nora, com um sorriso ligeiro. – É a grande moda...

Eles foram andando pelo andar, examinando cuidadosamente o lugar, atentos a quaisquer sinais de perigo ou vulnerabilidade.

– Estou com medo, Nora – disse Eph, para surpresa dela. – O plano... Estou com medo e não me importo de admitir isso.

– A troca será difícil – disse ela em voz baixa, enquanto derrubava caixas de sapatos na sala dos fundos, procurando um de seu tamanho. – Aí é que está o truque. Acho que você deve falar que nós vamos pegar o livro para Quinlan estudar. O Mestre certamente sabe a respeito do Nascido. Diga a ele que você planeja pegar o livro logo que puder. Teremos um lugar para armar a bomba, e ele será atraído para lá por você. Então ele pode trazer quantos reforços quiser. Uma bomba é uma bomba...

Eph assentiu e observou o rosto de Nora à procura de algum sinal de traição. Os dois estavam sozinhos ali. Se ela fosse se revelar para ele como uma vira-casaca, aquela era a hora.

Nora rejeitou botas de couro mais elegantes em troca de algo resistente e sem saltos.

– O livro falso só precisa parecer bom – disse Eph. – Precisa parecer ser o livro *certo*. Acho que as coisas vão acontecer tão rápido que só precisaremos passar por esse teste de olhadela inicial.

– O Vasiliy está se esforçando para isso – disse Nora com absoluta certeza. Quase com orgulho. – Você pode confiar nele...

Então ela percebeu com quem estava falando, e disse:
– Escute, Eph. Sobre o Vasiliy...
– Você não precisa dizer nada. Eu compreendo. O mundo está fodido e nós merecemos ficar só com aqueles que se importam conosco, acima e além de todas as coisas. De modo estranho... se tinha de ser alguém, eu fico feliz por ser o Vasiliy. Porque ele dará a vida por você antes de permitir que algum mal lhe aconteça. Setrakian sabia disso e escolheu o Vasiliy, antes de mim, e você sabe disso também. Ele pode fazer o que eu nunca pude... estar ao seu lado.

Nora sentiu emoções conflitantes. Aquele era Eph no que ele tinha de melhor: generoso, inteligente e sensível. Ela quase o teria preferido como um idiota. Agora ela o via como ele realmente era: o homem por quem ela, certa vez, se apaixonara. Seu coração ainda sentia a atração.

– E se o Mestre quiser que eu lhe leve o livro? – perguntou Eph.
– Você pode falar que está sendo caçado por nós. Que precisa que o Mestre venha e pegue você. Ou pode insistir que ele traga Zack até você.

Eph ficou preocupado um momento, lembrando-se da abjeta recusa do Mestre a essa sugestão.

– Isso levanta uma questão importante – disse ele. – Como vou poder detonar a bomba e me safar?

– Não sei. Agora há muitas variáveis. A coisa toda vai exigir um bocado de sorte. E coragem. Eu não culparia você se estiver em dúvida.

Nora ficou observando Eph. Procurando uma brecha na sua atitude... ou uma abertura para poder revelar sua cumplicidade?

– Dúvida? – disse Eph, tentando fazer Nora se abrir. – Sobre ir até o fim?

Ele viu a preocupação no rosto dela quando Nora balançou a cabeça. Nenhuma pista de duplicidade. E ficou contente. Ficou aliviado. As coisas haviam mudado tanto entre eles... mas ela, no fundo, era a mesma velha lutadora pela liberdade que sempre fora. Aquilo ajudava Eph a acreditar que ele também continuava assim.

– O que é isso? – perguntou ela.
– O quê? – disse ele.

– Parecia que você estava quase sorrindo.

Eph balançou a cabeça.

– Só estava percebendo que o Zack vai acabar ficando livre. Vou fazer o que for preciso para conseguir isso.

– Acho isso incrível, Eph. Acho mesmo.

– Você não acha que o Mestre perceberá o ardil? – disse ele. – Acha que ele acreditará mesmo que eu posso fazer isso? Que posso trair o resto de vocês?

– Acho – respondeu ela. – Isso se encaixa na mentalidade dele. Você não acha?

Eph assentiu, contente por ela não estar olhando para ele no momento. Se não era Nora, então quem era o vira-casaca? Não seria Vasiliy, certamente. Gus? Será que toda aquela fúria para cima de Eph era um disfarce? E Joaquin era outro possível suspeito. Todo aquele raciocínio tortuoso só o deixava ainda mais maluco.

... nunca pode descer / nunca pode descer pelo ralo.

Eph ouviu algo na área principal das vitrines. Ruídos de algo sendo remexido, antes atribuídos a roedores, atualmente só poderiam ser causados por uma coisa.

Nora também ouvira. Eles apagaram as lanternas.

– Espere aqui – disse Eph. Nora percebeu que, para aquele subterfúgio ter êxito, Eph precisaria agir sozinho. Ele arrematou: – E tenha cuidado.

– Sempre – disse ela, desembainhando a prata.

Ele deslizou pela porta, com cuidado para não bater com o punho da espada que sobressaía da mochila. Colocou o dispositivo de visão noturna, aguardando que a imagem se estabilizasse.

Tudo parecia quieto. Todos os manequins tinham mãos de tamanho normal, nenhum exibia uma garra mais longa no dedo médio. Eph girou para a direita, mantendo-se na borda da sala, até que viu o cabide balançando suavemente no suporte circular, perto da escada rolante de descida.

Ele desembainhou a espada e caminhou rapidamente até o degrau de madeira mais alto. A escada rolante, que já não funcionava, corria ao longo de um estreito espaço emparedado. Ele desceu o mais depressa e silenciosamente que pôde, depois pegou o nível seguinte, a partir do patamar. Alguma coisa lhe dizia para continuar descendo, e ele fez isso.

Só diminuiu a marcha no final, ao sentir um cheiro. Um vampiro passara ali, e ainda estava bem perto. Era estranho que um vampiro estivesse sozinho, a não ser que tivesse numa missão específica. A menos que patrulhar aquele departamento fosse sua missão. Eph se aventurou para fora da escada rolante, olhando para o chão esverdeado. Nada se movia. Ele estava a ponto de partir para uma grande vitrina quando ouviu um ligeiro clique na direção oposta.

Mais uma vez nada se via. Abaixando-se, Eph foi ziguezagueando entre as araras de roupas na direção do ruído. O letreiro sobre a porta aberta indicava o caminho para os toaletes e os escritórios administrativos, bem como para um elevador. Eph passou primeiro pelos escritórios, examinando cada porta aberta. Ele poderia voltar e tentar as portas fechadas depois que verificasse o restante da área. Foi até os toaletes, abrindo lentamente a porta do feminino, apenas alguns centímetros, para ver se aquilo fazia muito barulho. Era quase silencioso. Então entrou e examinou os cubículos das privadas, empurrando cada porta, de espada na mão.

Depois voltou para o corredor e parou, prestando atenção, sentindo que perdera a pista que vinha seguindo. Empurrou a porta do toalete masculino e deslizou para dentro. Passou os mictórios e cutucou a porta de cada cubículo com a ponta da espada. Então, desapontado, virou-se para ir embora.

Numa explosão de papel e lixo, o vampiro saltou da grande lata de lixo aberta no canto, perto da porta, e aterrissou na borda das pias do outro lado do banheiro. Eph saltou para trás a princípio, praguejando e brandindo a espada no ar para afastar qualquer ataque do ferrão. Rapidamente se firmou, avançando com a prata, pois não queria ficar encurralado num cubículo. Brandiu a espada na frente do vampiro sibilante, e o circundou, chegando perto da grande lata de lixo de onde o monstro saltara. Os pedaços de papel farfalhavam debaixo de seus pés.

O vampiro estava agachado, agarrado à borda lisa da pia, com os joelhos em torno da cabeça, olhando para ele. Eph finalmente obteve uma imagem clara dele, à luz do visor. Era um garoto. Um garoto de descendência afro-americana, de dez a doze anos de idade, e com o que parecia vidro puro nos olhos.

Um garoto cego. Um dos tateadores.

O lábio superior do tateador estava curvado no que, ao visor noturno, parecia um sorriso de avaliação. Os dedos das mãos e dos pés estavam agarrados à borda dianteira da bancada das pias, como se ele estivesse a pique de saltar. Eph manteve a ponta da espada apontada para o meio do corpo do garoto.

– Você foi mandado aqui para me encontrar? – perguntou Eph.

Sim.

Eph encolheu-se um pouco, desalentado. Não pela resposta, mas pela voz.

Era a voz de Kelly. Falando as palavras do Mestre.

Eph ficou imaginando se Kelly era, de certa forma, responsável pelos tateadores. Se ela era, como se diz, sua coordenadora. Sua supervisora. E, se isso acontecia, se na verdade essas crianças vampirescas, cegas e psíquicas haviam sido colocadas sob o comando oficial dela, como isso seria adequado e tristemente irônico, ao mesmo tempo. Kelly Goodweather ainda era uma galinha-mãe, mesmo na morte.

– Por que foi tão fácil, dessa vez?

Você queria ser encontrado.

O tateador pulou, mas não sobre Eph. Saltou da beirada das pias para a parede, atravessando o toalete, e depois caiu no soalho de ladrilhos, apoiado nos quatro membros.

Eph acompanhou a trajetória com a ponta de espada. O tateador ficou agachado ali, olhando para ele.

Você vai me matar, Ephraim?

A voz tentadora de Kelly. Teria sido ideia dela mandar um garoto da idade de Zack?

– Por que você me atormenta dessa maneira?

Eu poderia ter cem vampiros sedentos aqui nesse momento, cercando você. Diga por que eu não devia mandar todos contra você agora?

– Porque o livro não está aqui. E, o que é mais importante, se nosso acordo for quebrado, eu cortaria minha própria garganta antes de deixar você ter acesso à minha mente.

Você está blefando.

Eph brandiu a arma na direção do garoto. Ele cambaleou para trás, batendo na porta do cubículo e indo parar lá dentro.

– Que tal isso? – perguntou Eph. – Essas ameaças não me dão muita confiança de que você manterá sua parte na barganha.

Reze para que eu mantenha.

– Interessante escolha de palavras, "reze". – Eph estava agora na porta do cubículo. Aquele canto do banheiro fedia devido ao abandono. – Ozryel. Sim, andei lendo o livro que você quer tanto. E falando com Quinlan, o Nascido.

Então já deve saber que na verdade eu não sou Ozryel.

– Não, você é os vermes que escaparam das veias do anjo assassino. Depois que Deus o despedaçou como alguém que esquarteja uma galinha.

Nós compartilhamos a mesma natureza rebelde. Muito como o seu filho, imagino.

Eph afastou aquele pensamento, determinado a não se tornar mais um alvo fácil para os insultos do Mestre.

– Meu filho não é parecido com você.

Não tenha tanta certeza. Onde está o livro?

– Todo esse tempo esteve escondido nas estantes, no fundo da Biblioteca Pública de Nova York, caso você estivesse querendo saber. Estou aqui agora para dar a eles um pouco de tempo.

Presumo que o Nascido esteja estudando o livro com afinco.

– Certo. Isso não o preocupa?

Aos olhos dos indignos, o livro levaria anos para ser decifrado.

– Ótimo. Então você não está com pressa. Assim, talvez eu deva desistir. Aguardar uma oferta melhor de sua parte.

E talvez eu devesse sugar e esquartejar seu filho.

Eph queria passar a espada na garganta daquela criança morta-viva. Deixar o Mestre ficar esperando um pouco mais. Mas também não queria pressionar demais a criatura. Não com a vida de Zack em jogo.

– Você é que está blefando agora. Está preocupado e finge que não está. Você quer esse livro, e quer muito. Por que tão depressa?

O Mestre não respondeu.

– Não há outro traidor. Você é só mentira.

O tateador continuava agachado, com as costas na parede.

– Muito bem – disse Eph. – Jogue do seu jeito.

Meu pai está morto.

O coração de Eph deu uma pequena parada, ficando como morto no seu peito por um longo momento. Tal foi o choque de ouvir, tão claramente como se ele estivesse ali no aposento, a voz de seu filho Zack.

Ele estava tremendo. Lutou muito para abafar um grito furioso que lhe subia pela garganta.

– Seu maldito...

O Mestre voltou à voz de Kelly:

Você vai trazer o livro logo que puder.

O primeiro medo de Eph era que Zack já houvesse sido transformado. Mas não, o Mestre estava apenas lançando a voz de Zack, apresentando-a a Eph por meio do tateador. Eph disse:

– Que Deus amaldiçoe você.

Ele tentou. E onde Ele está agora?

– Não aqui – disse Eph, abaixando um pouco a lâmina. – Não aqui.

Não. Não nesse departamento da seção masculina da loja Macy´s deserta. Por que você não liberta essa pobre criança, Ephraim? Olhe para os olhos cegos dela. Golpeá-la não lhe daria uma grande satisfação?

Eph olhou bem dentro dos olhos da criança, que eram vítreos e não piscavam. Havia ali um vampiro... mas também o garoto que ele já fora um dia.

Eu tenho milhares de filhos. Todos eles absolutamente leais.

– Você só tem um descendente verdadeiro. O Nascido. E tudo que ele quer é destruir você.

O tateador caiu de joelhos, levantando o queixo e apresentando o pescoço para Eph, com os braços inertes ao lado do corpo.

Pegue isso, Ephraim, e acabe com ele.

Os olhos do tateador olhavam para o vazio, à maneira de um suplicante esperando ordens de seu senhor. O Mestre queria que ele executasse a criança. Por quê?

Eph dirigiu a ponta da espada para o pescoço exposto do garoto.

– Aqui – disse ele. – Passe o garoto na minha espada se deseja liberá-lo.

Você não sente desejo de matá-lo?

– Eu sinto muito desejo de matá-lo. Mas não tenho um bom motivo.

Quando o garoto não se moveu, Eph recuou, afastando a espada. Algo ali não estava certo.

Você não consegue matar o garoto. Esconde-se atrás da fraqueza, chamando-a de força.

– Fraqueza é ceder à tentação. Força é resistir – disse Eph.

Ele olhou para o tateador, com a voz de Kelly ainda ressoando na cabeça. O tateador não tinha qualquer ligação com ele, sem Kelly. E a voz dela estava sendo projetada pelo Mestre, numa tentativa de distraí-lo e enfraquecê-lo, mas a vampira Kelly poderia estar em qualquer lugar naquele momento. Em qualquer lugar.

Eph saiu do cubículo e começou a correr, subindo a escada rolante para o local onde deixara Nora.

Kelly manteve-se perto da parede, enquanto ia pisando descalça ao longo das araras de roupas. O cheiro da mulher permanecia na sala do fundo, atrás da vitrine de calçados... mas seu pulso sanguíneo se propagava pelo recinto das vitrines. Kelly se aproximou da porta do provador. Nora Martinez a esperava lá com uma espada de prata.

– Ei, sua puta – cumprimentou Nora.

Kelly projetou a mente até os tateadores, convocando-os para se aproximarem. Ela não tinha um bom ângulo de ataque. A arma de prata brilhava quente na sua vista, e a fêmea humana calva avançou na sua direção.

– Você realmente se largou – disse Nora, rodeando uma caixa registradora. – A seção de cosméticos fica no primeiro andar, por falar nisso. E talvez uma blusa de gola alta para cobrir esse pescoço nojento de tartaruga.

A garota-tateadora chegou pulando pelos degraus, parando perto de Kelly.

– Dia de compras para mãe e filha – disse Nora. – Que bonitinho. Tenho joias de prata que gostaria muito que vocês duas experimentassem.

Nora fez uma finta, mas Kelly e a tateadora ficaram só olhando para ela.

– Eu costumava ter medo – disse Nora. – No túnel do trem eu tive medo de você. Não tenho mais.

Ela tirou a lanterna Luma pendurada na mochila e ligou a luz negra movida a pilhas. Os raios ultravioleta repeliam as vampiras. A tateadora rosnou e recuou, apoiada nas mãos e nos pés. Kelly permaneceu imóvel, apenas se virando enquanto Nora rodeava para se afastar delas, na direção da escada. Foi usando os espelhos para se proteger por trás, e foi assim que viu a figura fugaz subindo pelo corrimão.

Nora girou e meteu fundo a lâmina na boca do garoto-tateador. A prata escaldante liberou-o quase imediatamente. Ela puxou a espada rapidamente e voltou-se, pronta para o ataque.

Kelly e a garota-tateadora haviam desaparecido. Sumido, como se nunca houvessem estado lá em primeiro lugar.

– Nora! – exclamou Eph no andar imediatamente inferior.

– Estou indo! – gritou ela de volta, descendo os degraus de madeira.

Ele a encontrou ansioso, depois de temer o pior. Vendo o sangue branco viscoso na lâmina dela, perguntou:

– Você está legal?

Ela assentiu, agarrando um lenço de pescoço em um cabide próximo para limpar a lâmina.

– Esbarrei com a Kelly lá em cima. Ela disse "oi".

Eph olhou para a espada.

– Você...

– Não, infelizmente. Só um daqueles pequenos monstros adotados por ela.

– Vamos dar o fora daqui – disse Eph.

Lá fora, Nora meio que esperava ser recebida por um enxame de vampiros. Mas não. Só havia humanos comuns indo para o trabalho e voltando para casa, com os ombros encolhidos sob a chuva.

– Como foi a coisa? – perguntou Nora.

– Ele é um canalha – disse Eph. – Um verdadeiro canalha.

— Mas você acha que ele comprou a ideia?
Eph não conseguiu encarar Nora.
— Sim. Comprou – disse ele, continuando a procurar vampiros e esquadrinhando as calçadas enquanto caminhavam.
— Aonde estamos indo? – perguntou Nora.
— Continue andando – disse Eph.
Atravessando a rua 36 ele parou, mergulhando sob o toldo de um mercado que estava fechado. Olhou para cima, através da chuva, para os telhados.
Lá no alto, do outro lado da rua, um tateador pulou de uma laje para a seguinte. Rastreando os dois.
— Eles estão nos seguindo. Vamos – disse Eph. Eles continuaram, tentando perder-se no meio da multidão. – Precisamos esperar que eles se escondam da luz do sol.

Universidade de Colúmbia

EPH E NORA VOLTARAM ao campus vazio da universidade logo depois da primeira luz, confiantes de que não estavam sendo seguidos. Eph calculou que Quinlan só podia estar no subsolo, provavelmente estudando o *Lumen*. Estava indo para lá quando Gus interceptou os dois, ou, mais precisamente, interceptou Nora enquanto Eph ainda estava com ela.
— Conseguiu o remédio? – perguntou.
Nora mostrou-lhe uma sacola cheia do botim.
— É o Joaquin – disse Gus.
Nora parou, pensando em envolvimento com vampiros.
— O que aconteceu?
— Quero que dê uma olhada nele. Está passando mal.
Eles o seguiram até uma sala de aula, onde Joaquin estava deitado em cima de uma carteira, com a perna da calça levantada. Seu joelho apresentava bulbos em dois lugares, ambos consideravelmente inchados. O membro da gangue sofria com muita dor. Gus ficou do outro lado da carteira, esperando respostas.

– Há quanto tempo esse joelho está assim? – perguntou Nora a Joaquin.

Com uma careta no rosto suado, Joaquin disse:
– Num sei. Há algum tempo.
– Vou tocar aqui.

Joaquin retesou o corpo. Nora explorou as áreas inchadas em torno do joelho. Ela viu abaixo da patela uma pequena ferida com menos de três centímetros de comprimento, era torta, com uma crosta nas bordas amareladas.
– Quando você sofreu esse corte?
– Num sei – disse Joaquin. – Acho que bati em alguma coisa no campo de sangue. Só notei isso muito tempo depois.

Eph interrompeu:
– Você tem saído sozinho às vezes. Assaltou algum hospital ou clínica de repouso?
– Hum... provavelmente. O Saint Luke's, com certeza.

Eph olhou para Nora, o silêncio dos dois mostrava a gravidade da infecção.
– Penicilina? – disse Nora.
– Talvez. Vamos pensar um pouco mais – disse Eph. Para Joaquin, disse: – Fique deitado. Nós voltaremos já.
– Espere, doutor. Isso não me soa bem.
– É uma infecção, não há dúvida – disse Eph. – Seria rotineiro tratar isso num hospital. O problema é que não há mais hospitais. Um humano doente é simplesmente descartado. De modo que precisamos discutir como cuidar disso aí.

Joaquin assentiu, sem parecer convencido, e deitou de novo na carteira. Sem uma palavra, Gus seguiu Eph e Nora até o corredor lá fora. Olhando principalmente para Nora, disse:
– Nada de enganação.

Nora sacudiu a cabeça.
– Uma bactéria multirresistente. Ele pode ter se cortado no campo, mas isso é algo que contraiu numa instalação hospitalar. O bicho pode viver nos instrumentos, em superfícies, por muito tempo. Mau, e agressivo.

– Muito bem. De que vocês precisam? – disse Gus.
– Precisamos de algo que não conseguimos em lugar algum. Nós acabamos de sair à procura disto: vancomicina.
Houvera uma corrida atrás da droga durante os últimos dias da praga. Aturdidos, especialistas médicos, profissionais que deveriam saber que não poderiam ficar alimentando o pânico, haviam ido à televisão, sugerindo a "droga do último recurso" como um possível tratamento para a linhagem virótica, ainda não identificada, que se propagava pelo país com incrível rapidez.
– E, mesmo se encontrássemos um pouco de vancomicina, seria necessário um forte tratamento com antibióticos e outros remédios para livrar Joaquin daquela infecção – disse Nora. – Não é uma ferroada de vampiro, mas, em termos de expectativa de vida, é bem equivalente.
– Mesmo se conseguíssemos injetar nele fluidos por via intravenosa, isso não lhe traria nenhum bem, a não ser prolongar o inevitável – disse Eph.
Gus olhou para Eph como se fosse dar-lhe um soco.
– Deve haver outro meio. Vocês são médicos, porra...
– Sob o ponto de vista médico – disse Nora –, nós recuamos para a Idade Média. Sem a fabricação de drogas novas, todas as doenças que pensávamos ter derrotado voltaram e estão nos levando cedo. Podemos remexer por aí, achar alguma coisa para deixar Joaquin mais confortável...

Ela olhou para Eph, assim como Gus. Eph não se importava mais; pegou a mochila onde escondera o Vicodin, abriu o bolsão com zíper e tirou um invólucro cheio de drágeas. Dúzias de drágeas e pílulas de diferentes formas, cores e tamanhos. Ele escolheu duas de Lorcet de baixa dosagem, algumas de Percodian e quatro Dilaudid de 2mg.
– Comece dando esses a ele – disse Eph, apontando para os Lorcets.
– Deixe os Dilaudids para o fim.
Entregando o restante dos medicamentos a Nora, Eph arrematou:
– Fique com tudo. Não quero mais isso.
Gus olhou para as pílulas em suas mãos.
– Isso não vai curar o Joaquin?

– Não – disse Nora. – Apenas controlar a dor.
– Que tal uma amputação? Cortar a perna dele. Eu mesmo podia fazer isso.
– Não se trata apenas do joelho, Gus. – Nora tocou o braço dele. – Desculpe. Do jeito que a coisa está agora, não há muito que possamos fazer.

Gus olhou para os medicamentos na sua mão, estonteado, como se estivesse ali com as peças quebradas de Joaquin.

Vasiliy entrou, com os ombros do jaleco molhados da chuva externa. Ele diminuiu o passo um momento, espantado com aquela cena estranha: Eph, Gus e Nora parados juntos, num momento de emoção.

– Ele está aqui – disse Vasiliy. – O Creem voltou. Está na garagem.

Gus fechou as pílulas na mão.

– Vá lá você. Lide com aquele merda. Eu vou depois.

Gus voltou para junto de Joaquin lá dentro, acariciou a testa suada dele e ajudou-o a engolir as pílulas. Sabia que estava dizendo adeus à última pessoa que era importante para ele. A última pessoa de quem realmente gostava. Seu irmão, sua mãe, o mais íntimo *compas*: todos eles estavam mortos. Ele não tinha mais ninguém.

L á fora, Vasiliy olhou para Nora.
– Tudo bem? Vocês demoraram um tempão.

– Estávamos sendo seguidos – disse ela.

Eph viu os dois se abraçarem. Foi obrigado a fingir que não se importava.

– Quinlan fez algum progresso com o *Lumen*? – perguntou ele, depois que os dois se separaram.

– Não – disse Vasiliy. – A coisa não parece boa.

Os três atravessaram a Low Plaza, semelhante a um anfiteatro grego, passando pela biblioteca e chegando à borda do campus, onde ficava o prédio de manutenção. O Hummer amarelo de Creem estava estacionado dentro da garagem. O enfeitado líder dos Safiras de Jersey tinha a mão gorda num carrinho de compras cheio de armas semiautomáticas que Gus lhe prometera. Apresentava um sorriso amplo, e os dentes cobertos de prata brilhavam como os do Gato de Alice dentro da sua boca enorme.

– Eu podia fazer um estrago com essas espingardinhas – disse ele, apontando uma delas para a porta aberta da garagem. Depois olhou para Vasiliy, Eph e Nora. – Onde está o mexicano?

– Está vindo – disse Vasiliy.

Creem, profissionalmente desconfiado, pensou no caso antes de decidir que estava tudo bem.

– Vocês estão autorizados a falar por ele? Eu fiz a ele uma oferta e tanto.

Vasiliy disse:

– Nós estamos todos cientes disso.

– E?

– Seja lá o que custar – disse Vasiliy. – Mas precisamos ver o detonador primeiro.

– É, claro, claro. Podemos providenciar isso.

– Providenciar?! – exclamou Nora. Ela olhou para o feio caminhão amarelo. – Pensei que você estava trazendo o troço.

– Trazendo? Nem sei com o que o troço se parece. Eu sou o quê, o MacGyver? Só mostro a vocês aonde ir. Um arsenal militar. Se aquele lugar não tiver o detonador, não sei se existe em outro.

Nora olhou para Vasiliy. Estava claro que não confiava no tal do Creem.

– Mas então... você está nos oferecendo uma carona até a loja? Essa é a sua grande contribuição?

Creem sorriu para ela.

– Informação e acesso. É isso que ponho na mesa.

– Se você ainda não tem o troço... por que está aqui agora?

Creem brandiu sua arma descarregada.

– Vim por causa de minhas armas, e para ouvir a resposta do mexicano. Além de buscar um pouco de munição para carregar essas belezinhas.

Ele abriu a porta do motorista e estendeu a mão para pegar algo nos bancos dianteiros: um mapa de Nova Jersey, com outro mapa desenhado à mão pregado a ele com um clipe. Nora mostrou o mapa a Vasiliy, depois a Eph.

– É isso que ele está nos dando. Trocando pela ilha de Manhattan – disse ela. Depois olhou para Vasiliy. – Os nativos americanos fizeram um negócio melhor do que nós.

Creem achou aquilo divertido.

– Isso é um mapa do Arsenal Picatinny. Veja aí, fica no norte de Nova Jersey, a apenas cinquenta, sessenta e cinco quilômetros a oeste daqui. Uma gigantesca reserva militar, agora controlada pelos sanguessugas. Mas eu tenho um meio de penetrar. Há meses que venho roubando munição de lá. Já roubei quase toda a munição deles, e é por isso que preciso disso aqui – disse ele, dando uns tapinhas nas armas, enquanto as colocava na traseira do Hummer. – Na Guerra Civil, o lugar servia para o exército armazenar pólvora. Era um centro de pesquisa e manufatura militar antes do domínio dos vampiros.

Vasiliy levantou os olhos do mapa.

– Eles têm detonadores?

– Se não tiverem – disse Creem –, ninguém mais tem. Eu vi fusíveis e temporizadores. Vocês precisam saber de que tipo precisam. Sua bomba nuclear está aqui? Não que eu saiba o que estou procurando.

Vasiliy não respondeu à pergunta.

– A bomba tem um metro por um metro e meio, mais ou menos. Portátil, mas não a ponto de caber numa maleta. Parece um barril pequeno ou uma lata de lixo.

– Vocês vão encontrar alguma coisa que funcione. Ou não vão. Eu não dou nenhuma garantia, além de poder botar vocês lá dentro. Então vocês levam seu brinquedo para longe e veem como funciona. Eu não ofereço nenhuma garantia de devolução do dinheiro. Se funcionar ou não, é problema de vocês, não meu.

Nora disse:

– Você está nos oferecendo quase nada.

– Você quer fazer pesquisa de mercado por mais alguns anos? Fique à vontade.

Nora disse:

– Fico feliz por você achar isso tão engraçado.

– Madame, para mim tudo isso é engraçado pra caralho – disse Creem. – O mundo todo é uma fábrica de risadas. Eu rio dia e noite.

O que você quer que eu faça? Comece a chorar? Essa coisa de vampiro é uma piada colossal, e, na minha opinião, ou você entra na brincadeira, ou cai fora.

– E você está dentro? – disse Nora.

– Eu vejo as coisas da seguinte maneira, minha bela careca – disse Creem, mostrando os dentes cobertos de prata. – Pretendo ser o último a rir. De modo que é melhor vocês, renegados e rebeldes, só acenderem a porra do detonador longe dessa minha ilha. Levem o troço para... a porra de Connecticut ou algo assim. Mas fiquem longe da minha praia. É parte do acordo.

Agora Vasiliy estava sorrindo.

– O que você espera fazer com essa cidade quando tomar posse?

– Não sei. Quem consegue pensar tão adiante? Nunca fui proprietário antes. Esse lugar não vale nada como imóvel, mas é único. Talvez eu transforme essa porra num cassino. Ou num ringue de patinação... tanto faz para vocês.

Nesse momento Gus entrou. Tinha as mãos fundas nos bolsos, e a expressão do rosto, severa. Usava óculos escuros, mas, se você olhasse com bastante atenção, como fez Nora, veria que seus olhos estavam vermelhos.

– Aqui está ele – disse Creem. – Parece que temos um trato, mexicano.

Gus assentiu.

– Temos um trato.

Nora disse:

– Espere. Ele só tem uns mapas.

Gus assentiu, ainda um tanto ausente.

– Quando podemos ter o detonador?

Creem disse:

– Que tal amanhã?

– Amanhã está bem – disse Gus. – Com uma condição. Você espera aqui hoje à noite. Conosco. E nos leva até lá antes da primeira luz.

– Está me vigiando, mexicano?

– Nós lhe daremos comida – disse Gus.

Creem foi conquistado.

– Legal. Lembre que eu gosto de meu bife bem passado. – Ele fechou a porta do caminhão. – Qual é o grande plano de vocês, afinal?

– Você não precisa saber – disse Gus.

– Não dá para conseguir emboscar aquele filho da puta. – Creem olhou para todos eles. – Espero que vocês saibam disso.

Gus disse:

– Dá, sim, se você tem alguma coisa que ele quer. Alguma coisa de que ele precisa. É *por isso* que eu vou ficar vigiando você...

Trecho do diário de
Ephraim Goodweather

Querido Zack,

    Esta é a segunda vez que escrevo uma carta que nenhum pai deveria precisar escrever para seu filho: um bilhete suicida. A primeira eu escrevi antes de colocar você naquele trem que partia de Nova York, explicando as razões de ficar para trás e lutar o que eu suspeitava ser uma batalha perdida.
    Aqui permaneço, ainda lutando aquela batalha.
    Você foi arrebatado de mim da maneira mais cruel possível. Agora já faz quase dois anos. Eu tenho sofrido por você, tenho tentado encontrar um meio de livrá-lo das garras dos seus carcereiros. Você pensa que estou morto, mas não – ainda não. Eu vivo, e vivo por você.
    Estou escrevendo isso caso você sobreviva a mim, e o Mestre também sobreviva. Nesse caso, que para mim é o pior dos cenários, eu terei cometido um grave crime contra a humanidade, ou contra o que sobrou dela. Terei trocado a última esperança de liberdade de nossa raça subordinada, a fim de que você, filho, viva. Não apenas viva, mas viva como um ser humano, sem ser transformado pela praga propagada pelo Mestre.
    Minha maior esperança é que você já tenha percebido que o modo de agir do Mestre é o mal na sua forma mais vil. Há um provérbio muito sábio: "A história é escrita pelos vencedores."

Hoje eu escrevo não de história, mas de esperança. Antigamente nós tínhamos uma vida juntos, Zack. Uma vida linda, e eu incluo sua mãe nisso também. Por favor, lembre-se daquela vida: a luz do sol, os risos e a alegria simples. Foi essa a sua juventude. Você foi forçado a crescer depressa demais, e qualquer confusão sua sobre quem realmente ama você, e quer o melhor para você, é compreensível e perdoável. Eu lhe perdoo de tudo. Por favor, perdoe minha traição... foi por você. Minha própria vida é um pequeno preço a pagar pela sua; mas o preço das vidas de meus amigos e o futuro da humanidade é enorme.

Muitas vezes eu perdi a esperança em mim, mas nunca em você. Só lamento não ver o homem que você será quando crescer. Por favor, deixe meu sacrifício guiar você no caminho da virtude.

E agora tenho outra coisa muito importante para dizer. Se, como eu digo, este plano tiver o desfecho que eu temo que tenha, então eu fui transformado. Sou um vampiro. E você deve entender que, devido aos laços de amor que eu sinto por você, meu eu vampiresco irá à sua procura. Ele nunca se deterá. Se, quando ler isso, você já tiver me matado, eu lhe agradeço. Mil vezes. Eu agradeço a você. Por favor, não sinta culpa nem vergonha, apenas a satisfação de alguma coisa bem-feita. Estou em paz.

Mas, se, de alguma forma, você ainda não tiver me liberado, por favor, me destrua na próxima oportunidade que tiver. É meu último pedido. Você vai querer abater sua mãe também. Nós amamos você.

Se você tiver encontrado este diário onde eu pretendo deixá-lo (na sua cama de adolescente, na casa da sua mãe, na rua Kelton, em Woodside, Queens), então encontrará debaixo da cama uma bolsa de armas forjadas em prata. Espero que isso torne seu caminho mais fácil neste mundo. É tudo que eu deixo como herança para você.

Esse é um mundo cruel, Zachary Goodweather. Faça o que puder para torná-lo melhor.

Seu pai,
Dr. Ephraim Goodweather

Universidade de Colúmbia

Eph não comparecera à refeição prometida por Gus a fim de escrever a carta para Zack, em uma das salas de aula vazias, perto de Joaquin. No momento em que escrevia, ele sentiu mais desprezo pelo Mestre do que em qualquer momento de sua longa, terrível provação.

Depois ele examinou o que acabara de escrever. Leu a carta do princípio ao fim, tentando abordá-la como Zack faria. Nunca considerara a questão sob o ponto de vista de Zack. O que seu filho pensaria?

Papai me amava... sim.

Papai traiu seus amigos e seu povo... sim.

Lendo aquilo, Eph percebeu como Zack se sentiria cheio de culpa. Teria o peso do mundo perdido sobre seus ombros. Seu pai escolhera a escravidão para todos pela liberdade de um só.

Aquilo era realmente um ato de amor? Ou outra coisa?

Era um engodo. Era uma saída fácil. Zack poderia viver como um escravo humano, *caso* o Mestre cumprisse sua parte no acordo, e o planeta se tornaria um ninho de vampiros por toda a eternidade.

Eph teve a sensação de estar acordando de um sono febril. Como ele pudera ter pensado naquilo? Era quase como se, ao permitir que a voz do Mestre entrasse na sua cabeça, ele também tivesse permitido um pouco de corrupção ou insanidade. Que a presença maligna do Mestre tivesse mentalmente se aninhado na mente dele e começado uma metástase. Pensar naquilo, na realidade, fazia com que Eph temesse por seu filho mais do que nunca: temesse por Zack vivo junto àquele monstro.

Ele ouviu alguém se aproximando pelo corredor. Rapidamente, fechou o diário e escondeu-o debaixo da mochila, no momento exato em que a porta se abriu.

Era Creem, com o corpanzil quase preenchendo o portal. Eph esperava que fosse Quinlan, e a presença de Creem o desconcertou. Ao mesmo tempo, ficou aliviado ao pensar que Quinlan logo perceberia a causa da sua angústia.

– Ei, doutor. Estava à sua procura. Um tempo para ficar sozinho, né?

– Esfriando a cabeça.

– Eu estava procurando a dra. Martinez, mas ela está ocupada.

– Não sei onde ela está.

– Saiu com o grandalhão, o exterminador. – Creem entrou, fechou a porta e estendeu o braço, com a manga enrolada até o cotovelo grosso. Uma atadura quadrada estava presa no antebraço. – Tive esse corte, e precisava que desse uma olhada. Vi o garoto mexicano ali, Joaquin. Ele está completamente fodido. Preciso que examine isso.

– Hum, claro. – Eph tentou clarear a mente. – Vamos ver.

Creem avançou, e Eph tirou uma lanterna da mochila, segurando o largo antebraço do homem.

A cor da pele parecia boa sob o facho de luz brilhante.

– Tire a atadura para mim – pediu Eph.

Creem obedeceu, com os dedos parecendo salsichas adornadas de anéis de prata. A atadura foi arrancando grossos pelos negros, mas ele não fez qualquer careta.

Eph fez brilhar o facho de luz sobre a carne que ficou à mostra. Não havia nenhum corte ou arranhadura.

– Não vejo nada – disse Eph.

– Porque não há o que ver – disse Creem. Ele recolheu o braço e ficou parado ali, olhando para Eph. Esperando que ele adivinhasse o que era. – O Mestre mandou que eu fizesse contato com você em particular.

Eph quase saltou para trás. A lanterna caiu das suas mãos, rolando até os pés. Ele a pegou, atrapalhando-se para desligar a luz.

O líder da gangue deu seu sorriso de prata.

– É você? – disse Eph.
– E você? Isso não fazia sentido – disse Creem. Ele olhou de volta para a porta fechada antes de continuar: – Escute aqui, amigão. Você precisa estar mais presente, sabe? Precisa falar mais, desempenhar seu papel. Não está se esforçando.
Eph quase não o escutava.
– Há quanto tempo...
– O Mestre me procurou não faz muito tempo. Estraçalhou a porra do resto do meu bando. Mas isso eu até respeito. Agora quem manda é o Mestre, sacou? – Ele estalou os dedos de prata. – Mas ele me poupou. Tem outros planos. E fez uma oferta para mim... a mesma que eu fiz para seu pessoal.
– Entregar todos nós... em troca de Manhattan?
– Bom, por uma parte. Um pouco do mercado negro, do comércio sexual e das apostas. Falou que isso ajudaria a manter o povo distraído e enquadrado.
– Então, esse... esse detonador... é tudo mentira.
– Neca, é real. Eu simplesmente deveria me infiltrar no seu pessoal. Foi o Gus que me trouxe esse pedido.
– E quanto ao livro?
– Aquele livro de prata de que vocês vivem falando aos cochichos? O Mestre não falou nada. É isso que vocês estão dando a ele?
Eph precisava desempenhar seu papel ali. De modo que assentiu.
– Você é o último que me passaria pela cabeça. Mas ei... os outros logo vão querer ter feito um acordo antes de nós.
Creem deu novamente aquele sorriso de prata. Sua expressão metálica dava náuseas em Eph, que perguntou:
– Acha mesmo que ele vai cumprir o acordo com você?
Creem fez uma careta.
– Por que não cumpriria? Você espera que ele cumpra o seu?
– Nem sei o que pensar.
– Você acha que ele vai nos foder? – Creem estava ficando furioso. – Por quê? O que você vai levar nisso? Melhor não dizer que é essa cidade.
– Meu filho.

– E?

– Só isso.

– Só isso? Seu garoto. Pela porra do livro sagrado e por seus amigos.

– Ele é tudo que eu quero.

O líder da gangue recuou, parecendo impressionado, mas Eph percebeu que Creem achava que ele era um idiota.

– Sabe, andei pensando quando descobri o seu lance... por que dois planos? O que o Mestre está pensando? Ele vai cumprir os dois acordos?

– Provavelmente nenhum dos dois – disse Eph.

Creem não gostou do som das palavras.

– De qualquer modo, eu andei pensando... um dos nossos planos é um plano B. Porque... se você fez o acordo primeiro, para que ele precisaria de mim? Eu me fodo, e você leva a glória.

– A glória de trair meus amigos.

Creem assentiu. Eph deveria ter prestado mais atenção à reação dele, mas estava agitado demais. Despedaçado demais. Podia se ver refletido naquele mercenário sem alma.

– Acho que o Mestre está tentando me passar para trás. Fazer um segundo acordo é como não fazer nenhum. É por isso que contei aos outros onde fica o arsenal militar. Porque eles nunca vão chegar lá. Porque o Creem precisa agir agora.

Então Eph percebeu a proximidade do chefe da gangue. Verificou as mãos dele, que estavam vazias – mas com os punhos fechados.

– Espere – disse Eph, adivinhando o que Creem ia fazer. – Espere. Escute. Eu... não vou cumprir o acordo. Foi loucura até ter pensado nisso. Não vou trair essas pessoas, e você também não devia fazer isso. Você sabe onde está o detonador. Nós vamos lá, colocamos o troço na bomba de Vasiliy, e vamos atrás do Sítio Negro do Mestre. Assim todos nós conseguimos o que queremos. Eu recupero meu filho. Você pode pegar seu quinhão de terra. E nós fodemos com o filho da puta de uma vez por todas.

Creem assentiu, parecendo avaliar a oferta.

– Engraçado – disse ele. – É exatamente o que eu diria se a mesa fosse virada, e você estivesse a ponto de me trair. *Adios*, doutor.

Creem agarrou a gola de Eph, que não teve tempo de se defender. O punho gordo e os nós dos dedos cobertos de prata bateram com força na lateral da cabeça de Eph, que não sentiu o golpe a princípio, apenas observou a súbita rotação da sala, e depois viu as cadeiras se espalhando debaixo do seu corpo que caía. Seu crânio bateu no chão, o aposento ficou branco, e depois muito, muito escuro.

A visão

COMO DE COSTUME, DO fogo saíram as figuras de luz. Eph ficou parado ali, assombrado pela aproximação delas. Seu plexo solar foi atingido pela energia de uma das figuras, com toda a força. Eph resistiu, lutando pelo que parecia uma eternidade. A segunda figura uniu-se à luta, mas Ephraim Goodweather não desistiu. Lutou com coragem desesperada, até que viu o rosto de Zack de novo, no meio do brilho.

– *Papai* – disse Zack, e então o clarão aconteceu de novo.

Mas dessa vez Eph não acordou. A imagem deu lugar a uma nova paisagem de relva verdejante, sob o quente sol amarelo, ondulando com uma brisa discreta.

Um campo. Parte de uma fazenda.

Céu claro e azul. Nuvens rápidas. Árvores luxuriantes.

Eph levantou a mão para bloquear o sol direto nos olhos, para poder ver melhor.

Uma casa de fazenda simples. Pequena, construída com tijolos vermelhos e telhas pretas. Ficava a uns bons cinquenta metros de distância, mas Eph chegou lá com apenas três passos.

Saíam rolos de fumaça da chaminé, numa formação perfeita e repetida. A brisa mudou, nivelando a corrente de fumaça, e o fumo expelido formou letras de alfabeto, como que escritas por uma mão bem firme.

...LEYRZOLEYRZOLEYRZOLEYRZO...

As letras esfumaçadas se dissiparam, transformando-se em cinzas leves sopradas sobre a relva. Eph dobrou o corpo, como se fosse um mergulhador, e roçou nas folhas da grama com os dedos, vendo as pontas se romperem e sangue vermelho vazar.

Uma janela isolada, com quatro vidraças na parede. Eph encostou o rosto ali e, quando respirou sobre o vidro, clareou com o hálito a janela opaca.

Uma mulher estava sentada a uma velha mesa na cozinha. Cabelo amarelo brilhante, ela estava escrevendo num livro grosso com uma caneta feita de uma linda pena prateada, brilhante e de tamanho descomunal, que ela mergulhava num tinteiro cheio de sangue vermelho.

Kelly virou a cabeça, não de todo na direção da janela, mas apenas o bastante para Eph saber que ela percebera sua presença ali. A vidraça ficou embaçada de novo, e, quando ele soprou, clareando-a, Kelly desaparecera.

Eph deu a volta na casa da fazenda, procurando outra janela ou uma porta. Mas a casa era de tijolos maciços, e, depois de um giro completo, ele sequer conseguiu encontrar a parede com a janela original. Os tijolos haviam enegrecido, e, quando ele se afastou da construção, a casa se transformou num castelo. As cinzas enegreceram a grama aos pés dele, tornando as folhas ainda mais afiadas, de modo que a cada passo Eph cortava os pés descalços.

Uma sombra passou pelo céu. Tinha asas, como uma grande ave de rapina, e descreveu uma curva ligeira antes de se afastar, com a sombra se desvanecendo na grama escurecida.

No alto do castelo uma chaminé do tamanho da de uma fábrica expelia cinzas para o céu, transformando o dia bonito em noite sinistra. Kelly apareceu em um dos parapeitos, e Eph gritou para ela.

– Ela não pode ouvir você – disse-lhe Vasiliy.

Vasiliy usava o macacão de exterminador e fumava um charuto Corona, mas sua cabeça era a cabeça de um rato, com olhos pequenos e vermelhos.

Eph levantou os olhos para o castelo novamente, e o cabelo louro de Kelly foi soprado para longe feito fumaça. Agora ela era Nora, calva, e desapareceu dentro dos contrafortes mais altos do castelo.

– Precisamos nos separar – disse Vasiliy, tirando o charuto da boca com uma mão humana e soprando uma fumaça cinza-prata que se enroscava em seus finos bigodes negros. – Não temos muito tempo.

O rato-Vasiliy correu para o castelo e se enfiou de cabeça numa rachadura nas fundações, dando um jeito de torcer o corpo e entrar no meio de duas pedras negras.

Na torre do alto, havia um homem parado, usando uma camisa de trabalho com o emblema da Sears. Era Matt, o namorado que morava com Kelly, a primeira substituição de Eph como figura paterna, e o primeiro vampiro que ele matara. Enquanto Eph olhava, Matt sofreu um ataque, agarrando a própria garganta. Ele entrou em convulsão, dobrou o corpo, escondendo o rosto e se contorcendo... até afastar as mãos da cabeça. Seus dedos médios viraram garras espessas, e a criatura endireitou o corpo, agora uns doze centímetros mais alto. O Mestre.

Então o céu negro se abriu, com a chuva desabando lá de cima. As gotas, quando batiam no chão, porém, em vez do tamborilar de sempre, faziam um som que parecia "papai".

Eph se afastou tropeçando, virando-se e correndo. Ele tentava se adiantar à chuva atalhando pela grama cortante, mas as gotas o castigavam a cada passo, gritando nos seus ouvidos: "Papai!", "Papai!", "Papai!".

Até que tudo clareou. A chuva parou, e o céu se transformou numa concha escarlate. A grama desaparecera e a terra do solo refletia a vermelhidão do céu, como faz o oceano.

A distância, uma figura aproximou-se. Não parecia estar muito longe, mas, quando chegou mais perto, Eph pôde avaliar melhor seu tamanho. Parecia um humano, um homem, mas tinha pelo menos três vezes o tamanho do próprio Eph. Parou a certa distância, embora o tamanho o fizesse parecer próximo.

Na verdade era um gigante, mas suas proporções eram exatamente corretas. Estava vestido, ou banhado, numa nuvem de luz.

Eph tentou falar. Ele não tinha medo direto daquela criatura. Simplesmente se sentia assombrado.

Algo farfalhou atrás das costas do gigante. Imediatamente, duas largas asas de prata se abriram, com um diâmetro ainda maior do que a altura do gigante. O sopro de ar produzido pela ação fez Eph recuar um passo. Com os braços ao lado do corpo, o arcanjo, pois aquilo só podia ser isso, bateu as asas duas vezes mais, agitando o ar e levantando voo.

  O arcanjo voou para o alto, com as grandes asas fazendo todo o trabalho, deixando braços e pernas relaxados, enquanto vinha pelo ar na direção de Eph, com graça e facilidade sobrenaturais. Pousou defronte de Eph, com seu tamanho, três vezes o do humano, fazendo Eph parecer um anão. Umas poucas penas de prata se soltaram da plumagem, caindo com a ponta para baixo e penetrando na terra vermelha. Uma delas flutuou no ar na direção de Eph, e ele a pegou. A ponta transformou-se num punho de marfim, e a pena, numa espada de prata.

  O enorme arcanjo curvou-se na direção de Eph. Seu rosto ainda estava escondido pela nuvem de luz que exsudava dele, e que parecia estranhamente fria, quase nevoenta.

  O arcanjo pareceu fixar o olhar em algo atrás de Eph, que relutantemente se virou.

  Numa pequena mesa de jantar colocada na borda de um penhasco, Eldritch Palmer, o ex-chefe do Grupo Stoneheart, estava sentado com seu indefectível terno escuro, e uma braçadeira com uma suástica vermelha em torno da manga direita. Ele usava garfo e faca para comer um rato morto, disposto num prato chinês. Um borrão veloz aproximou-se pela direita, um grande lobo branco, que avançava na direção da mesa. Palmer nem mesmo levantou o olhar. O lobo branco saltou sobre a garganta de Palmer, derrubando-o da cadeira e despedaçando seu pescoço. Depois parou, levantou o olhar para Eph e partiu veloz na direção dele.

  Eph não correu nem ergueu a espada. O lobo parou junto dele, com as garras levantando terra. O sangue de Palmer manchava o nevado pelo branco da boca do animal.

  Eph reconheceu os olhos do lobo. Pertenciam a Abraham Setrakian, assim como a voz:

  – *Ahsucdaguc-wah.*

  Eph balançou a cabeça sem compreender, e então foi agarrado por uma grande mão. Sentiu o arcanjo bater as asas e levantar voo, vendo a terra vermelha do solo lá embaixo se encolher e mudar. Eles se aproximaram de uma grande massa de água, depois viraram para a direita, voando sobre um denso arquipélago. O arcanjo foi descendo direto para uma ilha entre milhares.

Eles aterrissaram num trecho devastado, em forma de bacia, feito de ferro retorcido e aço fumegante. Roupas rasgadas e papel queimado se espalhavam pelas ruínas calcinadas; a ilhota parecia ser o marco zero de alguma catástrofe. Eph voltou-se para o arcanjo, mas ele desaparecera, e em seu lugar havia uma porta. Um porta simples, isolada no umbral. Em uma tabuleta ali fixada, ilustrada com pedras lapidares, esqueletos e cruzes, letras escritas com um marcador mágico e desenhadas numa caligrafia jovem diziam:

TALVEZ VOCÊ NÃO VIVA ALÉM DESSE PONTO.

Eph conhecia aquela porta. E a caligrafia. Estendeu a mão para a maçaneta e abriu a porta, entrando.

A cama de Zack. O diário do garoto estava ali em cima, mas, em vez de um caderno muito manuseado, era encadernado em prata, frente e verso.

Eph sentou-se na cama, sentindo a maciez familiar do colchão, seu ranger característico. Abriu o diário, e as páginas de pergaminho eram as do *Occido Lumen*, escritas em letra cursiva e ilustrado com iluminuras.

Mais extraordinário do que isso era o fato de Eph poder ler e compreender as palavras em latim. Ele percebeu a sutil marca-d'água que revelava uma segunda camada de texto atrás da primeira.

E compreendeu. Nesse momento, compreendeu tudo.

– *Ahsucdaguc-wah.*

Como que convocado pela pronúncia daquela palavra, o Mestre atravessou a parede sem porta e jogou para trás o capuz, revelando seu rosto. Suas roupas caíram, e a luz do sol calcinou sua pele, tornando-a negra e áspera. Vermes se contorciam debaixo da carne que cobria o rosto.

O Mestre queria o livro. Eph levantou-se, com a pena na sua mão novamente uma fina espada de prata. Mas, em vez de atacar, ele reverteu a empunhadura da espada, segurando-a para baixo, como instruía o *Lumen*.

Quando o Mestre correu na direção dele, Eph enfiou a lâmina de prata no solo negro.

A onda de choque inicial passou pela Terra como uma ondulação aquática. A erupção que se seguiu foi de força divina, um bola de fogo de luz fulgurante que obliterou o Mestre e tudo em torno dele, deixando apenas Eph olhando para as próprias mãos, as mãos que haviam feito aquilo. Mãos jovens, e não as suas.

Ele estendeu a mão para cima e apalpou o rosto. Ele não era mais Eph.

Era Zack.

ACORDANDO PARA O FOGO

Universidade de Colúmbia

ACORDE, GOODWEATHER. A voz do Nascido trouxe Eph de volta à consciência, e ele abriu os olhos. Estava deitado no chão, com o Nascido de pé, a seu lado.

O que aconteceu?

Deixar a visão pela realidade era um choque, como passar da sobrecarga sensorial para a privação sensorial. Estar no sonho era como estar dentro de uma das páginas com iluminuras do *Lumen*. Parecera mais do que real.

Eph se sentou ereto, já sentindo a dor na cabeça. O lado do seu rosto estava machucado. Acima dele, o rosto de Quinlan exibia a forte palidez costumeira.

Eph piscou algumas vezes, tentando descartar o efeito hipnótico da visão, que teimava em permanecer grudado nele como algo pegajoso, e disse:

– Eu vi tudo.

Viu o quê?

Eph ouviu um som percussivo repetitivo, que foi ficando mais alto, passando por cima da cabeça deles e sacudindo o prédio. Um helicóptero.

Estamos sendo atacados.

Quinlan ajudou-o a ficar de pé.

– O Creem. Ele disse ao Mestre onde estávamos – disse Eph, segurando a cabeça. – O Mestre sabe que nós temos o *Lumen*.

Quinlan virou-se de frente para a porta e ficou imóvel, como que escutando.

Eles pegaram o Joaquin.

Eph ouviu passos, fracos e distantes. Pés descalços. Vampiros.

Quinlan agarrou o braço de Eph, pondo-o de pé. Eph olhou para os olhos vermelhos do vampiro, lembrando-se do final do sonho, e depois tirou essa ideia da mente, focalizando-a na ameaça ali perto.

Dê para mim sua espada sobressalente.

Eph fez isso. Depois de pegar seu diário e jogá-lo na mochila, seguiu Quinlan pelo corredor. Eles viraram à direita, encontrando escadas que levavam ao porão, e entraram nos corredores subterrâneos, onde já havia vampiros. Os ruídos eram transportados como que por uma corrente de ar. Gritos humanos e golpes de espadas.

Eph desembainhou sua espada, ligando a lanterna. Quinlan movia-se com grande velocidade, e Eph tentava acompanhá-lo. Num relâmpago Quinlan desapareceu à frente, e, quando Eph dobrou o canto, seu facho de luz encontrou dois vampiros decapitados.

Atrás de você.

Outro saiu de uma sala lateral, mas Eph girou o corpo e furou o peito dele com a lâmina. A prata enfraqueceu o vampiro. Eph retirou a lâmina e rapidamente cortou-lhe a cabeça.

Quinlan seguiu em frente, jogando-se à luta, matando vampiros antes que tivessem tempo de atacar. Eles foram avançando assim pelos corredores do asilo subterrâneo. Uma escada marcada com a tinta fluorescente de Gus levou-os a um corredor que conduzia a outra escada, de volta ao porão de um prédio no campus.

Eles saíram do prédio de matemática perto do centro do campus, atrás da biblioteca. A presença deles imediatamente atraiu a atenção dos vampiros invasores, que vieram correndo de todas as direções, sem tomar conhecimento das armas de prata com que se confrontavam. Quinlan, com sua velocidade fulgurante e a natural imunidade à infecção dos vermes infecciosos contidos no cáustico sangue branco, abatia três vezes mais *strigoi* do que Eph.

Um helicóptero do exército aproximou-se, vindo da água, e sobrevoou a cena, inclinando-se fortemente sobre os prédios do campus. Eph viu a base da metralhadora, embora a princípio sua mente rejeitasse a imagem. Ele viu o vampiro careca atrás do longo cano e depois ouviu os estampidos, mas só processou a cena ao ver o impacto dos projéteis no caminho de pedra a seus pés. Era fogo de metralhadora na direção dele e de Quinlan. Os dois só se salvaram devido à inexperiência do vampiro, que ao mesmo tempo atingiu alguns outros vampiros. Eph virou-se com Quinlan e correu à procura de abrigo, entrando debaixo da marquise do prédio mais próximo, enquanto o helicóptero fazia uma curva para depois voltar.

Eles correram para o umbral, ficando fora de vista por um momento, mas sem entrar na construção, pois seria fácil demais ficarem presos ali dentro. Eph procurou seu visor noturno, atabalhoadamente, e colocou-o no olho, ainda a tempo de ver dezenas de reluzentes vampiros verdes entrarem naquele quadrilátero semelhante a um anfiteatro, como gladiadores mortos-vivos convocados para a batalha.

Quinlan continuava perto dele, mais imóvel do que de costume, e olhava direto para a frente, como que vendo outra coisa em algum outro lugar.

O Mestre está aqui.
– O quê? – Eph olhou em torno. – Ele deve ter vindo por causa do livro.
O Mestre está aqui por causa de tudo.
– Onde está o livro?
Vasiliy sabe.
– Você não sabe?
Eu vi o livro pela última vez na biblioteca. Nas mãos dele, que procurava um fac-símile para falsificar...
– Vamos – disse Eph.

A gigantesca biblioteca abobadada ficava quase que diretamente diante deles, na frente do espaço quadrangular. Sem hesitar, Quinlan saiu correndo da porta e da marquise, golpeando pelo caminho um vampiro que avançava. Eph seguiu-o depressa, vendo o helicóptero retornar após uma grande volta pela direita. Ele foi ziguezagueando, enquanto a arma semiautomática disparava, fazendo estilhaços de granito atingirem suas canelas.

A aeronave diminuiu a velocidade e ficou pairando sobre o quadrilátero, para dar mais estabilidade ao atirador. Eph mergulhou entre duas grossas pilastras que sustentavam o pórtico dianteiro da biblioteca, protegendo-se parcialmente dos tiros. Mais à frente, um vampiro se aproximou de Quinlan e teve, como recompensa, a cabeça arrancada manualmente do tronco. Quinlan manteve a porta aberta para Eph, que correu para dentro.

Ele parou no meio da rotunda. Podia sentir a presença do Mestre, em algum lugar dentro da biblioteca. Não era um cheiro ou uma vibração, era a forma como o ar se movia atrás do Mestre, curvando-se sobre si mesmo, criando estranhas correntes cruzadas.

Quinlan passou por ele correndo e entrou na sala de leitura principal.

– Vasiliy! – gritou Eph, ouvindo a distância ruídos como se fossem de livros caindo. – Nora!

Nenhuma resposta. Ele correu atrás de Quinlan, mas movendo a espada desembainhada de um lado para outro, prestando atenção à presença do Mestre. Perdera Quinlan de vista por um momento, de modo que pegou a lanterna e a acendeu.

Depois de quase um ano em desuso, a biblioteca estava profundamente empoeirada. Eph viu a poeira flutuando no ar sob o brilhante cone de luz de sua lanterna. Ao passar a luz ao longo das prateleiras até uma área aberta na outra extremidade, ele percebeu uma descontinuidade na poeira, como se houvesse alguém se movimentando mais depressa do que os olhos podiam ver. A perturbação, aquela rearrumação de partículas que parecia um sopro, moveu-se na direção de Eph com incrível rapidez.

Ele foi fortemente golpeado por detrás, e derrubado. Olhou para cima ainda a tempo de ver Quinlan brandir um largo golpe no ar que avançava. A espada não alcançou coisa alguma, mas logo a seguir ele posicionou seu corpo para defletir a ameaça que avançava. O impacto foi tremendo, embora Quinlan tivesse a vantagem do equilíbrio.

Uma estante desabou perto de Eph com tremenda força, com a estrutura de aço cravando-se no chão acarpetado. A perda de ímpeto revelou o Mestre, rolando o corpo para se afastar das prateleiras caídas.

Por um breve momento, suficiente para perceber os vermes se contorcendo freneticamente debaixo da superfície da carne, Eph viu o rosto escuro do Mestre olhando para ele, antes que a criatura endireitasse o corpo.

Uma clássica luta de fintas. Quinlan se esquivara, atraindo o Mestre para um Eph indefeso, apenas para atacá-lo pelo flanco cego. O Mestre percebeu isso ao mesmo tempo que Eph, desacostumado como estava a ser enganado.

CANALHA.

Irritado, o Mestre se levantou e atacou Quinlan. Era incapaz de infligir algum dano sério devido à espada, mas abaixou-se e jogou o Nascido contra a estante de livros da frente.

Depois começou a se afastar feito um borrão negro de volta pela sala da rotunda.

Quinlan endireitou-se rapidamente e com a mão livre ajudou Eph a se levantar. Eles saíram correndo atrás do Mestre, percorrendo o salão e procurando Vasiliy.

Eph ouviu um grito, reconheceu a voz de Nora e correu para uma sala lateral. Encontrou-a com a ajuda da lanterna. Outros vampiros haviam entrado pela extremidade oposta do aposento. Um deles ameaçava Nora empoleirado no alto de uma estante, enquanto outro par atirava livros em Vasiliy. Quinlan saltou de uma cadeira na direção do vampiro no topo da estante. Agarrou a garganta dele com a mão livre, enquanto o atravessava com a espada, caindo com ele na fileira seguinte de prateleiras. Isso permitiu que Nora enfrentasse os vampiros que atiravam livros.

Eph podia sentir a presença do Mestre, mas não conseguia localizá-lo com sua lanterna. Sabia que os invasores eram distrações propositais, mas que também representavam ameaças legítimas. Ele correu por um corredor paralelo à posição de Vasiliy e Nora, encontrando dois outros intrusos vindos pela porta mais distante.

Eph brandiu a espada, mas os vampiros não pararam de avançar. Ele matou-os com facilidade, demasiada facilidade. O propósito deles era simplesmente fazê-lo perder tempo. Ele encontrou outro que entrava, mas, antes de atacá-lo, arriscou um olhar sobre o ombro para o fim da fileira onde estava Vasiliy.

O exterminador brandia a espada e golpeava, com o antebraço ferido protegendo o rosto e os olhos dos livros que eram atirados contra ele.

Eph se virou e esquivou-se do vampiro que já estava quase em cima dele, passando a espada pela garganta da criatura. Outros dois apareceram na porta. Ele preparou-se para afugentá-los quando foi atingido por um forte golpe na orelha esquerda. Virou-se com o facho da lanterna e viu outro vampiro parado em cima da estante, atirando livros nele. Eph viu então que precisava escapulir dali.

Enquanto abatia os dois *strigoi* prontos para o sacrifício, ele viu Quinlan correr pelos fundos da sala. O Nascido empurrou com o ombro a estante de onde o vampiro lançava livros, atirando a criatura para o outro lado da sala. Depois parou e virou-se na direção de Vasiliy. Ao ver isso, Eph fez o mesmo.

Ele viu a larga espada de Vasiliy cortar outro vampiro alucinado, no exato momento em que o Mestre descia das estantes superiores, pousando atrás de Vasiliy, que de alguma forma percebeu a presença dele, tentando virar-se e golpear o vampiro. Mas o Mestre agarrou a mochila de Vasiliy, puxando-a com força. A mochila escorregou dos ombros do exterminador para seus cotovelos, prendendo assim os seus braços.

Vasiliy poderia ter se libertado, mas isso significaria abrir mão da mochila. Quinlan saltou da estante e correu na direção do Mestre, que usou a unha grossa e afiada de seu dedo médio semelhante a uma garra para cortar as alças acolchoadas da mochila, soltando-a dos ombros de Vasiliy, que lutava para evitar isso. Vasiliy virou-se tentando agarrar o Mestre e a mochila, sem se importar consigo mesmo. O Mestre agarrou-o com uma única mão e atirou-o, como se ele fosse um simples livro, direto sobre Quinlan.

A colisão foi violenta e produziu um grande ruído.

Eph viu o Mestre com a mochila que continha o livro na mão. Nora se defrontou com ele, da extremidade de sua fileira, com a espada desembainhada. O que Nora não podia ver, mas o Mestre e Eph podiam, era a corrida de duas vampiras pelo alto das estantes atrás dela.

Eph gritou para Nora, mas ela estava transfixada. O murmúrio do Mestre. Eph gritou de novo, enquanto se movia correndo na direção do Mestre, com a espada na frente do corpo.

O Mestre se virou, prevendo com destreza o ataque de Eph, mas não o alvo dele. Eph brandiu a espada, não contra o corpo do Mestre, mas contra a alça cortada da própria mochila, logo abaixo da mão do Mestre. Ele queria o *Lumen*. Cortou a peça pendente e a mochila caiu no chão da biblioteca. O ímpeto de Eph levou-o a passar pelo Mestre que se desviava, e essa ação bastou para quebrar o transe de Nora. Ela se voltou e viu as *strigoi* lá em cima, prontas para atacar. Os ferrões foram lançados, mas a espada de prata de Nora manteve-os a distância.

O Mestre olhou de volta para Eph com desprezo feroz. Eph estava desequilibrado e vulnerável ao ataque, mas Quinlan já estava se levantando. O Mestre agarrou no chão a mochila de livros antes que Eph o fizesse e correu para a porta de trás.

O Nascido já estava de pé e olhou de volta para Eph por um momento. Depois se virou e correu para a porta atrás do Mestre. Ele não tinha escolha. Precisavam recuperar o livro.

Gus cortou o sanguessuga que corria na sua direção pelo porão e atingiu-o outra vez antes que ele caísse. Subiu correndo para a sala de aula onde estava Joaquin e encontrou-o em cima de uma carteira, com a cabeça num travesseiro dobrado. Ele deveria estar profundamente sedado, mas tinha os olhos abertos em direção ao teto.

Gus percebeu. Não havia sintomas óbvios, pois era cedo demais para isso, mas dava para ver que Quinlan tinha razão. A combinação de infecção bacteriana, drogas e a ferroada vampiresca deixara Joaquin naquele estupor.

– Adios.

Gus acabou com Joaquin. Um rápido golpe de espada, e ele ficou ali olhando para a porcaria diabólica que fizera, até que os ruídos vindos do prédio o despertaram para a ação outra vez.

Lá fora o helicóptero voltara, e Gus ouviu os tiros. Ele queria sair dali, mas primeiro correu de volta para os corredores subterrâneos. Atacou e matou dois desafortunados vampiros que se intrometeram no seu caminho até a casa de força. Arrancou todas as baterias dos carregadores, jogando-as numa bolsa com lâmpadas e dispositivos de visão noturna.

Agora ele estava sozinho, inteiramente sozinho. E seu esconderijo fora revelado.

Ele amarrou uma lanterna Luma na mão livre, preparou a espada e partiu para arrebentar alguns sanguessugas.

Eph subiu um lance de escadas, procurando uma saída. Precisava ir lá para fora.

Uma porta dava para uma área de embarque de mercadorias e a frialdade úmida do ar noturno. Eph desligou a lanterna, tentando se orientar. Nenhum vampiro, pelo menos no momento. O helicóptero estava em algum lugar do outro lado da biblioteca, sobre o quadrilátero. Eph partiu na direção da garagem de manutenção, onde Gus guardava as armas maiores. Eles estavam em grande inferioridade numérica, e aquele combate próximo com a espada funcionava a favor do Mestre. Precisavam de maior poder de fogo.

Enquanto corria de prédio para prédio, precavido contra ataques de qualquer direção, ele percebeu uma presença correndo ao longo dos telhados dos prédios do campus. A criatura o seguia. Eph só conseguia ver ocasionalmente uma silhueta parcial, mas isso bastava. Sabia com certeza quem era.

Quando se aproximou da garagem, ele notou uma luz lá dentro. Isso significava uma lâmpada, e uma lâmpada significava um humano. Eph correu até a entrada, perto o suficiente para ver que a porta da garagem estava aberta. Notou a grade do radiador de um veículo, toda marchetada de prata. O Hummer amarelo de Creem estava de volta lá dentro.

Eph achava que Creem já devia ter ido embora. Ele virou uma esquina e viu a sombra inconfundível de Creem, em forma de barril, carregando ferramentas e baterias para o carro.

Eph se movimentou depressa, mas silenciosamente, esperando surpreender aquele homem, muito mais forte que ele. Mas Creem estava em alerta máximo, e algo o fez girar o corpo, confrontando-se com Eph. Agarrou o pulso dele, imobilizando a espada de prata, e depois comprimiu o corpo de Eph junto ao veículo.

Creem chegou o rosto bem junto da cara de Eph, tão perto que ele sentiu o cheiro de comida de cachorro no hálito do grandalhão, vendo os restos ainda presos em seus dentes de prata.

— Você achou que eu ia ser derrotado por um mauriçola de merda qualquer?

Creem recuou a mão maciça e fechou o punho, com os nós dos dedos cobertos de prata. Quando levou o braço na direção do rosto de Eph, uma figura esguia correu para ele na frente do carro, enlaçando o braço e jogando o grandalhão na direção dos fundos da garagem.

Eph se afastou do Hummer tossindo, sem ar. Creem lutava para se livrar do intruso nas sombras do recinto. Eph encontrou e ligou a lanterna.

Era um vampiro, que rosnava e arranhava Creem, que só conseguia aguentar por causa dos anéis de prata repelentes nos dedos e as grossas correntes de prata em torno do pescoço. O vampiro sibilava e serpenteava, lançando seu comprido dedo-garra contra a coxa de Creem, cortando-o. A dor era tanta que o corpulento Creem desabou sob o próprio peso.

Eph levantou o facho da lanterna para o rosto do vampiro. Era Kelly. Ela o salvara de Creem porque queria Eph para si própria. A lanterna a fez lembrar-se disso, e ela rosnou para a claridade, deixando Creem ferido ali e partindo na direção de Eph.

Eph vasculhou com os olhos o chão de cimento, procurando a espada, mas não conseguiu encontrá-la. Procurou a espada sobressalente na mochila, mas lembrou-se que Quinlan a levara.

Ele não tinha nada. Recuou na esperança de bater com o calcanhar na espada caída, mas isso não aconteceu.

Kelly se aproximou agachada, com um esgar de expectativa extática no rosto. Enfim estava prestes a ter seu Ente Querido.

E então essa expressão se desvaneceu, substituída por um ar espantado de medo, quando ela lançou os olhos estreitos além de Eph.

Quinlan chegara. O Nascido chegou junto de Eph, segurando a espada de prata molhada de sangue branco.

Kelly passou a sibilar violentamente, com o corpo tenso, pronta para saltar e escapar. Eph não sabia que palavras ou sons o Nascido estava pondo na cabeça da vampira, mas eles a perturbavam e enraiveciam. Ele examinou a outra mão de Quinlan e não viu a mochila de Vasiliy. O livro desaparecera.

Já diante da porta da frente do Hummer, Eph viu lá dentro as armas automáticas que Gus entregara a Creem. Enquanto o Nascido encurralava Kelly, ele entrou no veículo e pegou a arma mais próxima, passando a alça pelo antebraço. Saiu do carro e atirou além de Quinlan, na direção de Kelly, com a metralhadora subitamente ganhando vida nas suas mãos.

Ele não a atingiu com a primeira rajada. Kelly se moveu depressa, ziguezagueando sobre a capota do Hummer a fim de evitar o fogo. Eph rodeou rapidamente a traseira do veículo, atirando à vontade, impelindo-a para fora da garagem, atirando quando ela subiu pela lateral do prédio até o telhado e sumiu.

Eph voltou imediatamente para dentro, nos fundos do recinto, onde Creem já se levantara, tentando alcançar o Hummer. Eph foi direto até ele, com a arma fumegante apontada para o enorme peito do chefe de gangue.

– Que porra foi essa? – gritou Creem, baixando o olhar para o sangue que manchava a perna da sua calça cortada. – Quantos desses sanguessugas você tem lutando a seu lado?

Eph virou-se para Quinlan.

– O que aconteceu?

O Mestre. Ele fugiu. Para longe.

– Com o *Lumen.*

Vasiliy e Nora entraram correndo, arquejando com os corpos curvados.

– Fique de olho nele – disse Eph a Quinlan, antes de sair correndo até lá fora para ver se alguém perseguira os dois. Mas não viu ninguém.

De volta lá dentro, Vasiliy verificou se Nora não tinha vermes sanguíneos. Eles ainda tentavam recuperar o fôlego, exaustos do susto, da luta e da fuga.

– Temos que nos mandar daqui – disse Vasiliy, entre arquejos.

– O Mestre está com o *Lumen* – disse Eph.

– Todo mundo está bem? – perguntou Nora, vendo Creem no fundo com Quinlan. – Onde está o Gus?

Eph disse:

— Vocês me ouviram? O Mestre levou o livro. Nós perdemos o *Lumen*. Estamos acabados.

Nora olhou para Vasiliy e sorriu. Vasiliy fez um movimento circular com o dedo e ela se virou, para que Vasiliy pudesse abrir o zíper da mochila nas suas costas. Ele tirou um pacote de jornais velhos e desembrulhou o conteúdo.

Lá dentro estava o *Lumen*, sem a prata.

— O Mestre pegou a Bíblia de Gutemberg em que eu estava trabalhando — disse Vasiliy, sorrindo mais por causa de sua própria esperteza do que pelo desenlace feliz.

Eph precisou tocar o volume para convencer-se de que era real. Ele olhou para Quinlan para confirmar se era aquilo mesmo.

Nora disse:

— O Mestre vai ficar puto da vida.

Vasiliy disse:

— Não. O trabalho ficou realmente bom. Acho que ele vai gostar...

— Puta merda — disse Eph. Depois olhou para Quinlan. — Precisamos partir. Agora.

Quinlan agarrou a grossa nuca de Creem com rudeza.

— O que é isso? — perguntou Nora, referindo-se ao tratamento rude que Quinlan dispensava a Creem.

— Foi o Creem que trouxe o Mestre até aqui — disse Eph, apontando rapidamente a arma para o grandalhão. — Mas ele mudou de ideia. Agora vai nos ajudar. Vai nos levar até o arsenal para pegar o detonador. Mas, primeiro, precisamos da bomba.

Vasiliy embrulhou novamente o *Lumen* e devolveu-o à mochila de Nora.

— Eu posso levar vocês até lá.

Eph subiu ao assento do motorista, colocando a metralhadora no largo painel de instrumentos.

— Mostre o caminho.

— Espere — disse Vasiliy, pulando no banco do carona. — Primeiro precisamos do Gus.

Os demais entraram, e Eph deu a partida ao motor. Os faróis se acenderam, iluminando dois vampiros vindo na direção deles.

— Aguentem firme!

Eph pisou no acelerador, avançando na direção dos surpresos *strigoi*. Foi direto em cima deles, fazendo as criaturas perecerem sob o impacto da grade de prata do radiador. Depois virou para a direita, saindo da estrada e pegando um trecho de terra, subindo dois degraus e entrando numa trilha do campus. Vasiliy pegou a metralhadora e abaixou a janela do seu lado, colocando meio corpo do lado de fora. Ele metralhava quaisquer pares ou grupos de *strigoi* que avançassem contra eles.

Eph dobrou o canto de um dos maiores prédios da universidade, esmagando um velho bicicletário. Viu os fundos da biblioteca e foi velozmente naquela direção, evitando um chafariz seco e esmagando mais dois vampiros desgarrados. Saiu diante da biblioteca e viu o helicóptero pairando sobre o quadrilátero da universidade.

Estava com a atenção tão focada no helicóptero que não viu, até o último momento, o longo lance de degraus de pedra que descia na sua frente.

— Aguentem firme! — gritou, tanto para Vasiliy, pendurado na janela, quanto para Nora, que movimentava armas na traseira.

O Hummer mergulhou forte e saiu chacoalhando pelos degraus como uma tartaruga amarela quicando numa tábua de roupa colocada a quarenta e cinco graus. Todos balançaram fortemente dentro do veículo, e Eph bateu a cabeça no teto. Eles chegaram ao final com um último salto, e Eph virou para a esquerda, na direção da estátua de *O Pensador*, colocada diante do prédio de filosofia, perto de onde pairava o helicóptero.

— Ali! — gritou Vasiliy, vendo Gus e a lanterna Luma, de luz ultravioleta, saindo de trás da estátua, onde ele se protegera do fogo da aeronave, que já fazia uma volta na direção do Hummer. Vasiliy levantou sua arma e tentou atirar com uma única mão, enquanto se segurava na armação do teto do veículo. Eph voou na direção da estátua, atropelando outro vampiro enquanto se aproximava de Gus.

A arma de Vasiliy bateu em seco, com a munição esgotada. Tiros vindos do helicóptero o forçaram a recolher o corpo dentro do Hummer, enquanto os disparos por pouco não atingiam o veículo. Gus chegou correndo e viu Eph atrás do volante. Rapidamente estendeu a mão por trás dele, implorando a Nora:

— Passe uma dessas!

Ela obedeceu, e Gus levou a metralhadora ao ombro, disparando contra o helicóptero no céu; primeiro tiro a tiro, para fazer mira, e depois disparando rajadas rápidas.

O fogo de retorno cessou, e Eph viu o helicóptero recuar, virar depressa, baixar o nariz e começar a se afastar. Mas já era tarde. Gus atingira o piloto da Stoneheart, que tombou para a frente, com a mão ainda no manche.

A aeronave adernou e mergulhou, caindo de lado no canto do quadrilátero, esmagando outro vampiro.

– Puta que pariu! – disse Gus, observando a queda.

Então o helicóptero explodiu em chamas. Inacreditavelmente, um vampiro saiu rastejando dos destroços, inteiramente engolfado, e começou a movimentar-se na direção deles.

Gus derrubou-o com uma única rajada na cabeça.

– Entre! – gritou Eph, acima do zumbido dos próprios ouvidos.

Gus olhou para dentro do veículo, pronto para desafiar Eph, sem querer receber ordens sobre o que fazer. Ele queria ficar e matar cada sanguessuga que ousara invadir sua praia.

Mas então viu Nora com a boca do cano de uma arma encostada na garganta de Creem. Aquilo o intrigou.

– O que é isso? – perguntou ele.

Nora abriu a porta com um chute.

– Entre, porra!

Vasiliy orientou Eph a cruzar Manhattan para o leste, depois para o sul, até as cercanias da rua 90, e para o leste de novo, até a borda do rio. Não havia helicóptero ou qualquer sinal de que alguém os seguia. O Hummer, amarelo brilhante, chamava muita atenção, mas eles não tinham tempo para trocar de veículo. Vasiliy mostrou a Eph onde estacionar, escondido dentro de uma obra abandonada.

Eles correram para o terminal da barca de travessia. Vasiliy sempre andara de olho num rebocador fundeado ali, em caso de emergência.

– E acho que é esse – disse ele, colocando-se atrás dos controles, enquanto eles embarcavam e zarpavam pelo encapelado East River.

Eph passara a vigiar Creem, no lugar de Nora. Gus disse:
– É melhor alguém explicar isso.
– O Creem estava em conluio com o Mestre – disse Nora. – Ele denunciou nossa posição. Levou o Mestre até nós.

Gus foi até Creem, segurando-se na amurada do rebocador, que balançava.
– Isso é verdade?

Creem mostrou seus dentes de prata. Estava mais orgulhoso do que temeroso.
– Eu fiz um acordo, mexicano. Um bom acordo.
– Você trouxe os sanguessugas para dentro do meu ninho? Para Joaquin? – Gus entortou a cabeça, olhando direto para o rosto de Creem. Parecia que ia explodir. – Traidores são enforcados, seu pedaço de merda. Ou são colocados diante de um pelotão de fuzilamento.
– Bom, você precisa saber, *hombre*, que eu não fui o único.

O sorriso de Creem virou-se para Eph. Gus olhou naquela direção, como fizeram todos os outros. Eph disse:
– O Mestre veio a mim por meio da sua mãe, Gus. Ele me ofereceu um acordo pelo meu filho. E eu fui maluco, ou fraco, ou o que quer que você queira me chamar. Mas levei a ideia em consideração. Eu... eu mantive abertas minhas opções. Agora sei que era um jogo que eu não podia ganhar, mas...

Gus disse:
– Então o seu grande plano, sua ideia genial de oferecer o livro ao Mestre como armadilha... não era uma armadilha.
– Era – disse Eph. – Se a coisa funcionasse. Eu estava jogando dos dois lados. Estava desesperado.
– Nós estamos todos desesperados, porra – disse Gus. – Mas nenhum de nós entregaria nosso grupo.
– Estou sendo sincero. Sabia que era uma coisa condenável. Mas, mesmo assim, pensei no caso.

Imediatamente Gus partiu para Eph com uma faca de prata na mão. Quinlan, num movimento-relâmpago, ficou na frente dele bem a tempo, impedindo-o de avançar, com a mão encostada no peito de Gus.

Gus disse a Quinlan:
– Deixe que eu acerte as contas com ele. Deixe que eu acabe com ele agora.

Goodweather tem algo mais a dizer.

Eph equilibrou-se contra o movimento do barco, enquanto o farol na extremidade da ilha Roosevelt ficava visível, e disse:
– Eu sei onde fica o Sítio Negro.

Gus olhou duramente para Eph atrás de Quinlan, e disse:
– Mentira *de merda*.
– Eu vi o sítio – disse ele. – O Creem me pôs desacordado com um soco, e eu tive uma visão.
– Você teve *a porra de um sonho*? – disse Gus. – O cara pirou de vez! É um doido da porra!

Eph precisava admitir que aquilo soava mais do que "levemente maluco". Ele não sabia como convencê-los.
– Foi uma... revelação.
– Num minuto, um traidor, no minuto seguinte, a porra de um profeta! – disse Gus, tentando avançar contra Eph de novo.
– Ouçam – disse Eph. – Sei o que isso parece para vocês. Mas eu vi coisas. Um arcanjo veio até mim...
– Ah, *puta que pariu!* – disse Gus.
– ... com grandes asas de prata.

Gus tentou se lançar sobre ele novamente, e Quinlan interveio, mas dessa vez Gus tentou lutar com ele. O Nascido tomou a faca da mão de Gus, quase esmagando os ossos dele. Depois quebrou a lâmina ao meio e lançou os pedaços por cima da amurada do barco.

Segurando a mão machucada, Gus afastou-se de Quinlan como um cachorro chutado.
– Foda-se ele, e sua besteirada de viciado!

Ele lutou contra si mesmo, como Jacó... como todo líder que já pisou na Terra. Não é a fé que distingue nossos verdadeiros líderes. É a dúvida. A capacidade deles de vencê-la.

– O arcanjo... ele me mostrou... e me levou até lá – disse Eph.
– Levou você aonde? – perguntou Nora. – Ao sítio? Onde fica?

Eph temia que a visão houvesse começado a se desvanecer de sua memória, como um sonho. Mas ela permanecia fixa na sua consciência, embora ele não achasse prudente repeti-la ali com grandes detalhes.

— Fica numa ilha. Uma entre muitas.
— Uma ilha? Onde?
— Nas proximidades... mas eu preciso do livro para confirmar. Agora vou conseguir ler o texto. Tenho certeza. Posso decifrar o que está escrito.
— Certo! — exclamou Gus. — Então tragam o livro! O mesmo que ele queria entregar ao Mestre! Simplesmente entreguem o livro a ele. Talvez Quinlan esteja metido nisso também.

Quinlan ignorou a acusação de Gus.

Nora fez sinal para Gus se calar.

— Como você sabe que pode ler o *Lumen*?

Eph não tinha como explicar.

— Simplesmente sei.

— Fica numa ilha. Você disse isso. — Nora foi até ele. — Mas por quê? Por que lhe mostraram isso?

— Nossos destinos... até mesmo o destino dos anjos... nos são mostrados em fragmentos — disse Eph. — O *Occido Lumen* tinha revelações que a maioria de nós ignorava, dadas a um profeta numa visão, e depois registradas num punhado de tábuas de argila perdidas. Sempre foi assim: as pistas, as peças, que formam a sabedoria de Deus nos chegam através de meios improváveis: visões, sonhos e presságios. Parece que Deus envia a mensagem, mas deixa a nós a tarefa de decifrá-la.

— Você percebe que está nos pedindo para confiar numa visão que você teve — disse Nora. — Depois de simplesmente admitir para nós que ia nos trair.

— Eu posso mostrar para vocês — disse Eph. — Sei que acham que não podem confiar em mim, mas podem. Devem. Não sei por que... mas acredito que posso nos salvar. Posso salvar a todos nós. Inclusive o Zack. Destruindo o Mestre definitivamente.

— Você é um maluco da porra. Era só um babaca imbecil, mas agora também é um doido de pedra. Aposto que ele tomou algumas das pílulas que deu a Joaquin. Está nos contando a porra de um sonho medicinal! O doutor é viciado em drogas e está viajandão. Ou então teve uma crise de abstinência. E nós vamos fazer o que ele diz? Depois de um sonho com alguns *anjos*? – Gus estendeu as mãos. – Vocês acreditam nisso, então são tão malucos quanto ele, porra.

Ele está dizendo a verdade. Ou o que ele sabe ser a verdade.

Gus olhou para Quinlan.

– Isso é o mesmo que estar certo?

– Acho que acredito nele – disse Vasiliy, comovendo Eph com sua nobreza. – Veja, lá no campo de sangue, aquele sinal no céu foi dirigido a ele. Há uma razão para ele ter tido essa visão.

Foi a vez de Nora olhar para Eph como se mal o conhecesse. Ela percebeu que qualquer familiaridade remanescente que tivera com ele já se desvanecera. Agora ele era um objeto, como o *Lumen*.

– Acho que precisamos ouvir o que ele tem a dizer.

Castelo Belvedere

ZACK ESTAVA SENTADO SOBRE o alto rochedo dentro do hábitat do leopardo-das-neves, debaixo dos ramos de uma árvore morta. Ele sentia que havia algo no ar. Algo estranho. O castelo sempre parecia refletir o humor do Mestre, tal como os instrumentos meteorológicos reagem a mudanças na temperatura e na pressão atmosférica. Algo estava vindo. Zack não sabia como, mas sentia.

O rifle descansava atravessado no seu colo. Ele ficou pensando se precisaria usá-lo. Lembrou do leopardo-das-neves que já percorrera aquele local. Sentia falta do seu animal de estimação, seu amigo, e, contudo, de certa maneira, o leopardo ainda estava ali com ele. Dentro dele.

Ele viu um movimento fora do alambrado. Aquele zoológico não recebia visitante algum havia dois anos. Zack usou a mira telescópica do rifle para localizar o intruso.

Era a mãe dele que se aproximava correndo. Zack já a observara o bastante para perceber sua agitação. Ela diminuiu a marcha quando se aproximou do hábitat, vendo Zack lá dentro. Um trio de tateadores a seguia pulando nos quatro membros, como cachorrinhos atrás do dono na hora da refeição.

Agora aqueles vampiros cegos eram os filhos dela. E não Zack. Agora, em vez de ter sido ela quem mudara, transformando-se numa vampira e abandonando o mundo dos vivos, Zack sentia que fora ele que abandonara sua existência normal. Fora ele que morrera, em relação à sua mãe, e que agora vivia diante dela, como uma lembrança da qual ela não se recordava, um fantasma na casa dela. Agora o estranho era Zack. O outro.

Por um momento, enquanto a tinha sob a mira, ele colocou o dedo indicador no gatilho, pronto para apertar. Mas depois afrouxou a pressão.

Ele saiu pela porta de alimentação, nos fundos do hábitat, indo na direção dela. A agitação dela era sutil. O modo como seus braços pendiam, seus dedos se apartavam. Zack ficou imaginando: De onde ela estava vindo? E aonde ela teria ido quando o Mestre mandara? Zack era o único Ente Querido dela... então quem ela procurava? E agora, que súbita emergência era aquela?

Os olhos dela eram vermelhos e brilhavam. Ela se virou e seguiu em frente, comandando os tateadores com os olhos, e Zack foi atrás, com o rifle ao lado do corpo. Eles saíram do zoológico a tempo de Zack ver um grande grupo de vampiros, um regimento da legião que circundava o castelo do Mestre, correndo entre as árvores na direção da borda do parque.

Algo estava acontecendo. E o Mestre o convocara.

Ilha Roosevelt

EPH E NORA ESPERARAM no barco, fundeado no lado da ilha Roosevelt que dava para o Queens, em torno da extremidade norte do parque Lighthouse. Creem estava sentado, observando-os da popa, vigiando as armas deles. Do outro lado do East River, Eph via entre os prédios as luzes de um helicóptero, pairando no ar nas vizinhanças do Central Park.

– O que vai acontecer? – perguntou Nora, protegida da chuva pelo capuz da jaqueta. – Você sabe?

– Não sei – respondeu ele.

– Vamos conseguir, não vamos?

Eph disse:

– Não sei, não.

Nora disse:

– Você deveria ter dito "sim". Para me encher de confiança e fazer acreditar que podemos realizar isso.

– Acho que podemos.

Nora ficou mais tranquila com a calma na voz dele.

– E o que vamos fazer com ele? – perguntou ela, referindo-se a Creem.

– O Creem vai cooperar. Vai nos levar ao arsenal.

Creem bufou ao ouvir isso.

– Porque... o que mais ele tem? – disse Eph.

– O que mais nós temos? – ecoou Nora. – O esconderijo do Gus foi revelado. Bem como aquele seu lugar no departamento do Instituto Médico-Legal. E esse esconderijo do Vasiliy aqui, agora o Creem também já sabe onde fica.

– Não temos mais opções – disse Eph. – Embora, na realidade, só tivéssemos duas opções, todo o tempo.

– Quais? – perguntou Nora.

– Desistir ou destruir.

– Ou morrer tentando – acrescentou ela.

Eph viu o helicóptero partir de novo, seguindo para o norte, por sobre Manhattan. A escuridão não os protegeria dos olhos dos vampiros. Cruzar o rio de volta seria perigoso.

Vozes. Gus e Vasiliy. Eph percebeu Quinlan com eles, carregando algo nos braços, como um barril de cerveja. Envolto num encerado.

Gus embarcou primeiro e perguntou a Nora:

– Eles tentaram alguma coisa?

Nora balançou a cabeça. Eph percebeu então que ela fora deixada ali para vigiar Creem e a ele, como se os dois pudessem tentar fugir na embarcação e deixar os outros isolados na ilha. Nora pareceu ficar constrangida por Gus ter deixado Eph perceber isso.

Quando Quinlan embarcou, o barco cedeu um pouco debaixo do peso do seu corpo e do dispositivo. Contudo, ele colocou-o facilmente no convés, como testemunho de sua enorme força.

Gus disse:

– Então, vamos ver esse bandido.

– Quando chegarmos lá – disse Vasiliy, apressando-se a pegar os controles. – Não quero expor essa coisa à chuva. Além disso, se vamos entrar no arsenal do exército, precisamos chegar lá quando o sol nascer.

Gus sentou-se no chão, encostado na borda do barco. A umidade não parecia incomodá-lo. Ele posicionou seu corpo e sua arma de modo a poder manter um olho em Creem e outro em Eph.

Eles chegaram de volta ao píer, com Quinlan carregando o dispositivo até o Hummer amarelo de Creem. As urnas de carvalho já haviam sido colocadas lá dentro.

Vasiliy pegou o volante, cruzando a cidade para o norte, na direção da ponte George Washington. Eph ficou pensando se eles encontrariam barricadas, mas depois percebeu que o Mestre não sabia a direção nem o destino deles. A menos que...

Ele voltou-se para Creem, apertado no assento traseiro.

– Você contou ao Mestre sobre a bomba?

Creem olhou fixamente para ele, pesando os prós e contras de uma resposta sincera.

Ele não contou.

Creem olhou para Quinlan com grande irritação, confirmando a leitura dele.

Nenhuma barricada. Eles saíram da ponte em Nova Jersey, seguindo as placas para a rodovia Interestadual 80 Oeste. Eph amassara a grade de prata do radiador do veículo empurrando para fora do caminho alguns carros, a fim de limpar o percurso, mas eles não encontraram obstruções de maior porte. Enquanto estavam parados num cruzamento, tentando descobrir que direção tomar, Creem tentou agarrar a arma de Nora e fugir. Mas seu corpanzil impedia-o de fazer qualquer movimento rápido, e ele engoliu o cotovelo de Quinlan, amassando sua grade de prata tal como a do seu Hummer.

Se o veículo tivesse sido localizado a caminho, o Mestre saberia imediatamente a localização deles. Mas o rio e a proibição de cruzar massas de água em movimento por conta própria deveriam retardar os escravos do Mestre que os perseguiam, se não o próprio Mestre. Assim, só os vampiros de Nova Jersey deveriam preocupá-los naquele momento.

O Hummer era um bebedor de gasolina, e o tanque já estava quase vazio. Eles também corriam contra o tempo, precisando chegar ao arsenal quando o sol nascesse e os vampiros fossem dormir. Quinlan fez Creem lhes dar orientações.

Eles deixaram a autoestrada e seguiram na direção de Picatinny. Todos os vinte e seis mil hectares da enorme instalação do exército eram cercados. Creem sempre entrava lá estacionando na mata e cruzando a pé quase um quilômetro de pântano.

– Não temos tempo para isso – disse Vasiliy, com o combustível do Hummer já nas últimas. – Onde fica a entrada principal?

– E a luz do dia? – disse Nora.

– Está chegando. Não podemos esperar. – Ele abaixou a janela de Eph e apontou para a metralhadora. – Podem se aprontar.

Ele seguiu direto para o portão, em cuja placa se lia: ARSENAL PICATINNY. CENTRO CONJUNTO DE EXCELÊNCIA EM ARMAMENTOS E MUNIÇÕES, e passou por um prédio marcado como CONTROLE DE VISITANTES. Da guarita da guarda saíram vampiros, que Vasiliy ofuscou com os faróis altos e as luzes montadas no teto do veículo, antes de derrubá-los com a grade de prata. Eles tombaram como espantalhos cheios de leite. Aqueles que se desviaram da trilha de destruição do Hummer dançaram na ponta da metralhadora de Eph, que disparou sentado, com o corpo fora da janela do passageiro.

Os vampiros comunicariam ao Mestre a localização de Eph, mas a aurora que já começava a iluminar as nuvens negras revoltas no céu acima lhes daria mais umas duas horas de vantagem.

Isso sem contar alguns guardas humanos, que saíram do centro de visitantes depois que o Hummer passara. Estavam correndo na direção dos veículos de segurança quando Vasiliy dobrou a esquina, atravessando o que parecia ser uma pequena cidade. Creem apontou o caminho para uma área de pesquisa, onde ele acreditava que ficavam os detonadores e fusíveis.

– Aqui – disse ele, quando se aproximaram de um bloco de prédios baixos, sem identificação. O Hummer engasgou e deu um solavanco. Vasiliy entrou num terreno lateral e parou, enquanto eles saltavam. Quinlan arrancou o enorme Creem do carro como se ele fosse uma trouxa de roupa, e depois empurrou o Hummer para uma vaga meio escondida da rua. Ele abriu a traseira e levantou o dispositivo nuclear como se fosse uma mala, enquanto todos os outros, exceto Creem, pegavam armas.

Do outro lado da porta destrancada havia um depósito de pesquisa e desenvolvimento, que não abrigava qualquer atividade havia algum tempo. As luzes funcionavam, e o lugar parecia um tanto saqueado, como uma loja que estivesse liquidando todos os seus artigos e também os mostruários. Todas as armas letais haviam sido levadas, mas peças e dispositivos não letais ainda permaneciam lá, sobre as mesas dos desenhistas e as bancadas de trabalho.

– O que estamos procurando? – perguntou Eph.

Quinlan baixou sua carga, de onde Vasiliy retirou o encerado. O dispositivo parecia uma pequena barrica: um cilindro negro com alças afiveladas nos lados e na tampa. As alças tinham dizeres em russo. Um tufo de fios se projetava do topo.

– É isso? – disse Gus.

Eph examinou o emaranhado de fios grossos e torcidos que saíam debaixo da tampa.

– Você tem certeza desse troço? – perguntou ele a Vasiliy.

– Ninguém pode ter certeza absoluta antes que essa coisa vire um cogumelo no céu – disse Vasiliy. – É uma bomba de um quiloton, pequena pelos padrões de armas nucleares, mas mais do que suficiente para nossas necessidades. É uma bomba de fissão, de baixa eficiência. O gatilho é feito com peças de plutônio. Esse troço oblitera qualquer coisa num raio de quase um quilômetro.

– Se você conseguir detonar isso – disse Gus. – Como vamos combinar peças russas com americanas?

– O troço funciona por implosão. O plutônio é projetado na direção do núcleo como se fosse uma bala. Está tudo pronto aí. Só precisamos de alguma coisa para iniciar a onda de choque.

Nora disse:

– Alguma coisa com um retardo de tempo.

– Exatamente – disse Vasiliy.

– E você vai precisar fazer tudo depressa. Não temos muito tempo. – Ela olhou para Gus. – Você pode arranjar outro veículo para nós? Talvez dois?

Gus assentiu.

– Vocês fazem a ligação direta dessa bomba nuclear. Eu faço a ligação direta nuns carros.

Nora disse:

– Fica sobrando só uma coisa.

Ela foi até Eph e tirou dos ombros a mochila.

Entregou-a a ele. O *Lumen* estava ali dentro.

– Certo – disse Eph intimidado, agora que chegara a hora. Vasiliy já estava remexendo nas peças descartadas. Quinlan estava parado junto a Creem. Eph encontrou uma porta que levava a um corredor de escritórios e escolheu um que não tinha objetos pessoais. Uma escrivaninha, uma cadeira, um arquivo de pastas, um quadro branco vazio cobrindo a parede.

Ele tirou o *Lumen* da mochila de Nora e colocou-o sobre a escrivaninha lascada. Respirou fundo e tentou clarear a mente, abrindo então as primeiras páginas. O livro parecia bastante ordinário em suas mãos, nada como o objeto mágico visto no sonho. Eph virou as páginas lentamente, permanecendo calmo quando a princípio nada aconteceu, sem raios luminosos de inspiração ou revelação. Aos seus olhos, o fio de prata das páginas com iluminuras parecia baço sob as luminárias fluorescentes do teto, o texto inócuo e sem vida. Ele tentou os símbolos, tocando a página com as pontas dos dedos.

Nada ainda. Como podia? Talvez ele estivesse nervoso demais, excitado demais. Nora apareceu na porta, com Quinlan atrás. Eph protegeu os olhos com as mãos para bloqueá-los, tentando bloquear tudo, principalmente suas próprias dúvidas. Fechou o livro e fechou os olhos, tentando se forçar a relaxar. Que os outros pensassem o que quisessem. Eph mergulhou em si mesmo. Dirigiu seus pensamentos para Zack. Pensou em livrar seu filho das garras do Mestre. Em terminar aquela escuridão na Terra. Nos anjos superiores voando dentro da sua cabeça.

Depois abriu os olhos e sentou-se com o corpo retesado. Abriu o livro com confiança. Demorou bastante olhando para o texto. Estudando as mesmas ilustrações que já examinara uma centena de vezes. *Não foi apenas um sonho*, disse ele a si mesmo. Acreditava naquilo. Ao mesmo tempo, porém, nada estava acontecendo. Algo estava errado, havia algo fora de esquadro. O *Lumen* lhe negava todos os seus segredos.

– Talvez se você tentar dormir – sugeriu Nora. – Entrar na coisa pelo seu subconsciente.

Eph sorriu, apreciando o incentivo dela, quando esperava deboche. Os outros queriam que ele tivesse êxito. Precisavam que isso acontecesse. Ele não podia decepcioná-los.

Eph olhou para Quinlan, esperando que o Nascido tivesse alguma sugestão ou insight.

A ideia virá.

As palavras fizeram Eph duvidar de si mesmo mais do que nunca. Quinlan não tinha ideia alguma, a não ser fé, fé em Eph, enquanto a fé dele próprio se desvanecia. *O que eu fiz?*, pensou ele. *O que faremos agora?*

– Vamos deixar você sozinho – disse Nora, recuando e fechando a porta.

Eph balançou a cabeça em desespero. Sentou-se derreado na cadeira, pousou as mãos no livro e fechou os olhos, esperando que algo acontecesse.

À s vezes ele dormitava, mas tornava a acordar, sem conseguir orientar seus sonhos. Nada lhe chegava à mente. Tentou ler o texto duas vezes mais, antes de desistir e fechar o livro com força, temendo a caminhada de volta aos outros.

Cabeças se voltaram. Vasiliy e Nora viram a expressão e a postura dele, com suas expectativas frustradas. Eph não tinha palavras. Sabia que eles compreendiam sua angústia e frustração, mas isso não tornava o fracasso mais aceitável.

Gus entrou, sacudindo a chuva do casaco. Passou por Creem sentado no chão, perto de Quinlan e o dispositivo nuclear.

– Consegui dois carangos. Um jipão fechado do exército e um Explorer – disse ele. Depois olhou para Quinlan. – Podemos colocar a grade de prata no jipe, se você quiser me ajudar. Eles funcionam, mas não dou garantia. Teremos de puxar com um sifão mais combustível ao longo do caminho ou então encontrar um posto de gasolina que funcione.

Ele olhou para Vasiliy, que levantou seu dispositivo.

– Só sei que isto é um fusível à prova d'água que podemos armar manualmente. Ou para disparo imediato ou com retardo. Basta girar esta chave.

– De quanto tempo é o retardo? – perguntou Gus.

– Não tenho certeza. A esta altura, precisamos pegar o que temos à mão. As conexões dos fios parecem se encaixar bem umas nas outras. – Vasiliy deu de ombros, indicando que fizera tudo que podia. – Só precisamos agora de um destino.

Eph disse:

– Só posso estar fazendo algo errado. Ou alguma coisa que esqueci, ou... alguma coisa que simplesmente não sei o que é.

Vasiliy disse:

– Já gastamos a maior parte da luz do dia. Quando cair a noite, eles vão começar a vir para cima de nós. Precisamos nos mandar daqui, não tem jeito.

Eph assentiu com presteza, agarrando o livro.

– Eu não sei. Não sei o que dizer a vocês.

Gus disse:

– Estamos acabados. É isso que você está nos dizendo.

Nora disse a Eph:

– Você não conseguiu nada do livro? Nem mesmo...

Eph abanou a cabeça.

– E a visão? Você disse que era uma ilha.

– Uma entre dúzias de ilhas. Só no Bronx há doze, oito, mais ou menos, em Manhattan, meia dúzia em Staten Island... Como na boca de

um gigantesco lago. – Eph esquadrinhou sua mente cansada. – É tudo que sei.
– Talvez a gente possa encontrar uns mapas militares. Em algum lugar por aqui – disse Nora.
Gus deu uma risada.
– É piração minha aceitar tudo isso, confiando num traidor covarde e maluco. Eu devia matar você e me poupar dessa situação miserável.
Eph observou que Quinlan continuava no seu costumeiro silêncio, parado ali de braços cruzados, esperando pacientemente que algo acontecesse. Teve vontade de ir até o Nascido para dizer que não era digno da fé dele. Antes que ele fizesse isso, porém, Vasiliy interveio.
– Olhe aqui – disse ele. – Depois de tudo por que passamos, e de tudo por que estamos passando, não há o que eu possa dizer que você já não saiba. Só quero que você se lembre do velho por um segundo. Lembre que ele morreu para pôr o livro nas suas mãos. Ele se sacrificou para que ficássemos com o livro. Não estou falando isso para pressionar ainda mais você. Estou falando para aliviar a pressão. A pressão já desapareceu, pelo que vejo. Estamos no final. Não temos mais nada. Você é o que temos. Nós estamos com você, de polegar para cima ou para baixo. Sei que está pensando no seu garoto. Sei que isso consome você. Mas simplesmente pense no velho por um momento. Mergulhe fundo. E, se houver alguma coisa lá, você vai descobrir... vai descobrir agora.
Eph tentou imaginar o professor Setrakian ali com ele, naquele exato momento, usando seu terno enxadrezado, apoiado no cajado de tamanho descomunal e punho de cabeça de lobo, que escondia a lâmina de prata. O estudioso e matador de vampiros. Eph abriu o livro. Ele se lembrou da única vez em que Setrakian tocara e lera aquelas páginas que procurara por décadas, logo depois do leilão. Depois voltou-se para a ilustração que Setrakian lhes mostrara: duas páginas com uma complexa mandala em prata, preto e vermelho. Sobre a ilustração, em papel de decalque, Setrakian desenhara o esboço de um arcanjo de seis asas.
O *Occido Lumen* era um livro sobre vampiros, e não, percebeu Eph, um livro para vampiros. Com prata nas capas e nas bordas a fim de afastar as mãos dos temidos *strigoi*. Esmeradamente montado para ser à prova de vampiros.

Eph pensou de novo na visão que tivera... encontrando o livro sobre uma cama ao ar livre...

E havia a luz do dia...

Eph foi até a porta. Abriu-a e foi até o estacionamento, olhando para as revoltas nuvens negras que começavam a esconder o pálido disco do sol.

Os outros saíram atrás dele, no crepúsculo, exceto Quinlan, Creem e Gus, que permaneceram na porta.

Eph os ignorou, orientando seus olhos para o livro em suas mãos. Luz do sol. Mesmo que os vampiros pudessem de algum jeito driblar a proteção de prata do *Lumen*, nunca poderiam ler o livro sob a luz natural, devido às propriedades letais do espectro ultravioleta C contra os vírus.

Eph abriu o livro, inclinando as páginas na direção do sol esvanecente, como um rosto recebendo o último calor do dia. O texto assumiu uma nova vida, saltando do papel antigo. Eph voltou para a primeira das ilustrações, vendo os filamentos de prata gravados faiscarem e a imagem brilhar adquirindo nova aparência.

Rapidamente procurou o texto. Palavras apareciam atrás de palavras, como que escritas com tinta invisível. Marcas-d'água mudavam a própria natureza das ilustrações, e desenhos detalhados emergiam atrás de páginas que antes continham apenas textos comuns. Uma nova camada de tinta reagia à luz ultravioleta...

A mandala de duas páginas, vista à luz direta do sol, mostrava a imagem de um arcanjo num delicado desenho, parecendo bastante prateada contra o papel envelhecido.

O texto em latim não se traduzia tão magicamente como no sonho, mas seu significado era claro. Mais elucidativo era um diagrama revelado na forma de um símbolo de perigo biológico, com pontas dentro da flor dispostas como pontos num mapa.

Em outra página, certas letras estavam realçadas, e, quando postas juntas, formavam uma palavra peculiar, se bem que familiar:

A H S Ц D A G Ц-W A H.

Eph leu rapidamente, com as percepções saltando para dentro de seu cérebro através dos olhos. A pálida luz do sol esmaeceu com velocidade ao final, e assim também aconteceu com os realces do livro. Havia tanto ainda por ler e aprender. Mas, no momento, Eph vira o bastante. Suas mãos continuavam a tremer. O *Lumen* lhe mostrara o caminho.

Eph voltou para dentro, passando por Vasiliy e Nora. Não sentia nem alívio nem satisfação, mas ainda vibrava como um diapasão.

Ele olhou para Quinlan, que viu no seu rosto o que acontecera.

Luz do sol. É claro.

Os outros perceberam que algo acontecera. Exceto Gus, que continuava cético.

– Então? – exclamou Nora.

– Agora estou pronto – disse Eph.

– Pronto para quê? – perguntou Vasiliy. – Pronto para ir?

Eph olhou para Nora.

– Preciso de um mapa.

Ela foi correndo para os escritórios. Eles ouviram as gavetas sendo abertas com força.

Eph ficou parado ali, como um homem que se recupera de um choque elétrico.

– Foi a luz do sol – explicou ele. – Ler o *Lumen* na luz solar natural fez as páginas se abrirem para mim. Eu vi tudo... ou teria visto, se tivesse mais tempo. O nome original dado pelos nativos americanos a esse lugar era "Terra Queimada". Mas a palavra deles para "queimada" é a mesma que "negra".

Oscura. Escura.

– Chernobyl, a tentativa que falhou... a simulação – disse Vasiliy. – Satisfez aos Antigos porque "Chernobyl" significa "Solo Negro". E eu vi uma equipe da Stoneheart escavando sítios em torno de uma área geologicamente ativa de fontes termais perto de Reykjavik, conhecida como Poço Negro. Mas não há coordenadas no livro.

– Porque o local estava debaixo da água – disse Eph. – Na época em que os restos mortais de Ozryel foram descartados, o sítio ficava debaixo da água. O Mestre só emergiu centenas de anos mais tarde.

O mais jovem. O último.

Dando um grito triunfante, Nora entrou correndo com um rolo de mapas topográficos ampliados do Nordeste dos Estados Unidos, com coberturas de celofane usado nos atlas vendidos nas ruas.

Eph folheou as páginas do estado de Nova York. A parte superior do mapa incluía a região sul de Ontário, Canadá.

– O lago Ontário, a leste daqui – disse ele. Na foz do rio Saint Lawrence, a leste da ilha Wolfe, havia um amontoado de minúsculas ilhas sem nome, agrupadas juntas com o título de "Mil Ilhas". – É aqui. Uma dessas. Logo ao largo do litoral de Nova York.

– O sítio do enterro? – perguntou Vasiliy.

– Não sei como se chama hoje. O nome original dado pelos nativos norte-americanos para a ilha era "Ahsųdagų-wah". Traduzido grosseiramente da língua onondaga como "Lugar Escuro" ou "Lugar Negro".

Vasiliy puxou o atlas rodoviário das mãos de Eph, voltando para Nova Jersey.

– Como vamos achar essa ilha? – perguntou Nora.

– Tem a forma aproximada de um símbolo de perigo biológico, como uma flor de três pétalas – disse Eph.

Rapidamente Vasiliy determinou o percurso através de Nova Jersey, que passava pela Pensilvânia e rumava para o estado de Nova York ao norte. Ele arrancou as páginas.

– Da rodovia Interestadual 80 Oeste para a rodovia Interestadual 81 Norte, vamos direto ao rio Saint Lawrence.

– Quanto tempo? – indagou Nora.

– Aproximadamente quinhentos quilômetros. Podemos fazer isso em cinco ou seis horas.

– Isso se formos direto, numa via expressa – disse Nora. – Alguma coisa me diz que não será tão simples assim.

– Ele vai descobrir que itinerário vamos seguir e vai tentar cortar nosso caminho – disse Vasiliy.

– Precisamos partir. Temos muito pouca vantagem, ao que parece – disse Nora. Depois olhou para o Nascido. – Você pode carregar a bomba no...

Quando a voz dela se esvaiu, os outros viraram-se alarmados. Quinlan estava parado junto do dispositivo desembrulhado. Mas Creem desaparecera.

Gus correu para a porta.

— O que...? — Gus voltou para o Nascido. — Você deixou o Creem fugir? Fui eu que meti o escroto nisso e ia acabar com ele.

Não precisamos mais dele. Contudo, ele ainda pode ser útil para nós.

Gus arregalou os olhos.

— Como? Aquele rato não merece viver.

— E se pegarem o Creem? Ele sabe demais — disse Nora.

Sabe apenas o bastante. Confiem em mim.

— Apenas o bastante?

Para suscitar medo no Mestre.

Então Eph compreendeu. Viu tudo tão claramente como vira o simbolismo no *Lumen*.

— O Mestre virá para cá, isso é garantido. Nós precisamos lhe apresentar um desafio. Dar um susto nele. Ele finge estar acima de qualquer emoção, mas eu já vi o Mestre furioso. Ele é, voltando aos tempos bíblicos, uma criatura vingativa. Isso não mudou. Quando administra seu reino desapaixonadamente, ele exerce um controle completo. É eficiente e distante, onisciente. Mas quando é desafiado diretamente ele comete erros. Age impulsivamente. Lembrem-se, ele ficou possuído de um desejo ardente de sangue depois de manter Sodoma e Gomorra sitiadas. Assassinou um companheiro arcanjo tomado por uma mania homicida. Perdeu o controle.

— Você *quer* que o Mestre encontre o Creem?

— Nós queremos que o Mestre saiba que temos a bomba nuclear e que pretendemos detoná-la. E que sabemos onde fica o Sítio Negro. Precisamos engajá-lo a fundo. Nós temos o controle agora. É a vez de o Mestre ficar desesperado.

Ficar com medo.

Nesse momento Gus se dirigiu a Eph. Chegando perto, tentando ler Eph tal como ele lera o livro. Medindo o homem. Gus tinha nas mãos um pequeno pacote de granadas de fumaça, algumas das armas não letais que os vampiros haviam deixado para trás.

– Então agora precisamos proteger o cara que ia nos apunhalar pelas costas – disse Gus. – Eu não entendo você. E não entendo isso... nada disso, mas especialmente que você seja capaz de ler o livro. Por que você? Entre todos nós.

A reação de Eph foi franca e honesta:

– Não sei, Gus. Mas acho que parte disso é que eu vou descobrir.

Gus não esperava uma reação tão inocente. Ele viu nos olhos de Eph a expressão de um homem que estava apavorado, e também aceitando. Um homem resignado com seu destino, fosse qual fosse.

Gus ainda não estava pronto para dividir um refrigerante com Eph, mas estava pronto para cumprir a etapa final dessa jornada.

– Acho que todos nós vamos descobrir – disse ele.

Vasiliy disse:

– O Mestre, mais do que todos.

O lugar escuro

A GARGANTA ESTAVA ENTERRADA profundamente na terra, debaixo do leito do frio oceano Atlântico. O sítio em torno enegrecera devido ao contato, e nada crescia ou vivia ali perto.

O mesmo acontecia com todos os outros sítios onde estavam enterrados os restos mortais de Ozryel. A carne angélica permanecia incorrupta e inalterável, mas seu sangue infiltrava-se na terra e lentamente irradiava-se para fora. O sangue tinha vontade própria, cada filete movia-se cegamente, instintivamente para cima, atravessando o solo, escondido do sol, procurando um hospedeiro. Foi assim que os vermes sanguíneos nasceram. Eles continham dentro de si os remanescentes do sangue humano, que coloriam seu tecido e guiava-os na direção do cheiro de seu hospedeiro potencial. Mas também transportavam a vontade de sua carne original. A vontade dos braços, das asas, da garganta...

Seus minúsculos corpos se retorciam cegamente, percorrendo as maiores distâncias. Muitos dos vermes morreram, emissários inférteis calcinados pelo cruel calor da terra, ou detidos por um obstáculo geológico impossível de transpor. Todos se desgarraram de seus sítios de nascimento, alguns até mesmo foram transportados involuntariamente mundo afora por vetores animais e insetos. Finalmente encontravam um hospedeiro e penetravam profundamente sob a pele, como parasitas que eram. No começo precisavam de semanas patogênicas para suplantar, ou sequestrar, a vontade e o tecido da vítima infectada. Até mesmo parasitas e vírus aprendem por meio de tentativa e erro, e esses aprenderam. Já no quinto hospedeiro humano, os Antigos começaram a dominar a arte de sobrevivência e suplantação. Estenderam seu domínio pela infecção e aprenderam a jogar pelas novas regras terrestres.

E se tornaram mestres nesse jogo.

O mais jovem deles, o último a nascer, foi o Mestre, a garganta. Os caprichosos verbos de Deus deram movimento à própria terra e ao mar, e os fez chocarem-se e empurrarem para cima a terra que formava o local de nascimento do Mestre. Era uma península e, depois, centenas de anos mais tarde, uma ilha.

Os vermes capilares que emanaram da garganta foram separados de seu sítio de origem e foram os que chegaram mais longe, pois, naquela terra recentemente formada, os humanos ainda não haviam posto o pé. Era inútil e doloroso tentar nutrir ou dominar uma forma de vida inferior, como um lobo ou um urso; seu controle era imperfeito e limitado, e suas sinapses, estranhas e de vida curta. Cada uma dessas invasões se mostrou infrutífera, mas a lição aprendida por um parasita era instantaneamente aprendida pela mente-colmeia. Logo seu efetivo se reduziu a um punhado deles, espalhados longe de seu sítio de nascimento: cegos, perdidos e fracos.

Sob uma fria lua outonal, um jovem guerreiro iroquês montou acampamento num trecho de terra a muitos e muitos quilômetros do local do sítio de nascimento da garganta. Ele era um onondaga, um mantenedor do fogo, e enquanto dormia no solo foi alcançado por um único verme capilar, que se enterrou no seu pescoço.

A dor acordou o homem, e ele instantaneamente levou a mão à área ferida. O verme não penetrara ainda completamente na carne, de modo que ele conseguiu agarrá-lo pela cauda. Puxou-o com toda a força, mas a coisa sacudiu-se e contorceu-se contra seus esforços, e finalmente soltou-se, mergulhando na estrutura muscular do seu pescoço. A dor foi insuportável, como uma lenta facada causticante descendo pela garganta e pelo peito até finalmente desaparecer debaixo do seu braço esquerdo, quando a criatura descobriu cegamente seu sistema circulatório.

Quando o parasita dominou o corpo, iniciou-se uma febre que durou quase duas semanas e desidratou o corpo hospedeiro. Mas, assim que a suplantação foi completa, o Mestre procurou refúgio nas cavernas escuras e sua tranquilizante sujeira fria. Ele descobriu que, por motivos além de sua compreensão, o solo no qual alcançara o corpo hospedeiro lhe fornecia mais conforto, e então passou a levar consigo um pequeno torrão de terra aonde quer que fosse. Nesse momento os vermes já haviam invadido quase todos os órgãos de seu corpo e se nutrido deles, multiplicando-se na corrente sanguínea. Sua pele ficou retesada e pálida, contrastando agudamente com as tatuagens tribais e os olhos vorazes, velados pela membrana nictitante, que cintilavam com fulgor à luz da lua. Algumas semanas se passaram sem qualquer nutrição, mas, finalmente, perto da madrugada, ele encontrou um grupo de caçadores moicanos.

O controle do Mestre sobre seu veículo ainda era provisório, mas a sede compensava, em termos de precisão e habilidade combativas. A transferência foi mais rápida dessa vez, com vermes múltiplos entrando em cada vítima através do ferrão úmido. Os ataques, mesmo sendo canhestros e mal completados, atingiram sua finalidade. Dois dos caçadores lutaram com bravura, e suas machadinhas feriram o corpo do guerreiro iroquês possuído. Mas, no fim, enquanto aquele corpo sangrava lentamente sobre a terra, os parasitas assaltavam os corpos de seus atacantes, e logo o grupo se multiplicou. Agora o Mestre era três.

Ao longo dos anos, o Mestre aprendeu a usar suas habilidades e táticas, adaptando-as à necessidade de agir em segredo e furtivamente. A terra era habitada por guerreiros ferozes, e os lugares onde ele podia se esconder se limitavam a cavernas e gretas que eram bem conhecidas pelos caçadores e preparadores de armadilhas. O Mestre raramente transmitia sua vontade para um novo corpo, e só o fazia se a estatura e força de um novo hospedeiro era incomensuravelmente desejável. E, ao longo dos anos, ele tornou-se uma lenda, ganhando renome, e os índios algonquianos o chamavam de "wendigo".

Ele sentia falta da ligação com os Antigos, cuja presença psíquica pressentia naturalmente, e cujo facho empático sentia do outro lado do mar. Mas, toda vez que tentava cruzar uma massa de água corrente, seu corpo humano fraquejava e entrava em colapso, pouco importando a força do corpo ocupado. Isso estava ligado ao lugar onde ele fora desmembrado? Aprisionado dentro dos braços correntes do rio Yarden? Era uma alquimia secreta, uma advertência escrita na sua testa pelo dedo de Deus? Essa e muitas outras regras ele viria a aprender durante sua existência.

O Mestre deslocou-se para o oeste e para o norte procurando uma rota para a "outra terra", o continente onde os Antigos prosperavam. Sentia seu chamado, e a ânsia interior cresceu, sustentando-o na dura jornada da extremidade de um continente até a outra.

Ele alcançou o oceano proibido nas terras congeladas no ponto mais distante do noroeste, onde caçou e se alimentou dos habitantes daquela vastidão árida e fria, os unangam. Eram homens de olhos estreitos e pele acobreada, que usavam peles de animais para se proteger do frio. Entrando na mente das vítimas, o Mestre soube de uma passagem para uma grande massa de terra do outro lado do oceano, num lugar onde os litorais quase se tocavam, estendendo-se como mãos esticadas. E explorou o litoral frio, procurando aquele ponto.

E, numa noite fatídica, o Mestre viu um grupo de estreitos barcos pesqueiros primitivos perto de um penhasco, desembarcando peixes e focas que haviam capturado. Ele sabia que podia cruzar o oceano ajudado por eles. Já aprendera a cruzar a pé pequenas massas de água com ajuda humana, de modo que... por que não uma massa de água maior? Ele sabia como dobrar e aterrorizar a alma até mesmo do homem mais duro. Sabia como dominar e se aproveitar do medo de seus súditos. Mataria metade do grupo e se anunciaria como uma divindade, uma fúria dos bosques, uma força elementar de poder maior do que seu poder já espantosamente grande. Sufocaria qualquer dissidência e conquistaria qualquer aliança, fosse pelo perdão, fosse pelo favor... e então viajaria por sobre as águas.

Escondido debaixo de uma pesada camada de peles de animais, deitado num pequeno leito de terra, o Mestre tentaria a travessia que o reuniria com os seres mais próximos de sua natureza.

Arsenal Picatinny

Creem passou algum tempo escondido em outro prédio, com medo de Quinlan e do alcance dele. Sua boca ainda doía da cotovelada que levara, e agora seus dentes de prata não mordiam direito. Ele estava furioso consigo mesmo por ter voltado à garagem de manutenção da universidade para buscar as armas, e ter sido tão ambicioso. Sempre faminto por mais, mais, mais...

Depois de algum tempo ele ouviu um carro passar, mas não muito depressa e silencioso. Parecia um carro elétrico, um daqueles compactos que se carrega na tomada.

Ele rumou para o único lugar que costumava evitar, a entrada frontal do Arsenal Picatinny. Já escurecera de novo, e ele foi andando na direção de um grupo de luzes, molhado e faminto, com uma câimbra na lateral do corpo. Virou a esquina, viu o portão arrebentado por onde eles haviam entrado e figuras aglomeradas perto do prédio de controle de visitantes. Levantou as mãos e foi avançando até ser visto.

Creem se explicou aos humanos, mas mesmo assim foi enfiado num banheiro e trancado, quando tudo que ele queria era algo para comer. Chutou algumas vezes a porta, que era surpreendentemente sólida; percebeu que o banheiro também servia como uma cela de detenção secreta para visitantes problemáticos do arsenal. Então se sentou na tampa fechada do vaso sanitário e esperou.

Um tremendo ruído, quase como uma explosão, sacudiu as paredes. O prédio recebera um golpe, e o primeiro pensamento de Creem foi que aqueles babacas haviam batido num quebra-molas no caminho, e que a bomba nuclear obliterara metade de Nova Jersey. Então a porta se abriu, e lá estava o Mestre com seu manto. Ele levava na mão uma bengala cujo punho era uma cabeça de lobo. Duas de suas pequenas criaturas, as crianças cegas, andavam por entre suas pernas, como bichos de estimação ansiosos.

Onde eles estão?

Creem recostou-se na caixa-d'água da privada, estranhamente relaxado na presença do rei dos sanguessugas.

— Já se foram. Pegaram a estrada. Há pouco tempo.

Quanto tempo?

Não sei. Dois veículos. Pelo menos dois.

Que direção?

— Eu estava trancado numa porra de um banheiro aqui, como posso saber? O vampiro que está do lado deles, o caçador, Quinlan... ele é um imbecil. Amassou minha grade. — Creem tocou a prata desalinhada na boca. — Então, ei, pode me fazer um favor? Quando pegar esse pessoal? Dê em Quinlan e no mexicano um chute extra na cabeça por mim.

Eles estão com o livro?

— Estão com o livro. Também têm uma bomba nuclear. E sabem para onde vão. Um tal de Sítio Negro, ou coisa assim.

O Mestre ficou parado ali, sem dizer nada. Creem esperou. Até os tateadores notaram o silêncio do Mestre.

— Eu disse que eles estavam indo para...

Eles disseram onde fica?

O tom da voz do Mestre estava diferente. O ritmo das palavras estava mais lento.

— Você sabe o que eu podia usar para melhorar minha memória? Comida. Estou fraco de fadiga aqui... — disse Creem.

Imediatamente o Mestre avançou e agarrou Creem, suspendendo-o do chão.

Ah, sim, disse o Mestre, deslizando o ferrão para fora da boca. *Alimentação. Talvez uma mordida ajudasse a nós dois.*

Creem sentiu o ferrão comprimindo seu pescoço.

Eu perguntei a você para onde eles estavam indo.

— Eu... eu não sei. O doutor, seu outro amiguinho ali... ele leu tudo no livro. É só o que sei.

Há outros meios de assegurar sua total obediência.

Creem sentiu um baque suave, como se fosse de um pistão, contra seu pescoço. Depois uma alfinetada e um calor agradável. Ele soltou um guincho, esperando ser esvaziado.

Mas o Mestre apenas manteve o ferrão ali e espremeu os ombros dele um junto do outro. Creem sentiu a pressão contra suas omoplatas e sua clavícula, como se o Mestre estivesse prestes a esmagá-lo como uma lata de estanho.

Você conhece essas estradas?

– Se conheço essas estradas? Claro que conheço.

Girando sem o menor esforço, o Mestre lançou o corpanzil de Creem pela porta do banheiro para o prédio de controle de visitantes, onde o líder de gangue esparramou-se no chão.

Dirija.

Creem se levantou e assentiu... sem perceber a pequena gota de sangue que se formava no lado do seu pescoço, onde o ferrão o tocara.

Os guarda-costas de Barnes entraram no seu escritório externo, no Campo Liberdade, sem bater. O pigarro da assistente do diretor alertou-o a enfurnar o livro de detetives que estivera lendo numa gaveta e fingir que examinava documentos sobre a mesa. Eles entraram, com os pescoços cheios de tatuagens escuras, e pararam junto da porta.

Venha.

Depois de um momento Barnes assentiu, metendo alguns papéis na maleta.

– De que se trata?

Não houve resposta. Ele os acompanhou descendo as escadas e até o guarda no portão, que os deixou passar. Caía uma garoa escura, fraca demais para se usar guarda-chuva. Ele não parecia estar em qualquer tipo de encrenca, mas ainda assim era impossível ler algo na fisionomia impenetrável dos guarda-costas.

Seu carro encostou, e eles seguiram junto a Barnes, que se mantinha calmo, procurando na memória algum erro ou deslize involuntário que pudesse ter cometido. Estava razoavelmente confiante de que nada disso acontecera, mas ele nunca fora convocado daquela maneira a qualquer lugar antes.

Eles estavam voltando para a casa dele, coisa que Barnes achou um bom sinal. Não havia outros veículos na rodovia. Eles entraram no prédio, e não havia ninguém lá esperando por ele, principalmente o Mestre. Barnes informou aos guarda-costas que ia ao banheiro e gastou o tempo lá fazendo correr a água e olhando para o seu reflexo no espelho, tentando imaginar o que estava acontecendo. Estava velho demais para aquele nível de estresse.

Ele entrou na cozinha para preparar um lanche. Acabara de abrir a porta da geladeira quando ouviu as hélices do helicóptero se aproximando. Os guarda-costas apareceram a seu lado.

Barnes foi até a porta da frente e abriu-a, vendo o helicóptero girando lá em cima e descendo. Os patins pousaram suavemente nas pedras, antes brancas, da ampla alameda da garagem. O piloto era humano, um Stoneheart. Barnes percebeu isso instantaneamente pela cor preta do paletó e da gravata do homem. Havia um passageiro, mas não de manto, e portanto não era o Mestre. Barnes deixou escapar um breve suspiro de alívio, esperando que o motor fosse desligado e os rotores desacelerassem, permitindo que o visitante desembarcasse. Em vez disso, os guarda-costas de Barnes agarraram os braços dele e o carregaram pelos degraus e pelas pedras na direção da aeronave que esperava. Lá, curvaram o corpo debaixo das hélices ruidosas e abriram a porta.

O passageiro, sentado com os dois cintos de segurança cruzados sobre o peito, era o jovem Zachary Goodweather.

Os guarda-costas de Barnes empurraram-no para dentro, como se ele pudesse tentar escapar. Ele tomou assento perto de Zack, enquanto os guarda-costas tomavam os assentos opostos. Barnes passou os cintos de segurança pelo corpo, mas os guarda-costas não fizeram isso.

– Olá de novo – disse Barnes.

O garoto olhou para ele, mas não respondeu. Mais arrogância juvenil, e talvez algo além disso.

– O que está havendo? – perguntou Barnes. – Aonde vamos?

O garoto, pareceu a Barnes, percebera o medo dele. Zack desviou o olhar com uma mistura de desdém e repugnância.

– O Mestre precisa de mim – disse Zack, olhando pela janela, enquanto o helicóptero começava a se elevar. – Não sei por que você está aqui.

Rodovia Interestadual 80

ELES RUMARAM PARA O OESTE pela rodovia Interestadual 80, atravessando o estado de Nova Jersey. Vasiliy foi dirigindo com o pé embaixo e faróis altos por todo o caminho. Só destroços ocasionais, ou um carro ou ônibus abandonado, faziam-no diminuir a marcha. Umas poucas vezes eles cruzaram com um veado magro. Mas na rodovia não apareceram vampiros, ao menos que eles pudessem ver. Eph estava sentado no banco traseiro do jipe, ao lado de Quinlan, que sintonizava a frequência mental dos vampiros. O Nascido era como um radar vampiresco: enquanto ele permanecesse em silêncio, tudo estava bem.

Gus e Nora seguiam no Explorer, um veículo de apoio para o caso de um deles enguiçar, o que era uma possibilidade real.

As rodovias estavam praticamente vazias. As pessoas tinham tentado evacuar quando a praga atingira o estágio de pânico verdadeiro (fugir era a típica reação humana a um surto da doença infecciosa, a despeito de não haver uma zona de fuga livre do vírus), e as rodovias haviam ficado congestionadas por todo o país. Entretanto, poucas haviam sido convertidas nos próprios carros, pelo menos não na rodovia propriamente dita. A maioria fora dominada ao sair das vias principais, geralmente para dormir.

– Scranton – disse Vasiliy, passando pela placa da Interestadual 81 Norte. – Eu não pensei que seria tão fácil.

– Muita estrada pela frente – disse Eph, olhando pela janela para a escuridão que passava depressa. – Como está o combustível?

– Por enquanto, tudo bem. Não quero parar em qualquer lugar perto de uma cidade.

– De jeito nenhum – concordou Eph.

– Eu gostaria de ultrapassar a divisa do estado de Nova York primeiro.

Eph olhou para Scranton enquanto eles cruzavam viadutos cada vez mais congestionados, seguindo para o norte. Ele observou uma seção de um bloco de prédios incendiados a distância e ficou imaginando se havia outros rebeldes, como eles próprios, pequenos guerreiros em centros urbanos menores. As raras luzes elétricas que brilhavam nas janelas atraíram a atenção de seu olhar, e ele ficou imaginando todo o desespero em Scranton e pequenas cidades semelhantes por todo o país e no mundo. Também se perguntou onde ficaria o campo de sangue mais próximo.

– Deve haver uma lista dos frigoríficos da Stoneheart Corporation em algum lugar, uma lista geral, que nos daria uma pista para a localização dos campos de sangue – disse Eph. – Depois que cumprirmos nossa missão, haverá muita liberação a fazer.

– E como – disse Vasiliy. – Se for como aconteceu com os outros Antigos, todo o clã do Mestre morrerá com ele. Desaparecerá. As pessoas nos campos não saberão o que sucedeu.

– O truque será espalhar a mensagem. Sem meios de comunicação de massa, quero dizer. Nós teremos muitos pequenos ducados e feudos surgindo por todo o país. Gente tentando assumir o controle. Não tenho certeza se a democracia vai florescer automaticamente.

– Não – disse Vasiliy. – Vai ser complicado. Será preciso muito trabalho. Mas não vamos pôr o carro adiante dos bois.

Eph olhou para Quinlan sentado a seu lado, notando a bolsa de couro entre as botas dele.

– Você morre com todos os outros quando o Mestre for destruído?

Quando o Mestre for obliterado, sua linhagem não mais existirá.

Eph assentiu, sentindo o calor do metabolismo supercarregado do mestiço.

– Nada na sua natureza impede que você trabalhe a favor de algo que provocará sua própria destruição ao final?

Você nunca trabalhou a favor de algo que era contra seu próprio interesse?

– Não, acho que não. Nada que pudesse me matar, com certeza – disse Eph.

Há um bem maior em jogo. E a vingança é uma motivação extremamente forte. Sobrepuja até a autopreservação.

– O que você está carregando nessa bolsa de couro?

Tenho certeza de que você já sabe.

Eph lembrou-se da câmara dos Antigos debaixo do Central Park, com as cinzas colocadas em receptáculos de carvalho branco.

– Por que está trazendo os restos mortais dos Antigos? *Você não viu isso no* Lumen?

Eph não vira.

– Você está... pretendendo trazê-los de volta? Ressuscitá-los, de certa forma?

Não. O que está feito não pode ser desfeito.

– Por que, então?

Porque foi vaticinado.

Eph ficou intrigado com a resposta.

– Vai acontecer alguma coisa?

Você não está preocupado com as ramificações do sucesso? Você mesmo disse que não tinha certeza se a democracia brotaria espontaneamente. Os humanos nunca tiveram, na realidade, autogoverno. Tem sido assim por séculos. Você acha que serão capazes de se virarem sozinhos?

Eph não tinha resposta para aquilo. Ele sabia que o Nascido tinha razão. Os Antigos vinham puxando os cordões desde o começo da história humana. Como seria o mundo sem a intervenção deles?

Eph ficou olhando pela janela enquanto o incêndio distante, que era bem grande, sumia de vista. Como juntar todos os cacos de novo? A recuperação parecia uma tarefa impossivelmente desafiadora. O mundo já estava irremediavelmente quebrado. Por um momento, ele se perguntou até mesmo se valia a pena.

É claro, era apenas por causa da fadiga. Mas o que antes parecia o término de suas dificuldades – destruir o Mestre e retomar o comando do planeta – seria na realidade o começo de uma luta nova em folha.

Zachary e o Mestre

VOCÊ É LEAL?, PERGUNTOU o Mestre. *Você é grato por tudo que lhe forneci, por tudo que lhe mostrei?*

– Sou – respondeu Zachary Goodweather, sem um momento de dúvida. A forma aracnídea de Kelly Goodweather observava seu filho, empoleirada numa laje próxima.

O fim dos tempos está próximo. Onde vamos definir juntos essa nova terra. Todos que você conhecia... todos que lhe eram próximos... terão desaparecido. Você será fiel a mim?

– Serei – respondeu Zack.

Eu fui traído muitas vezes no passado. Você precisa saber que por isso conheço bem a mecânica dessas tramas. Parte de mim reside em você. Você pode ouvir minha voz com grande clareza, e, em troca, eu sou íntimo dos seus mais secretos pensamentos.

O Mestre levantou-se e examinou o garoto. Não havia qualquer dúvida detectável nele. Ele admirava o Mestre, e a gratidão que expressava era genuína.

Uma vez eu fui traído por aqueles que deveriam ser meus entes mais chegados. Aqueles com quem eu compartilhava minha própria essência: os Antigos. Eles não tinham orgulho, não tinham fome real. Estavam contentes vivendo suas vidas na sombra. Eles me culpavam por nossa condição e se abrigaram no refugio da humanidade. Pensavam ser poderosos, mas eram bem fracos. Procuravam alianças. Eu procuro o domínio. Você compreende isso, não é?

– O leopardo-das-neves – disse Zack.

Justamente. Todos os relacionamentos são baseados na força. Dominação e submissão. Não existe outro meio. Não existe igualdade, congenialidade ou domínio compartilhado. Há apenas um rei em um reino.

Então o Mestre olhou para Zack com calculada precisão, com uma expressão que acreditava parecer de bondade humana, antes de prosseguir:

Um rei e um príncipe. Você compreende isso também, não é? Meu filho.

Zack assentiu. E com isso aceitava tanto a ideia quanto o título. O Mestre esquadrinhou cada gesto, cada nuança do rosto do jovem. Escutou cuidadosamente o ritmo do coração e mediu a pulsação da artéria carótida. O garoto estava comovido e excitado por aquele laço simulado.

O leopardo enjaulado era uma ilusão. Algo que você precisava destruir. Grades e jaulas são símbolos de fraqueza. Medidas de controle imperfeitas. Pode-se pensar que estão lá para submeter a criatura presa e humilhá-la, mas com o tempo percebe-se que existem também para mantê-la longe de você. Elas se tornam um símbolo do seu medo. Limitam você tanto quanto a fera lá dentro. A sua jaula é apenas maior, e a liberdade do leopardo está naqueles limites.

Desenvolvendo o pensamento por si só, Zack disse:
— Mas se você destrói a coisa... não resta dúvida alguma.

Consumir é a forma última de controle. Sim. E agora nós estamos juntos no limiar do controle. Domínio absoluto da Terra. Por isso... preciso ter certeza de que nada se interpõe entre mim e você.

— Nada — disse Zack, com absoluta convicção.

O Mestre assentiu, aparentemente pensativo, mas na realidade construindo uma pausa calculadamente longa para obter o máximo efeito. A revelação que estava prestes a fornecer a Zack precisava ser dada no momento exato.

E se eu lhe contasse que seu pai ainda está vivo?

Então o Mestre sentiu o impacto, a torrente de emoções feito um turbilhão dentro de Zack. Um torvelinho que ele previra completamente, mas que mesmo assim era inebriante. O Mestre amava o gosto de esperanças desfeitas.

— Meu pai está morto — disse Zack. — Ele morreu com o professor Setrakian e...

Ele está vivo. Isso só foi trazido à minha atenção recentemente. Quanto à questão de por que ele nunca tentou resgatá-lo ou fazer contato com você, acho que não posso ajudar. Mas ele está bem vivo e procura me destruir.

— Não vou deixar que ele faça isso — disse Zack, e sua intenção era firme. A despeito de si mesmo, o Mestre sentiu-se estranhamente lisonjeado pela pureza de sentimento que o jovem tinha por ele. A empatia humana natural — aquele fenômeno conhecido como "síndrome de Estocolmo", em que os cativos tendem a se identificar com seus captores, e até defendê-los — era uma melodia que ele tocava com facilidade. O Mestre era um virtuoso no comportamento humano. Mas aquilo era algo mais. Era lealdade verdadeira. Aquilo, acreditava o Mestre, era amor.

Agora você está fazendo uma escolha, Zachary. Talvez sua primeira escolha como adulto, e o que você escolher agora definirá a sua pessoa e o mundo ao seu redor. Você precisa estar totalmente seguro.

Zack sentia um bolo na garganta. Sentia ressentimento. Todos aqueles anos de luto eram alquimicamente transformados em abandono. Onde seu pai estivera? Por que ele o deixara para trás? Ele olhou para Kelly, parada ali perto: um horrível espectro esquálido, uma monstruosidade. Ela também fora abandonada. Não era tudo culpa de Eph? Ele não sacrificara todos eles, sua mãe, Matt e o próprio Zack, para perseguir o Mestre? Havia mais lealdade naquele espantalho retorcido que sua mãe virara do que no seu pai humano. Sempre atrasado, sempre distante, sempre indisponível.

– Eu escolho você – disse Zack ao Mestre. – Meu pai está morto. Que ele continue assim.

E, mais uma vez, ele estava sendo sincero.

Rodovia Interestadual 80

AO NORTE DE SCRANTON eles começaram a ver *strigoi* parados na beira da rodovia, como sentinelas. Eram seres passivos como câmeras, avultando na escuridão junto da estrada e observando os veículos passarem velozmente.

Vasiliy reagiu ao ver os primeiros, com a tentação de diminuir a marcha do veículo e matá-los, mas Eph pediu que ele não se importasse.

– Eles já nos viram – disse ele.

– Olhe só para essa – disse Vasiliy.

Eph viu primeiro a placa, BEM-VINDOS AO ESTADO DE NOVA YORK, ao lado da via expressa. Depois, com olhos rebrilhando feito vidro, a vampira parada logo abaixo, observando a passagem deles. Os vampiros comunicavam a localização dos veículos para o Mestre, numa espécie de GPS internalizado e instintivo. Agora o Mestre sabia que eles estavam rumando para o norte.

– Passe os mapas – disse Eph. Vasiliy fez o que ele pedia, e Eph leu o mapa à luz da lanterna elétrica. – Estamos fazendo um ótimo tempo na via expressa. Mas precisamos ser espertos. É só uma questão de tempo até eles lançarem algo contra nós.

O walkie-talkie no banco dianteiro fez alguns estalidos. Lá do Explorer que vinha na retaguarda, Nora perguntou:
– Vocês viram aquilo?
Vasiliy pegou o rádio e respondeu:
– O comitê de recepção? Vimos.
– Precisamos pegar estradas secundárias.
– Também achamos. O Eph já está estudando os mapas.
– Fale para ela que vamos até Binghamton em busca de gasolina – disse Eph. – Depois mande que fiquem fora da via expressa.

Eles fizeram exatamente isso, saindo velozmente da via expressa na primeira saída de Binghamton que anunciava combustível. Seguiram a seta até o final da rampa que descia para um conglomerado com postos de gasolina, restaurantes de fast-food, uma loja de móveis e dois ou três pequenos conjuntos comerciais, cada um ancorado por uma diferente cafeteria do tipo drive-thru. Vasiliy passou direto pelo primeiro posto de gasolina, pois queria ter mais espaço em caso de emergência. O segundo, um Mobil, tinha três corredores de tanques angulados defronte de uma loja de conveniência. O sol havia muito esmaecera todas as letras azuis do letreiro de MOBIL, e apenas o "O" vermelho era visível, como uma faminta boca redonda.

Não havia eletricidade, mas eles tinham trazido a bomba manual do Hummer, sabendo que precisariam fazer uma sifonagem. Todas as tampas no solo continuavam no lugar, o que era uma boa indicação de que o combustível permanecia nos tanques subterrâneos. Vasiliy estacionou o jipe perto de uma e forçou a tampa com uma chave de roda. O cheiro da gasolina era forte e bem-vindo. Quando Gus chegou, Vasiliy fez sinal para que ele desse marcha à ré até a boca do tanque. Depois puxou a bomba e a mangueira estreita, colocando a extremidade mais comprida no tanque subterrâneo e a mais curta no jipe.

Seu ferimento começara a doer novamente, e a sangrar intermitentemente, mas ele ocultou ambos os fatos do grupo. Disse a si mesmo que fazia isso para poder acompanhar tudo e ficar até o final. Mas sabia que a razão principal era ficar entre Eph e Nora.

Quinlan estava parado na beira da estrada, olhando para um lado e outro da via escura. Eph carregava a bolsa de armas num ombro. Gus levava uma submetralhadora Steyr, carregada metade com prata, metade com chumbo. Nora foi para trás do prédio, para se aliviar, e logo retornou para os veículos.

Vasiliy bombeava com força, mas o trabalho era lento, o combustível só nesse momento começava a cair no tanque do jipe. Parecia leite de vaca caindo num balde de lata. Ele tinha de bombear mais rápido para conseguir um fluxo constante.

– Não vá muito fundo – disse Eph. – A água se acumula no fundo, lembra-se?

Vasiliy assentiu impacientemente.

– Eu sei.

Eph perguntou se ele queria revezar, mas Vasiliy recusou, seus braços e ombros fortes faziam o trabalho. Gus deixou-os ali, indo até a estrada, perto de Quinlan. Eph pensou em esticar mais suas pernas, mas descobriu que não queria se afastar muito do *Lumen*.

Nora perguntou:

– Vocês já trabalharam na espoleta do gatilho?

Vasiliy balançou a cabeça sem parar de trabalhar.

Eph disse:

– Você conhece minhas habilidades mecânicas.

Nora assentiu.

– Nenhuma.

Eph disse:

– A próxima etapa eu dirijo. Vasiliy pode trabalhar no detonador.

– Não estou gostando de levar tanto tempo nisso – disse Nora.

– De qualquer jeito, precisamos esperar pelo próximo meio-dia. Com o sol aparecendo, podemos trabalhar com liberdade.

Nora disse:

– Um dia inteiro? É tempo demais. E arriscado demais.

– Eu sei – disse Eph. – Mas precisamos da luz do dia para fazer a coisa direito. Temos de manter os vampiros afastados até então.

– Mas assim que chegarmos à água eles não poderão nos tocar.

– Chegar à água já é outra tarefa inteiramente diferente.

Nora olhou para o céu escuro. Uma brisa fria começou a soprar, e ela encolheu os ombros.

– A luz do dia parece que vai demorar ainda. Espero que não estejamos perdendo aqui a vantagem que tínhamos – disse ela. Depois virou o olhar para a rua morta. – Cristo, sinto como se houvesse centenas de olhos olhando para mim.

Gus veio na direção deles pela calçada, e disse:

– Você não está longe da verdade.

– Por quê? – disse Nora.

Gus abriu a porta traseira do Explorer, tirando dois dispositivos de sinalização luminosa. Correu até a rua, bem longe do vapor do combustível, e acendeu-os. O primeiro atirou rodopiando para o estacionamento de uma lanchonete do outro lado da estrada. A chama vermelha flamejante iluminou as figuras de três *strigoi* parados no canto do prédio.

O outro ele lançou sobre uns carros abandonados num antigo estacionamento de uma locadora. O artifício luminoso ricocheteou no peito de um vampiro antes de cair no asfalto. O vampiro nem se encolheu.

– Merda! – disse Gus. Depois apontou para Quinlan. – Por que ele não falou alguma coisa?

Eles estavam lá todo o tempo.

– Meu Deus – disse Gus. Ele saiu correndo na direção da locadora de carros e abriu fogo sobre o vampiro ali. Os tiros ficaram ecoando muito depois que a arma silenciou, e o vampiro ficou estendido no chão, não morto, mas abatido para sempre, e cheio de sangrentos buracos brancos.

– Precisamos nos mandar daqui – disse Nora.

– Não iremos longe sem combustível – disse Eph. – Vasiliy?

Vasiliy bombeava, a gasolina fluindo livremente agora. Estava acabando.

Gus disparou sua Steyr para o outro lado, aproveitando o primeiro dispositivo luminoso, tentando dispersar os vampiros no terreno da lanchonete, mas eles não se amedrontaram. Eph desembainhou a espada, vendo movimento atrás dos carros no estacionamento do lado oposto. Figuras correndo. Gus deu um berro:

– Carros!

Eph ouviu os motores se aproximando. Não havia faróis, mas os veículos foram aparecendo na escuridão, debaixo do viaduto rodoviário, diminuindo a marcha até parar.

– Vasiliy, você quer que eu...

– Só mantenha todos longe daqui! – Vasiliy bombeava sem parar, tentando não aspirar os vapores tóxicos.

Nora meteu a mão dentro dos dois veículos, acendendo o conjunto de faróis para iluminar a área imediatamente a leste e oeste.

Para o leste, do lado oposto da rodovia, vampiros se amontoavam na fímbria da luz, com os olhos vermelhos brilhando feito contas de vidro.

Para o oeste, vindo da rodovia, duas vans desembarcavam figuras. Vampiros locais convocados para uma missão.

– Vasiliy? – disse Eph.

– Aqui, mude os tanques – disse Vasiliy, bombeando forte, sem parar. Eph puxou a mangueira do tanque do jipe quase cheio e logo a transferiu para o Explorer, espalhando gasolina no asfalto.

Então ouviram-se passos, e Eph levou um momento para localizá-los no alto do telhado de proteção das bombas, bem acima deles. Os vampiros estavam fechando o cerco e se aproximando.

Gus abriu fogo contra os veículos, derrubando um ou dois vampiros, mas sem causar muito dano real.

– Vá para longe do tanque! – gritou Vasiliy. – Não quero fagulhas aqui por perto!

Quinlan retornou da beira da estrada, perto de Eph e dos veículos. O Nascido sentia ser responsabilidade sua protegê-lo.

– Lá vêm eles! – disse Nora.

Os vampiros começaram a enxamear. Um esforço coordenado, primeiro focalizando Gus. Quatro deles, dois avançando sobre ele de cada lado. Gus disparou contra um par, estraçalhando-os, e depois girou o corpo e derrubou o outro par, bem a tempo de evitar o ataque.

Enquanto ele estava ocupado, diversos vultos escuros aproveitaram a oportunidade para avançar dos terrenos adjacentes, correndo na direção do posto.

Gus se voltou e metralhou-os, abatendo alguns, mas precisou se virar outra vez quando outros mais avançaram contra ele.

Quinlan voou para a frente com espantosa agilidade, enfrentando três *strigoi* que avançavam, e lançou suas mãos nuas contra a garganta dos seres de sua espécie, quebrando-lhes o pescoço.

Bum! Um pequeno vampiro, uma criança, caiu no teto do jipe vindo do telhado do galpão de automóveis. Nora atacou-o, e o pequeno vampiro sibilou e se lançou para trás, balançando suavemente o jipe. Eph deu a volta pelos faróis até o outro lado do veículo, procurando matar a pequena peste, que desaparecera.

– Não está aqui! – disse Eph.
– Nem aqui! – gritou Nora.
– Debaixo! – disse Eph.

Nora se abaixou e passou a espada por baixo da carroceria do jipe: a lâmina era comprida o bastante para acossar a criança na direção de Eph. Ele cortou a parte inferior da perna direita dela, seccionando o tendão de Aquiles. Mas, em vez de recuar de novo, o vampiro ferido saiu direto debaixo do jipe e pulou sobre ele. A espada de Eph encontrou-o a meio caminho, cortando pela metade o *strigoi* sedento de sangue. Ele sentiu o esforço mais do que nunca. Sentiu seus músculos se retorcerem e entrarem em espasmo. Um relâmpago de dor correu do cotovelo até o final das costas. O braço dobrou com uma câimbra brutal. Eph sabia o que era aquilo: estava malnutrido, talvez já com inanição. Comia pouco e muito mal: nada de minerais ou eletrólitos, com os terminais nervosos quase em carne viva. Estava perdendo a capacidade de lutar. Caiu, largando a espada, sentindo-se com um milhão de anos de idade.

Foi assustado por um som de esmagamento úmido às suas costas. Quinlan estava atrás dele, iluminado profusamente pelos faróis, com a cabeça de outra criança vampira em uma das mãos e o corpo na outra. O vampiro quase caíra sobre Eph, mas Quinlan o salvara. O Nascido atirou as partes do corpo pingando sangue contra o asfalto e depois se virou, já antecipando o próximo ataque.

A arma de Gus pipocava na rua, enquanto mais vampiros convergiam sobre eles das fímbrias da escuridão. Eph derrubou mais dois *strigoi* adultos que apareceram correndo de trás da loja do posto de gasolina. Ele estava preocupado com Nora, sozinha do outro lado dos veículos.

– Vasiliy! Vamos! – gritou ele.
– Quase! – gritou Vasiliy de volta.

Quinlan continuou lutando, abatendo mais *strigoi* que se apresentavam para o sacrifício. De suas mãos pingava sangue branco, mas eles simplesmente continuavam a investir.

– Eles estão tentando nos prender aqui – disse Eph. – Tentando nos atrasar!

O Mestre está a caminho. E outros. Posso senti-los.

Eph enfiou a espada na garganta do *strigoi* mais próximo. Depois chutou-o no peito, puxando a arma, e correu para o outro lado do jipe.

– Gus! – chamou ele.

Gus já estava recuando, com a arma fumegante agora silenciosa.

– Sem munição.

Eph abateu um par de vampiros que avançavam sobre Nora, depois cortou a mangueira que saía do tanque do Explorer. Vasiliy viu aquilo e finalmente desistiu de bombear. Agarrou a espada sobressalente de Eph na mochila dele e cuidou de outro vampiro, parecido com um animal, vindo por cima do capô do Explorer.

Gus pulou no assento dianteiro do Explorer e agarrou outra arma.

– Vamos! Vamos sair daqui!

Não havia tempo para jogar a bomba empapada de gasolina dentro do caminhão. Eles a abandonaram lá, com a gasolina ainda pingando da mangueira e molhando o pavimento.

– Não atire tão perto! – disse Vasiliy. – Você vai nos explodir!

Eph foi até a porta do jipe. Ele viu pelas janelas Quinlan agarrar uma vampira pelas pernas e bater com a cabeça dela na coluna de aço. Vasiliy já estava no assento traseiro atrás de Eph, afugentando os vampiros que tentavam entrar pela porta. Eph pulou para o assento do motorista, batendo a porta e girando a chave.

O motor deu a partida. Eph viu que Nora estava dentro do Explorer. Quinlan foi o último, subindo no assento traseiro do jipe, com os *strigoi* correndo para sua janela. Eph engatou a marcha e seguiu em curva para a rua, esmigalhando dois vampiros com a grade de prata do veículo. Viu Nora aproximar o Explorer da beira da estrada e depois parar de repente. Gus saltou do veículo com a metralhadora e curvou o corpo, disparando literalmente por cima do teto na direção da borda mais próxima do combustível derramado, que pegou fogo. Gus saltou para dentro do Explorer, e ambos os veículos se afastaram a toda a velocidade, enquanto as chamas deslizavam na direção do tanque subterrâneo destampado, incendiando os vapores que saíam. Depois de um breve e lindo momento de chamas aladas, o depósito estourou, com uma violenta explosão preto-alaranjada, fazendo estremecer o chão, partindo o telhado do galpão e calcinando os *strigoi* que ainda estavam lá.

– Meu Deus – disse Vasiliy, observando pela janela traseira, por cima da bomba nuclear embrulhada no encerado. – E isso não é nada comparado com o que temos aqui.

Eph foi passando pelos veículos na estrada, com alguns dos vampiros correndo para se enfiarem atrás dos volantes. Ele não estava preocupado em vencer a corrida com eles. Apenas com o Mestre.

Vampiros que chegaram mais tarde se lançavam na estrada, praticamente se atirando no caminho do jipe, numa tentativa de diminuir sua marcha. Eph passou por cima deles, vendo rostos hediondos por um instante, à luz dos faróis, pouco antes do impacto. O sangue branco cáustico corroeu as palhetas de borracha do limpador de para-brisa depois de alguns movimentos de um lado para outro. Um grupo se juntara na rampa de acesso à Interestadual 81, mas Eph passou junto à rampa, seguindo direto pela estrada escura que levava ao vilarejo.

Ele seguiu pela estrada principal e, ao devolver o mapa a Vasiliy, tentou ver os faróis do Explorer no espelho retrovisor. Não conseguia enxergá-los. Estendeu a mão para o walkie-talkie, encontrando-o no assento, junto a seu quadril.

– Nora? Você escapou? Vocês dois estão bem?

A voz dela chegou de volta um momento depois, cheia de adrenalina:

– Estamos bem! Conseguimos fugir!

– Eu não estou vendo vocês.

– Nós estamos... não sei. Provavelmente atrás de vocês.

– Simplesmente mantenha o rumo norte. Se nos separarmos, encontre conosco em Fishers Landing logo que puderem chegar lá. Entendeu? Fishers Landing?

– Fishers Landing. Está bem. – A voz dela estava cheia de estática.

– Siga com os faróis apagados quando puder, mas só quando puder. Nora?

– Nós estamos indo... para... a frente.
– Nora, estou perdendo a conexão.
– ... Eph...
Eph sentiu Vasiliy se inclinando para a frente ali atrás.
– O alcance do rádio é um pouco menos de dois quilômetros.
Eph conferiu os retrovisores.
– Eles devem ter tomado outra estrada. Desde que se mantenham fora da rodovia...
Vasiliy pegou o rádio, tentando chamar Nora, mas não conseguiu.
– Merda – disse ele.
– Ela tem o ponto de encontro – disse Eph. – Está com Gus. Vai ficar bem.
Vasiliy devolveu a ele o rádio.
– Pelo menos eles têm bastante combustível. Agora tudo que temos de fazer é ficar vivos até o nascer do sol.
Na beira da estrada, debaixo do letreiro apagado de um velho cinema drive-in abandonado, um *strigoi* sem expressão seguiu o jipe com os olhos quando eles passaram.

O Mestre ampliou o alcance de sua mente. Embora parecesse um contrassenso, engajar muitas perspectivas diferentes ao mesmo tempo servia para focalizar seus pensamentos e acalmar seu mau humor.

Através dos olhos de um de seus subordinados, ele viu o veículo verde dirigido pelo dr. Ephraim Goodweather passar velozmente por um cruzamento sem iluminação na zona rural do norte do estado de Nova York. O enorme jipe seguia a linha central amarela, sempre para o norte.

Depois viu o Explorer, dirigido pela dra. Nora Martinez, passar por uma igreja na praça de um vilarejo, com o criminoso Augustin Elizalde inclinado para fora da janela dianteira. Houve um clarão saído do cano da arma dele, e a visão do Mestre desapareceu. Eles também estavam se deslocando para o norte, ao longo do outro lado da rodovia de onde haviam partido, a interestadual na qual o Mestre agora viajava a grande velocidade.

Ele viu o garoto, Zachary Goodweather, sentado no helicóptero que cruzava o estado pelo ar, viajando para o noroeste numa diagonal aguda. O garoto olhava pela janela da aeronave, ignorando o dr. Everett Barnes, que ia nauseado a seu lado, com o rosto matizado de azul-acinzentado. O garoto, e talvez Barnes, seria um instrumento do Mestre para distrair a atenção ou então persuadir Goodweather.

O Mestre também via por intermédio de Kelly Goodweather. Viajar dentro de um veículo em movimento embaçava, até certo ponto, o senso de direção dela, mas ainda assim era possível sentir sua proximidade com o dr. Goodweather, seu ex-parceiro humano. A sensibilidade de Kelly dava ao Mestre mais uma perspectiva para triangular seu foco no médico.

Vire aqui.

A limusine desviou-se de repente e desceu a rampa de saída. Creem, o líder de gangue, tinha um pé pesado ao dirigir.

– Merda – disse ele, vendo o posto de gasolina que ainda ardia na estrada à frente. O cheiro de combustível incendiado entrou no sistema de ventilação do veículo.

À esquerda.

Creem seguiu a instrução, desviando do lugar da explosão sem perder tempo. Eles passaram pela marquise do cinema drive-in e pelo vampiro de sentinela ali. O Mestre mergulhou de novo na sua própria visão e viu-se dentro da limusine preta, seguindo célere pela rodovia.

Eles estavam se aproximando de Goodweather.

Eph seguia velozmente por estradas vicinais, serpenteando rumo ao norte. Ele trocava constantemente de rota para manter seus perseguidores no escuro. Vampiros de sentinela vigiavam cada curva. Eph percebeu que, quando eles já ficavam na mesma estrada tempo demais, os *strigoi* punham obstáculos no caminho, tentando retardá-los ou ocasionar um acidente: outros carros, um carrinho de mão, vasos de uma loja de jardinagem. Ele ia dirigindo a mais de oitenta por hora numa estrada completamente às escuras; aquelas coisas surgiam de repente à luz dos faróis, e era difícil desviar delas.

Algumas vezes os vampiros tentaram avançar contra eles com veículos, ou segui-los. Era a dica para Vasiliy se levantar acima do teto solar com a metralhadora em punho.

Eph evitou inteiramente a cidade de Syracuse, seguindo para o leste e contornando os arredores. O Mestre sabia onde eles estavam, mas ainda não sabia para onde se dirigiam. Era a única coisa que os salvava agora. Se não fosse isso, ele mandaria uma grande massa de seus escravos para as margens do rio Saint Lawrence, evitando que Eph e os outros atravessassem.

Se possível, Eph teria dirigido até o sol raiar. Mas a gasolina era um problema, e parar para reabastecer era simplesmente perigoso demais. Eles precisariam se arriscar a aguardar a luz do dia junto ao rio, como alvos fáceis.

Pelo lado positivo, quanto mais para o norte eles seguiam, menos *strigoi* na beira da estrada viam. A população menor da zona rural conspirava a favor deles.

Nora estava ao volante. Ler mapas não era um dos pontos fortes de Gus. Nora tinha certeza de que eles estavam rumando para o norte, de modo geral, mas sabia que ocasionalmente haviam se desviado um pouco para o leste ou oeste. Passaram por Syracuse, mas subitamente Watertown – a última cidade de porte maior, antes da fronteira com o Canadá – parecia muito distante.

O rádio na sua cintura dera sinal de estática algumas vezes, mas toda vez que ela tentara falar com Eph só ouvira um silêncio. Depois de algum tempo, parara de tentar. Não queria se arriscar a ficar com as baterias descarregadas.

Fishers Landing. Eph dissera que eles deveriam se encontrar lá. Nora não sabia quantas horas haviam decorrido desde o pôr do sol, e quantas mais decorreriam até a aurora – só sabia que eram muitas. Ela queria tanto a luz do dia que não ousava confiar na própria estimativa.

Simplesmente chegue lá, pensava ela. *Chegue lá e depois pense.*

– Lá vêm eles, doutora – disse Gus.

Nora olhou em torno da rua à sua frente, sem ver coisa alguma, dirigindo com tanta atenção na escuridão. Depois percebeu uma nesga de luz através das copas das árvores.

Uma luz que se movia. Um helicóptero.

– Eles estão nos procurando, mas ainda não nos localizaram, acho eu – disse Gus.

Nora manteve um olho na luz e o outro na estrada. Eles passaram por um letreiro que indicava a rodovia e perceberam que estavam novamente perto da interestadual. O que não era uma coisa boa.

O helicóptero fez um círculo na direção deles.

– Vou apagar os faróis – disse Nora, o que significava também diminuir a marcha.

Eles seguiram pela estrada escura, observando o helicóptero fazer círculos, enquanto chegava mais perto. A luz ficou mais brilhante quando a aeronave começou a descer, talvez a uns cem metros ao norte.

– Veja – disse Gus. – Eles estão aterrissando.

Nora viu a luz abaixando.

– Ali deve ser a rodovia.

– Acho que não nos viram mesmo – disse Gus.

Nora continuou a seguir pela estrada, avaliando as margens pelas negras copas das árvores silhuetadas contra o céu, agora menos escuro. Tentava decidir o que fazer.

– Devemos arrancar? – perguntou ela. – Arriscar?

Gus estava tentando ver a rodovia através do para-brisa.

– Sabe de uma coisa? – disse ele. – Acho que eles não nos viram.

Nora manteve os olhos na estrada.

– Então o que é?

– Você me pegou. A questão é... vale a pena descobrir?

Nora já passara tempo bastante com Gus para saber que aquela não era, na realidade, uma pergunta.

– Não – disse ela, rapidamente. – Precisamos seguir em frente. Continuar.

– Pode ser que seja alguma coisa.

– Como o quê?

– Não sei. Por isso precisamos ir ver. Não vejo vampiros nas margens da estrada há muitos quilômetros. Acho que podemos dar uma olhadela.
– Bem *rápida* – disse Nora, como se pudesse cobrar isso dele.
– Vamos – disse ele. – Você está curiosa também. Além disso... eles estavam usando uma luz, certo? Isso significa humanos.

Nora encostou na margem esquerda da estrada e desligou o motor. Eles desceram do veículo, esquecendo que as luzes internas acendiam assim que as portas eram abertas. Fecharam as portas rapidamente, sem bater com força, e ficaram ali, escutando.

Os rotores do helicóptero ainda giravam, mas diminuíam a velocidade. O motor acabara de ser cortado. Gus manteve a metralhadora afastada do corpo enquanto escalava com dificuldade o barranco cheio de mato e pedras. Nora vinha logo atrás e à esquerda dele.

Eles diminuíram o passo no topo do barranco, com os rostos assomando debaixo da mureta de proteção. A aeronave estava na rodovia a cerca de cem metros dali. Não havia carros à vista. Os rotores pararam completamente, embora a luz do helicóptero permanecesse acesa, brilhando do lado oposto da via. Nora distinguiu quatro silhuetas, uma delas mais baixa que as outras. E não tinha certeza, mas acreditava que o piloto, provavelmente humano, a julgar pela luz, permanecia esperando na cabine de comando. Esperando o quê? Decolar de novo em breve?

Eles se agacharam, recuando um pouco, e Nora disse:
– Um encontro?
– Alguma coisa desse tipo. Você não acha que é o Mestre, acha?
– Não sei dizer – disse ela.
– Um deles é pequeno. Parece uma criança.
– É – disse Nora, assentindo... e então parou de assentir. Sua cabeça levantou-se de novo com energia, dessa vez olhando por cima do topo da mureta. Gus puxou-a para baixo pela parte de trás do cinto, mas ela já se convencera da identidade do garoto de cabelo revolto.
– Ah, meu Deus!
– O que foi? – perguntou Gus. – Que diabo deu em você?

Nora desembainhou a espada.
– Precisamos ir até lá.
– Claro, agora você está falando certo. Mas que diabo...

– Atire nos adultos, mas não na criança. Só não deixe que eles fujam.

Nora pulou de pé e transpôs o guard-rail antes que Gus se levantasse. Foi correndo direto para eles, com Gus se apressando para acompanhá-la. E observou as duas figuras maiores se virarem para o seu lado, antes que ela fizesse qualquer ruído real. Os vampiros viram a impressão térmica dela, sentindo a presença da prata na espada. Eles pararam e viraram-se para os humanos. Um agarrou o garoto e tentou enfiá-lo no helicóptero. Eles iam levantar voo de novo. O motor girou, e os rotores começaram a fazer aquele zumbido hidráulico.

Gus disparou sua arma, atingindo primeiro a cauda do helicóptero, depois metralhando a lateral na direção da cabine dos passageiros. Foi o bastante para fazer com que o vampiro que carregava o garoto se afastasse da aeronave. Agora Nora já estava a mais de meio caminho. Gus abriu fogo bem para a esquerda, atingindo o vidro da cabine, que não se estilhaçou. As balas passaram direto, até que um borrifo de vermelho saiu pelo lado oposto.

O corpo do piloto caiu para a frente. Os rotores continuaram a ganhar velocidade, mas o helicóptero não se moveu.

Um dos vampiros largou o homem que guardava e correu na direção de Nora. Ela viu a tinta escura e decorativa no pescoço do *strigoi* e, imediatamente, identificou-o como um dos guarda-costas da prisão, um dos guarda-costas de Barnes. Pensar em Barnes apagou todo o sentimento de medo dela, e Nora avançou contra o vampiro com a espada no alto, gritando a plenos pulmões. O grande vampiro abaixou-se no último momento, surpreendendo-a, mas ela se desviou dele como um toureiro, baixando a espada sobre as costas do inimigo. Ele deslizou pelo asfalto, queimando a pele, e depois levantou-se novamente. Pedaços de pele pálida pendiam de suas coxas, de seu peito e de uma das maçãs do rosto. Isso não retardou sua ação. O que retardou foi o ferimento causado pela prata nas suas costas.

A arma de Gus pipocou e o vampiro grande se contorceu. Os tiros o abalaram, mas não o derrubaram. Nora não deu tempo ao poderoso *strigoi* para montar um novo ataque. Visou as tatuagens no pescoço como alvos e decepou sua cabeça.

Voltou-se para o helicóptero, estreitando os olhos por causa do vento dos rotores. O outro vampiro tatuado estava longe dos humanos, cercando Gus. Ele compreendia e respeitava o poder da prata, mas não o poder de uma metralhadora. Gus avançou para o monstro que sibilava, bem ao alcance do ferrão, e disparou uma rajada de tiros na cabeça dele, que caiu para trás. Gus avançou e atirou no pescoço dele, liberando a criatura.

O homem estava apoiado num joelho, agarrado à porta aberta do helicóptero. O garoto observou os dois vampiros serem abatidos. Ele se virou e correu na direção da estrada, na direção iluminada pelo farol do helicóptero. Nora viu nas mãos dele algo que mantinha na frente do corpo enquanto corria.

– Gus, pegue o garoto! – gritou ela, porque o mexicano estava mais próximo. Gus partiu correndo atrás dele. O garoto magricela corria bastante, mas sem equilíbrio. Ele saltou sobre a mureta de proteção e caiu bem, mas no terreno meio escuro calculou mal um passo ou dois e se embaralhou nos próprios pés.

Nora estava parada perto de Barnes, debaixo dos rotores que giravam no helicóptero. Ele ainda estava nauseado e apoiado num joelho. Contudo, quando levantou o olhar e reconheceu o rosto de Nora, ficou ainda mais pálido.

Nora levantou a espada e estava pronta para golpear quando ouviu quatro estampidos agudos, abafados pelo som do helicóptero. Era um pequeno rifle que o garoto disparava contra eles em pânico. Nora não foi atingida, mas os projéteis explodiram incrivelmente perto. Ela se afastou de Barnes e entrou no mato. Viu Gus se lançar contra o garoto e derrubá-lo antes que ele pudesse atirar de novo. Gus agarrou o garoto pela camisa, virando-o na direção da luz, para ter certeza de que não estava lidando com um vampiro. Tirou o rifle descarregado da mão dele e atirou-o na direção das árvores. O garoto reagiu, de modo que Gus lhe deu uma boa sacudidela, violenta o bastante para deixá-lo ciente do que poderia acontecer se ele tentasse lutar. Ainda assim, o garoto estreitou os olhos sob a luz, tentando se livrar, verdadeiramente apavorado com Gus.

– Calma, garoto. Jesus!

Ele arrastou o garoto que se debatia de volta à mureta de proteção.

– Você está bem, Gus? – disse Nora.

Gus lutava com o garoto.

– Ele é um atirador de merda.

Nora olhou de volta para o helicóptero. Barnes desaparecera. Ela esquadrinhou a região além do farol do helicóptero, procurando-o, mas sem resultado. Soltou um palavrão baixinho.

Gus lançou outro olhar para o rosto do garoto ali e observou algo nos olhos e na estrutura do rosto que lhe parecia familiar. Familiar demais.

Gus olhou para Nora e disse:

– Ah, isso é demais!

O garoto chutou Gus com o calcanhar do tênis. Gus deu-lhe um chute de volta, só que mais forte.

– Cristo, mas é igual a seu pai – disse Gus.

Isso fez com que o garoto quase parasse. Ele olhou para Gus, ainda tentando se libertar, e perguntou:

– O que você sabe disso?

Quando Nora olhou para Zack, tanto o reconheceu imediatamente quanto não o reconheceu em absoluto: os olhos do garoto em nada se pareciam com aqueles dos quais ela se lembrava. Suas feições haviam amadurecido como aconteceria com qualquer garoto num período de dois anos, mas os olhos não tinham aquela luz que tinham antes. Se a curiosidade ainda estava lá, agora era mais escura, mais profunda. Era como se sua personalidade houvesse se retraído dentro de sua mente, querendo ler, mas sem ser lida. Ou talvez ele estivesse apenas em estado de choque. Tinha só treze anos, afinal das contas.

Ele está oco. Ele não está aí.

– Zachary – disse ela, sem saber o que fazer.

O garoto olhou para ela por alguns momentos, antes de insinuar reconhecimento no rosto.

– Nora – disse ele, pronunciando a palavra vagarosamente, como algo quase esquecido.

Embora houvesse menos zumbis disponíveis para monitorar os diversos itinerários em potencial na região norte do estado de Nova York, o caminho do Mestre ficava cada vez mais certo. Ele testemunhara a emboscada da dra. Martinez através dos olhos da equipe de segurança do dr. Barnes, até a violenta liberação deles. No momento, via o helicóptero na rodovia, com os rotores ainda em movimento, pelos olhos de Kelly Goodweather.

O Mestre observava enquanto Kelly orientava o motorista a descer um barranco íngreme até uma estrada auxiliar, seguindo velozmente, no rastro do Explorer. A ligação de Kelly com Zachary era muito mais intensa do que sua ligação com seu ex-parceiro, o dr. Ephraim Goodweather. Sua atração era muito mais pronunciada e, no momento, produtiva.

E agora o Mestre tinha até mesmo uma melhor leitura do progresso dos infiéis, que haviam mordido a isca que ele sabia irresistível. Podia observar a cena pelos olhos de Zachary, sentado no banco traseiro do veículo dirigido por Augustin Elizalde. Parecia quase estar ali dentro daquele veículo, indo encontrar o dr. Goodweather, que tinha a posse do *Lumen* e o conhecimento da localização do Sítio Negro.

– Estou seguindo atrás deles – disse Barnes, com a voz cheia de estática, pelo rádio. – Mantenho você informado. Você pode me localizar pelo GPS.

E, de fato, um ponto era visível no GPS. Uma imitação imperfeita, pálida, mecânica da intuição do Mestre, mas que podia ser compartilhada com o traidor Barnes.

– Eu tenho a arma comigo – disse Barnes. – Estou pronto para as suas ordens.

O Mestre sorriu. Tão obsequioso.

Eles estavam perto, talvez a uns poucos quilômetros de seu destino. Aquela trajetória para o norte os punha a caminho do lago Ontário ou do rio Saint Lawrence. E, se houvesse necessidade de cruzar uma massa de água em movimento, não importava. O Mestre tinha Creem para levá-lo ao outro lado, se necessário, pois o líder de gangue ainda era nominalmente humano, mas estava inteiramente sob seu comando.

O Mestre mandou os helicópteros para o norte, a toda a velocidade.

A boca de Creem doía. Suas gengivas queimavam onde seus dentes de prata estavam implantados. A princípio, ele pensou que aquilo era o efeito remanescente da cotovelada que levara de Quinlan. Mas agora seus dedos estavam ficando doloridos, o bastante para que ele tirasse os anéis de prata, dando descanso a seus dedos, e deixasse as joias empilhadas no receptáculo para copos do veículo.

Ele não se sentia bem, mas sim zonzo e febril. A princípio, temeu que fosse algum tipo de infecção bacteriana como a que vitimara o comparsa de Gus. Mas quanto mais olhava pelo espelho retrovisor para o rosto escuro do Mestre, vendo os vermes se contorcerem ali, mais ele ficava ansioso, imaginando se o Mestre o infectara. Por um instante sentiu algo se mover através do seu antebraço até o bíceps. Algo mais que uma pequena pontada. Algo a caminho de seu coração.

O jipe de Eph chegou a Fishers Landing primeiro. A estrada mais ao norte corria ao longo da margem do rio Saint Lawrence. Quinlan não conseguira identificar vampiro algum nas imediações. Eles viram um letreiro onde estava escrito CAMPO RIVERSIDE, apontando para uma área onde a rodovia se afastava da margem do rio. Entraram na estrada de terra, avançando por uma grande ponta de terra que se projetava rio adentro. Havia cabines, um restaurante com uma sorveteria adjacente, além de uma praia arenosa encaixotada por um embarcadouro comprido e largo o suficiente para ficar quase invisível acima da água.

Eph parou abruptamente no terreno no final da estrada, deixando os faróis acesos e apontados para a água. Ele queria ir até aquele embarcadouro. Eles precisavam de um barco.

Logo que fechou a porta do veículo, uma forte luz encheu sua visão; na realidade, deixou-o cego. Alçando o braço, ele mal conseguia distinguir fontes múltiplas, uma perto do restaurante e outra perto de um galpão de toalhas. Entrou em pânico por um momento, mas então percebeu que eram fontes de luz artificiais, algo de que os vampiros não tinham necessidade, ou para as quais não tinham uso. Uma voz exclamou:

– Parem aí agora! Não se movam!

Era uma voz real, e não uma voz de vampiro projetada na sua cabeça.
— Está bem, está bem! — disse Eph, tentando proteger os olhos. — Sou humano!
— Agora estamos vendo isso — disse a voz feminina.
Uma voz masculina do outro lado disse:
— Esse aqui está armado!
Eph olhou para Vasiliy do outro lado do jipe. Vasiliy disse:
— Vocês estão armados?
— É bom acreditar que sim! — respondeu a voz masculina.
— Nós dois podemos abaixar as armas e conversar? — disse Vasiliy.
— Não — disse a voz feminina. — Felizmente vocês não são ferreadores, mas isso não quer dizer que não sejam saqueadores. Ou Stoneheart disfarçados.
— Também não somos isso — disse Eph, bloqueando as luzes com as mãos abertas. — Estamos numa espécie de missão. Mas não temos muito tempo.
— Há mais um no banco traseiro! — berrou a voz masculina. — Apareça!
Que merda, pensou Eph. Por onde começar?
— Olhem aqui — disse ele. — Nós estamos vindo lá de Nova York.
— Tenho certeza de que eles ficarão contentes ao ver vocês voltarem.
— Vocês... vocês parecem guerreiros. Combatendo os vampiros. Nós somos guerreiros também. Parte de uma resistência.
— Aqui nós estamos lotados, amigo.
— Precisamos alcançar uma das ilhas — disse Eph.
— À vontade. Mas faça isso em um outro ponto ao longo do rio Saint Lawrence. Não queremos problemas aqui, mas estamos prontos para lidar com algum, se aparecer.
— Se eu tivesse pelo menos dez minutos para explicar...
— Você tem dez segundos para partir. Posso ver seus olhos e os olhos de seu amigo. Parecem bastante bons sob essa luz. Mas se o seu outro amigo não sair do carro, vamos começar a atirar.
— Primeiro de tudo, nós temos algo frágil e explosivo no carro, de modo que, para seu próprio bem, não atirem. Segundo, você não vai gostar do que vai ver no nosso outro amigo aqui.

Vasiliy se intrometeu.

– Ele parece vampiro. Suas pupilas ficam vidradas na luz. Porque ele é parcialmente vampiro.

A voz masculina disse:

– Isso não existe.

– Existe, sim – disse Eph. – Ele está do nosso lado, e posso explicar, ou tentar explicar, se vocês me derem chance.

Eph percebeu a fonte de luz se movimentando. Avançando sobre ele. Retesou o corpo, esperando um ataque.

A voz masculina vinda da outra luz disse:

– Cuidado, Ann!

A mulher atrás da luz parou a cerca de dez metros de Eph, perto o bastante para que ele sentisse o calor vindo da lâmpada. Podia ver botas de borracha e um cotovelo atrás do facho de luz.

– William! – exclamou a voz feminina.

William, o portador da outra luz, veio correndo na direção de Vasiliy.

– O que é?

– Dê uma boa olhada no rosto dele – disse ela.

Por um momento, Eph viu ambos os fachos de luz dirigidos para ele.

– O quê? – disse William. – Ele não é vampiro.

– Não, idiota. Dos noticiários. O homem procurado. Você é o Goodweather?

– Sou. Meu nome é Ephraim.

– Goodweather, aquele médico fugitivo. Que matou o Eldritch Palmer.

– Na verdade, eu fui acusado falsamente – disse Eph. – Não matei o velho canalha. Mas bem que tentei.

– Eles queriam muito pegar você, não é? Aqueles filhos da puta.

Eph assentiu.

– Ainda querem.

William disse:

– Não sei, Ann.

Ann disse:

– Vocês têm dez minutos, babaca. Mas o seu suposto amigo fica no carro, e se ele tentar saltar, todos vocês viram comida de peixe.

Vasiliy parou diante da traseira do jipe, mostrando a eles o dispositivo nuclear e o temporizador que anexara à luz da lanterna elétrica.

– Merda. Uma porra de uma bomba nuclear – disse Ann, que se revelara uma cinquentona, com uma comprida trança grisalha despenteada, metida em galochas altas e um impermeável de pescador.

– Você achava que seria maior – disse Vasiliy.

– Não sei o que eu achava. – Ela olhou de novo para Eph e Vasiliy. William, um quarentão usando um surrado suéter de lã com cordões e jeans folgados, permanecia afastado, com as duas mãos no rifle. As lâmpadas estavam aos pés dele, uma delas ainda acesa. A luz indireta lançava sobre Quinlan, agora parado fora do veículo, um intimidador manto de sombras. – Só que a situação de vocês aqui é bizarra demais para não ser verdadeira.

– Só queremos de vocês um mapa dessas ilhas, e um meio de chegarmos lá – disse Eph.

– Vocês vão detonar essa putinha.

– Vamos mesmo. Vocês vão querer se deslocar daqui, quer a ilha esteja a quase um quilômetro da costa ou não – disse Eph.

– Nós não moramos aqui – disse William.

A princípio, Ann lançou-lhe um olhar de reprimenda, indicando que ele falara demais. Mas depois ela relaxou, concluindo que podia se abrir com Eph e Vasiliy, que haviam feito o mesmo.

– Nós moramos nas ilhas – disse ela. – Onde os malditos vampiros não podem ir. Lá há velhos fortes do tempo da Guerra da Revolução. Nós moramos neles.

– Quantos?

– Contando todos, somos quarenta e dois. Éramos cinquenta e seis, mas perdemos muitos. Vivemos em três grupos separados, porque, mesmo depois que o mundo terminou, há ainda alguns babacas que não se enquadram. Na maioria somos vizinhos que nem se conheciam antes dessa maldição. Estamos sempre vindo à terra firme para procurar armas, ferramentas e comida, à moda de Robinson Crusoé, se você considerar o continente como um navio naufragado.

– Vocês têm barcos – disse Eph.

– Claro que temos umas porras de uns barcos. Três lanchas a motor e um monte de pequenos esquifes a remo.
– Bom, muito bom. Espero que vocês possam nos alugar um. Desculpe se estamos trazendo problemas para vocês dessa maneira – disse Eph. Depois perguntou ao Nascido, que estava de pé, completamente imóvel: – Alguma coisa vindo aí?
Nada iminente.
Mas Eph podia adivinhar, pelo tom da resposta, que o tempo deles estava se esgotando. E disse para Ann:
– Você conhece essas ilhas?
Ela assentiu.
– William conhece mais ainda. Como a palma da mão dele.
Eph disse para William:
– Podemos entrar no restaurante para você me esboçar as direções? Eu sei o que estou procurando. É uma ilha rochosa com muito pouca vegetação, com o formato de um trevo, ou uma série de três anéis superpostos. Como um símbolo de perigo biológico, se você consegue visualizar isso.

Ann e William se entreolharam de um modo que mostrava que ambos sabiam exatamente a que ilha Eph estava se referindo. Ele sentiu uma pontada de adrenalina.

Um ruído de estática radiofônica os surpreendeu, fazendo William recuar nervosamente. Era o walkie-talkie no assento da frente do jipe.

– São amigos nossos – disse Vasiliy, indo para a porta e pegando o aparelho. – Nora?

– Ah, graças a Deus – disse ela, com a voz indistinta nas ondas de rádio. – Enfim chegamos a Fishers Landing. Onde vocês estão?

– Sigam os letreiros que indicam a praia pública. Vão ver uma placa para o Campo Riverside. Sigam pela estrada de terra até a beira d'água. Venham depressa, mas em silêncio. Nós encontramos outros que podem nos ajudar a atravessar o rio.

– Outros? – perguntou ela.

– Simplesmente confie em mim e venha para cá, agora.

– Está bem. Estou vendo o letreiro para a praia – disse ela. – Logo estaremos aí.

Vasiliy descansou o rádio.
— Eles estão perto.
— Bom — disse Eph, virando-se para Quinlan, que examinava o céu, como que procurando um sinal. Aquilo preocupou Eph. — Alguma coisa que precisamos saber?
Tudo calmo.
— Quantas horas teremos até o meio-dia?
Tempo demais, infelizmente.
— Alguma coisa está perturbando você — disse Eph. — O que é?
Eu não gosto de viajar sobre a água.
— Sei disso. E?
Nós já deveríamos ter visto o Mestre a essa altura. Não gosto de pensar que ainda não o vimos...

Ann e William queriam conversar, mas Eph só queria que eles delineassem o itinerário para a ilha. De modo que deixou os dois desenhando nas costas de uma toalha de papel e voltou para Vasiliy, parado diante da bomba colocada sobre o balcão da sorveteria adjacente ao restaurante. Através das portas de vidro, viu Quinlan esperando vampiros na frente da praia. E perguntou:
— Quanto tempo ainda temos?
— Não sei. Espero que tenhamos o bastante — disse Vasiliy. Depois mostrou a chave com a trava de segurança, acoplada ao mostrador de um relógio sobre um pequeno painel. — Vire assim para o tempo de retardo. Na direção desse X. Depois ponha sebo nas canelas.
Eph sentiu outra câimbra subindo pelo braço. Cerrou o punho com força e escondeu a dor o melhor que pôde.
— Não gosto da ideia de deixar a bomba lá. Muita coisa pode dar errado em poucos minutos.
— Não temos alternativa, se quisermos sobreviver.
Ambos levantaram o olhar para os faróis que se aproximavam. Vasiliy correu para o carro de Nora, e Eph voltou ao restaurante para monitorar o trabalho de William. Ann fazia sugestões, e William estava aborrecido.

– São quatro ilhas lá fora e uma mais acima.
– E a do Pequeno Polegar? – disse Ann.
– Você não pode dar apelidos a essas ilhas e esperar que todo mundo decore isso.

Ann olhou para Eph e explicou:
– A terceira ilha parece ter um pequeno polegar.

Eph olhou para o esboço. O itinerário parecia bem claro, e só isso interessava. Então ele disse:
– Vocês podem levar os outros rio abaixo até a sua ilha na nossa frente? Não vamos ficar lá usando os recursos de vocês. Só precisamos de um esconderijo até tudo isso terminar.
– Com certeza. Principalmente se você acha que pode fazer o que você diz que pode – disse Ann.

Eph assentiu.
– A vida na Terra vai mudar novamente.
– De volta ao normal.
– Eu não diria isso – disse Eph. – Teremos um longo caminho a percorrer para chegar a algo parecido com o normal. Mas não teremos mais esses sanguessugas nos governando.

Ann parecia uma mulher que já aprendera a não ter esperanças demasiadas. Ela disse:
– Desculpe se chamei você de babaca, amigo. Na verdade, você é um puto duro na queda.

Eph não pôde deixar de sorrir. Ele andava aceitando qualquer elogio, por mais enviesado que fosse.
– Você pode nos contar alguma coisa sobre a cidade? – perguntou Ann. – Ouvimos dizer que todo o centro foi incendiado.
– Não, é...

As portas de vidro da sorveteria se abriram, e Eph se virou. Gus entrou com uma metralhadora na mão. Então Eph viu, pelo vidro, Nora se aproximando da porta. Em vez de Vasiliy, ela tinha um garoto alto, de cerca de treze anos, caminhando a seu lado. Quando eles entraram, Eph não conseguiu se mover nem falar... mas seus olhos secos instantaneamente se encheram de lágrimas, e sua garganta apertou de emoção.

Zack olhou em torno, apreensivo, com os olhos passando por Eph até os velhos letreiros de sorvete na parede... e depois, vagarosamente, voltando para o rosto do pai.

Eph caminhou até ele. A boca do garoto se abriu, mas ele não falou. Eph dobrou um joelho diante dele, aquele garoto que costumava chegar à altura de seus olhos. Agora ele precisava levantar o olhar uns vinte centímetros para encarar o filho. A cabeleira caía sobre o rosto dele, encobrindo parcialmente os olhos.

Zack disse em tom baixo para o pai:

– O que você está fazendo aqui?

Agora ele parecia muito mais alto. O cabelo estava comprido e desarrumado, empurrado para trás das orelhas, exatamente como um garoto daquela idade escolheria deixar o cabelo crescer, se não fosse a intervenção dos pais. Zack parecia razoavelmente limpo e bem alimentado.

Eph agarrou-o e abraçou-o com força. Fazendo isso, tornava o garoto real. Sentiu-o estranho nos seus braços: ele tinha um cheiro diferente, e *era* diferente... mais velho. *Fraco*. Eph pensou que, em troca, deveria estar parecendo muito magro para Zack.

O garoto não retribuiu o abraço, ficando ali parado rigidamente, aguentando o aperto.

Eph afastou-o um pouco para vê-lo de novo. Queria saber tudo, como Zack chegara até ali, mas percebeu que nada mais importava naquele exato momento.

Ele estava ali. Ainda era humano. Estava livre.

– Ah, Zack – disse Eph com lágrimas nos olhos, recordando o dia em que o perdera, quase dois anos antes. – Desculpe. Desculpe mesmo.

Mas Zack olhava para ele de modo estranho.

– Desculpe... por quê?

– Por ter permitido que sua mãe levasse você – começou a dizer Eph, mas parou. Assoberbado de felicidade, continuou: – Olhe para você. Tão alto! Você é um homem...

A boca do garoto permaneceu aberta, mas ele estava espantado demais para falar. Ficou olhando para o pai, aquele homem que assombrara todos os seus sonhos como um fantasma todo-poderoso. O pai que o abandonara, que desertara dele e que ele recordava como sendo alto, tão poderoso, tão sábio, era uma coisa frágil, seca, insignificante. Malvestido, trêmulo e fraco.

Zack sentiu uma onda de aversão.

Você é leal?

– Eu nunca parei de procurar você – disse Eph. – Nunca desisti. Sei que falaram para você que eu estava morto, mas continuei lutando todo esse tempo. Há dois anos venho tentando resgatar você...

Zack olhou em torno da sala. Quinlan entrara na loja. Zack olhou por mais tempo para o Nascido.

– Minha mãe está vindo me buscar – disse Zack. – Ela vai ficar furiosa.

Eph assentiu com firmeza.

– Eu sei que vai. Mas... tudo está quase acabando.

– Eu sei disso – disse Zack.

Você é grato por tudo que lhe forneci, por tudo que lhe mostrei?

– Venha cá – disse Eph, apertando os ombros de Zack e levando-o até a bomba. Vasiliy avançou para interceptá-los, mas Eph mal notou o movimento. – Isso é um dispositivo nuclear. Vamos usar isso para explodir uma ilha. Para acabar com o Mestre e toda a sua estirpe.

Zack olhou para a bomba, e a despeito de si mesmo perguntou:

– Por quê?

O fim dos tempos está próximo.

Vasiliy olhou para Nora, com um calafrio descendo pela espinha. Mas Eph pareceu não notar, engolfado no papel de pai pródigo.

– Para que as coisas voltem a ser como eram – disse Eph. – Antes dos *strigoi*. Antes da escuridão.

Zack olhou estranhamente para Eph. O garoto piscava muito, propositadamente, como se tivesse um tique nervoso, autoconsolador.

– Quero ir para casa.

Eph assentiu rapidamente.

– E eu quero levar você para lá. Todas as suas coisas estão no seu quarto, exatamente como você deixou. Tudo. Nós iremos logo que tudo terminar.

Zack abanou a cabeça, sem olhar mais para o pai. Estava olhando para Quinlan.

— Minha casa é o castelo. No Central Park.

O ar esperançoso de Eph desapareceu.

— Não, você nunca mais vai voltar para lá. Sei que vai levar algum tempo, mas você vai ficar bem.

O menino foi transformado.

A cabeça de Eph voltou-se para Quinlan, que olhava fixamente para Zack.

Eph olhou para o filho. Ele ainda tinha todo o cabelo, e sua expressão era boa. Os olhos não eram luas negras num mar de vermelho. A garganta não estava distendida.

— Não. Você está errado. Ele é humano.

Fisicamente, sim. Mas veja os olhos dele. Ele trouxe alguém com ele até aqui.

Eph agarrou o garoto pelo queixo e afastou o cabelo dos olhos, que talvez estivessem um pouco baços. Um pouco ausentes. Zack olhou desafiadoramente para o pai, a princípio, mas depois tentou desviar o olhar, como faria qualquer adolescente.

— Não, ele está bem. E vai ficar bem. Tem rancor de mim... mas é normal. Está zangado comigo, e... nós só precisamos colocar o Zack no barco e descer o rio – disse Eph. Depois olhou para Nora e Vasiliy. – Quanto mais cedo melhor.

Eles estão aqui.

— O quê?! – exclamou Nora.

Quinlan apertou o capuz em torno da cabeça.

Vão para o rio. Eu deterei aqui quantos puder.

O Nascido saiu porta afora. Eph agarrou Zack, puxando-o na direção da porta, mas depois parou. Para Vasiliy, disse:

— Vamos levar o Zack e a bomba ao mesmo tempo.

Vasiliy não gostou, mas ficou calado.

— Ele é meu filho, Vasiliy – disse Eph engasgado, implorando. – Meu filho... tudo que eu tenho. Mas vou cumprir minha missão até o fim. Não vou falhar.

Pela primeira vez em séculos, Vasiliy viu em Eph o velho jeito resoluto, e a liderança que costumava admirar relutantemente. Aquele era o homem que Nora amara um dia, e que Vasiliy tivera como líder.

– Você fica aqui, então – disse Vasiliy, pegando a mochila e saindo atrás de Gus e Nora.

Ann e William correram para ele com o mapa. Eph disse:

– Vão para os barcos. Esperem por nós.

– Não teremos espaço para todo mundo, se vocês forem para a ilha.

– Daremos um jeito – disse Eph. – Agora vão. Antes que eles tentem afundar os barcos.

Eph trancou a porta atrás deles e depois voltou-se para Zack. Olhou para o rosto do filho, procurando se tranquilizar.

– Está tudo bem, Z. Nós vamos ficar bem. Logo tudo vai acabar.

Zack piscou rapidamente, enquanto observava o pai dobrar o mapa e enfiá-lo no bolso do casaco.

Os *strigoi* surgiram da escuridão. Quinlan viu as impressões térmicas deles correndo pelas árvores e esperou para interceptá-los. Eram dezenas de vampiros, com outros vindo atrás, talvez centenas. Gus surgiu na estrada de terra metralhando um veículo de luzes apagadas. Fagulhas saltaram do capô e o para-brisa rachou, mas o carro continuou avançando. Gus ficou ali bem na frente, até ter certeza de que enviara tiros mortais no para-brisa, e só saltou para o lado no momento que pensou ser o último.

Mas o carro desviou para o seu lado quando ele mergulhou na mata. Um tronco grosso fez estancar o veículo com um baque trepidante, mas não antes que a grade dianteira atingisse as pernas de Gus e o mandasse voando para as árvores. Seu braço esquerdo quebrou como um galho de árvore, e, quando ele conseguiu se pôr de pé, viu o membro pendurado, todo torto, a seu lado – quebrado no cotovelo e talvez no ombro também.

Gus praguejou com os dentes cerrados, sentindo a dor excruciante. Ainda assim, seus instintos de combate o levantaram, e ele correu para o carro, esperando que vampiros jorrassem de lá como palhaços de circo.

Gus estendeu sua mão boa, que segurava a Steyr, e afastou do volante a cabeça do motorista. Era Creem, que ficou com a cabeça encostada no assento como se estivesse tirando uma soneca. Só que ele levara dois tiros de Gus na testa e um no peito.

– É assim que se atira, filho da puta – disse Gus, e largou a cabeça, deixando o nariz se esborrachar suavemente na barra central do volante.

Gus não viu outros ocupantes, embora a porta traseira estivesse aberta, o que era estranho.

O Mestre...

Quinlan se movera num piscar de olhos, caçando sua presa. Gus ficou encostado um momento contra o veículo, começando a avaliar a gravidade dos ferimentos no braço. Foi então que viu um filete de sangue se esvaindo do pescoço de Creem...

Não era um ferimento por arma de fogo.

Os olhos de Creem se abriram de repente. Ele se atirou para fora do carro, jogando-se contra Gus. O impacto daquele corpanzil maciço arrebatou o ar dos pulmões do mexicano, como um touro acertando um toureiro, e jogou-o longe, com quase tanta força quanto o veículo fizera. Gus não largara a arma, mas a mão de Creem fechou-se em torno de todo o seu antebraço com uma força inacreditável, esmagando os tendões e forçando seu dedos a se abrirem. O joelho de Creem forçava o braço avariado de Gus, esmagando o osso quebrado como um pilão.

Gus gritou, tanto de raiva quanto de dor.

Os olhos de Creem estavam esbugalhados, com uma expressão alucinada, e ligeiramente desalinhados. Seu sorriso de prata começou a produzir fumaça e vapor, as gengivas vampirescas ardiam em contato com os implantes de prata. Pela mesma razão, a carne dos dedos queimava e se esvaía. Mas o líder de gangue aguentou firme, manipulado como uma marionete pela vontade do Mestre. Quando a mandíbula de Creem se abriu e se deslocou com um estalo, Gus percebeu que o Mestre pretendia transformá-lo, e assim saber como derrubar o plano deles. O esmagamento gradual de seu braço esquerdo levou Gus a uivar distraído, mas ele podia ver o ferrão de Creem crescendo na boca – aquilo era estranhamente fascinante e lento –, a carne avermelhada se dividia e se desdobrava, revelando novas camadas, enquanto o apêndice despertava para sua finalidade.

Creem estava virando vampiro em ritmo acelerado pela vontade do Mestre. O ferrão ingorgitou entre nuvens de vapor prateado, pronto para atacar. Baba e sangue residual respingaram no peito de Gus, enquanto o ser demente que já fora Creem erguia a cabeça vampiresca.

Num esforço final, Gus conseguiu torcer a mão que carregava a arma o bastante para mirar desajeitadamente a cabeça de Creem. Ele disparou uma vez, duas vezes, três vezes, e, a tão curta distância, cada projétil ia arrancando enormes nacos de carne e osso do rosto e do pescoço de Creem.

O ferrão de Creem dardejava alucinadamente no ar, procurando contato com Gus, que continuou atirando até uma bala atingir o ferrão. Sangue de *strigoi* e vermes voaram por toda parte, enquanto Gus finalmente conseguia quebrar as vértebras do inimigo e seccionar sua medula espinhal.

Creem caiu se contorcendo para a frente, batendo com força no solo e soltando vapor.

Gus rolou o corpo para se afastar dos vermes sanguíneos energizados. Sentiu uma imediata ferroada na perna esquerda e rapidamente levantou a calça. Viu um verme mergulhando na sua carne. Instintivamente, pegou um pedaço afiado da grade avariada do veículo e mergulhou-o na perna. Abriu um buraco grande o bastante para ver o verme se contorcendo, entrando cada vez mais fundo. Agarrou a coisa e arrancou-a de sua carne. As farpas do verme se firmaram, e a dor parecia excruciante, mas Gus conseguiu, extraiu o verme fino e martelou-o no solo até matá-lo.

Depois se levantou, com o peito arfando e a perna sangrando. Não se importava de ver seu próprio sangue, desde que continuasse vermelho. Quinlan retornou e percebeu a cena toda, principalmente o cadáver de Creem soltando vapor.

Gus deu um sorriso.

– Viu, *compa*? Você não pode me deixar sozinho pela porra de um minuto.

O Nascido sentiu outros interceptadores avançando ao longo do litoral ventoso e apontou Vasiliy naquela direção. O primeiro dos invasores veio contra ele próprio. A primeira onda sacrificial chegou com força, e Quinlan resistiu com a mesma violência. Enquanto lutava, sentiu três tateadores à direita, reunidos em torno de uma vampira. Um deles saiu do grupo e o atacou, pulando na direção do Nascido sobre os quatro membros. Quinlan derrubou para o lado um vampiro bípede a fim de lidar com aquela ágil coisa cega. Estapeou-a para longe, fazendo o tateador cair para trás antes de se pôr novamente, de um salto, sobre os quatro membros, como um animal empurrado para longe de uma refeição em potencial. Dois outros vampiros foram para cima do Nascido, que se mexeu rapidamente para evitá-los, mantendo um olho no tateador.

Um corpo surgiu voando de uma das mesas da frente, caindo sobre as costas e os ombros de Quinlan com um guincho estridente. Era Kelly Goodweather, que estendeu a mão direita e arranhou o rosto do Nascido. Ele uivou e socou-a para trás, ela o golpeou de novo, e ele bloqueou o golpe, agarrando-a pelo pulso.

Uma rajada da metralhadora de Gus fez com que ela saltasse dos ombros de Quinlan, que já esperava outro ataque por parte do tateador, mas viu-o caído por terra, cheio de buracos.

Quinlan tocou o seu rosto. Sua mão ficou pegajosa e branca. Depois se virou para ir ao encalço de Kelly, mas ela desaparecera.

Um vidro se estilhaçou em alguma parte do restaurante. Eph preparou a espada de prata. Levou Zack para o canto do balcão de doces, mantendo-o longe do perigo, e, contudo, basicamente encurralado e sem poder fugir. A bomba continuava na extremidade do balcão junto à parede, sobre a mochila de Gus e a bolsa de couro negro do Nascido.

Um tateador nojento veio galopando do restaurante, com outro nos seus calcanhares. Eph levantou a lâmina de prata, deixando que as criaturas cegas sentissem o metal. Um vulto apareceu na penumbra do portal atrás deles, mal se via a silhueta, escura como uma pantera.

Kelly.

Ela parecia horrivelmente deteriorada, com as feições quase irreconhecíveis, até mesmo para seu ex-marido. A majestosa papada vermelha do pescoço balançava frouxamente debaixo de olhos mortos, pretos e vermelhos.

Ela estava ali à procura de Zack. Eph sabia o que precisava fazer. Só havia um meio de quebrar o feitiço. A decisão fez a lâmina tremer nas suas mãos, mas aquela vibração originava-se da própria espada, não de seus nervos. Enquanto mantinha a arma estendida, a lâmina parecia emitir um brilho tênue.

Kelly foi se aproximando dele, flanqueada pelos agitados tateadores. Eph mostrou a espada e disse:

– Isso é o fim, Kelly... e eu sinto tanto... sinto tanto, porra...

Kelly não tinha olhos para Eph, mas apenas para Zack, parado atrás dele. O rosto dela não conseguia transmitir nenhuma emoção, mas Eph compreendia a compulsão de ter e proteger. Compreendia isso profundamente. Sentiu um espasmo nas costas, com uma dor quase insuportável. Mas de alguma forma resistiu e aguentou.

Kelly focalizou o olhar em Eph. Fez um movimento com a mão, um pequeno gesto para a frente, e os tateadores correram para atacá-lo como cães. Vieram de direções opostas, e Eph teve uma fração de segundo para escolher entre os dois. Tentou golpear uma e falhou, mas conseguiu chutar o outro para o lado. A que evitara seu golpe veio imediatamente de novo para cima dele, e Eph a pegou com a espada. Mas estava desequilibrado, e só conseguiu bater a lateral da lâmina na cabeça dela. A vampira caiu rolando para trás, tonta, até levantar-se lentamente.

Kelly pulou sobre uma mesa e de lá saltou, tentando ultrapassar Eph e alcançar Zack. Mas Eph se mexeu para a direita, na trajetória dela, e os dois colidiram. Kelly rolou para o lado, e Eph quase caiu de costas.

Ele viu o outro tateador observando-o lá do lado e aprontou a espada. Então Zack passou correndo por ele. Eph mal teve tempo de agarrar o garoto pela gola da parca, puxando-o com força para trás. Zack livrou-se do casaco, mas ficou parado defronte do pai.

– Pare! – gritou ele, com uma das mãos estendida para a mãe e outra para Eph. – Não faça isso!

– Zack! – gritou Eph. O garoto estava tão perto deles dois que Eph temeu que ele e Kelly segurassem as suas mãos, um de cada lado, e começassem um cabo de guerra.

– Pare com isso! – gritou Zack. – Por favor! Por favor, não machuque minha mãe! Ela é tudo que tenho...

As palavras atingiram Eph. Era *ele*, o pai ausente, que era a anomalia. Ele *sempre* fora a anomalia. Kelly relaxou a postura por um momento, deixando os braços caírem ao lado do corpo desnudo. Zack disse para ela:

– Eu vou com você. Quero voltar.

Mas então outra força brilhou nos olhos de Kelly, uma força monstruosa, alienígena. Ela saltou de repente, jogando Zack para o lado com violência. Seu maxilar baixou e o ferrão foi lançado contra Eph, que mal conseguiu se livrar, vendo o apêndice muscular estalar no espaço onde seu pescoço estivera um segundo antes. Ainda tentou golpear o ferrão, mas estava desequilibrado e não conseguiu.

Os tateadores pularam sobre Zack, mantendo-o no chão. O garoto gritava. O ferrão de Kelly se retraiu, com a extremidade se movimentando dentro da boca feito uma fina língua bifurcada. Ela baixou a cabeça e se lançou sobre Eph, atingindo-o no meio do corpo e lançando-o no chão. Ele deslizou para trás, indo bater forte na parte mais baixa do balcão.

Rapidamente ele ficou de joelhos, sentindo o espasmo voltar fortemente, com as costelas imediatamente comprimindo o peito, algumas delas quebradas e penetrando nos pulmões. Isso reduziu o alcance de sua espada, quando ele a brandiu à frente, tentando manter Kelly afastada. Ela deu um pontapé no braço dele, seu pé descalço alcançou-o debaixo do cotovelo, enquanto os punhos dele se chocavam fortemente com a parte mais baixa do balcão. A espada escapou da mão de Eph e bateu com um clangor no chão.

Eph levantou o olhar, vendo o intenso brilho vermelho nos olhos de Kelly quando ela avançou para matá-lo.

Eph abaixou a mão sem olhar e, de algum jeito, o punho da espada encontrou seus dedos. Ele levantou a arma exatamente quando Kelly baixou o maxilar e lançou o ferrão.

A lâmina atravessou direto a garganta dela e saiu pela nuca, seccionando o mecanismo da raiz do ferrão. Eph olhou horrorizado quando o ferrão pendeu, flácido. Kelly olhava sem acreditar no que estava acontecendo, com a boca aberta cheia de sangue branco e vermes, o corpo inerte contra a espada de prata.

Por um momento provavelmente imaginado, mas que Eph de qualquer modo aceitou, ele viu a antiga Kelly humana atrás dos olhos dela, olhando para ele com uma expressão de paz.

Então a criatura voltou, flacidamente liberada.

Eph permaneceu sustentando o corpo de Kelly, até o sangue branco quase atingir o punho da espada. Depois, superando o choque, girou a arma e retirou a lâmina, deixando o corpo cair no chão.

Nesse momento Zack já estava urrando. Ele se levantou num ataque de força e raiva, libertando-se dos tateadores. As crianças vampiras cegas também ficaram alucinadas e avançaram contra Eph. Ele girou a lâmina escorregadia numa diagonal para cima, matando facilmente a primeira. Isso fez com que a segunda pulasse para trás. Eph ficou vendo enquanto ela saía da sala aos pulos, com a cabeça quase que inteiramente voltada por sobre o ombro, de olhos pregados nele até desaparecer.

Então ele abaixou a espada. Zack estava parado junto aos restos mortais da mãe vampiresca, chorando e arquejando. Olhou para o pai com uma expressão de aversão e angústia.

– Você matou minha mãe – disse Zack.

– Eu matei a vampira que arrebatou sua mãe de nós. De você.

– Eu odeio você! Eu odeio você, porra!

Enfurecido, Zack pegou uma lanterna comprida em cima do balcão e avançou para o pai. Eph bloqueou o golpe contra sua cabeça, mas o impulso para a frente fez o garoto cair sobre ele, comprimindo suas costelas quebradas. O garoto era surpreendentemente forte, e Eph estava morrendo de dor. Zack usou a lanterna para martelar o pai, que bloqueava os golpes com o antebraço. O garoto deixou a lanterna cair, mas continuou batendo com os punhos fechados no peito de Eph, e enfiou as mãos dentro do casaco do pai. Finalmente Eph largou a espada para agarrar os pulsos do filho e mantê-lo afastado.

Eph viu, amassado na mão esquerda fechada do garoto, um pedaço de papel. Zack percebeu que o pai notara aquilo e lutou contra as tentativas de Eph para abrir seus dedos.

Eph tirou do filho o mapa de papel amassado. Zack tentara subtraí-lo dele. Ele encarou os olhos do filho e viu a presença ali. Viu o Mestre observando através de Zack.

– Não – disse Eph. – Não, por favor. Não!

Eph afastou o garoto. Sentia-se enjoado. Olhou para o mapa e depois meteu-o de novo no bolso. Zack foi recuando, e Eph viu que ele estava prestes a correr para a bomba. Para o detonador.

O Nascido estava lá para interceptar o garoto e envolvê-lo num abraço de urso, fazendo-o girar o corpo. Quinlan tinha um arranhão em diagonal ao longo do rosto, do olho esquerdo até a bochecha direita. Eph se levantou, achando que a dor excruciante no seu peito em nada se comparava à perda do filho.

Ele pegou a espada e foi até Zack, ainda seguro pelo Nascido. O garoto fazia caretas e balançava a cabeça ritmadamente. Eph segurou a espada de prata perto do filho, observando a reação.

A prata não o repeliu. O Mestre estava na mente, mas não no corpo dele.

– Isso não é você – disse Eph, falando para Zack e também se convencendo. – Você vai ficar bem. Eu preciso tirar você daqui.

Precisamos nos apressar.

Eph tirou Zack das mãos do Nascido.

– Vamos para os barcos.

O Nascido colocou o alforje de couro no ombro, então pegou as alças da bomba, tirando-a do balcão. Eph pegou a mochila a seus pés e foi empurrando Zack para a porta.

O dr. Everett Barnes estava escondido atrás do barracão de lixo localizado a uns sete metros do restaurante, na borda do estacionamento de terra. Ele sugava o ar pelos dentes quebrados e sentia a agradável pontada de dor que isso produzia.

Se havia realmente uma bomba nuclear em jogo, e a julgar pela aparente obsessão de vingança isso era verdade, então Barnes precisava se afastar daquele lugar o mais possível, mas não antes de matar aquela puta a tiros. Ele tinha uma arma. Uma 9mm, com um carregador cheio.

Deveria usá-la contra Ephraim, mas na sua visão Nora seria um prêmio extra. A cereja no topo do bolo.

Ele tentou recuperar o fôlego a fim de diminuir seus batimentos cardíacos. Colocando os dedos no peito, sentiu uma estranha arritmia. Mal sabia onde se encontrava, obedecendo cegamente ao GPS que o conectava ao Mestre, e que lia o posicionamento de Zack a partir de uma unidade escondida no sapato do garoto. A despeito das afirmações tranquilizadoras do Mestre, Barnes estava nervoso; com aqueles vampiros alucinados por todo o terreno, não havia garantia de que eles saberiam diferenciar um amigo de um inimigo. Para se prevenir, Barnes estava determinado a pegar algum tipo de veículo, se tivesse qualquer chance de escapar antes que aquele campo se transformasse numa nuvem em forma de cogumelo.

Ele localizou Nora a uns cem metros de distância. Fez mira nela o melhor que pôde e abriu fogo. Cinco projéteis partiram ruidosamente da arma em rápida sucessão, e pelo menos um deles atingiu Nora, que caiu atrás da linha de árvores... deixando uma tênue névoa de sangue flutuando no ar.

– Peguei você, sua puta da porra! – disse ele, triunfantemente.

Depois se afastou do portão e correu pelo terreno vazio na direção das árvores adjacentes. Se conseguisse seguir a estrada de terra de volta à rua principal, poderia encontrar um carro ou algum outro meio de transporte.

Barnes alcançou a primeira linha de árvores e parou ali, estremecendo ao descobrir uma poça de sangue no solo... mas não viu Nora.

– Ah, merda! – disse ele.

Instintivamente, virou-se e entrou correndo na mata, metendo a arma nas calças. A pistola queimou sua pele. *Merda*, gemeu Barnes. Ele nunca soubera que armas ficavam tão quentes. Curvou ambos os braços para proteger o rosto, enquanto os galhos rasgavam seu uniforme e arrancavam as medalhas de seu peito. Parou numa clareira e escondeu-se na macega, ofegando e sentindo o cano quente da arma queimar sua perna.

– Procurando por mim?

Barnes ficou paralisado. Abaixou os braços e se virou até ver Nora Martinez a apenas três árvores de distância. A testa dela mostrava um arranhão, uma ferida sangrenta do tamanho de um dedo. Mas, a não ser por isso, ela escapara ilesa.

Barnes tentou correr, mas Nora agarrou a parte de trás da gola do seu uniforme, puxando-o para trás.

– Nós não chegamos a ter aquele último encontro que você queria – disse ela, arrastando-o pelas árvores até a estrada de terra.

– Por favor, Nora...

Ela puxou Barnes até um lugar aberto e olhou para ele. O coração dele batia acelerado, com a respiração entrecortada.

– Você não é o gerente desse campo aqui, é? – disse ela.

Ele tentou puxar para fora a arma, que se enganchou no elástico do cós da calça. Rapidamente Nora tirou-lhe das mãos a pistola e engatilhou-a num único e preciso movimento. Depois comprimiu a arma contra o rosto dele.

Ele levantou ambas as mãos.

– Por favor.

– Ah. Lá vêm eles.

Das árvores saíram vampiros prontos para convergir, hesitantes apenas devido à espada de prata na mão de Nora. Eles cercaram os dois humanos, procurando uma brecha.

– Eu sou o dr. Everett Barnes – anunciou Barnes.

– Acho que eles não estão se importando muito com títulos – disse Nora, mantendo os vampiros a distância. Revistou Barnes e encontrou o receptor de GPS, que esmagou com os pés. – E eu diria que sua utilidade acaba de caducar.

– O que você vai fazer? – perguntou ele.

– Vou liberar um bando desses sanguessugas, é claro – disse ela. – A questão é: o que você vai fazer?

– Eu... não tenho mais arma.

– Isso é muito ruim. Porque, tal como você, eles pouco se importam se a luta é justa.

– Você... você não faria isso – disse ele.

– Faria – disse ela. – Tenho problemas maiores do que você.

– Dê uma arma para mim... por favor... e eu farei o que você quiser. Qualquer coisa que você precisar, eu darei...

– Você quer uma arma? – perguntou Nora.

Barnes murmurou algo como:

– Sim.

– Então tome essa... – disse Nora.

Do bolso ela tirou a lâmina que improvisara dolorosamente com uma faca de manteiga e enterrou-a firmemente no ombro de Barnes, fazendo-a penetrar entre o úmero e a clavícula.

Barnes gemeu e, o que é mais importante, sangrou.

Com um grito de guerra, Nora correu para o maior dos vampiros e o abateu. Depois girou o corpo e enfrentou mais alguns.

Os demais *strigoi* pararam só para confirmar que o outro humano não portava prata alguma e que o cheiro de sangue vinha dele. Então correram para Barnes feito vira-latas apresentados a um pedaço de carne.

Eph arrastou Zack atrás do Nascido rumo ao litoral, onde começava o embarcadouro. Ele observou Quinlan hesitar um momento, com a bomba em forma de barril nos braços, antes de cruzar da areia para as tábuas de madeira do longo deque.

Nora foi correndo se reunir a eles. Vasiliy ficou alarmado com o seu ferimento e correu para ela, rugindo:

– Quem fez isso em você?

– O Barnes. Mas não se preocupe. Nós não vamos vê-lo novamente – disse ela. Então olhou para Quinlan. – Você precisa ir! Sabe que não pode esperar a luz do dia.

O Mestre espera isso. Então eu vou ficar. Essa talvez seja a última vez que veremos o sol.

– Nós vamos agora – disse Eph, com Zack puxando seu braço.

– Estou pronto – disse Vasiliy, começando a caminhar na direção do embarcadouro.

Eph levantou a espada, com a ponta perto da garganta de Vasiliy. Vasiliy olhou para ele, sua raiva aumentando.

– Só eu – disse Eph.

– O quê? – Vasiliy usou sua própria espada para afastar a arma de Eph. – Que diabo você pensa que está fazendo?

Eph abanou a cabeça.

– Você fica com a Nora.

Nora desviou o olhar de Vasiliy para Eph.

– Não – disse Vasiliy. – Você precisa de mim para fazer isso.

– Ela precisa de você – disse Eph, sentindo as palavras doerem ao serem pronunciadas. – Eu tenho o Quinlan. – Ele olhou de volta para o embarcadouro, precisando ir, e continuou: – Pegue um esquife e desça o rio. Eu preciso entregar meu filho a Ann e William, para que eles tirem o Zack daqui. E vou dizer a eles para aguardarem vocês.

– Deixe o Quinlan armar o detonador, depois parta com ele – disse Nora.

– Preciso ter certeza de que está armado. Depois vou embora.

Nora deu-lhe um abraço apertado e depois recuou. Ela levantou o queixo de Zack para ver o rosto do garoto, para tentar transmitir-lhe confiança e consolo. O garoto piscou e desviou o olhar.

– Você vai ficar bem – disse ela a Zack.

Mas a atenção do garoto estava em outro lugar. Ele olhou para o céu, e depois de um momento também Eph ouviu o ruído.

Helicópteros negros. Vindo do sul. Voando baixo.

Gus veio manquitolando pela praia. Eph viu imediatamente que o braço esquerdo dele estava muito quebrado, com a mão esquerda inchada de sangue, embora essa condição não reduzisse de modo algum a raiva do chefe da gangue em relação a ele.

– Helicópteros! – gritou Gus. – Que diabo vocês estão esperando?

Rapidamente Eph tirou sua mochila.

– Pegue isso – disse ele a Vasiliy. O *Lumen* estava ali dentro.

– Que se foda o manual, cara – disse Gus. – Isso aqui é prática!

Gus deixou cair a arma, tirando sua mochila com um rosnado de dor – primeiro livrou o braço bom, e depois Nora ajudou-o a levantar o braço quebrado –, em seguida ele remexeu e tirou de lá duas latas roxas. Arrancou os pinos com os dentes, fazendo rolar as granadas de fumaça para a direita e para a esquerda.

Uma fumaça violeta subiu, levada para o alto pelo vento do litoral, bloqueando a vista da praia e do ancoradouro e fornecendo uma cobertura imediata contra os helicópteros que se aproximavam.

– Deem o fora daqui! – berrou Gus. – Você e seu garoto. Cuidem do Mestre. Eu dou cobertura a vocês, mas se lembre, Goodweather... eu e você temos contas a ajustar depois.

Delicadamente, embora sentindo muita dor, Gus afastou a manga da jaqueta do pulso inchado do braço quebrado, mostrando a Eph a palavra cicatrizada "MADRE" deixada ali pelos seus sangramentos.

– Eph – disse Nora. – Não esqueça que o Mestre ainda está por aí, em algum lugar.

Na extremidade mais afastada do embarcadouro, a uns trinta metros da costa, Ann e William esperavam dentro de dois barcos de alumínio de dez pés com motores de popa. Eph empurrou Zack para o primeiro barco. Quando o garoto se recusou a embarcar de boa vontade, Eph levantou-o e colocou-o lá dentro. Ele olhou para o filho.

– Nós vamos sair dessa situação, está bem, Z?

Zack não deu resposta. Ele ficou vendo o Nascido embarcar a bomba na outra embarcação, entre os assentos da popa e do meio, e com suavidade, mas firmeza, levantar William, colocando-o de volta no embarcadouro.

Eph se lembrou de que o Mestre estava na cabeça de Zack, vendo aquilo também. Vendo Eph naquele exato momento.

– Está quase terminado – disse ele.

A fumaça violeta subia em rolos sobre a praia, soprando entre as árvores, mostrando mais vampiros que avançavam.

– O Mestre precisa ser carregado por um humano para atravessar a água – disse Vasiliy, embarcando com Nora e Gus. – Acho que não há ninguém mais aqui além de nós três. Só precisamos nos certificar de que ninguém mais chegue aos esquifes.

A fumaça violeta se abriu estranhamente, como que se dobrando sobre si mesma. Como se algo houvesse passado por ela a uma inacreditável velocidade.

– Espere... você viu aquilo? – gritou Vasiliy.

Nora ouviu a presença pulsante do Mestre. De maneira incrível, a parede de fumaça mudou de curso completamente, saindo das árvores e rolando contra a brisa do rio na direção do litoral, engolfando-os. Nora e Vasiliy foram imediatamente separados. Vampiros avançaram na direção deles silenciosamente no meio da fumaça, com os pés descalços sem fazer ruído na areia úmida.

Os rotores dos helicópteros cortavam o ar acima. Estalos e baques faziam a areia saltar junto aos sapatos deles, era fogo de rifle vindo de cima. Atiradores de tocaia disparavam cegamente na cobertura de fumaça. Um vampiro levou um tiro no alto da cabeça no momento exato em que Nora ia abatê-lo. Os rotores jogaram a fumaça de novo sobre ela, que fez um giro de trezentos e sessenta graus com a espada estendida, tossindo cegamente, sufocando. De repente ela ficou sem saber de que lado ficava a praia e de que lado ficava a água. Viu um redemoinho na fumaça, como um diabo de poeira, e ouviu a forte pulsação de novo.

O Mestre. Ela continuou brandindo a espada, lutando contra a fumaça e tudo que estava ali dentro.

Mantendo o braço fraturado atrás do corpo, Gus correu cegamente para o lado, através da sufocante nuvem violeta, mantendo-se na praia. Os barcos à vela estavam amarrados a um embarcadouro desconectado da terra firme, ancorados a uns quinze metros na água.

O lado esquerdo de Gus latejava, e seu braço estava inchado. Ele se sentia febril ao romper a borda da nuvem violeta, perto das janelas do restaurante que davam para o rio, esperando uma coluna de vampiros famintos. Mas viu-se sozinho na praia.

O mesmo não acontecia no ar. Ele viu os helicópteros negros, seis deles diretamente acima de sua cabeça, com talvez mais uns seis se aproximando por detrás. As aeronaves pairavam baixo, enxameando como gigantescas abelhas mecânicas, lançando areia no rosto de Gus. Um deles se deslocou por sobre o rio, agitando a superfície da água e espalhando gotas com a força de lascas de vidro.

Gus ouviu os estampidos dos rifles e sabia que eles estavam atirando nos esquifes. Tentando afundá-los. Os baques a seus pés lhe diziam que estavam atirando nele também, mas ele se preocupava mais com os helicópteros que voavam sobre o lago procurando Goodweather e a bomba nuclear.

– *Que chingados esperas?* – praguejou ele em espanhol. – O que você está esperando?

Gus atirou nos helicópteros, tentando derrubá-los. Uma pontada lancinante na panturrilha forçou-o a se ajoelhar, e ele viu que fora atingido. Continuou atirando nas aeronaves que partiam pelo rio, vendo fagulhas saírem da cauda.

Outro tiro de rifle penetrou no seu quadril com a força de uma flecha.

– Vá, Eph! Vá! – gritou ele, caindo apoiado no cotovelo, e ainda atirando.

Um helicóptero oscilou, e uma figura humana caiu na água. A aeronave não conseguiu se estabilizar, e a cauda foi girando para a frente até colidir com outro helicóptero. Os dois tombaram e caíram no rio.

Gus já estava sem munição. Ficou deitado na praia, a poucos metros da água, vendo os pássaros da morte pairando sobre ele. Em um instante, seu corpo foi coberto por miras de laser que se projetavam do nevoeiro colorido.

– O Goodweather recebe a porra dos anjos... e só recebo miras de laser – disse Gus, rindo e sugando o ar. Depois viu os atiradores inclinados para fora das portas abertas das cabines, mirando nele. – Podem me acender, seus filhos da puta!

A areia dançou por toda parte em torno dele, enquanto seu corpo recebia muitos tiros. Dezenas de balas chocalharam no seu corpo, seccionando-o, partindo-o... e o último pensamento de Gus foi: *É melhor você não fazer merda dessa vez, doutor.*

— Aonde vocês estão me levando?

Zack estava parado no meio do bote, balançando na marola. O ruído característico do motor onde se encontravam o pai e Quinlan desvanecera na escuridão e no nevoeiro roxo, deixando apenas a costumeira sensação de zumbido na sua cabeça. Isso se misturava à pulsação baixa dos helicópteros que se aproximavam.

A mulher chamada Ann empurrou a embarcação do cunho do embarcadouro, enquanto William puxava repetidamente o cordão de partida do motor de popa, que tossia. Fiapos de fumaça violeta passavam por eles.

– Para a nossa ilha, rio abaixo – disse Ann. Depois ela olhou para William. – Depressa.

– O que vocês têm lá? – disse Zack.

– Temos abrigo. Camas quentes.

– E?

– Temos galinhas. Um jardim. Tarefas. É um velho forte da Revolução Americana. Há crianças da sua idade. Não se preocupe, você estará seguro lá.

A voz do Mestre disse:

Você estava seguro aqui.

Zack assentiu, piscando. Ele vivia como um príncipe, num castelo real no centro de uma cidade gigantesca. Tinha um zoológico próprio. Tudo que queria.

Até seu pai tentar levar você embora.

Algo mandou Zack focalizar a atenção no embarcadouro. O motor girou e pegou, ainda engasgando. William foi para o banco traseiro e pegou o leme, buscando a correnteza. Agora os helicópteros já eram visíveis, com as luzes e as miras de laser brilhando na fumaça roxa na praia. Zack contou sete conjuntos de sete piscadelas enquanto o embarcadouro desaparecia aos poucos da vista.

Uma mancha de fumaça roxa explodiu da comprida borda do embarcadouro, voando pelo ar na direção deles. Dali surgiu o Mestre, com seu manto esvoaçando atrás feito asas, os braços estendidos e a bengala com punho de cabeça de lobo em uma das mãos.

Seus pés descalços aterrissaram no barco de alumínio com um baque. Ajoelhada na proa, Ann mal teve tempo de se virar.

– Que merda...

Ela viu o Mestre à sua frente, reconhecendo a carne pálida de Gabriel Bolivar. Era o cara sobre quem sua sobrinha vivia tagarelando. Ela usava camisetas com a imagem dele, tinha pôsteres dele pendurados nas paredes. E agora Ann só conseguia pensar: *Eu nunca gostei da porra da música dele...*

O Mestre desceu seu cajado e então o estendeu para ela. Em um movimento cortante, rasgou a mulher pela metade, à altura da cintura, tal como brutamontes fazem com catálogos telefônicos bem grossos. Depois atirou ambas as metades no rio.

William ficou paralisado com a visão do Mestre, que o levantou por uma axila e achatou seu rosto com tal força que o pescoço de William se quebrou e a cabeça separou-se dos ombros, como um capuz se separa de um manto. O Mestre atirou os restos mortais do homem no rio também. Depois pegou seu cajado e baixou o olhar para o garoto.

Leve-me para lá, meu filho.

Zack foi até o leme e mudou o curso da embarcação. O Mestre ficou parado sobre o banco do meio, com seu manto drapejando ao vento, enquanto eles seguiam a esteira do primeiro barco, que já desaparecia.

A fumaça começou a se dissipar, e os chamados de Nora por Vasiliy foram respondidos. Eles se encontraram e acharam o caminho de volta para o restaurante, conseguindo se livrar dos tiros dos atiradores dos helicópteros no ar.

Lá dentro encontraram o restante das armas de Gus. Vasiliy pegou a mão de Nora e eles correram para as janelas que davam para o rio, abrindo uma com vista para o embarcadouro. Nora apanhara o *Lumem* e levara o livro até lá. Eles viram os barcos balançando no rio, ao largo.

– Onde está Gus? – perguntou Nora.

– Nós vamos ter de nadar até lá – disse Vasiliy. Seu braço machucado estava agora coberto de sangue, com o ferimento reaberto. – Mas primeiro...

Vasiliy atirou nos faróis do helicóptero, estilhaçando o primeiro que mirou.

– Eles não podem atirar no que não veem! – gritou ele.

Nora fez o mesmo, com a arma pipocando nas mãos. Ela também acertou um. As outras luzes varriam a praia, procurando a fonte do fogo de armas automáticas.

Foi quando Nora viu o corpo de Gus estendido na areia, com a água do rio ondulando ao lado.

O choque e a tristeza somente a deixaram paralisada por um momento. Imediatamente o espírito guerreiro de Gus se apossou dela, bem como de Vasiliy. *Não se lamente... lute.* Eles se deslocaram agressivamente para a praia, atirando nos helicópteros do Mestre.

Quanto mais eles se afastavam da costa, mais o barco jogava. O Nascido segurava firme as alças da bomba, enquanto Eph ia ao leme, tentando evitar que caíssem no rio. A espessa água verde-negra batia nos lados do bote, jogando espuma no revestimento da bomba e nas urnas de carvalho. Uma pequena poça já se formava por baixo. Uma chuva fina começara de novo, e eles navegavam contra o vento.

Quinlan levantou as urnas do fundo molhado da embarcação, afastando-as da água. Eph não sabia o que aquilo significava, mas o ato de trazer os restos mortais dos Antigos para o sítio de origem do último de sua estirpe lembrou a ele que tudo estava prestes a terminar. O choque de ver Zack daquela forma o deixara desorientado.

Ele passou pela segunda ilha, uma longa praia rochosa bordejada por árvores nuas e moribundas. Conferiu o mapa, vendo o papel na sua mão ficar úmido, com a tinta começando a escorrer e se espalhar.

Sobre o ruído do motor e do vento, com a dor nas costas reduzindo sua voz, Eph berrou:

– Como, sem transformar o Zack, o Mestre conseguiu isso... essa simbiótica relação com o meu garoto?

Não sei. O importante é que ele está longe do Mestre agora.

– A influência do Mestre desaparecerá quando acabarmos com ele, como acontecerá com todos os seus vampiros?

Tudo que o Mestre foi cessará.

Eph ficou eufórico. Sentia uma esperança real. Acreditava que eles poderiam ser pai e filho de novo.

– Será um pouco como desprogramação de cultos, acho eu. Não existe mais terapia. Eu só quero levar o Zack de volta a seu antigo quarto. Começar lá.

Sobrevivência é a única terapia. Eu não quis dizer isso a você antes, com medo de você perder o foco. Mas eu acredito que o Mestre estava preparando o seu filho para ser seu futuro hospedeiro.

Eph engoliu em seco.

– Eu mesmo temia isso. Não conseguia encontrar outro motivo para o Mestre ficar com o Zack, sem transformá-lo. Mas por quê? Por que o Zack?

Pode ter pouco a ver com seu filho.

– Você quer dizer, é por minha causa?

Não posso saber. Só sei que o Mestre é um ser perverso. Ele adora lançar raízes na dor. Para subverter e corromper. Talvez em você ele tenha visto um desafio. Você foi o primeiro a subir no avião no qual ele viajou para Nova York. Você se aliou a Abraham Setrakian, seu inimigo jurado. Conseguir subjugar todos os seres de uma raça é um feito, mas um feito impessoal. O Mestre precisa infligir dor pessoalmente. Precisa sentir o sofrimento do outro. Precisa vivenciar isso em primeira mão. "Sadismo" é sua palavra moderna que mais se aproxima desse sentimento. E aqui isso foi a perdição dele.

Exausto, Eph observou a passagem da terceira ilha escura. Depois da quarta ilha, ele descreveu uma curva com o barco. Era difícil distinguir a forma de qualquer massa de terra a partir do rio. E na escuridão era impossível ver todos os seis afloramentos sem circundá-los primeiro. Mas, de algum jeito, Eph sabia que o mapa era verdadeiro, e que ali era o Sítio Negro. As negras árvores desnudas naquela ilha desabitada se assemelhavam a gigantes com muitos dedos, queimados e enrijecidos, com os braços elevados aos céus num meio grito.

Eph avistou uma enseada e embicou naquela direção, cortando o motor e indo direto para a terra. O Nascido agarrou a bomba e se levantou, pisando na praia rochosa.

Nora tinha razão. Deixe-me aqui para terminar isso. Volte para seu garoto.

Eph olhou para o vampiro encapuzado, com o rosto cortado, pronto para terminar sua própria existência. O suicídio era um ato antinatural para ser cometido por humanos... mas para um imortal? O martírio de Quinlan era um ato muitas vezes mais transgressivo, antinatural, violento.

– Eu não sei o que dizer – disse Eph.

O Nascido assentiu.

Então é hora de ir.

Dito isso, o Nascido começou a subir a colina rochosa com a bomba do tamanho de um barril nos braços, trazendo os restos mortais dos Antigos na mochila. A única hesitação de Eph era uma lembrança de sua visão e das imagens que o obcecavam. O Nascido não era antevisto como um redentor. Mas Eph não tivera tempo suficiente para manusear o *Occido Lumen*, e talvez a leitura profética fosse diferente.

Ele mergulhou de novo a hélice na água e segurou o cordão de partida. Estava a pique de puxá-lo quando ouviu um motor. O som chegava até ele pelo vento rodopiante.

Outro barco se aproximava. Mas só havia um único outro barco motorizado.

O de Zack.

Eph olhou para trás procurando o Nascido, mas ele já desaparecera atrás da elevação. O coração de Eph acelerou enquanto ele perscrutava o nevoeiro escuro por sobre o rio, tentando ver o barco que se aproximava. Parecia que vinha em velocidade.

Eph se levantou e saltou para fora do barco, sobre as rochas, com um braço cruzado sobre as costelas quebradas, os punhos gêmeos das espadas balançando acima dos ombros. Ele subiu correndo a encosta rochosa o mais depressa possível. No solo fumegava um nevoeiro que se levantava contra a chuva cortante, como se a terra estivesse se aquecendo, à espera da cremação atômica prestes a acontecer.

Eph chegou ao cume, mas não conseguiu ver Quinlan entre as árvores. Correu para o meio das árvores mortas, chamando: "Quinlan!", tão alto quanto seu peito permitia, e emergiu do outro lado em uma clareira pantanosa.

A névoa estava alta. O Nascido depusera a bomba mais ou menos no centro da ilha em formato de trevo, no meio de um anel de pedras encravadas que pareciam negras bolhas rochosas. Ele estava se movendo em torno do dispositivo, arrumando os receptáculos de carvalho branco que continham as cinzas dos Antigos.

Quinlan ouviu o chamado de Eph e se virou para ele, percebendo nesse exato momento a aproximação do Mestre.

– Ele está aqui! – berrou Eph. – Ele...

Uma lufada de vento agitou a névoa. Quinlan mal teve tempo de retesar o corpo contra o impacto, agarrando-se ao Mestre, que surgiu do nada. O impulso do corpo carregou os dois a muitos metros de distância, rolando e desaparecendo no nevoeiro. Eph viu algo girar e cair pelo ar, parecendo ser a velha bengala de Setrakian, com o punho em forma de lobo.

Eph esqueceu a dor no peito e correu para a bomba desembainhando a espada. Então o nevoeiro rodopiou em torno do dispositivo, obscurecendo sua vista.

– *Papai!*

Eph se virou, pressentindo a voz de Zack bem atrás dele. Mas voltou depressa à posição inicial, sabendo que fora enganado. Suas costelas doíam. Ele entrou na névoa, procurando a bomba. Apalpando o solo à procura das pedras encravadas, tentando achar o caminho.

E então, diante dele, assomando no meio do nevoeiro: o Mestre.

Eph cambaleou para trás, chocado com aquela visão. Dois cortes cruzavam o rosto do monstro num X grosseiro, resultado da colisão com o Nascido e a luta subsequente.

Idiota.

Eph ainda não conseguira se aprumar ou encontrar palavras. Sentia a cabeça rugir, como se houvesse acabado de ouvir uma explosão. Viu ondulações sob a carne do Mestre, com um verme sanguíneo saindo por um corte aberto e rastejando por sobre um olho aberto para reentrar no corte seguinte. O Mestre nem piscou. Levantou os braços que pendiam ao lado do corpo, abrangeu com os olhos a ilha fumacenta de sua origem e, em seguida, olhou triunfantemente para os céus escuros lá em cima.

Eph reuniu toda a sua força e correu para o Mestre, com a espada à frente, visando a garganta.

O Mestre deu-lhe uma bofetada de revés bem no rosto, com força suficiente para fazê-lo girar no ar e aterrissar no solo pedregoso a alguns metros de distância.

Ahsydagy-wah. Solo negro.

A princípio, Eph pensou que o Mestre quebrara uma vértebra de seu pescoço. Ficou sem fôlego ao cair no chão e temeu ter perfurado o pulmão. Sua outra espada caíra da mochila, indo parar no espaço entre os dois.

Língua onondaga. *Os europeus invasores não cuidaram de traduzir o nome corretamente, ou nem mesmo o traduziram. Entendeu, Goodweather? As culturas morrem. A vida não é circular, mas desapiedadamente reta.*

Eph lutou para levantar-se, sofrendo com as costelas fraturadas.

– Quinlan! – gritou ele, com uma voz quase inaudível.

Você devia ter mantido nosso acordo até o fim, Goodweather. Eu nunca teria honrado minha parte na barganha, é claro. Mas você poderia ao menos ter se poupado dessa humilhação. Dessa dor. Render-se é sempre mais fácil.

Eph explodia com cada emoção. Ficou o mais ereto que pôde, oprimido pela dor no peito. Viu, através do nevoeiro, a poucos metros de distância, a silhueta da bomba nuclear. E disse:

– Então me deixe lhe oferecer a última chance de se render.

Foi mancando até o dispositivo, apalpando o detonador. Achou que fora um golpe de extrema sorte o Mestre tê-lo lançado tão perto da bomba... e foi esse pensamento que o fez olhar de volta para a criatura.

Eph viu outra forma surgir da névoa no solo. Zack, aproximando-se do lado do Mestre, sem dúvida convocado telepaticamente. Para ele Zack parecia quase um homem, como a criança amada que um dia você não consegue mais reconhecer. O garoto parou junto ao Mestre, e de repente Eph cessou de se importar com qualquer coisa. No entanto, ao mesmo tempo, ele se importava mais do que nunca.

Terminou, Goodweather. Agora o livro será fechado para sempre.

O Mestre estava contando com isso. Ele acreditava que Eph não causaria mal a seu filho, que ele não explodiria o Mestre, se isso significasse sacrificar Zack também.

Os filhos estão destinados a se rebelarem contra os pais. O Mestre levantou as mãos na direção do céu de novo. *Sempre foi assim.*

Eph ficou encarando Zack, de pé ao lado do monstro. Com lágrimas nos olhos, sorriu para seu filho.

– Eu perdoo você, Zack, perdoo mesmo – disse ele. – E espero para diabo que você me perdoe.

Então girou a chave de retardo temporal para modo manual. Fez isso o mais depressa que pôde, mas ainda assim o Mestre avançou ligeiro, cobrindo a distância entre eles. Eph soltou o detonador exatamente a tempo, ou então o golpe aplicado pelo Mestre teria rompido os fios do dispositivo, tornando-o inoperável.

Eph caiu enrodilhado. Reagiu ao impacto, tentando se levantar. Viu o Mestre vindo na sua direção, com os olhos vermelhos reluzindo dentro do X torto.

Atrás dele o Nascido veio voando. Quinlan tinha a segunda espada de Eph. E enfiou-a na fera antes que ela pudesse se virar. O Mestre arqueou o corpo de dor.

O Nascido puxou a espada, e o Mestre se virou de frente para ele. O rosto de Quinlan estava quebrado, com a maçã esquerda caída, o maxilar desarticulado, e sangue iridescente cobria seu pescoço. Mas ainda assim ele golpeou o Mestre, cortando as mãos e os braços.

A fúria psíquica do Mestre fez o nevoeiro se dissipar, enquanto, independentemente da dor, ele enfrentava sua própria criatura ferida, afastando o Nascido da bomba. Pai e filho engajados na mais feroz das batalhas.

Eph viu Zack parado atrás de Quinlan, observando extasiado, com algo semelhante a fogo nos olhos. Então Zack se virou, como se sua atenção houvesse sido atraída por algo. O Mestre estava dirigindo o garoto. Zack se abaixou e pegou algo comprido.

A bengala de Setrakian. O garoto sabia que uma boa torção no punho libertava a bainha de madeira, revelando a lâmina de prata.

Zack segurou a espada com ambas as mãos. E olhou para Quinlan por trás dele.

Eph já estava correndo na direção do filho. Colocou-se à frente de Zack, entre ele e o Nascido, com um braço sobre o peito horrivelmente dolorido, e o outro segurando uma espada.

Zack ficou olhando para o pai diante dele. Não abaixou a espada.

Eph abaixou a sua. Queria que Zack tentasse dar um golpe nele. Isso tornaria muito mais fácil o que ele precisava fazer.

O garoto tremia. Talvez estivesse lutando dentro de si mesmo, resistindo ao que o Mestre o mandara fazer.

Eph agarrou os pulsos do filho e tirou a espada de Setrakian das mãos dele.

– Tudo bem – disse Eph. – Tudo bem.

Quinlan conseguiu sobrepujar o Mestre. Eph não conseguia ouvir o que as mentes dos dois estavam dizendo, mas sabia que o estrondo na sua cabeça era ensurdecedor. Quinlan agarrou o pescoço do Mestre e enfiou seus dedos ali, furando a carne, tentando despedaçá-lo.

Pai.

Então o Mestre lançou seu ferrão, que como um pistão penetrou no pescoço do Nascido. O golpe foi tão forte que quebrou as vértebras. Vermes sanguíneos invadiram o corpo imaculado de Quinlan, serpenteando debaixo de sua pele pálida pela primeira e última vez.

Eph viu as luzes e ouviu os rotores dos helicópteros se aproximando da ilha. Eles os haviam encontrado. Os holofotes esquadrinhavam a terra empesteada. Era agora ou nunca.

Eph correu o mais depressa que seus pulmões perfurados permitiam, vendo o dispositivo com formato de um barril tremer ali à frente. Ele estava a poucos metros quando ouviu um uivo, e um golpe atingiu-o na nuca.

Ambas as espadas escaparam de suas mãos. Eph sentiu algo agarrando o lado do seu peito, com uma dor excruciante. Ficou unhando a terra macia, vendo a prata branca da lâmina da espada de Setrakian. Assim que pegou o punho com forma de cabeça de lobo, o Mestre levantou-o no ar, girando seu corpo.

Os braços, o rosto e o pescoço do Mestre estavam cortados e exsudavam sangue branco. É claro que a criatura poderia se curar, mas ainda não tivera chance. Eph golpeou o pescoço da fera com a prata do velho, mas a criatura segurou o braço que detinha a espada, aparando o golpe. A dor no peito de Eph era grande demais, e a força do Mestre era tremenda. Ele forçou a mão de Eph para trás, apontando a espada de Setrakian para a própria garganta de Eph.

Um holofote de helicóptero iluminou a cena. Naquela névoa brilhante, Eph baixou o olhar para o rosto do Mestre reluzente com feridas abertas. Viu vermes sanguíneos se contorcendo debaixo da pele, estimulados pela proximidade do sangue humano e pela expectativa do golpe fatal. A pulsação rugia na cabeça de Eph, atingindo um tom de tenor que se elevava a um nível quase angélico.

Eu tenho um novo corpo pronto e esperando. Da próxima vez que alguém olhar para o rosto do seu filho estará olhando para mim.

Os vermes se agitavam debaixo da pele do rosto, como em êxtase.

Adeus, Goodweather.

Mas Eph afrouxou sua resistência contra a força daquela mão, exatamente antes que o Mestre pudesse terminar com ele. E fez um pequeno corte na própria garganta, abrindo uma veia. Viu seu próprio sangue espirrar, indo direto na cara do Mestre e enlouquecendo os vermes sanguíneos.

Eles saltaram dos ferimentos abertos do Mestre. Saíram rastejando dos cortes nos seus braços e do buraco no peito, tentando chegar ao sangue de Eph.

O Mestre gemeu e se sacudiu, jogando Eph para o lado enquanto levava as mãos à própria face.

Eph bateu no chão com força. Retorceu-se, necessitando de toda a sua força para se virar.

Iluminado pelo facho de luz do helicóptero, o Mestre foi cambaleando para trás, tentando evitar que seus próprios vermes parasíticos se alimentassem gulosamente do sangue humano que cobria seu rosto, obstruindo sua visão.

Eph observou tudo isso num torpor, como que em câmera lenta. Depois um baque no solo a seu lado acelerou as coisas novamente.

Os atiradores. Outro holofote o iluminou, com as miras vermelhas de laser dançando em seu peito e sua cabeça... e na bomba, a poucos metros de distância.

Eph rastejou pela terra na direção do dispositivo, arranhando-se enquanto os tiros revolviam o solo à sua volta. Alcançou a bomba e sentou-se ereto, a fim de alcançar o detonador.

Pegou o artefato, encontrou o botão e então arriscou um olhar de volta a Zack.

O garoto estava parado perto do ponto onde jazia o Nascido, e alguns parasitas sanguíneos o haviam alcançado. Eph viu Zack lutando para afastá-los, e depois observou os vermes penetrarem embaixo do antebraço e do pescoço dele.

O corpo de Quinlan se levantou, com uma nova expressão nos olhos: uma nova vontade. A vontade do Mestre, que compreendia o lado escuro da natureza humana de modo completo, mas não o amor.

– Isso é amor – disse Eph. – Meu Deus, dói, mas é amor...

E ele, que chegara atrasado à maioria das coisas em sua vida, chegara na hora naquele momento, o mais importante encontro que já tivera. Ele apertou o botão.

E nada aconteceu. Por um momento agonizante, a ilha se transformou num oásis de tranquilidade para Eph, embora os helicópteros continuassem pairando lá em cima.

Ele viu Quinlan vindo na sua direção, um ataque final da vontade do Mestre.

Então recebeu dois impactos no peito e caiu no chão, olhando para seus ferimentos. Vendo os buracos sangrentos ali, exatamente à direita do coração. Seu sangue escorrendo para o solo.

Ele olhou, atrás de Quinlan, para Zack, com o rosto brilhando à luz dos helicópteros. Sua vontade, ainda presente, ainda não sobrepujada. Viu os olhos de Zack... *seu filho*, mesmo naquele momento, *seu filho*... ele ainda tinha aqueles olhos lindos...

Eph sorriu.

E então o milagre aconteceu.

Foi a mais suave das coisas: nada de terremoto ou furacão, nem mares se abrindo. O céu clareou por um momento e uma brilhante coluna de luz pura, esterilizante, um milhão de vezes mais poderosa do que qualquer holofote de helicóptero, jorrou sobre a terra. A cobertura de nuvens escuras se abriu e surgiu uma luz purificadora.

O Nascido, agora infectado pelo sangue do Mestre, sibilou e se contorceu debaixo da luz brilhante. Fumaça e vapor surgiram do seu corpo, enquanto ele urrava como uma lagosta mergulhada em água fervente.

Nada disso afastou o olhar de Eph dos olhos de seu filho. E, quando Zack viu seu pai sorrir para ele, ali, na poderosa luz de um dia glorioso, reconheceu tudo que ele já fora... reconheceu-o como...

– *Papai* – disse Zack, baixinho.

E então o artifício nuclear detonou. Tudo em torno do ponto de explosão evaporou – corpos, areia, vegetação, helicópteros –, tudo desapareceu. Tudo purgado.

Em uma praia rio abaixo, já perto do lago Ontário, Nora ficou vendo aquilo só por um momento. Depois Vasiliy puxou-a para trás de um afloramento rochoso, onde ambos se encolheram como bolas na areia.

A onda de choque fez estremecer o velho forte abandonado perto deles, arrancando poeira e fragmentos de pedra dos muros. Nora tinha certeza de que toda a estrutura desabaria rio adentro. Seus ouvidos espoucaram, e a água em torno deles se elevou numa grande onda... até mesmo com os olhos firmemente fechados e os braços cobrindo a cabeça ela ainda viu uma luz brilhante.

A chuva foi soprada de lado, e o solo emitiu um uivo de dor... então a luz desvaneceu, o forte de pedra se assentou sem desabar e tudo ficou silencioso e parado.

Mais tarde, Nora perceberia que Vasiliy e ela haviam ficado temporariamente surdos devido à explosão, mas no momento o silêncio era profundo e espiritual. Vasiliy desdobrou o corpo que protegia Nora, e juntos eles se aventuraram à frente da barreira rochosa, enquanto a água se afastava da praia.

O que ela viu – o milagre maior no céu –, Nora só compreendeu inteiramente mais tarde.

Gabriel, o primeiro arcanjo – uma entidade de luz tão brilhante que fazia o sol e o brilho atômico parecerem pálidos –, surgiu espiralando para baixo em torno de um feixe de luz, com suas luzentes asas de prata.

Miguel, o que fora assassinado, fechou as asas e mergulhou direto, só parando a cerca de dois quilômetros acima da ilha, e planando o resto do caminho para baixo.

Depois, levantando-se como que saindo da própria Terra, veio Ozryel, com suas partes unidas novamente, ressuscitado das cinzas coletivas. Rochas e terra caíam de suas grandes asas enquanto ele ascendia. Um espírito, de novo, não mais carne.

Nora testemunhou todos esses portentos no silêncio absoluto da surdez momentânea. E isso, talvez, tenha produzido um efeito ainda mais profundo na sua psique. Ela não conseguia ouvir o estrondo furioso sentido por seus pés, nem o estalo da luz cegante que aquecia seu rosto e sua alma. Um verdadeiro momento do Antigo Testamento observado por alguém vestido não em trajes de linho, mas em roupas de liquidação da Gap. Aquele momento chacoalhou seus sentidos e sua fé pelo resto da vida. Sem nem mesmo perceber, Nora chorou livremente.

Gabriel e Miguel se juntaram a Ozryel, e juntos eles voaram para a luz. O buraco na nuvem iluminou-se brilhantemente quando os três arcanjos o alcançaram... então, num último clarão de luz divina, a abertura engoliu-os e depois se fechou.

Nora e Vasiliy olharam em torno. O rio continuava encapelado, e o esquife que os trouxera fora arrastado. Vasiliy examinou Nora, para certificar-se de que ela estava bem.

Estamos vivos, articulou ele sem palavras audíveis.

Você viu aquilo?, perguntou Nora.

Vasiliy balançou a cabeça, não querendo dizer: *Não*, mas como: *Eu não acredito no que vi.*

O casal olhou para o céu, esperando que algo mais acontecesse.

Nesse ínterim, em torno deles grandes seções da praia arenosa haviam se transformado em vidro opalescente.

Os residentes do forte saíram, algumas dúzias de homens e mulheres em andrajos, alguns carregando crianças. Nora e Vasiliy lhes haviam prevenido que se abrigassem, e agora os ilhéus olhavam para eles aguardando uma explicação. Nora viu que precisava gritar a fim de ser ouvida.

– Ann e William? – perguntou ela. – Eles estavam com um garoto de treze anos de idade!

Os adultos abanaram a cabeça.

Nora disse:

– Eles partiram antes de nós!

Um homem disse:

– Talvez em outra ilha?

Nora assentiu, embora não acreditasse naquilo. Ela e Vasiliy haviam feito a jornada para a ilha do forte em um barco à vela. Ann e William deveriam ter chegado muito antes.

Vasiliy pousou a mão no ombro de Nora.

– E quanto ao Eph?

Não havia meio de confirmar, mas Nora sabia que ele nunca mais voltaria.

EPÍLOGO

EPILOGO

A EXPLOSÃO NA ORIGEM obliterou a linhagem do Mestre. Todo vampiro remanescente evaporou-se no momento da imolação. Desapareceu.

Eles confirmaram isso nos próximos dias. Primeiro se aventuraram de volta ao continente, quando as águas recuaram. Depois conferiram mensagens emotivas na internet liberada. Em vez de comemorar, as pessoas perambulavam num torpor pós-traumático. A atmosfera ainda estava contaminada, e as horas de luz do dia eram poucas. Permanecia a superstição, e a escuridão era, se não outra coisa, ainda mais temida do que antes. Relatos de vampiros ainda existentes surgiam de vez de quando, cada um deles por fim atribuído à histeria.

As coisas não "voltaram ao normal". Na verdade, os habitantes das ilhas permaneceram meses nos acampamentos, trabalhando para recuperar as propriedades no continente, mas ainda relutantes em voltar ao antigo modo de vida. Tudo que todos pensavam saber sobre a natureza, a história e a biologia provara ser errado, ou pelo menos incompleto. E depois, durante dois anos, eles haviam aceitado uma nova realidade, um novo regime. Velhas crenças haviam se estilhaçado; outras haviam sido confirmadas. Mas tudo estava aberto ao questionamento. A incerteza era a nova praga.

* * *

Nora era uma das que precisavam de tempo para se certificar de que aquele estilo de vida viera para ficar. De que não haveria outras surpresas desagradáveis esperando por eles logo ali na esquina.

Um dia Vasiliy tocou no assunto com suavidade:

– O que vamos fazer? Algum dia temos de voltar a Nova York.

– Temos? Não sei se ainda é importante para mim. – Ela segurou a mão dele. – Você sabe?

Vasiliy apertou a mão dela e levantou os olhos para o rio. Ele deixaria que ela levasse o tempo que fosse necessário.

Acontece que Nora e Vasiliy nunca retornaram. Eles aproveitaram da Lei Federal de Recuperação de Propriedades proposta pelo governo provisório e mudaram-se para uma fazenda no norte do estado de Vermont, bem distante, em segurança, da zona de vácuo causada pela detonação do dispositivo nuclear no rio Saint Lawrence. Nunca se casaram, pois nenhum deles sentia necessidade disso, mas tiveram dois filhos próprios, um menino chamado Ephraim, e uma menina chamada Mariela, o nome da mãe de Nora. Vasiliy postou o conteúdo comentado do *Occido Lumen* na internet restaurada e tentou conservar seu anonimato. Mas quando sua veracidade foi por fim questionada, ele embarcou no "Projeto Setrakian", supervisionando e postando todos os escritos e fontes do velho professor, liberados para todos. Seu projeto de vida tornou-se o levantamento da influência dos Antigos no decurso da história humana. Ele queria saber os erros que havíamos cometido coletivamente e devotou-se a evitar que tais erros fossem alguma vez repetidos.

Durante algum tempo houve distúrbios, com debates sobre a criação de tribunais criminais para identificar e julgar quem cometera abusos contra os direitos humanos, sob a sombra do holocausto. Guardas e simpatizantes eram ocasionalmente descobertos e linchados, e suspeitava-se grandemente de assassinatos por vingança. No fim, porém, vozes mais tolerantes se levantaram para responder à pergunta: quem fez isso conosco? Nós todos fizemos. E pouco a pouco, com todo o nosso rancor e nossos fantasmas suportando o peso do nosso passado, as pessoas aprenderam a coexistir mais uma vez.

Com o passar do tempo, outros se vangloriaram de ter derrubado os *strigoi*. Um biólogo alegou ter introduzido uma vacina no sistema de fornecimento de água, alguns membros de gangues exibiram diversos troféus alegando terem matado o Mestre, e, na mais estranha das reviravoltas, um grande grupo de céticos começou a negar que a praga houvesse ocorrido. Eles atribuíam tudo a uma enorme conspiração para dar uma nova ordem ao mundo, chamando todo o acontecimento de golpe fabricado. Desapontado, mas nunca amargo, Vasiliy retomou vagarosamente sua carreira como exterminador de pragas. Os ratos haviam voltado, e novamente prosperavam, mais um desafio a ser vencido. Ele não era de acreditar em perfeição ou finais felizes: aquele era o mundo que eles haviam salvado, com os ratos e tudo o mais. Mas, para um punhado de crentes, Vasiliy Fet tornou-se um herói a ser cultuado, e, embora ele se sentisse desconfortável com qualquer tipo de fama, aceitou tudo e ainda agradeceu.

Toda vez que punha o bebê Ephraim para dormir, Nora acariciava o cabelo dele e pensava no seu homônimo, e no filho de seu homônimo, e ficava imaginando como teria sido o fim para eles. Durante os primeiros anos de vida da criança, ela muitas vezes especulava como teria sido sua vida com Eph, se a linhagem vampiresca nunca houvesse surgido. Às vezes ela chorava, e, nessas ocasiões, Vasiliy não lhe fazia perguntas sobre o motivo. Era uma parte de Nora que ele não compartilhava, que nunca compartilharia, e Vasiliy lhe dava espaço para sofrer sozinha. Mas à medida que o garoto ficou mais velho e aprumou-se, tornando-se muito mais parecido com o pai, e nada em absoluto com seu homônimo, a realidade dos dias foi eliminando as possibilidades do passado, e o tempo avançou. Para Nora, a morte já não era um de seus temores, porque ela vencera sua alternativa mais maligna.

Ela sempre levava na testa a cicatriz do tiro de Barnes. Encarava a cicatriz como um símbolo de quão perto estivera de ter um destino pior do que a morte, embora nos últimos anos aquilo tenha se tornado para ela um símbolo de sorte. No momento, quando Nora olhava para o rosto de seu bebê, sem marcas e cheio de paz, era tomada por uma grande serenidade... e do nada ela se lembrava das palavras de sua mãe:

Olhando para sua vida, você vê que o amor era a resposta para tudo. Como ela tinha razão.

Os autores desejam agradecer ao dr. Seth Richardson, da Universidade de Chicago, pelo auxílio prestado com as histórias mesopotâmicas e bíblicas.

Este livro foi impresso na Editora JPA Ltda.,
Av. Brasil, 10.600 – Rio de Janeiro – RJ,
para a Editora Rocco Ltda.